惠新集

红学文稿选编

张庆善 著

北京时代华文书局

图书在版编目（CIP）数据

惠新集 : 红学文稿选编 / 张庆善著 . -- 北京 : 北京时代华文书局 , 2016.3
ISBN 978-7-5699-0848-0

Ⅰ . ①惠… Ⅱ . ①张… Ⅲ . ①红学－文集 Ⅳ . ① I207.411-53

中国版本图书馆 CIP 数据核字 (2016) 第 046442 号

中国艺术研究院学术文库

惠新集：红学文稿选编

著　　者 | 张庆善

出 版 人 | 杨红卫
项目统筹 | 余　玲
责任编辑 | 胡俊生　余荣才
装帧设计 | 程　慧
责任印制 | 刘　银
营销推广 | 赵秀彦

出版发行 | 时代出版传媒股份有限公司 http://www.press-mart.com
北京时代华文书局 http://www.bjsdsj.com.cn
北京市东城区安定门外大街 138 号皇城国际大厦 A 座 8 楼
邮编：100011　电话：010－64267955　64267677
印　　刷 | 山东临沂新华印刷物流集团　0539 - 2925888
（如发现印装质量问题，请与印刷厂联系调换）
开　　本 | 710mm×1000mm　1/16
印　　张 | 25.75
字　　数 | 392 千字
版　　次 | 2016 年 5 月第 1 版　　2016 年 5 月第 1 次印刷
书　　号 | ISBN 978-7-5699-0848-0

定　　价 | 75.00 元

总　序

王文章

以宏阔的视野和多元的思考方式，通过学术探求，超越当代社会功利，承续传统人文精神，努力寻求新时代的文化价值和精神理想，是文化学者义不容辞的责任。多年以来，中国艺术研究院的学者们，正是以“推陈出新”学术使命的担当为己任，关注文化艺术发展实践，求真求实，尽可能地从揭示不同艺术门类的本体规律出发做深入的研究。正因此，中国艺术研究院学者们的学术成果，才具有了独特的价值。

中国艺术研究院在曲折的发展历程中，经历聚散沉浮，但秉持学术自省、求真求实和理论创新的纯粹学术精神，是其一以贯之的主体性追求。一代又一代的学者扎根中国艺术研究院这片学术沃土，以学术为立身之本，奉献出了《中国戏曲通史》、《中国戏曲通论》、《中国古代音乐史稿》、《中国美术史》、《中国舞蹈发展史》、《中国话剧通史》、《中国电影发展史》、《中国建筑艺术史》、《美学概论》等新中国奠基性的艺术史论著作。及至近年来的《中国民间美术全集》、《中国当代电影发展史》、《中国近代戏曲史》、《中国少数民族戏曲剧种发展史》、《中国音乐文物大系》、《中华艺术通史》、《中国先进文化论》、《非物质文化遗产概论》、《西部人文资源研究丛书》等一大批学术专著，都在学界产生了重要影响。近十多年来，中国艺术研究院的学者出版学术专著至少在千种以上，并发表了大量的学术论文。处于大变革时代的中国艺术研究院的学者们以自己的创造智慧，在时代的发展中，为我国当代的文化建设和学术发展作出了当之无愧的贡献。

为检阅、展示中国艺术研究院学者们研究成果的概貌，我院特编选出版“中国艺术研究院学术文库”丛书。入选作者均为我院在职的副研究员、研究员。虽然他（她）们只是我院包括离退休学者和青年学者在内众多的研究人员中的一部分，也只是每人一本专著或自选集入编，但从整体上看，丛书基本可以从学术精神上体现中国艺术研究院作为一个学术群体的自觉人文追求和学术探索的锐气，也体现了不同学者的独立研究个性和理论品格。他们的研究内容包括戏曲、音乐、美术、舞蹈、话剧、影视、摄影、建筑艺术、红学、艺术设计、非物质文化遗产和文学等，几乎涵盖了文化艺术的所有门类，学者们或以新的观念与方法，对各门类艺术史论作了新的揭示与概括，或着眼现实，从不同的角度表达了对当前文化艺术发展趋向的敏锐观察与深刻洞见。丛书通过对我院近年来学术成果的检阅性、集中性展示，可以强烈感受到我院新时期以来的学术创新和学术探索，并看到我国艺术学理论前沿的许多重要成果，同时也可以代表性地勾勒出新世纪以来我国文化艺术发展及其理论研究的时代轨迹。

中国艺术研究院作为我国唯一的一所集艺术研究、艺术创作、艺术教育为一体的国家级综合性艺术学术机构，始终以学术精进为己任，以推动我国文化艺术和学术繁荣为职责。进入新世纪以来，中国艺术研究院改变了单一的艺术研究体制，逐步形成了艺术研究、艺术创作、艺术教育三足鼎立的发展格局，全院同志共同努力，力求把中国艺术研究院办成国内一流、世界知名的艺术研究中心、艺术教育中心和国际艺术交流中心。在这样的发展格局中，我院的学术研究始终保持着生机勃勃的活力，基础性的艺术史论研究和对策性、实用性研究并行不悖。我们看到，在一大批个人的优秀研究成果不断涌现的同时，我院正陆续出版的“中国艺术学大系”、“中国艺术学博导文库·中国艺术研究院卷”，正在编撰中的“中华文化观念通诠”、“昆曲艺术大典”、“中国京剧大典”等一系列集体研究成果，不仅展现出我院作为国家级艺术研究机构的学术自觉，也充分体现出我院领军国内艺术学地位的应有学术贡献。这套“中国艺术研究院学术文库”和拟编选的本套文库离退休著名学者著述部分，正是我院多年艺术学科建设和学术积累的一个集中性展示。

多年来，中国艺术研究院的几代学者积淀起一种自身的学术传统，那就是勇于理论创新，秉持学术自省和理论联系实际的一以贯之的纯粹学术精神。对此，我们既可以从我院老一辈著名学者如张庚、王朝闻、郭汉城、杨荫浏、冯其庸等先生的学术生涯中深切感受，也可以从我院更多的中青年学者中看到这一点。令人十分欣喜的一个现象是我院的学者们从不固步自封，不断着眼于当代文化艺术发展的新问题，不断及时把握相关艺术领域发现的新史料、新文献，不断吸收借鉴学术演进的新观念、新方法，从而不断推出既带有学术群体共性，又体现学者在不同学术领域和不同研究方向上深度理论开掘的独特性。

在构建艺术研究、艺术创作和艺术教育三足鼎立的发展格局基础上，中国艺术研究院的艺术家们，在中国画、油画、书法、篆刻、雕塑、陶艺、版画及当代艺术的创作和文学创作各个方面，都以体现深厚传统和时代创新的创造性，在广阔的题材领域取得了丰硕的成果，这些成果在反映社会生活的深度和广度及艺术探索的独创性等方面，都站在时代前沿的位置而起到对当代文学艺术创作的引领作用。无疑，我院在文学艺术创作领域的活跃，以及近十多年来在非物质文化遗产保护实践方面的开创性，都为我院的学术研究提供了更鲜活的对象和更开阔的视域。而在我院的艺术教育方面，作为被国务院学位委员会批准的全国首家艺术学一级学科单位，十多年来艺术教育长足发展，各专业在校学生已达近千人。教学不仅注重传授知识，注重培养学生认识问题和解决问题的能力，同时更注重治学境界的养成及人文和思想道德的涵养。研究生院教学相长的良好气氛，也进一步促进了我院学术研究思想的活跃。艺术创作、艺术教育与学术研究并行，三者在交融中互为促进，不断向新的高度登攀。

在新的发展时期，中国艺术研究院将不断完善发展的思路和目标，继续培养和汇聚中国一流的学者、艺术家队伍，不断深化改革，实施无漏洞管理和效益管理，努力做到全面协调可持续发展，坚持以人为本，坚持知识创新、学术创新和理论创新，尊重学者、艺术家的学术创新、艺术创新精神，充分调动、发挥他们的聪明才智，在艺术研究领域拿出更多科学的、具有独创性的、充满鲜活生命力和深刻概括力的研究成果；在艺术创作领域推出更多具有思想震撼力和艺术感染力、具有时代标志性和代表性的精品力作；同时，培养更多德才兼备的优秀青年人才，真正把中国艺术研究院办成全国一流、世界知名的艺术研究中心、艺术教育中心和国际艺术交流中心，为中华民族伟大复兴的中国梦的实现和促进我国艺术与学术的发展作出新的贡献。

2014年8月26日

目　录

中编 《红楼梦》文本研究

下编 序跋与致辞

附录

自 序

这是一部自选集，在学术上说不上有多大的价值，但这却是我的人生记录的一部分。三十多年来，我一直在中国艺术研究院工作，曾担任过红楼梦研究所所长、红楼梦学刊杂志社主编，2004年被选为中国红楼梦学会会长，这些工作经历使得我与新时期红学发展的许多事情有着密切的关系，因此我的一些文章、讲话以及接受的采访等，对了解新时期红学的发展，或许还是有一些价值的。

我毕业于上海复旦大学中文系，1979年7月冯其庸先生把我从文化部办公厅调到了文学艺术研究院红楼梦研究所（1980年经国务院编办的批准，改名为中国艺术研究院）。从那个时候一直到2012年6月退休，我就没有离开过中国艺术研究院。我整整在中国艺术研究院工作了33年。

在中国艺术研究院的这33年，是我人生最重要的经历。在那次宣布我退休的大会上，我曾经说过这样的话："我非常感激中国艺术研究院对我的培养，正是中国艺术研究院把我从一个无知小子培养成一个学者。"的确，我对中国艺术研究院有着深深的感情和感激。记得我曾多次对年轻的同事们说过当初调到中国艺术研究院时的心情，那时能调到中国艺术研究院无疑是感到极大的幸运，因为中国艺术研究院在我们的心中是最高的艺术研究学府，有那么多的大师，如张庚、王朝闻、杨荫浏、吴晓邦、郭汉城、缪天瑞、葛一虹、陆梅林、郑雪莱、周汝昌、冯其庸、李希凡、李少白……在这样一个大师和著名专家学者云集的地方，能参与其中就已经是荣幸之至了，那里还会想到以后能在这里担任什么职务。那时的中国艺术研究院才真正是全国艺术研究的中心。中国艺术研究院能成为全国最权威的艺术研究机构，正是由这些大师们为我们奠基和建设起来的。

中国艺术研究院红楼梦研究所是冯其庸先生一手创建的，在中国艺术研究院有红楼梦研究所让人感到很特别，但它无疑又是中国艺术研究院的一张“名片”。“红学”的独特性与魅力是毋庸置疑的，而红楼梦研究所在新时期红学的发展历程中起到了极为重要的作用，它本身就是红学新时期的重要产物。当时的红楼梦研究所在冯其庸先生的带领下，集中了一批著名专家学者，他们是吕启祥、胡文彬、林冠夫、陶建基、徐贻庭、顾平旦、邓庆佑、丁伟忠、杜景华、王湜华等等。红楼梦研究所创办了中国大陆红学史上第一个《红楼梦》研究专刊《红楼梦学刊》，历时七年完成了《红楼梦》新的校注本、出版了《红楼梦大辞典》、《脂砚斋重评石头记汇校》、《红楼梦研究稀见资料汇编》等，促进了中国红楼梦学会的成立。

我生之也晚，没有参加上1979年5月在北京召开的红楼梦学刊创刊的编委会，也没有参加1980年7月在哈尔滨举行的首届全国红楼梦学术研讨会，正是在这次学术研讨会的闭幕式上宣布中国红楼梦学会成立，这成为我人生极大的遗憾。红楼梦学刊创刊和中国红楼梦学会的成立，无疑是新时期红学发展的里程碑与重要标志，而这些都离不开冯其庸先生和红楼梦研究所。虽然我没有机会参加这两次在新时期红学史上具有重要意义的活动，但我还是幸运的，在冯其庸和胡文彬等先生的关照和提携下，我几乎参加1981年以后在中国大陆举办的所有的重要的红学活动，从某种意义上可以说我经历了红学新时期的全过程。记得1981年在济南召开的第二届全国红楼梦学术研讨会，那次大会是由中国红楼梦学会和山东大学联合主办的，大会的主题是《红楼梦》的艺术成就，今天的人们似乎对这样的主题不会感到有什么特别，可在当年，一次《红楼梦》的学术研讨会，以研究《红楼梦》的艺术为主题，则具有拨乱反正的历史意义。说起来更有趣的是，那次大会筹备工作的主要工作人员的组成，也是颇有些“历史意义”的，主要工作人员有四个人：袁世硕、刘世德、胡文彬、张庆善。现在袁老师、刘老师都是八十开外的老人了，胡先生也过了古稀之年，他们如今都是享誉海内外的红学大家，我也过了耳顺之年，想起真是感慨万千。

在我的人生经历中，我永远不会忘记冯其庸、李希凡两位先生多年来对我的关照和提携，两位先生即是德高望重的师长，又是我多年的老领导，没有他们的帮助和教育，就不会有我的今天。1979年冯老把我调到红楼梦研究所时，我还是一个什么都不懂的年轻人，三十多年来我得到他的许多教诲，这是很大的幸运。冯老是第一任红楼梦研究所所长，我是第二任红楼梦研究所所长。冯老是中国红楼梦学会的第二任会长（吴组缃先生是第一任会长），我则是中国红楼梦学会的第三任会长。而实际上，当时接替冯老担任中国红楼梦学会会长的人选有好几位，他们比我更有资历、更有能力、更有学问，更适合担任会长，但由于年龄的原因，更由于冯老等前辈学者出于对年轻人的培养考虑，而选择了我。虽然当时我也并不年轻了，但还是诚惶诚恐，对冯老等前辈学者的提携和厚爱心存感念感恩之心。我也深知前辈们的期待和心愿，虽然限于能力和水平，我这个会长干的不怎么样，但我是兢兢业业、尽心尽力地努力着。我是把推动红学事业发展当做自己的毕生事业来做的。

影响我走上红学之路的还有林冠夫先生、吕启祥先生、胡文彬先生和我大学的老师应必诚先生。说起来惭愧，我是上大学以后才开始读《红楼梦》的，指导老师就是应必诚先生。巧的是应老师后来也来北京到红楼梦校注组了。我能从事《红楼梦》研究、能调到红楼梦研究所，都是因为有了这些机缘，这真是命运使然。

在我的人生道路上，需要感谢的人很多，与人为善一直是我做人的准则。我的父母没有文化，他们连自己的名字都不会写，但他们一辈子都非常重视子女的学习与教育，还给我起了这么一个名字，为人要善良，要本分、要懂得感恩。父母之恩，我们是永远无法报答的了，尤其是自己的年纪也很大了以后，更是怀念父母，感念不已。就是对帮助我有恩于我的师长朋友，我们的报答感谢也不过是如此而已，心里有感恩之心，这是最重要的。

这本小书取名《惠新集》，没有多少的讲究，也没有谐音“会心”的意思。说白了，就是最近十几年我一直住在“惠新北里”中国艺术研究院的宿舍楼，而对更多的人来讲，一个更熟悉的名字就是“惠新里”。说起来十分惭愧，在这里住了十几年，竟不知道“惠新里”这个名字的来历。据我所知，住在这里的绝大多数人似乎都不知道我们这里为什么叫“惠新里”。编这本集子的时候，偶然查了查“惠新里”名称的由来，感到很有意思。原来我们这里早年间是元大都北墙外的一片荒地，人烟稀少，清代时形成村落，因附近曾有过一座慧忠庵（早已废弃），故称为“慧忠庵村”。后来建新区的时候，想到古时“慧”与“惠”通用，又因是新建小区，故称“惠新里”。这个名字起的真好，是很有文化意蕴的。

我1975年到北京工作，至今整整40年，前二十多年住在和平里，后十几年住在惠新里，这两个地方都很好，名字也都很好听，巧的是都有一个“里”。而惠新里是我人生的重要驿站，不仅文集中的许多文章是在这里写出的，而我人生中的大喜大悲，也都离不开“惠新里”。取名《惠新集》，仅是为了纪念这段生活经历，为人生留下一点痕迹。

是为序！

2015年9月22日于惠新北里

上编　作者家世与红学史研究

百年红学的启示

《红楼梦》产生在中国清代的乾隆年间，距今已有二百六十多年的历史，几乎在曹雪芹创作《红楼梦》的同时，脂砚斋就开始评阅《红楼梦》。如果把脂砚斋看作是第一位“红学家”的话，那么红学已经有了二百多年的历史。为什么说“百年红学”呢？因为从严格的学术意义上来讲，红学作为一门独立学科的形成，其实只有一百余年。1904年王国维先生《红楼梦评论》的发表，不仅标志着现代红学的开始，同时也开创了中国现代学术的先河。

那么自王国维《红楼梦评论》发表以来，百年红学都发生了哪些事情呢？如果细说起来可谓一言难尽，概括地说，可以把百年红学分为四个时期，即以蔡元培等为代表的索隐派时期，以胡适、俞平伯为代表的新红学时期，1954年批俞运动开始形成的以社会学批评为主要倾向的时期和“文革”结束后开始的红学新时期。

回顾百年红学的历史，我们发现王国维的《红楼梦评论》虽然在红学史上有着极其重要的地位，然而王国维的《红楼梦》研究在当时乃至在以后多少年少有响应者，并没有产生多大的影响。真正产生很大影响的还是蔡元培等人的“索隐”和胡适的“考证”。作为一代学术大师，王国维的《红楼梦评论》是在中国现代学术史上，第一个运用西方的哲学和美学理论研究《红楼梦》的重要论文，它主要是运用叔本华的悲剧理论解读《红楼梦》，认为《红楼梦》是一部“具厌世解脱之精神”的悲剧，是“悲剧中之悲剧”。对王国维的解读，当时并没有得到人们的认可，即使在今天我们也很难认可他的具体观点。但王国维对《红楼梦》文学的美学的研究思路和理念，从人生的根本问题去阐释体悟《红楼梦》的文学价值和美学价值，毫无疑问是代表了正确的研究方向。还在蔡元培、胡适发表他们的代表作《石头记索隐》、《红楼梦考证》十几年前，王国维就尖锐地指出了研究《红楼梦》“以考证之眼读之”的错误，批评了索隐派。可惜的是，王国维虽然发表了开创新红学先声的标志性成果，却没有完成从旧红学到新红学的转型。

在王国维发表《红楼梦评论》十三年后，蔡元培的《石头记索隐》发表。《石头记索隐》是红学索隐派的代表作。蔡元培是用读史书的眼光看《红楼梦》，不仅把《红楼梦》中的文学人物与清代历史上的人物一一比附，而且要从小说中索出“微言大义”，认为《红楼梦》是“康熙朝之政治小说”，书中本事是“吊明之亡，揭清之失”。蔡元培和所有的索隐派的根本失误是完全脱离作品的实际，脱离了作品中的艺术形象，混淆了文学与历史的本质区别。

在蔡元培发表《石头记索隐》之后四年，胡适发表了《红楼梦考证》，这篇被称为新红学奠基之作的论文，对索隐派进行了毁灭性的打击，指出索隐派走错了路，“他们不去搜求那些可以考定《红楼梦》的著者、时代、版本等等的材料，却去收罗许多不相干的零碎史事来附会《红楼梦》里的情节。他们并不曾做《红楼梦》的考证，其实只做了《红楼梦》的附会”。

胡适运用了中国传统的考据方法和西方的实证方法，对《红楼梦》的作者、家世、版本做了系统考证，并在此基础之上，得出了六条重要的结论：（1）《红楼梦》的著者是曹雪芹。（2）曹雪芹是曹寅的孙子，曹頫的儿子。（3）曹寅死于康熙五十一年。曹雪芹大概生于此时或稍后。（4）曹家极盛时，曾办过四次以上的接驾的阔差；但后来家渐衰败，大概因亏空得罪被抄没。（5）《红楼梦》一书是曹雪芹破产倾家之后，在贫困之中做的。做书的年代大概当乾隆初年到乾隆三十年左右，书未完而曹雪芹死了。（6）《红楼梦》是一部隐去真事的自叙，里面的甄贾两宝玉，即是曹雪芹自己的化身；甄贾两府即是当日曹家的影子。由于胡适的考证是建立在扎实的材料之上，在这场蔡胡论争中，“附会”的、“猜笨谜”的索隐派很快就败下阵来。胡适以无可争辩的优势确立了新红学的统治地位，也影响了几十年来红学发展的方向。毫无疑问，胡适为红学的发展做出了前所未有的贡献。当然，胡适的考证并非无懈可击，当年蔡元培先生在《石头记索隐第六版自序》中，就挑出一些胡适考证中的毛病，比如第十七回焦大的醉骂，还有第六十六回柳湘莲道："你们东府里，除了那两个石头狮子干净罢了"的话等，蔡先生认为，如果《红楼梦》是曹雪芹的自叙传，《红楼梦》中的贾府即是曹家，那曹雪芹这样骂贾府"似太不留余地"。

其实胡适考证中的漏洞何止这一些，胡适的根本失误在于"自传说"。由于有关曹雪芹材料的限制，无论是胡适还是以后的新红学考证派，他们掌握的资料都无法支撑"自传说"，都无法做到自圆其说，甚至连曹雪芹是谁的儿子、曹雪芹生于哪一年等基本的问题都无法定论，那么自传说的漏洞就永远无法堵上。看来考证派虽然打败了索隐派，但也为自己埋下了危机，同时又为索隐派的复活留有了空间。1951年，当胡适看到仍有人还是用他三十年前批评过的索隐"猜笨谜"的方法研究《红楼梦》的时候，就不无感慨地说："我自愧费了多年考证的工夫，原来还是白费了心血，原来还没有打倒这种牵强附会的猜谜的'红学'！"（《答臧启芳书》）

胡适何止是白费了心血，如果说索隐派混淆了文学与史学的本质区别，那么自传说则是混淆了文学与自传的区别，索隐派走错了路，自传说的路也不对。当然这样说不等于认为索隐说与自传说就没有什么区别了，前些年曾有过一种观点，认为胡适的"自传说"与索隐派没有什么本质的区别，你看"自传说"是说《红楼梦》讲的"自己"的事，而索隐派的观点不过是说《红楼梦》讲"他人"的事，最终自传说与索隐派殊途同归。听起来似乎挺有道理，但这种观点有很大的问题，它混淆了科学的考证与主观臆测的索隐猜谜之间的本质区别，抹杀了建立在考证基础之上的新红学的历史贡献。科学的考证与索隐猜谜有着本质的不同，尽管我们今天可以批评胡适在《红楼梦》研究中的一些失误和错误，特别是他的"自传说"并不符合《红楼梦》的实际，但任何人都无法否认胡适为红学的发展做出的巨大贡献，特别是在作者、家世、版本等方面取得重要成就，正是胡适这些“考证”的成果奠定了新红学的基础，拨开了索隐“猜笨谜”的迷雾，将《红楼梦》研究向前大大地推进了一步。

在百年红学的历程中，1954年对俞平伯《红楼梦》研究的批判，无疑是对红学走向有重大影响的事件。今天我们用历史的客观的态度审视当年的过程，应该说以李希凡、蓝翎为代表的学者努力运用马克思主义的观点研究《红楼梦》，注意《红楼梦》产生的时代背景和作品的思想意义，挖掘作品的社会历史内涵，拓宽了人们的研究视野，也取得了许多成果，这是值得肯定的，他们同样为红学的发展做出了重要的贡献。问题在于，由于时代的原因，政治因素的干扰，原本正常的学术讨论演变成一场政治运动，并对后来的研究方向产生了负面的影响。如果我们撇开政治图解式的研究不谈，就是从学术层面的社会学研究视角看，根本的问题仍然在于这种研究忽视了《红楼梦》作为文学作品的特征，社会学的研究对《红楼梦》历史文化内涵的评价并不完全符合作品的实际。当然，我们不能一概而论，即使在那个时代，仍有学者努力突破政治因素的干扰，坚持文学批评的原则，在《红楼梦》文学艺术成就研究、人物形象的研究等方面取得重要成果，如何其芳1957年发表的《论红楼梦》、蒋和森1959年出版的《红楼梦论稿》等。

红学新时期我们在此不用多说了，这是一个研究多元化的时期，也是百年红学史上研究成果最为丰富的时期。而在我看来，这一时期最大的收获，是人们对红学历史、特别是百年红学的深刻反思，多元化研究局面的出现正是人们对红学史反思的结果。那么，百年红学的历史到底给了我们什么样的启示呢？在百年红学的发展历程中，无论是索隐派还是考证派，无论是说《红楼梦》是康熙朝的政治小说，还是说《红楼梦》是曹雪芹的自叙传，他们的根本失误就在于对《红楼梦》本体的认识上，都是没有把《红楼梦》看作是小说、看作是文学作品。都没有从文学的、美学的、哲学的方面去认识《红楼梦》。若干年前，曾经围绕“什么是红学”展开过讨论，其实争辩的分歧有更深层的东西，并不是“什么是红学”，而是“《红楼梦》是什么”，这是根本分歧所在。

在一些人看来，说《红楼梦》是小说，要把《红楼梦》当作文学作品来读，似乎太浅薄了，不屑一顾。而国学大师王国维当年正是坚持把《红楼梦》当作文学作品来读，而对“以考证之眼读之”提出尖锐的批评。红学的历史证明王国维坚持的研究方向是正确的，王国维不浅薄。作为新红学的开创者之一的俞平伯先生，早年他是“自传说”的坚定倡导者，但作为一位严肃的学者，俞平伯一生都在修正自己的观点。到了晚年，他对《红楼梦》更有了十分冷静和清醒的认识，他曾尖锐地指出：“人人皆知红学出于《红楼梦》，然红学实是反《红楼梦》的，红学越昌，红楼越隐。真事隐去，必欲索之，此一反也。假语村言，必欲实之，此二反也。”（《乐知儿语说红楼》）又说：“《红楼梦》之为小说，虽大家都不怀疑，事实上并不尽然。总想把它当作一种史料来研究，敲敲打打，好像不如是便不过瘾，就要贬损《红楼》的声价，其实出于根本的误会，所谓钻牛角尖，求深反惑也。”（《索隐与自传说闲评》）俞老的批评既是对自己一生红学事业的深刻反思，又是对当下红学种种现象的尖锐批评。当下在《红楼梦》研究中出现的种种令人匪夷所思的观点和现象，诸如“太极红楼梦”、“曹雪芹和他的情人杀死了雍正皇帝”以及所谓的“秦学”等种种奇谈怪论，而且还能得到不少人的赞赏，真是值得我们深思。《红楼梦》到底是什么？我们到底该怎样去阅读和研究《红楼梦》，这确实是个极为重要的问题，对这个问题的认识确实关系到红学的未来。把《红楼梦》当作文学作品来读、来研究，并不否认《红楼梦》考证的成果和历史贡献，但对作者、家世的考证，都是为了更深刻地了解《红楼梦》的创作，更深刻地认识《红楼梦》的思想艺术价值，更好地理解《红楼梦》深邃的文化内涵。

《红楼梦》是一部伟大的文学作品，它既不是什么朝的政治小说，也不是曹雪芹的自传，它是曹雪芹伟大的艺术创作。冯其庸先生曾说：“《红楼梦》作者的根本思想……是人的爱情应该是怎样心灵契合、晶莹澄澈的理想，是人与人之间平等友爱关系的理想，是对于人生的感叹和沉痛的反思，是对于知音毁灭的悲哀和永恒的心灵契合的追念。”（《我对〈红楼梦〉的解悟》）确实如此，《红楼梦》正是通过一个封建贵族大家庭的兴衰，通过一群青年男女的爱情悲剧、人生悲剧深刻地反映了社会和人生，它是曹雪芹对社会和人生深刻感悟的结晶。正因为如此，《红楼梦》才有着永恒的艺术感染力，这才是伟大文学经典的魅力所在。

百年红学，长盛不衰，根本的原因在于《红楼梦》本身的魅力，而红学的兴盛和丰富成果，更使得《红楼梦》广为流传，更为人们所关注。二十世纪以来的百年红学，确实是中国现代学术史上的奇迹，一代一代学人的努力在红学的研究中取得了令世人瞩目的成果，同时又有许多沉痛的教训，从这个意义上说，“百年红学百年辉煌”、“百年红学风风雨雨”都不错。认真反思百年红学的历史，认真总结经验和教训，坚持正确的研究方向，正是我们义不容辞的责任。

（原载《百年红学》，闵虹主编，文化艺术出版社2007年12月第1版）

什么是红学

红学已被公认为是与甲骨学、敦煌学鼎足而立的当代“显学”，在国内外都有着广泛的影响。既然如此，现在还要提出“什么是红学”这个话题你是不是感到很奇怪？的确，不要说专门的研究者，即使是一个普通的红学爱好者都能告诉你，红学不就是研究《红楼梦》的学问吗？这个回答是不错的。然而，对任何学科的界定又不是一个简单的问题。红学自然也不例外。更何况对“什么是红学”，红学家们还有着不同的理解和认识，并曾引发了一场关于什么是红学的争论，由此可见这并不是一个多余的话题。

1982年，周汝昌先生在《河北师范大学学报》第三期上发表了《什么是红学》一文，认为：

> 红学显然是关于《红楼梦》的学问。然而我说研究《红楼梦》的学问却不一定都是红学。为什么这样说呢？我的意思是，红学有它自身的独特性，不能用一般研究小说的方式、方法、眼光态度来研究《红楼梦》。如果研究《红楼梦》同研究《三国演义》、《水浒传》、《西游记》以及《聊斋志异》、《儒林外史》等小说全然一样，那就无须红学这门学问了。比如说，某个人物性格如何，作家是如何写这个人的，语言怎样，形象怎样，等等，这都是一般小说研究的范围。这当然也是非常必要的。可是，在我看来，这些并不是红学研究的范围。红学研究应该有它自己的特定的意义，如果我的这种提法并不十分荒唐的话，那么大家所

接触到的相当一部分关于《红楼梦》的文章并不属于红学的范围，而是一般的小说学的范围。

周汝昌先生关于“红学”的这种见解，在许多文章中都表述过，如他在给梁归智《石头记探佚》一书写的序言中就指出：“‘红学’是什么？它并不是用一般小说学去研究一般小说的一般学问，一点也不是。它是以《红楼梦》这部特殊小说为具体对象而具体分析它的具体情况、解答具体问题的特殊学问。”并认为，研究曹雪芹的身世、研究《石头记》版本、研究八十回以后的情节（探佚）、研究脂砚斋，“只此四大支。够得上真正的红学。”在《红学辨义》一文中，他又说：“红学的真正‘本体’是什么？是讨寻曹雪芹的这部小说是写的谁家的事。用中国文学上传统的说法讲，就是‘本事’。”“讨寻本事的学问，才是红学的本义，才是红学的‘正宗’。”“至于一般的角度，方式、方法去把《红楼梦》当成与一般小说无所不同（即没有它的独特性）的作品去研究一般的小说技巧、结构、语言……等等，那其实还是一般小说学，而并非红学——或并非真正的红学，正宗红学。”周先生的观点表述得十分清楚，他强调“红学”的独特性，强调研究曹雪芹家世、版本探佚、脂评是正宗红学，而把对《红楼梦》文本的研究归入一般小说学的范畴，排除在“红学”之外，这显然是过于偏颇了。

对周汝昌先生的观点最早提出批评的是上海红学家应必诚教授，他在1984年第三期《文艺报》上发表了《也谈什么是红学》一文，指出：“红学有它的特殊性，但是，不能以此来否定对《红楼梦》本身的思想艺术的研究。如果红学的殿堂，只允许‘曹学’、‘版本学’、‘探佚学’、‘脂学’进去，那也可以，我们就在红学之外，另立一门学问，叫《红楼梦》小说学亦无不可。但是说《红楼梦》小说学研究只是一般性研究，并用这个名义把《红楼梦》本身的研究开除出红学，道理上是讲不通的。《红楼梦》本身的研究不仅不应该排除在红学之外，相反，它应该是红学的最主要的内容，而且周先生提出的四个方面的研究也不能脱离《红楼梦》本身的研究。”

对应先生的驳难，周先生在1984年第六期《文艺报》上发表了《“红学”与“红楼梦研究”的良好关系》一文，进行了反批评，认为：“所谓‘红学’者，是产生于《红楼梦》本身的特殊情况的一种特殊的‘学’；它的研究对象和目标，是专门来试行解决读《红楼梦》这部与众各别的小说时所遇到的特殊困难的一门特殊学问，并不是与一般小说无所区别、或全然一样的。”又说：“这实质上，是不承认事物具有各自的特殊性，是主张把‘红学’一般化，亦即取消红学——存其名而废其实。”“在我看来，不是应该把红学拉往一般化，而是应该有‘红学’和‘红楼梦（作品）研究’两个既有关联又有区分的名称和概念。它们‘二位’应当分工；分工是为了便于协作，殊途而同归，和衷以共济”。

在周汝昌先生这篇批评的文章发表之后，《文艺报》1984年第八期又刊出了赵齐平先生《我看红学》一文，对周先生的观点进一步提出了批评。他认为：“红学，顾名思义应该是研究《红楼梦》的学问，好比甲骨学是研究殷墟甲骨卜辞的学问，敦煌学是研究敦煌历史文物的学问一样，不会有人提出研究殷墟甲骨卜辞的学问‘不一定’是甲骨学，研究敦煌历史文物的学问‘不一定’是敦煌学。尽管甲骨文、敦煌学要相应地研究与殷墟甲骨卜辞、敦煌历史文物直接或间接有关的若干问题，然而被认定与甲骨学、敦煌学鼎立为‘三大显学’的红学，偏偏存在着‘研究《红楼梦》的学问却又不一定都是红学’的问题，人为地划分了‘红学’与‘《红楼梦》研究’的各自领域。”赵齐平还认为不以研究作品的本身为主，而是“不断由内线作战转到外线作战，或者说不断扩大包围圈”，倒是涉及“红学向何处去”的值得忧虑的问题。

以上就是那场讨论的大致情况，虽说参加讨论的专家学者并不多，但影响颇大。从表面上看这仅仅是一场关于什么是红学的讨论，其实讨论所涉及的问题已远远超出了对‘红学’这一概念的解释。这里需要指出的是，周汝昌先生在那一段时间之所以一再提出“什么是红学”这个话题，恐怕是与美籍华人余英时教授两篇很有名的文章，即《近代红学的发展与红学革命——一个学术史的分析》与《〈红楼梦〉的两个世界》，以及当时对考证派红学的议论有些关系。余英时的两篇文章分别发表在香港《中文大学学报》一九七四年第二期与一九七六年第二期上。余英时在《〈红楼梦〉的两个世界》一文中，提出了“曹学”的概念。他说：

在最近五十年中，《红楼梦》研究基本上乃是一种史学的研究，而所谓红学家也多数是史学家，或虽非史学家，但所作的仍是史学的工作。史学家的兴趣自然地集中在《红楼梦》的现实世界上，他们根本上不大理会作者“十年辛苦”所建造起来的空中楼阁——《红楼梦》中的理想世界。相反地，他们的主要工作正是要拆除这个空中楼阁，把它还原为现实世界的一砖一石。在“自传说”的支配之下，这种还原的工作更进一步地从小说中的现实世界转到了作者所生活过的真实世界。因此半个世纪以来的所谓“红学”其实只是“曹学”，是研究曹雪芹和他的家世的学问。

在《近代红学的发展与红学革命》一文中，余英时更是直截了当地指出：“考证的红学发展到今天已显然面临到重大的危机”。并说：

胡适可以说是红学史上一个新的“典范”的建立者。这个新“典范”，简单地说，便是《红楼梦》为曹雪芹的自叙传，而其具体解决难题的途径则是从考证曹雪芹的身世来说明《红楼梦》的主题和情节。胡适的自传说的新“典范”支配了《红楼梦》达半个世纪之久，而且余波至今未息。这个新红学的传统至周汝昌的《红楼梦新证》（一九五三年）的出版而登峰造极。在《新证》里，我们很清楚地看到周汝昌是把历史上的曹家和《红楼梦》小说中的贾家完全地等同起来了。其中《人物考》和《雪芹生卒与红楼年表》两章，尤其具体地说明了新红学的最后归趋。换句话说，考证派红学实质上已蜕变为曹学了。

从以上的两大段引文中我们不难看出余英时对考证派红学、曹学及红学的历史与现状的评价、批评。这种看法有一定的代表性。据说周先生在1980年美国威斯康辛国际红楼梦学术研讨会上曾针对这些论点作了回答，提出了“内学”、“外学”以及二者的关系问题。周先生后来在《国际红学会》（载《献芹集》）一文中特别提到这件事，并认为“此事为最有意义”。他认为：“所谓‘内学’‘外学，是我当场‘创造’的红学新名词（借用佛家用语），因为国外早已发生一种论调，认为红学考证并非真正的红学，而是‘曹学’（来国内才有了学语者）；主张红学必须以‘作品本身’的研究为正途，那才是真正的红学云云。我个人对此另有理解与看法，但为了‘方便’，就把‘作品本身的研究’称之为‘内学’（其实，从红学本义讲，这恰恰不再是红学了。已是一般性的小说研究了，这在世界上多得很，但并不叫什么特殊的‘学’），把对历史背景、作者家世生平、其他有助于理解这部特殊性极强的小说的研究、分析、考证、讲解但不是一般性的对情节、艺术的论述等等称之为‘外学’。”由此可见，周汝昌先生提出“什么是红学”的问题。确实有很强的针对性。当我们了解了周先生关于“红学”的观点形成的过程，就可以清楚地看到周汝昌与应必诚、赵齐平等人的辩论正是前一场讨论的继续，当然论争的内容有所不同了，或者说论争的内容更集中、更深入了。

在这里我们不想对余英时的论点作什么评价，但一个不可否认的事实是，自胡适以来，有关曹雪芹家世、版本、脂评的考证和研究取得了巨大的成就，没有这些研究成果，我们今天不可能对曹雪芹和《红楼梦》有这样的深入认识，乃至红学能否成为一门“显学”，能否成为一门专门的学问都是个问题。因此，抹杀考证派红学的历史功绩是不公正的。实事求是地讲，曹雪芹家世、《红楼梦》版本、脂砚斋及其批语等多方面的考证、研究，对红学的形成和发展具有重要意义，但这能成为把《红楼梦》文本的研究排除在红学之外的理由吗？红学作为一门学科，它是由许许多多方面的研究组成的，曹雪芹家世研究也好，版本研究也好，探佚也好，它们都是红学的一个个组成部分，这些方面的研究说到底都是为了使人们对《红楼梦》这部伟大作品能有更科学的认识，而不是为了其它。比如说“曹学”，任何鄙视、贬低它的学术研究的价值和意义都是没有道理的。但如果把“曹学”看作是一门独立的学科，或者说与《红楼梦》作品研究既有联系又有区别的一门姊妹学科，这同样是不科学的，不仅容易造成概念上的混乱，也不利于红学的建设和发展。红学是一个系统的工程，我们不应把它限制在一个狭窄的范围之内，我们应全面地科学地认识红学的研究对象、范畴和特性问题。基于这样的认识，我十分赞成由冯其庸、李希凡主编的《红楼梦大辞典》关于“红学”一词的解释：“‘红学’是指研究《红楼梦》的学问，它包括研究《红楼梦》的思想意义、艺术价值、创作经验、作者曹雪芹的生平家世、《红楼梦》的版本探佚、脂评，等等”。应该说，这个解释比较准确、全面。当然，有关曹雪芹和《红楼梦》的研究涉及的方面很多，凡是与此有关问题的探讨研究都应属于红学范畴。

红学的形成与发展有一个历史的过程，同样人们对红学这门学科的认识也有一个发展的过程，早在清代光绪年间“红学”一词在士大夫中还只是一个开玩笑的词语。并不是作为一门学问的称谓，尽管那时红学已经有相当长一段时间的历史了。只有在本世纪初、特别是胡适《红楼梦考证》发表以来，人们对红学的认识才有了质的飞跃，“红学”不再是调侃的用语，而是作为一门严肃的学问堂而皇之地步入学术之林。对曹雪芹和《红楼梦》的研究之所以能成为一门专门的学问，其主要原因，一是《红楼梦》不同于一般的作品，它具有宏大的容量、深刻的思想内涵和独特的艺术力量。二百多年来，它以其不可抗拒的艺术魅力吸引了一代又一代读者，使之百读不厌。一部博大精深的不朽的文学巨著，就是一座人类文化发展的里程碑，是一座取之不尽的艺术宫殿。它的影响和生命力是超越时空的，每一个时代、每一个民族都会从这样的文学巨著中获取智慧和营养，每一个人都会从阅读和研究中获取新的感受和独特的认识。总之，《红楼梦》经得起人们去阅读，值得人们去探讨去研究。著名红学家冯其庸先生赋诗云：“大哉红楼梦，再论一千年！”说的正是这个道理。二是曹雪芹独特的人生经历和家世及其对《红楼梦》创作的影响，还有复杂的成书过程和版本情况以及脂批、续书等等特殊的因素，吸引了诸多专家学者去考证、研究，这些不仅增加了人们阅读、研究《红楼梦》的兴趣，也大大丰富了红学的内容。

（原载《红楼梦学刊》1997年第2辑）

红学评点派

众所周知，对《红楼梦》进行评点是从脂砚斋开始的，在现存的十一种《红楼梦》早期抄本的过录本上，有九种抄本上带有脂评，已遗失的南京靖藏本也有大量早期批语。而由程伟元高鹗整理刊刻的程甲本虽已删去全部早期批语，但仍有少量脂评“漏网”，不过这些批语都已混入正文。这表明，对《红楼梦》的研究从一开始就是以评点的形式出现的。不过，人们通常所说的红学评点派却不包括脂评，而是指在程高本刊刻之后大量出现的各种《红楼梦》评点。这些评点者，红学史上称其为评点派。

评点是中国戏曲小说批评的主要形式。它的一般批评形式是：首有总评或读法，有回前批、回后批、有眉批、夹批、行间批、圈点等。《红楼梦》评点继承了李贽、金圣叹以来中国小说这一批评传统，在批评形式上与金圣叹完全相同。目前可以查得出来的除脂评本以外的最早带评点的本子，是嘉庆十六年（1811）东观阁重刊本《新增批评绣像红楼梦》。它“有圈点、重点、重圈及行间评”，但从总体上看，嘉庆年间的《红楼梦》评点还比较简单，处于初级阶段。《红楼梦》评点派主要形成于道光年间，其中影响最大的是道光十二年（1832）王希廉评点的双清仙馆本《新评绣像红楼梦全传》，而光绪年间一再刊印的王希廉、张新之、姚燮三家合评本，更是有着广泛的影响。他们因此而被人们称之为《红楼梦》三大评点家。除此之外，蒙古族哈斯宝的《新译红楼梦回批》、桐花凤阁主人陈其泰的《红楼梦》评点，以及黄小田、洪秋蕃等等，都达到了一定的水平。

在红学评点派中，多数评点家都是把《红楼梦》当作文学作品、当作小说来读，这是他们与红学索隐派的根本区别所在。他们运用中国的古典文学理论，充分肯定小说的地位，对《红楼梦》的主旨、艺术结构、笔法、语言、人物、细节等进行了多方面的评价分析，他们尤其注重艺术和人物的分析。而他们读书之细，评点内容之宽泛，都能给人们以很大的启迪。

护花主人王希廉是清代最有影响的评点家之一，在他的评点中，对《红楼梦》的思想、艺术、人物、结构等都有很多精彩的见解。比如《红楼梦》是一部什么书，写的什么事，这似乎是每一个《红楼梦》的读者、研究者都首先碰到的问题，王希廉也不例外。他认为："《红楼梦》专叙宁、荣二府盛衰情事"，但他在总评中又说："《红楼梦》虽是说贾府盛衰情事，其实专为宝玉、黛玉、宝钗三人而作"。这里实际上已经提出了主题与主线的问题，尽管王希廉不可能有主题、主线这样的概念和说法。王希廉还提出，《红楼梦》第五回"是一部书之大纲领"。他是从小说结构的角度，强调了第五回在全书中的地位和作用，这是很有道理的。王希廉在评点中对《红楼梦》的内容丰富、包罗万象极为惊叹，他说："一部书中，瀚墨则诗词歌赋、制艺尺牍、爰书戏曲，以及对联匾额、酒令灯谜、说书笑话，无不精善；技艺则琴棋书画、医卜星相……人物则方正阴邪、贞淫顽善、节烈豪侠、刚强懦弱……事迹则繁华筵宴．奢纵宣淫……可谓包括万象，囊括无遗，岂别部小说，所能望见项背"？王希廉不仅看到了《红楼梦》的博大，而且概括的十分精当。王希廉还是一位最早对《红楼梦》的艺术结构做出系统分析的评点家，他认为："《红楼梦》一百二十回，分作二十段看，方知结构层次"。而实际上，王希廉是将《红楼梦》分作二十一大段，他显然是以"盛衰"为分段的理论依据。如认为元妃省亲是荣府正盛之时，第五十三回至五十六回为十一段，叙宁荣二府祭祠家宴，是极盛之时；而第七十回至七十八回为十四段，叙大观园风波迭起，是宁荣二府将衰之兆等，有些分段是相当有道理的；但从总体看，他的结构分析比较简单肤浅，有的则比较勉强。有的则划分得毫无道理，他没有能够看到《红楼梦》织锦式的艺术结构特点。但王希廉毕竟是第一个对《红楼梦》结构进行认真探讨的评点家，他的贡献和成绩是不能抹杀的。

另一位同样很有名气的清代评点家太平闲人张新之，他的《红楼梦》评点则与多数评点家有很大的不同，在张新之看来，《红楼梦》不是一般的小说，而是一部宣扬四书五经的性理之书，满篇无非是《易》道，如他说："《石头记》乃演性理之书。祖《大学》而宗《中庸》"。"是书大意阐发《学》《庸》。以《周易》演消长，以《国风》正贞淫，以《春秋》示予夺。《礼记》《乐记》融会其中"。又说："《周易》《学》《庸》是正传，《石头记》窃众书而敷衍之，是奇传。故云'倩谁记去作奇传'。"这几段话说得再清楚不过了。这个基本观点贯穿张新之全部评点之中。鲁迅先生所批评的"经学家看见《易》"，大约指的就是太平闲人张新之这类人了。当然，张新之的评点也并非一无可取，如果撇开他那些有关性理之书的枯燥说教和玄奥的占卦术，他对《红楼梦》艺术、人物的评点也有较精彩的见解。如他说："今日小说，闲人止取其二：一《聊斋志异》，一《石头记》。《聊斋》以简见长，《石头》以烦见长；《聊斋》是散段，百学之或可肖其一；《石头》是整段，则无从学步，……此书自足千古。"这表明，张新之虽然基本观点不正确，但他于艺术分析并不外行。如他十分赞赏《红楼梦》的艺术结构，他曾形象地赞叹第四回，说："此回文字，步步收缩，步步生发，平整中有突兀峰峦，乃大结构处，作者通身力量在此如善打拳及人身即回，断不致命。而致命即在此拳"。类似这样的分析在张新之评点中并不很多。严格地说来，张新之的评点除批评形式与多数评点者相同以外，就其研究方法和基本观点来说，把他列入红学索隐派似乎更合适。

与王希廉、张新之并称红学三大评点家的姚燮，他的评点水平不很高，艺术上分析也比较少，他最有影响的成果是《读红楼梦纲领》，原名《红楼梦类索》，分为《人索》《事索》《余索》三部分。《人索》主要是统计《红楼梦》中男女共有多少人，《事索》则是编记年代，以及器物、艺术等，其中《方言谐谚》一项，从两个字到五十个字的都有。赵景深先生认为"可供语文学者、新文字研究者及民俗学者的参考，极为重要”。《余索》则包括了《丛说》《纠疑》《诸家撰述捷要》等，赵景深先生认为这最后一节是最重要的，可补孙楷第《中国通俗小说书目》之不足。

比起王希廉、张新之、姚燮，其他评点家如哈斯宝、黄小田、陈其泰等人的名气和影响则要小得多，但水平却不在所谓三大评点家之下，尤其比张新之、姚燮要高得多。比如耽墨子哈斯宝是蒙古族杰出的翻译家和早期文艺理论家，他不仅早在十九世纪中叶就将《红楼梦》翻译介绍给蒙古族人民，而且还写下了四万余字的批语。哈斯宝的译著和批语无论在《红楼梦》研究史上，还是在蒙古族文学发展史上，都占据十分重要的位置。哈斯宝既有浓厚的忠君思想，又对当时社会上的种种丑恶愤愤不满，认为是由于奸臣当道，才把国家搞得不成样子，因而他过多地从政治方面去理解小说内容和小说人物，把复杂的人物形象简单化为忠与奸的斗争。这样他就不可能正确地把握《红楼梦》的思想内容，对人物的评价分析也不免简单化和偏激。哈斯宝评点的主要价值在于他的艺术见解。他称赞《红楼梦》“文思之深有如大海之水，文章的微妙有如牛毛之细，络脉贯通，针线交织”。又说：“读此书，若探文章的神灵微妙，便愈读愈有味，愈是入神；若追求热闹骚噪，便愈读愈乏味，愈是生厌”。哈斯宝艺术鉴赏品味还是很高的。

更为值得称道的是，哈斯宝并没有停留在一般的鉴赏和评论上，而是提出了不少很有价值的创作理论，这在清代《红楼梦》评点中是出类拔萃的。比如他总结薛宝钗形象刻画的经验时指出：“全书那许多人写起来都容易，唯独宝钗写起来最难。因而读此书，看那许多人的故事都容易，唯独看宝钗的故事最难，大体上，写那许多人都用直笔，好的真好，坏的真坏，只有宝钗，不是那样写的。乍看全好，再看就好坏参半，又再看好处不及坏处多。反复看去，全是坏，压根儿没有什么好。一再反复，看出她至坏，一无好处，这不容易。但我说，看出全好的宝钗全坏还算容易，把全坏的宝钗写得全好便最难”。说宝钗全坏这太偏激，但他正确地指出了宝钗这个形象的复杂性，认为人物刻画不能脸谱化，不能一眼就看出好坏，不能用直笔，这还是很有理论见解的。哈斯宝很喜欢用生动形象的比喻来说明一些理论问题，比如他说写小说不能直来直去，应该像《红楼梦》那样“曲径通幽”。他说：“选中题目之后，并不全盘写出，必从远处绕来，曲曲折折，最后正好点在本题上这就是文章的奇妙处”。哈斯宝类似这样见解很多，的确不同凡俗。这些观点在今天看来或许算不了什么了，但在哈斯宝那个时代，对小说创作来说已经是相当了不起的理论建树了。

在清代红学评点派中，黄小田、陈其泰的评点是很值得注意和研究的，他们不仅都有很高的鉴赏能力，而且很有理论水平。黄小田称赞《红楼梦》作者是“小说圣手”，说“文章之妙，为自来小说所未有，故不得不批”。黄小田十分欣赏《红楼梦》中有关言情和两性关系的描写，认为这样的事不必细写，不可明写，不能太实太露，而要浑雅。认为“实写情事是笨伯也”。桐花凤阁主人陈其泰对《红楼梦》的评价更是高出同时代人，尤其他对《红楼梦》中写“情”以及宝黛之情、宝玉对众女儿之情的论述，都极为精彩。他说：“《国风》好色而不淫，《小雅》怨悱而不怒，若《离骚》者，可谓兼之。继《离骚》者，其惟《红楼梦》乎！”他指出：“吾不知作者有何感愤抑郁之苦心，乃有此悲痛淋漓之一书也夫。岂可以寻常儿女之情视之也哉。”他说：“宝玉于黛玉，两人心心相印，纯是天性，绝无人欲”；又说：“宝黛二人，志趣相合”；“宝玉深于情者，而从不着意于警幻所训之事……若其于黛玉，则冰清玉洁，惟求心心相印而已，所以欲得为偶者，即紫鹃所谓万两黄金容易得，知心一个也难求。既得其人，必不忍相离耳，非慕色也，非好淫也”。他认为：“读《红楼梦》而存一男女之见以论宝玉，则触处皆错，不止不识得黛玉而已”。陈其泰将情与欲，真情与俗情做了明确的区别，宝黛之间，不是欲的吸引，而是志趣相合，心心相印，是建立在相互了解相互知心基础之上的神圣爱情，这个被当代红学家称之为一个新的原则。一个现代的恋爱原则，早在一百几十年前，就被清人陈其泰做了详尽的分析和大胆的肯定，这是多么了不起。陈其泰甚至还明确提出了“泛爱”的论点，认为：“宝玉之爱姐妹，是其天性……其意全不在夫妇床笫之间，故不嫌于泛爱，与俗情自是不同”。可以说，陈其泰这些论点都是相当深刻的，在清代红学评点派中是无人可比的。

过去许多学者对小说评点评价不高。比如胡适就批评金圣叹的《水浒》评点有许多八股习气。不可否认，在《红楼梦》评点中，这类八股习气也是不少见的。陈腐的封建说教，牵强的笔法、章法，甚至还有俗不可耐的调侃等等，这些都可能破坏读者的阅读和审美情趣，但这决不是评点派的全貌。清代的《红楼梦》评点有那么大的影响，他们不仅扩大了《红楼梦》的流传和普及，也确实有许多精彩的见解，可以帮助读者更深更细地领会作品的意蕴。这些方面的贡献是不能否认的。坦率地说，我们今天对红学评点派研究的很不够，如果我们能深入地研究一下清代红学评点派长处与短处，正确与错误，这对于总结二百年来的红学史，尤其是总结中国古代小说理论的发展都是很有意义的。我们必须重新评价红学评点派，我们应该全面地科学地评价评点派。

（原载《红楼梦学刊》1997年第3辑）

一位鲜为人知的《红楼梦》评点家

——黄小田《新增批评绣像红楼梦》评点初探

在过去很长的一段时间里，一说到《红楼梦》评点，似乎只有护花主人王希廉、太平闲人张新之和大某山民姚燮，即人们通常所说的三大评点家。的确，“三家评点”在清代有着广泛的影响，但《红楼梦》评点在清代决不仅仅是这三家。自《红楼梦》刊行以来，评点也随之盛行，据说在道光年间《红楼梦》评点就已经是不下数十家了，可见数量之多。尔后，咸丰、同治、光绪年间各种《红楼梦》评点更是层出不穷，其中不乏高水平的评点。本文所要介绍的黄小田，就是这样一位鲜为人知而又卓有成就的《红楼梦》评点家。

黄小田，名富民，字小田，号萍叟，生于乾隆六十年（1795），卒于同治六年（1867），享年七十三岁。黄小田是安徽当涂人，其父黄钺在乾隆时代很有声名。黄钺（1750—1841），字左田，乾隆五十五年进士，授户部主事。嘉庆时官至户部侍郎、礼部尚书，加太子少保。黄钺曾担任《秘殿珠林》、《石渠宝籍续编》总阅，《全唐文》馆总裁，工书善画，为世所重，与大学士董诰齐名，《清史稿》有传。黄小田在仕途上显然没有他父亲那么得意，他道光五年回贡，官礼部郎中。据他的朋友张文虎《黄小田仪部七十寿序》云：黄小田“官礼部十余年，以仪郎请假侍养，遂不复出山。”[①]

---

① 黄小田生平事迹据梁白泉先生《杨葆光过录黄小田〈新增批评绣像红楼梦〉评语录后》一文，载《东南文化》1989年。

黄小田评语是由杨葆光过录在同治元年宝文堂刊本《新增批评绣像红楼梦》上，一百二十回，二十册。杨葆光（1830—1912），字古酝，号苏庵，别号红豆词人，华亭人，历任浙江高昌县知县，著有《苏庵文录》、《骈体文录》、《诗录》、《词录》等。他与黄小田、张文虎等都是朋友，《海上墨林》卷三有传。是书全部批语3028条，计黄小田3014条，夬斋1条，杨葆光13条。其中总评、首评2条、图赞评5条、眉批2992条、回末评15条、行内评13条。①

黄小田评点在形式上同其他评点没有什么不同，但纵观全部批语，总的印象是批语涉及的面宽，对《红楼梦》的主旨、艺术成就、人物形象都有许多精彩的见解，水平不低。不仅如此，黄小田在评点《红楼梦》中，还不时提出一些小说创作的理论问题，这更加难能可贵。毫无疑问，黄小田评语是红学史研究中的重要发现，对了解清代人对《红楼梦》的认识及其研究，对全面正确地评价清代《红楼梦》评点派，总结中国古典小说批评，都有着重要价值。

黄小田在评点中首先回答了《红楼梦》是一部什么书，主旨是什么这样一个基本问题。黄小田认为，《红楼梦》主要是写盛衰。《红楼梦》第一回开卷有一段话说："虽我不学无文，又何妨用假语村言敷演出来。"黄小田在此处批道："此亦作者经历盛衰，所求不得，感慨著书之实境也。"为了进一步阐明《红楼梦》写盛衰这一基本论点，黄小田在批语中一再批驳"淫书说"。他指出："读者谓之淫书，我所不解。""目为淫书，其人必坠入迷津而不返。"又说：《红楼梦》"能痛扫一切陈腐套，而又无淫秽无臭之词，所以为高。近有人欲禁淫书，并此书亦在其内，冤哉冤哉！何尝窥见作者之用意哉！"《红楼梦》中并无淫秽的描写，怎么能看作是淫书呢？作者的用意显然是被误解

① 黄小田评语本于1978年初在南京博物院发现，尔后，胡文彬先生曾在其著《红楼梦叙录》和《红边脞语》两书中作过简要介绍。1989年梁白泉先生将全部批语整理发表，李涵秋、陆林先生辑校的黄小田评点《红楼梦》亦由黄山书社重排出版。本文有关批语的统计与引文均为梁白泉先生整理过录的批语，并据黄山书社本参校。

了或者说是歪曲了，黄小田对此是忿忿不平。黄小田否定《红楼梦》写淫，却肯定了《红楼梦》的“言情”，他肯定宝玉之情，称赞“是书无情不备”，但黄小田还是认为《红楼梦》主要是写了一个贵族大家庭由盛而衰的过程。他十分不满意中国古典小说中那种由衰而盛的俗套，指出：《红楼梦》“由盛而衰，不比寻常小说由衰而盛，所以点醒世人。而其叙述致败之由，则亲切有如目睹，高出庸人千万万，俗所称‘四大奇书’何足道哉！”评价可谓不低了。的确，由盛而衰，还是由衰而盛，这是《红楼梦》与寻常小说的重大区别之一，或者也可以说这正是《红楼梦》极不寻常的一个重要方面。在《红楼梦》之前，由衰而盛，最终大团圆的俗套，早被各种各样的世俗小说用烂了。这种俗套是对社会生活一种公式化、概念化的图解，是对现实的美化。而《红楼梦》反其道而行之，由盛而衰，揭示了一个封建贵族大家庭的衰亡悲剧，真实地反映了社会生活，这是中国古典小说发展中具有重大意义的变革。黄小田评语对《红楼梦》由盛而衰描写的充分肯定，表明他是相当有眼光的，对社会生活、对小说的社会功能有比较深刻的认识，这在当时很了不起。

贾府由盛而衰，是什么原因促使这样的大家族致败的呢？黄小田对这个问题在评点中有许多具体的分析。在第十六回回末批中，他指出：

> 此时贾府之盛，正伏贾府之衰，倚伏之理，不以兢业持之，而以奢侈促之，其败可立而待矣。

黄小田不仅看到了盛与衰之间互为倚伏的辩证关系，还正确地指出造成这种盛衰转变的内在原因正是贾府本身的奢侈腐化，这是很深刻的见解。《红楼梦》第五十九回、第六十回，比较集中地描写了大观园内的种种矛盾，有丢东西的，有吵架的，黄小田认为这看起来似乎琐碎无关正文，其实都是讲盛衰的根由。他说：

不知大家之败，多由家无正主，婢仆作弊偷盗，以至不可收拾。而六十四回以下，珍琏纵淫，凤姐至欲害人性命，作成查抄之祸何？莫非家主愚暗昏聩使之然耶？是书写盛衰之际，由细而大，由源而成，观者可为殷鉴，世人不知，徒沾沾于宝黛之情，误矣。

在第八十三回的一条批语中他又说：

防民之口甚于防川，而贾赦贪纵任性，贾政迂暗糊涂，贾珍一味奢淫，贾琏纵妻好利，以及子侄家奴倚势妄为，自至一败涂地，犹不知祸从何起，息来巨家大族，千古一辙。

这种见解多么尖锐深刻！贾府的衰败不是别的什么原因，而正是贾府的不肖之孙造成的。他们或是荒淫奢侈，或是昏庸糊涂，“家无正主”“家主愚暗昏聩”，一代不如一代，后继无人，贾府如何不败！不仅贾府如此，悉来巨家大族无不如此，出身于大家巨族的黄小田，对贵族大家族的盛衰似乎有着特别的深刻感受。

黄小田还注意到了刘姥姥这个人物在表现《红楼梦》主旨的重要作用，他认为：“刘姥姥虽至微，乃始终全书亲见荣府盛衰者，故特写之，非为宴大观园取悦读者计也。”“阅者但以为写刘姥姥村气，不知其写富贵人家奢侈，借刘姥姥目中看出耳。”又说：“刘姥姥目击贾府盛衰，故以之为始终。而富贵骄淫不及村农之安分乐业，亦劝醒世人之意。”这些见解都是符合《红楼梦》实际的。

如同许多评点家一样，黄小田对《红楼梦》艺术上的成就十分赞赏，评价极高。他说：“小说耳，原无足异，然文章之妙，为自来小说所未有，故不得不批。”又说：“传神至此，我不复能赞之。惟死心佩服而已。”他称赞作者是“小说圣手”，说书中许多描写实在太妙了，有时读“如入书中”。对冷子兴演说荣国府一段，他评论说采取这种形式引入正文“为小说家别开生面”。

对王熙凤出场的描写更是赞不绝口，批道："六语写尽熙凤，人谓画工为写生手，此不待画而其人如在眼前。"感叹作者简直把王熙凤写活了。对紧接着的宝玉出场的描写，黄小田认为"与写凤姐同妙。"不过他又认为写宝玉比写凤姐更难，说："笔墨之妙如是，虽与凤姐出场同一机杼，而宝玉最难着笔。看他见面，又自不同。"黄小田的确有着很高的鉴赏水平，宝玉和凤姐两个主要人物的出场，虽说同样写得非常精彩，但又写出相互的区别，而宝玉也确实比凤姐更难写，这也是事实。像这样的妙笔，在《红楼梦》中比比皆是。比如第七十三回，赵姨娘房里的小丫鬟小鹊跑到怡红院来通风报信，说赵姨娘在贾政面前咕咕唧唧，很可能说了宝玉的坏话，要宝玉小心。这似乎是一个并不起眼的细节，黄小田却很注意，他在此处批道：

丫头鼓舌，往往如此。赵姨娘咕咕唧唧，谗言害人，小鹊想见之熟矣，而又关切宝玉，故只听得此二字遂来通信。仅此一事，写宝玉之多情，丫头之相爱及赵姨娘之诡秘，并引出大观园之奸盗，王夫人之搜检，荣府从此多事矣。文笔如游丝百丈，若断若连，其才之大，不可思议。

黄小田读书之细真是令人敬佩，他对这个小小的情节分析是极有道理的。一笔两用，一笔多用，伏笔千里之外，又如游丝百丈，若断若连等等，这确实是《红楼梦》惯用的笔法，作者之才，不可思议，如鬼斧神工，这并不是夸张的说法。

再比如《红楼梦》中有很多处关于吃饭的描写，特别是第七十五回描写在贾母处吃饭时，鸳鸯说到专为贾母做的细米，"如今都是'可着头做帽子'了，要一点富余也不能的"！王夫人也说庄上的米都不能按数交的，细米更艰难。黄小田在这里批道：

不善读《红楼梦》者，笑其多写吃饭，此真是胡话。试看其每写起吃饭，曾有一处相同否？且无不带叙正文。即如此处，因吃饭带写鸳鸯怀恨，贾母偏心，而因饭及米，便知贾府田庄渐为管庄人作弊消耗，何尝有一句闲文？

的确是这样。《红楼梦》中有许多看起来无关紧要的描写，其实笔笔都大有深意，并非“无关紧要”，诸如吃饭便是如此。吃饭写的各个不同，或是表现贾府上下坐吃山空，奢侈腐败；或是透露贾家经济入不敷出、日渐败落的消息。《红楼梦》实在是写得高妙深刻，黄小田也批得好。

黄小田在评点中常常将《红楼梦》与时俗小说作比较，既批评了时俗小说的“俗”，又赞扬了《红楼梦》的不同寻常。如第二回宝玉出场时有两首《西江月》描绘贾宝玉，黄小田评道：“时俗小说，既赞其貌，必表其才”，这早已成了时俗小说的俗套，而《红楼梦》对自己的主人公却“如此言之”，认为《红楼梦》的作者出手就与时俗小说大不相同。黄小田在第十八回元妃省亲处批道：“严肃情景令人如见。”还不无揶揄地说“试问时俗小说能否”？第七十回写到林黛玉要重建桃花社，黛玉提出要大家作桃花诗一百韵，后因他事打断，黄小田认为这是一种十分巧妙的艺术处理，他说：“重开诗社，不过聊应前文，若又作诗，是庸俗小说矣，故以他事累之。”

《红楼梦》人物的结局在前八十回多有伏笔和隐喻，现在的后四十回并不是曹雪芹的原著，是他人所续，故具体描写的人物结局与前八十回的交代多有不同，特别是宝黛爱情结局和宝玉出家，都违背了曹雪芹的原意。如第九十七回写到宝玉成亲，书中写道：“这时宝玉虽因失玉昏聩，但只听见娶了黛玉为妻，真乃是从古至今天上人间第一件畅心满意的事了。”黄小田在此处批道：

要知作小说若作到如此完美，反索然无味矣。

在这里黄小田无疑提出了一个十分重要的见解，即不能追求所谓的“完美”。在中国古代小说中往往都是追求结局的完美，结果是流入大团圆的俗套，从而索然无味，这种现象比比皆是。世界上绝对完美的事物是不存在的，不完美才是真实的。对作小说来说，不完美才有文章可作，才有意蕴可寻，将结局做完美了，也就无话可说了。这样的完美只能是流入俗套，而不会给人们留下回味的余地。因而在第一百一十九回，当宝玉离家出走之后，黄小田更为明确地指出："宝玉如回来，便是蛇足，便是寻常小说，毫无意味矣。"黄小田对时俗小说的批评是极有意义的，将《红楼梦》与时俗小说作比较，不仅使人们进一步认识到《红楼梦》的不同凡俗，而且对中国小说批评理论建设也是极有价值的。

在黄小田的评点中，他对《红楼梦》细节描写的逼真评价很高，认为《红楼梦》中的人物、场景、器物、摆设以及各种活动都写得十分逼真。如第十八回元春省亲，见到贾母、王夫人时不仅垂泪，哽咽说不出话来，黄小田批道："何其情景逼真乃尔！"当元春抚摸宝玉头颈笑道："比先长了好些——"一语未终，泪如雨下，黄小田又批道："此等情景最是感人"。第二十六回写到小丫头要小红描两个花样，话还没有说完，抬起脚来咕咚咕咚就跑了，黄小田在此处用赞叹的口吻说："随手写来，无不逼肖"。的确，《红楼梦》十分注重细节描写的真实性，其逼真程度是一般小说无法相比的，正如黄小田所说："描写声容，无不惟妙惟肖，曲尽俗情，则自有小说以来未之见也"。这个评价并不过誉。细节的真实性，是现实主义创作的基本条件之一，没有细节的真实，就不会有情节的真实，就会给人造成一种虚假的感觉，艺术的真实性就失去了基础。作为清代学者的黄小田，自然没有现实主义、浪漫主义一类的理论概念，但他从《红楼梦》的艺术创作中，则感受到了细节真实的重要性及其艺术魅力，因而他一再肯定和赞赏《红楼梦》细节描写的细腻、逼真、入情入理。他认为细节描写的真实，要有生活的基础，像《红楼梦》那样"写居室冠冕堂皇"，写排场"大方简洁"，作者"非眼见不能如此下笔"，认为没有这种生活经历的"寒俭人"是写不出来的。黄小田这个见解无疑是正确的，这实际上已经涉及艺术与生活的关系问题。

中国古典诗论历来讲究婉转含蓄，司空图《诗品》中就有《含蓄》《委曲》二品。《含蓄》一则中他提出："不着一字，尽得风流"。《委曲》中则说："登彼太行，翠绕羊肠"。又施补华《岘佣说诗》中亦说："诗犹文也，忌直贵曲"。这些都是说写诗作文不能太直，这无疑是经验之谈，是中国古代诗学、古代美学的重要理论。黄小田在评点《红楼梦》中显然也受到古代诗论的影响，认为小说同样不能太直率，说像《红楼梦》那样含蓄不尽的小说在中国是从来没有过的。他认为小说如写得太直率了就没有意思了，就没有层次，缺少波澜。如第六回刘姥姥到贾府打秋风，见凤姐时，红着脸刚要向凤姐哭穷，忽有人报贾蓉来了，刘姥姥的话也就被凤姐止住了。黄小田批道：

一直说下去，文章太直率矣。故小作波澜，又写贾珍性情奢侈，凤姐贾蓉神情暧昧。此书之妙，全在此等处。

这里小作波澜，从刘姥姥身上引开，转到凤姐与贾蓉身上，作者并没有明写他们二人之间的关系，短短几句话，传神入化，令人回味无穷。再如第十八回元春省亲时，宝玉在元春面前作诗，急急忙忙刚作好三首，还差一首《杏帘在望》，黛玉见他构思太苦，就帮作了一首诗。黄小田风趣地批道：

面试仍有枪手，俗间小说必写诸人如何敏捷，首首皆佳，此偏不然，且必须有次小小延迟，方不直率。

不直率，这正是《红楼梦》十分重要的艺术特色，如同大观园一样，千回百转，内涵无穷。如毫无遮拦，一览无余，就失去了艺术的魅力。又如第七十四回写尤氏来看凤姐、李纨，正这时"忽见惜春遣人来请"，黄小田在这里批道：

一气写下，文气太直，故又单提惜春杜绝东府一事。

尤氏来时，夜里刚刚抄检过大观园，如果再接着写尤氏与李纨、凤姐谈抄检的事，未免就显得文笔太直，缺少变化，甚至会有画蛇添足之感。而这时恰恰来了一个惜春“避嫌隙杜绝宁国府”，将矛盾从荣国府转向了宁国府，进一步暴露了宁国府的淫乱和家庭内部的矛盾，这实际上是将抄检大观园引起的矛盾又推进了一步，可谓推波助澜。这种情节发展的婉转曲折，的确是《红楼梦》作者的高明之处。看来含蓄委婉不仅仅是作诗技法，同样也是小说创作的重要理念。黄小田提出小说创作不直率、文气不能太直，这对中国小说批评理论建设具有建设意义。

有人把《红楼梦》称之为“言情小说”，这符合《红楼梦》的实际，曹雪芹的笔下确实有着不少“言情”的描写。“言情”就不可避免涉及两性关系的描写。在小说中两性关系怎么写好，黄小田在《红楼梦》评点中明确提出浑雅的论点，十分值得注意。前面我们曾谈到黄小田对有人把《红楼梦》说成是淫书是耿耿于怀的。黄小田认为《红楼梦》不是淫书主要有两条依据：（一）他认为《红楼梦》虽言情，主旨则是写盛衰；（二）他认为《红楼梦》并无淫秽的描写。从黄小田的批语中，我们看到他并不是一味地反对描写两性关系，而是认为写两性关系要含蓄、浑雅，不能太实太露。他非常欣赏《红楼梦》中有关两性行为的描写，如第五回写到秦可卿房中的设施，黄小田批道：

写来浑雅，不得以此谓之淫书。

第七回回目是《送宫花贾琏戏熙凤，赴家宴宝玉会秦钟》，在这一回中写到周瑞家的给凤姐送宫花，先是描写凤姐处的小丫头丰儿向周瑞家的连忙摆手儿，周瑞家的会意了，忙着蹑手蹑脚地往东边房来，然后写“只听那边一阵笑声，却有贾琏的声音”，最后写到平儿拿大铜盆出来叫丰儿舀水。贾琏如何“戏凤姐”，书中只字未提，但却能让人看得明明白白，对此描写黄小田批道：

此真极淫之淫书也，然何尝露出一字来，其含混处，岂俗手所能梦见？

又，焦大醉骂一节，黄小田也极为欣赏，认为这样的处理是非常妙的。他说：

东府之污秽，不可明写，却借一焦大托之于醉，尽情骂出，痛快非常，从来小说有此妙笔否？

“不可明写”，并非是不能写，关键是怎么写。直露地描写两性行为，甚至是性交方法，这并不是文学，客观效果也不好。在小说中不明写淫秽的事，符合中国传统的审美观念。

黄小田在评点中虽然一再肯定了《红楼梦》“不明写”的艺术手法，同时却又不客气地对第二十一回贾琏与多姑娘鬼混的描写提出了批评。当时，贾琏在多姑娘面前丑态百出，黄小田在“贾琏一面大动”处批道：“全书无此等污秽之笔，且无关正文，何必细写，当删之。”这个批评有没有道理，我看是很有些道理的，黄小田说“全书无此等污秽之笔”，说得很对，这种笔墨在《红楼梦》中确实少见，从描写风格看与全书的一贯笔墨也不尽相同。或者说这样的描写是为了深刻地揭露贾琏的丑态和卑劣，但黄小田认为含蓄和浑雅的处理两性行为，也同样能达到暴露的目的，且艺术效果更好。比如紧接着贾琏与多姑娘的风流事后，书中写到贾琏回到凤姐房中，不慎被平儿从铺盖中抖出一缕青丝来，当时平儿答应为贾琏瞒着，不让凤姐知道。书中写到，平儿“指着鼻子，摇着头儿，笑道：‘这件事你该怎么谢我呢？’”黄小田在这里批道：“写得出，妙笔妙笔，觉比前文污秽情景高出百倍。”当贾琏见平儿娇俏动了情，“便搂着求欢，平儿夺手跑了出来，急得贾琏弯着腰恨道：‘死促狭小娼妇儿！一定浪上人的火来，他又跑了。’”黄小田针对这一段描写批道：

较前文更妙，固知实写情事是笨伯也。

这一见解无疑是十分重要的。“实写情事”是笨伯也，那么含蓄、浑雅的描写才是高妙的，这里面有着俗与雅、丑与美的区别。《红楼梦》中有关两性行为的描写是文学的描写，《金瓶梅》中赤裸裸的性行为描写则很少有文学的价值。黄小田肯定《红楼梦》的描写，提出不实写、不明写情事的主张，提倡含蓄、浑雅，这是对《红楼梦》艺术创作的理论总结，即使在今天这些论点也是值得重视的。

如同其他评点家一样，在黄小田的评点中人物论占据了很大的比重，其中又以宝玉、黛玉、宝钗三人谈得最多。

黄小田对贾宝玉是充分肯定的，他认为宝玉是多情、痴情、无处不用情。如第十九回写到宝玉想到墙上的美人图里的美人可能寂寞了，要去看望，黄小田批道：“非必有此事，不过言宝玉痴情，无所不至耳。”又说：“物本无情，有情者视之如此耳。写宝玉之情无所不至，此犹得情之正。”在别人看来，宝玉是痴傻呆狂，甚至认为宝玉多情，必定有那种非分的想法，黄小田对此甚不以为然，他说：“呆病妙，不呆不专，不专不悟。而自他人视之，则谓之病。”又，第六十二回写宝玉与香菱的一次接触，当时香菱因与小丫头打闹而弄脏了石榴裙，宝玉很是为香菱着想，怕因此而引起薛姨妈的不高兴，他对香菱说的一番话入情入理，香菱听了很高兴，黄小田批道：

此处香菱高兴，后文宝玉喜欢，香菱之呆，宝玉之痴，皆非淫亵可比。而不善读者，必以两人为有意，便难与论《红楼梦》。

心里存一种不健康的心理去看宝玉，自然不能正确地理解宝玉之情，正如鲁迅先生所批评的那种人：“一见短袖子，立刻就想到白臂膊，立刻就想到全裸体，立刻就想到性交，立刻就想到杂交，立刻就想到私生子。”如此下作而丰富的想象力，怎么能正确地理解贾宝玉的多情呢！当然难与论《红楼梦》了。黄小田认为宝玉的多情、痴情以至对爱情的专一，不是常人所能理解的，宝玉“非世俗淫乱公子”，宝玉之情“非世俗儿女之情可比”，这个见解不仅在当时是非常了不起的，就是在今天也很了不起。

黄小田对两位女主人公林黛玉、薛宝钗的看法则较为复杂。在清代的评点派中，对钗黛的评价一般分为两派即拥林派和拥薛派，甚至发生过两个老朋友为争论钗黛孰为优劣，“一言不合，遂相龃龉，几挥老拳”这样有趣的故事。两个老朋友为了维护各自心爱的女主人公，而不惜“老拳”相加，这听起来真是让人又感动又可笑。当然，像这种“几挥老拳”的激烈冲突毕竟是个别的情况，但拥薛与拥林之间的对立在评点派中则比比皆是，有些对立也还是很尖锐的。不过，本文要谈的黄小田却不在这两派之内，他既不算是尊薛派，也不算是尊林派。他对林、薛都有褒贬。总的看来，他对林黛玉批评得多一些。

黄小田对宝黛爱情是肯定和同情的，但他对林黛玉的性格则不感兴趣，一再批评。如：

> 无非醋态，我所不取。（第八回）
>
> 本无理也，不得不赖人矣。虽是小儿心态，总觉写黛玉太过，近于无耻，此作者谬处。（第二十回）
>
> 骂到“短命”二字，尚何情义之有？即未说完亦觉可厌，我所不取。（第二十八回）

黄小田对林黛玉的批评要做具体分析，大致可分为两种情况：(一) 从封建伦理观念出发，对林黛玉追求爱情的痴心和执着方式进行批评；(二) 从具体情节出发，对林黛玉的性格特点进行批评，认为林黛玉的性格写得太过。这两点有区别，又有密切的联系。前面我们说过，黄小田是肯定和同情宝黛爱情的，那么又为什么对黛玉提出这么尖锐的批评呢？这首先要研究一下中国传统的伦理道德观念。从儒家传统观念看，他们并不否定情，只不过是要对情要有规范和约束，所谓“发乎情，止乎礼义”即是。黄小田肯定和同情宝黛爱情，同时又以“礼”来衡量他们，特别是来衡量林黛玉这位千金小姐的言行举止。如第二十六回有一处描写，黛玉在屋里躺着，宝玉进来了，黛玉说：“人家睡觉，你进来做什么？”黄小田批道：“人每爱此等处，我却不喜，此非千金小姐所宜尔也。”当宝玉忘情地对紫鹃说：“好丫头，‘若共你多情小姐同鸳帐，怎舍得叫你叠被铺床？’”林黛玉登时撂下脸来，以为宝玉是拿《西厢记》里的话来取笑她。黄小田在此处批道：

> 危哉！危哉！大得此一怒。书中写二人多作此等笔者，幸其犹能以礼相持，否则便成庸俗小说中许多无耻小姐矣。

“礼”成了衡量林黛玉行为的标尺。在黄小田看来，千金小姐应该有千金小姐的样子，应该以礼相持，不能忘情，更不能越规。黄小田酸腐的封建伦理说教是显而易见的。不过这也没有什么可奇怪的，作为一个那个时代的封建文人，在妇女问题上坚持封建的伦理道德观念是不足为奇的。即使在今天，持这种封建伦理道德观念的人也不少见。当然，有了这样一个标尺，就不可能正确地认识和评价林黛玉这个人物形象了。

黄小田对林黛玉的批评，更多的是集中在黛玉的醋劲、尖刻和小性儿上的描写。他认为这是作者爱之惜之，反而写得太过造成的。比如第二十八回，黛玉骂宝玉“狠心短命的”，这句话虽有寓意，暗寓宝黛婚姻的悲剧和黛玉本人的早夭，但作为人物性格的刻画，显然对黛玉的形象有损，所以黄小田不客气地批道：“骂道‘短命’二字，尚何情义之有？”又如第二十八回，黛玉去怡红院，晴雯等人赌气又不知是林黛玉来，故没有开门，黛玉因此又跟宝玉闹了一场。黄小田批道：“可厌又可笑，并不可怜。”“既想出是丫头之过，何以不问明白，一恨至此。”他认为黛玉应该是了解宝玉的，不应该这样误解宝玉，更不应该错疑在宝玉身上。再如第三十四回宝玉挨打后，黛玉哭肿了双眼，碰巧宝钗因头天晚上同哥哥薛蟠吵嘴，也把眼睛哭红了，黛玉见了宝钗的样子，以为宝钗亦是为宝玉挨打事哭红了眼睛的，就嘲讽宝钗："姐姐也自己保重些儿，就是哭出两缸泪来，也医不好棒疮！"林黛玉的嘴真是尖刻，但黄小田对此却很以为然，认为黛玉太过分了，他批评说："自己目肿未消，反以此奚落人。作者之写黛玉，非爱之，直丑之耳。"不可否认，黄小田对林黛玉的批评，同他脑子里封建伦理道德观念有着密切的关系，由于陈腐的封建妇女观的干扰，使得他不能用认识贾宝玉的眼光，来认识林黛玉。他没有看到黛玉之情与宝玉之情一样，也是"非世俗儿女之情可比"的，他没有认识到作者写林黛玉的性格，包括写林黛玉的缺点，都是为了更深刻更真实地塑造林黛玉的形象，其中不乏很深的寓意。不过，黄小田对林黛玉的批评也并非一点道理也没有，尤其他认为黛玉之过实际上是作者之过，"作者本领，无可訾议，至笔更不待言，惟写黛玉太过，爱之惜之，反如贬之者，我所不解。"这个看法是值得研究的，曹雪芹笔下林黛玉的一些言辞和小性子等描写，是否有"太过"的问题呢？记得前几年中央电视台播放电视连续剧《红楼梦》，轰动一时，宝黛爱情及其悲剧不知让多少人流泪。尽管人们对宝黛爱情及其悲剧寄予深深的同情，但有不少年轻人却对林黛玉的一些性格表现很不满意，说黛玉是小肚鸡肠、心胸太窄、太小性儿了等，并怪罪林黛玉的扮演者没有表演好。实事求是地讲，说黛玉小肚鸡肠、心胸太窄、太小性儿了，不能全怪演员的表演。那位演员的表演在我看来已经是相当不错了。林黛玉的小性儿、尖酸刻薄，在《红楼梦》的描写中就存在，这些描写是否有些"过"，这真是需要研究的问题，我认为黄小田的批评是值得重视的。

黄小田对薛宝钗的批评也很有意思。我们说过黄小田既不是拥林派，也不是拥薛派，那么他是怎样看薛宝钗的呢？黄小田有关薛宝钗的批评很多，如：

人谓其厚，吾谓其深。（第二十九回）

深沉人，事事在心，筹备周到。（第三十七回）

宝钗事事练达，令人可敬可爱又可畏。（第四十七回）

涵养，宽大，美词耳，其实是深。（第三十二回）

宝钗无事不存心，无事不结实，实是可惊可畏。（第五十九回）

宝钗为上下人所喜，而老练处似乎无情。（第六十三回）

怎么样，见解不俗吧。如果说在对林黛玉的批评上，黄小田更多的是封建伦理道德观念的流露，失之于偏颇，那么他对薛宝钗的批评则更多的是严峻的剖析。宝钗在人际关系中的“无情”“深”，既有可敬可爱的一面，又有令人可畏的一面，《红楼梦》没有把宝钗简单化概念化，黄小田的评点也没有简单化，而是看出了宝钗这个人物形象的丰富与复杂。黄小田对薛宝钗的赞扬很是不少，甚至超过了对林黛玉的赞词，但他对薛宝钗的批评也同样是严厉的。比如他指出薛宝钗与史湘云之直完全相反，与薛宝琴相比则是“心地不如”。第三十七回薛宝钗论诗，说到“还是纺绩针黹是你我的本分。一时闲了，倒是于身心有益的书看几章是正经。”黄小田在此处不客气地批道：“又是道学。”对薛宝钗的批评可谓入木三分。我们可以看出，黄小田对林黛玉与薛宝钗的批评有很大的不同，对林黛玉的批评多是认为作者不应该这样写，或者认为黛玉的性格有“太过”之处，而对宝钗的批评则是直指人物品德的本质。

对其他人物，黄小田也多有评点。如对凤姐，他既称赞她是“脂粉队里的英雄，可爱可惜”，又批评王熙凤太毒。他对史湘云的评价最好，说她“直率可爱”，认为鸳鸯殉主是“忠烈”。黄小田对袭人的批评很值得注意，他批评袭人是《红楼梦》第一无耻无情人，第一无烈性人，其主要罪名就是“导淫改嫁”，特别是改嫁这件事，黄小田极为不满：

观诸婢之于宝玉，金钏以羞死，晴雯以枉死，皆以衬袭人之不死。盖袭人既导淫于前，又改嫁于后，乃书中第一无烈性人……

这种批评完全是以封建伦理道德为标准，要求女人从一而终、守贞节，这种论点是不可取的。其实，即使在今天也还有论者指责袭人在“初试云雨情”时如何如何不德，指责袭人“导淫改嫁”，这显然不公平、不合理。不过，黄小田对袭人批评还不是一概而论，并非一贬到底。如第三十四回宝玉挨打后，袭人向王夫人进言，黄小田认为：“宝钗、袭人并提，并不专指黛玉也。乃有续此书者，谓袭人谗害黛玉，不过为黛玉起见，并不细阅此书前后文。试观袭人一番议论，是耶非耶？夫贾政母子、夫妻见不及者，袭人能言之，是袭人之忠也。反加以馋人之名，续书者之心胸何如哉！则亦淫乱之人而已矣。”这种分析还是较为平实的。

黄小田评点中有相当的部分是针砭时事的内容，也很值得注意。这里需要特别指出的是，黄小田家庭的败落同太平军有直接关系。1853年太平军占领芜湖，黄小田离家避难，先是金山，而后又跑到松江、南汇、上海，直到病死他乡。黄小田评点《红楼梦》大约就是他避难松江、南汇、上海时写下的，因而盛衰感触很深。虽然如此，黄小田评点却很少攻击太平军，相反却对世俗官场大加笔伐，真是意味深长。身为名公巨卿的后裔，又身在官场十余年，黄小田对世道、对官场似乎看得很透，评点中每每有愤世嫉俗的感叹。第三回贾雨村拿着宗室的名帖到贾府拉关系，黄小田指出：“不论辈分年齿，即称‘宗侄’，此势利场中通套也。”对护官符他也深有感触，说：“‘护官符’三字，今日亦复如是，但不敢公然立此名目耳。”第三十六回一条批语，他对“国贼禄鬼”四字十分感兴趣，说道：“‘国贼禄鬼’四字写得新奇，然又不奇。盖墨吏贪赃与贼何异？拥禄保位终登鬼箓，此等须眉浊物，世上何穷，效之何益耶！”骂得十分痛快！第五十六回宝钗、探春、李纨三人在一起议事，宝钗说：“学问中便是正事。若不拿学问提着，便都流入市俗去了。”黄小田批道：“今之从政者何如？”矛头指向令人触目。不仅如此，第一百零五回一条批语说得更直截了当，他说：“呜呼，天下穿靴戴帽者尽强盗也，何独于锦衣府人而疑之？”最可注意的是第十六回的一条批语，当讲到皇上南巡接驾时，赵嬷嬷道：“告诉奶奶一句话，也不过是拿着皇帝家的银子往皇帝身上使罢了！谁家有那些钱买这个虚热闹去？”黄小田在这里批道：“一语道破，然皇上家钱从何而来？”好一个大胆的反问，这何止是仅仅对当今皇上的不敬呢！

作为一个严肃认真的评点家，黄小田既高度评价了《红楼梦》的成就，同时又指出《红楼梦》中存在的一些问题，这对我们今天的研究者也是很有启发的。比如对第九回《训劣子李贵承申饬，嗔顽童茗烟闹书房》，黄小田的看法是："此回绝不关系全书，何必如此细写？乃《红楼梦》之累笔。"这个看法如何？第九回主要是写贾府的学堂，教者腐，学者乱，看起来确实与《红楼梦》的主要故事没有什么关系，但脂砚斋却认为这一回描写很重要，说："此篇写贾氏学中非亲即族，且学乃大众之规范，人伦之根本，首先悖乱以至于此极，其贾家之气数即此可知。挟用袭人之风流，群小之恶逆，一扬一抑，作者自必有所取。"黄小田与脂砚斋见解截然不同，谁说得有道理呢？值得进一步研究。再如第十一回凤姐、宝玉到宁国府看望生病的秦可卿，在秦氏的病榻前，宝玉想起了在这里睡午觉时，梦见到"太虚幻境"的事来，黄小田认为："又提睡觉，未免太露。"第五十七回《慧紫鹃情辞试莽玉》，紫鹃故意说黛玉要回南方老家了，试一试宝玉的反应，不想宝玉信以为真犯了病，袭人赶忙请来了李嬷嬷，黄小田认为这是败笔，认为袭人在宝玉生病时，独请李嬷嬷不合情理。黄小田甚至认为紫鹃试宝玉本身就是败笔，他说："宝玉之于黛玉，紫鹃知深矣，何必试之。且云黛玉决意回去，打点东西，宝玉如何肯骤信？而一病至此，殊非情理所有，此作者败笔。"仔细推敲，黄小田的批评不无道理，但从紫鹃的心事和地位看，她出于对黛玉的关心，试一试宝玉未尝不可。到底该怎么看，同样需要进一步探讨。

总之，黄小田评点《红楼梦》显示出相当高的鉴赏能力和理论水平，在清代评点派中确属上乘，是中国小说批评理论的一份宝贵的财富。据说黄小田不仅评点了《红楼梦》，还评点了《儒林外史》，一个人评点了两部古典巨著，这在中国文学批评史上是少有的，这样，黄小田就更值得我们好好研究了。

1990.4.2于北京和平里

（原载《红楼梦学刊》1990年第4辑）

蒙古族杰出的文艺理论家哈斯宝

一

早在十九世纪中叶，哈斯宝就将《红楼梦》翻译介绍给蒙古族人民，并写下了四万余字的批语。哈斯宝的译著和批语无论在《红楼梦》研究史上，还是在蒙古族文学发展史上，都占据十分重要的位置。

遗憾的是，目前我们对这位杰出的蒙古族翻译家和文艺理论家的生平事迹，几乎一无所知。根据他的批语，只知道哈斯宝号施乐斋主人、耽墨子。他曾于嘉庆皇帝六十寿辰的时候，因事到承德府，“我每到一所厅堂，定要看看对联，遇见一座牌楼，总要欣赏题诗”。能赏联鉴诗，证明他这时（1819）已经成年，年龄不会太小。而他又于道光二十七年（1847）为《新译红楼梦》写序，因此可以知道哈斯宝是生活在嘉庆道光年间的人。他有一个弟弟，家中还有小厮，家境当不会太差。他的家大约离承德不远，有人推测哈斯宝可能是卓索图盟人。卓索图盟是漠南蒙古族诸部中距离内地和北京最近的地方，而且是中原和东北联系的要冲，是清朝皇帝朝谒旧都盛京的必经之路。所以这里的经济文化比较发达，受内地汉族文化影响较深。这就可以解释，为什么哈斯宝能精通蒙汉两种文字，且博学多才，有那么高的文化修养。无独有偶，1837年尹湛纳希出生在卓索图盟土默特右旗一个封建贵族家庭。当哈斯宝为《新译红楼梦》写序的时候，尹湛纳希已经10岁了，而若干年后，他受

《红楼梦》的启发和影响，创作了《一层楼》、《泣红亭》两部长篇小说，开创了蒙古族长篇小说的先河，揭开了蒙古族文学发展的新篇章。看来，说哈斯宝是卓索图盟人，是极有可能的。这样的环境，才能孕育出哈斯宝、尹湛纳希这样能精通蒙汉两种文化的杰出人物。而哈斯宝的《新译红楼梦》，特别是他在回批中关于长篇小说创作的精彩见解，是否对尹湛纳希产生过影响，也是一个十分有趣的话题。

哈斯宝对《红楼梦》十分爱慕，赞叹不已，称自己是《红楼梦》"作者后世的知音"，所以他不仅翻，还要加评。不过，哈斯宝的译本不是照译一百二十回，而是节译成四十回。他说："我要全译此书，怎奈学浅才疏，不能如愿，便摘出两玉之事，节译为四十回，故此书亦可名之为《小红楼梦》了。"

节译宝黛爱情故事，实际上反映出哈斯宝对《红楼梦》一书的基本看法。由于是节译，为了故事的连贯，哈斯宝在翻译过程中，将《红楼梦》情节结构、人物甚至金陵十二钗的名字都有所变动，回目做了重新安排。译文中经常出现粗略几笔交代一过的文字，有些地方改动了原文，有些地方根据哈斯宝自己的意思进行了改写。哈斯宝的译、批都是用清代的规范蒙古文即所谓"古典蒙古语"写成的，翻译准确，文笔精练优美，风格鲜明独特。书前有绘图十一幅，除第十一幅是画一对水中鸳鸯，题"画梁春尽，不肖自红出，施恩薛沾情"外，其余十幅均据《红楼梦》第五回《红楼梦曲》的内容画的，没有秦可卿。书前有一篇读法和一篇总录，每回回后有总评。

关于哈斯宝译、批的时间，学术界尚有争议。一种意见认为，哈斯宝从1847年农历七月初开始译，到1854年农历五月修改完毕，历时六年零十个月。其主要根据是，内蒙古图书馆藏《新译红楼梦》抄本上有"始写于道光二十七年孟秋上旬"的记载，而蒙古语文历史研究所图书馆藏抄本上有："写于壬子年孟秋吉日，修订于甲寅年中夏。""壬子年"即咸丰二年（1852），"甲寅年"即咸丰四年（1854）；另一种意见认为，《新译红楼梦》很有可能是1819年到1847年的二十八年这段时间翻译并评批的。还有一种意见认为，根据回批的内容，哈斯宝见过王希廉评本，哈斯宝译文的底本甚至极可能就是王希廉评本或藤花榭本。那么，哈斯宝译书的时间最早也要在道光壬辰年（1832）之后，并认为1847年前后是哈斯宝译述成书的主要年份。比较起来，我认为后一种说法理由似较充分一些，哈斯宝译书极可能是在王希廉评本出来以后开始的，约在道光二十七年（1847）译批完毕，《新译红楼梦》序写于道光二十七年孟秋朔日，即是证明。

二

如同许多评点家一样，哈斯宝在回批前有一篇《新译红楼梦读法》，首先发表了他对《红楼梦》的基本看法。他认为：

> 《红楼梦》一书的撰者，是因忠臣义士身受仁主恩泽，唯遇奸逆当道，谗佞夺权，上不能事主尽忠，下不能济民行义，无奈之余写下这部书来泄恨书愤的。何以这样说？书中写出补天不成的顽石，痴情不得遂愿的黛玉，便是比喻作者自己的：我虽未能仕君，终不应像庶民一样声销迹匿，总会有知音的仁人君子。——于是有自悲自愧的顽石，由仙人引至人间出世。你们虽然蒙蔽人主，使我坎坷不遇，但皇恩于我深厚，我至死矢不易志。于是有黛玉怀着不移如一的深情死去。这一部书的真正关键就在于此。

这可称之为《红楼梦》“忠奸之说”，“忠奸之说”始终贯穿哈斯宝全部回批之中。

在哈斯宝看来，《红楼梦》写的就是忠与奸、正与邪、善与恶的斗争。如在第二回回批中，他谈到贾雨村时说道：“贾雨村的一段议论，历数自家他人两方，品评正邪二气，其实讲的全是作者自己，说甄家，全是影射贾家。清明灵秀之气与乖僻之气相互冲突，正不容邪，邪复妒正，两不相下，既不能消，又不能让，必致搏击掀发，这不明明是说自己忠贞之身受奸佞小人谗害，才写下这部书吗？”正是有了这种忠奸之说，哈斯宝认为《红楼梦》处处都在有意无意地指斥谗佞。在最后的《总录》中，哈斯宝总结说，论来世界上最真莫过于纲常，最假不外乎财色，但纲常之中却有假父假子假兄假弟这一等人。于是，哈斯宝不无感慨地说：“看到他们的假，便能测知他们的冷热。我守真，我自尽孝。但是彼辈上蔽我主，下误我黎民，且害我宗族，使我欲做忠臣而成为不忠，欲作义士而成为无义，于是有此书成。写成此书，岂不就能以墨水洗恨，以笔剑报仇么？啊，可亲可悲！”现在我们对哈斯宝的基本看法有了比较清楚地了解了。坦率地说，哈斯宝这些看法并不正确。说《红楼梦》中对丑恶、虚假的人和事有所批判，这是对的。但说《红楼梦》就是为守纲常做忠臣而写，则是对《红楼梦》旨意的误解和歪曲。至于说《红楼梦》每一字都在抨击奸佞之徒，更不符合作品的实际。很显然，哈斯宝脑中有着浓厚的忠君思想，他过多地从政治方面去理解小说的内容和小说人物，把复杂的人物形象简单化为忠与奸两种概念，自然不能准确地把握作品的真正意蕴。

值得指出的是，哈斯宝对《红楼梦》的看法，实际上是他对社会看法的一种表达，他既有浓厚的忠君思想，又对当时社会的种种丑恶愤愤不满，他认为正是由于奸臣当道，才把国家社会搞得不成样子。他在第四回回批中针对贾雨村乱判葫芦案一事批道：“孔子说：‘君子哉，蘧伯玉！邦有道则仕，邦无道则可卷而怀之。’悲夫！今读应天府一案，读者能不喟然长叹么？贾雨村并非不想为国尽忠，奈何欲尽忠而不能！若非要尽忠作清官不可，就得像新来的门子说的：‘不当官，只怕连性命也难保’，他不正是这样不得已而徇情枉法的么？”哈斯宝指出，在奸佞当道时不可以巴结着做官，不如卷而怀之，隐居不出的好。他不无调侃地说：“读了这一回，我替作官的人大大为难。”这些都清楚地表达了哈斯宝对社会的看法，他本人极可能就是这样一位不愿巴结做官，隐居不出的封建文人。

三

对《红楼梦》人物的评论，哈斯宝是一个坚决的拥林贬薛派。他对贾宝玉、林黛玉的批语虽然不多，但评价很高，充满了感情。在第十四回回批中，他称赞宝玉是个神童，黛玉是个才女，是佳人，并充分肯定宝黛之间的爱情是正当合理的。他赞叹说："才子爱佳人，若皆如宝玉之爱颦卿，佳人爱才子，若皆如颦卿之爱宝玉，即则使千死万死也在所不辞，只求把各死一方变成死在一处。"哈斯宝还认为，宝玉爱黛玉，黛玉爱宝玉，都是出于真诚，是爱之已极，所以他对宝黛爱情极为同情和赞赏。不过，他对宝黛二人的评价有所区别，对黛玉似乎毫无保留地赞扬，对宝玉则有些批评。如他说：

> 这个林黛玉，真是一位绝代佳人。佳人者，德言工容俱佳之谓也。四者缺一，便不得谓之佳人。常人所说的佳人，无非是文君、崔莺莺之流。她们首先就失去妇节，还算得上什么佳人！

照哈斯宝这种说法，那么林黛玉读《西厢》算不算是有失女子之道呢？哈斯宝回答得很干脆："并非如此！"他认为不能以此责备林黛玉，说："做贼的想必最忌谈论偷盗，而常人又何必忌讳它？黛玉并无那样行为，才能那样谈论。倘有那样行为，便会避而远之，少说为佳，唯恐他人察觉。"这个哈斯宝真是有趣，他对女主人公的偏爱，实在是太明显了，这种辩护也多少有些勉强。说黛玉是一代佳人自然不错，但用三从四德那一套解释林黛玉的品行，无疑大错特错，不得要领。林黛玉对爱情的痴心和追求，表现了一个少女纯真美好的心灵，她的言行举止正是对三从四德封建礼教的叛逆，如果说德言工容俱佳，那么薛宝钗似乎比林黛玉更符合这个条件。

很显然，哈斯宝的标准是有些问题，正是有这样的一种标准，哈斯宝对他同样心爱的男主人公贾宝玉提出了批评。如在第十回，他指出："宝玉在无人处对黛玉行为非礼，已经两次了。而黛玉当面斥叱，以为他日可作正道夫妇，今日却连歪言邪语都不说得。真是玉洁冰澈！"哈斯宝所说宝玉对黛玉的"非礼"，不过是宝玉在表达爱情时稍微大胆一点的行为，拉拉手，擦擦眼泪，如此而已。但在哈斯宝的眼中，这已经是不合封建正统观念的"礼"了，可见哈斯宝头脑中封建正统意识是很浓厚的。宝玉拉黛玉的手被视为非礼，而宝玉与袭人初试云雨情，则不算是非礼，相反倒是袭人勾引宝玉。值得注意的是，即使在今天，人们在谈到初试云雨情时，还是往往指责袭人的无耻，而对宝二爷却绝少批评，这显然是不公平的。批评宝玉对黛玉的非礼，及批评袭人勾引宝玉，都反映出哈斯宝是以封建正统的伦理道德标准来衡量人与事，因而不可能对宝玉的行为作出正确的评价。当然，哈斯宝对宝玉的批评也并非全无道理，如他指出宝玉与琪官互换汗巾是邪，是失去廉节的行为，说："宝玉已到同优伶互换汗巾的地步，大禁大忌便丧失殆尽了"。这样的批评有些道理。

哈斯宝对宝钗袭人的看法，同多数拥林抑薛派并无不同，只不过是更激烈更偏激一些。哈斯宝的标准十分简单：好人与坏人，忠与奸，因而他对人物、情节的具体分析往往是十分武断和勉强的。哈斯宝甚至认为《红楼梦》第四十二回以后，表面上钗黛和好，而实际上"钗黛已走到裂痕难缝的地步"。何以见得？原来在他看来，钗黛如没和好，宝钗的狡计就无从施起，而宝钗黛玉和好了，宝钗就得以施展狠毒骗术，黛玉之衰就快了，而宝钗之兴也就加速了。哈斯宝的见解真是与众不同，这完全是离开作品的实际的主观臆测。

当然，哈斯宝对宝钗袭人的评价并非一无可取，当他在具体分析这两个人物的性格特征的时候，也有一些很不俗的见解。哈斯宝虽然看法偏激，但作为一个文艺理论家，他既看到宝钗袭人品行很坏，又感到这两个人物并不简单。哈斯宝指出："这部书写宝钗、袭人，全用暗中抨击之法。粗略看去，她们都像极好极忠厚的人，仔细想来却是恶极残极。这同当今一些深奸细诈之徒，嘴上说好话，见人和颜悦色，但行为特别险恶而又不被察觉，是一样的。”又说：“我读此书，对宝钗又喜又怒，喜的是她聪明伶俐，胸怀宽广公正，恶的是她奸狡狠毒，诡计多端。”并说：“袭人的奸诈，既可憎又可爱，宝钗的奸诈既可爱又可憎。”哈斯宝举了一个例子，《红楼梦》第六十二回，宝玉、黛玉、宝钗三人说话，袭人由于事先不知有三个人，只端来了两盅茶，她给宝玉一盅，剩下一盅是给宝钗，还是给黛玉，袭人一时决定不了，只好说：“那位渴了那位先接了。”巧妙地解决了两个人喝茶的问题。对此，哈斯宝比较赞赏，说这是袭人的可爱之处，但他又指责袭人不该只端两盅茶来，认为这是可憎的。至于宝钗先拿了茶喝，哈斯宝认为宝钗毫不让份，这是她的可爱之处，而她的可憎则是不该把喝剩下的半盅茶递给黛玉。哈斯宝有些看法简直毫无道理，比如袭人去端茶时只有宝黛两个人在说话，宝钗是后来来的，所以袭人只端来两盅茶，因而哈斯宝为此指责袭人是不对的。这里我们撇开哈斯宝的偏见不论，从中还是可以看出他在具体分析人物性格时，注意到了人物性格的矛盾和复杂。但他满脑子忠奸之说，故不能对人物性格的复杂性做出进一步符合实际的分析。

哈斯宝对其他人物的评价，也基本上是从忠奸的标准来衡量，比如他说王熙凤“委实是曹孟德的女儿，李林甫的妹妹”。说贾母是老猴子老妖婆，贾政是“假正”。哈斯宝对紫鹃、晴雯、探春、湘云的看法似乎好一些，尤其是称赞紫鹃是忠臣、义士、孝子、勇夫。对妙玉的评价倒是有些见解，认为妙玉性情绝怪，说宝玉一个“玉”，黛玉一个“玉”，为写这两个“玉”之妙，便写了一个妙玉。哈斯宝还指出，槛外人妙玉其实仍在爱海情网中，她见宝玉屡次面红耳赤，即是证据，这说得不错。

总而言之，哈斯宝对《红楼梦》思想内容、人物的评价比较偏激，且时时流露出封建伦理道德观念的陈腐说教。比如以封建道德观念评论黛、宝玉的品行，说什么“虽生缠绵之意，必如宝玉，寸地不乱的，才可为之才子；虽有伤感之情，必如潇湘，毫发不违礼教，方可为佳人”。还说“则使宝黛二人先通私情，后才正娶，罪过就更重了。亏得颦卿之志如松子之坚，否则一旦失足，又该如何”？对金钏之死，哈斯宝说得更露骨，说：“金钏同宝玉嬉笑调情，其轻薄，毫无妇女之态，这便是找死的根由”。完全是一种封建卫道士的口吻。

四

如果说哈斯宝对《红楼梦》的思想内容、人物评价比较一般的话，那么，他对《红楼梦》的艺术结构、情节、人物性格刻画等方面却有许多精彩的见解。

哈斯宝对曹雪芹的艺术才华和笔力十分崇拜，他称赞曹雪芹是奇人，文章有天工之巧，说：“这部书的作者，文思之深有如大海之水，文章的微妙有如牛毛之细，脉络贯通，针线交织”。又说：“读此书，若探文章的神灵微妙，便愈读愈有味，愈是入神；若追求热闹骚噪，便愈读愈乏味，愈是生厌”。不难看出，哈斯宝对《红楼梦》的艺术鉴赏水平是相当高的。

哈斯宝十分欣赏《红楼梦》的艺术构思，对冷子兴演说荣国府一段，他评价说：“村肆沽饮一段，好比把一绺长发盘在头顶，荣宁二府那么多的事，那么多的人，一时间丝毫不紊，一件件一桩桩，由冷子兴口中道出，听起来不就像把千丝万缕拢到一起，用绳子结起来一样么？在这一席话里，荣宁二府那许多事，那许多人，虽不在本回出场，却都跃然纸上，犹如在场，这就是旁敲侧击之法。在下一回里这些人物一个接一个上场，在读者心目中似曾相识，全靠本回这一席话。”哈斯宝分析得生动细致非常有道理。冷子兴演说荣国府确实为全书情节和人物的亮相，首先做了简明而生动的介绍，这是极为巧妙的艺术设计。

哈斯宝对《红楼梦》写人写事的神奇笔力赞不绝口，比如《红楼梦》第二十九回宝玉、黛玉、袭人、紫鹃四人对哭一段，哈斯宝批道：“笑中必有兴，哭中自有悲。此书令人爱死处就是，本来写一人悲泣就已很难，更不必说两人哭泣之衰了。书中写的由两人到三人，由三人而四人，且四人虽为一事而哭，但各怀心事，便绝妙无比了。黛玉哭的是有口难言心中话，宝玉哭的是有话说不到心坎上。袭人哭的是宝玉如此倾心黛玉，自己终将如何？如果落个黛玉之下，便权势全休。紫鹃哭的是黛玉若为宝玉这般劳心，病怎能好？要是病的不可收拾，自己又将靠谁？所以，黛玉的哭是苦的，宝玉的哭是涩的，袭人的哭是酸的，紫鹃的哭是辣的。”如此分析，细致生动，可见哈斯宝鉴赏之细，体会之深。哈斯宝还多次谈到《红楼梦》人物形象刻画的特点突出，鲜明生动，如在《新译红楼梦》第十三回的回批中，他不无感叹地说：“写贾政，活灵活现地写出一个气急败坏的父亲。写王夫人，逼真勾画出一个疼子心切的母亲。尤其老夫人，写得同老婆子毫无二致。写众人，也各具特色。写气急，令人毛发悚立。写哭号，是人心肠随动。以此看去，种种情景跃然纸上，真是作丹青也画不出。作者的笔，已经到了如此妙境。若写会稽起兵，乌江自刎，不知要使多少英雄豪气横发；若写白帝城托孤，五丈原祭星，又不知要使多少忠臣热泪满襟。”

用形象的比喻来表达对《红楼梦》的艺术见解，这是哈斯宝评点《红楼梦》的一个突出特点。如在《新译红楼梦》第三回，他用小姑娘想捉蝴蝶，巧妙地比喻《红楼梦》第三回的人物出场，就十分形象生动。他说：

> 进了荣国府，想这次可要见到宝玉出场了，不料又从贾母说起，写了邢王二夫人、李纨、凤姐、迎春三姊妹，还有贾赦、贾政，宝玉仍不出场。这又何异于巴望蝶儿落在花上，蝴蝶偏偏忽高忽低，时上时下地飞来飞去，就是不落在花儿上。这与忍性等到蝴蝶落花上，慌忙去捉，不料蝶儿高飞而去，又有何异？使读者急不可耐，然后再出场，才能使他们高兴非常，心花怒放。呵，作者的笔是神是鬼，为何如此细腻工巧？

曹雪芹写得好，哈斯宝也批得好，这种形象生动的评语，在哈斯宝笔下处处可见。在清代的《红楼梦》评点中，哈斯宝的这一特点表现得最为突出，确实不同凡响。

哈斯宝注意到《红楼梦》大都是写平常家庭生活琐事，但他认为："此书凡写实事都不平淡描述"，而是在平常的事物中，写出不平凡来。尤其是作者极善于在"写同类事定要写出两样"，绝不雷同。比如，薛蟠与刘姥姥两个人物的逗笑，哈斯宝作了一个精彩的分析，他说："本书写红火热闹处，定要两事遥遥相对，写一样的两件事，又同又异，异中见同，缝合得十分工巧。"接着他列举了第十一回的薛蟠和第四十回的刘姥姥两件事，指出：

> 薛蟠和令是顿时着急，刘姥姥和令却想了半天。薛蟠说出的话句句讲他的行径，刘姥姥的每句话都是她的见识。薛蟠的动作都是出于真情，刘姥姥的举止全是故意作戏。真真假假，是本书的一条大纲，这就是遥相对称，是同而异。

薛蟠与刘姥姥同是逗笑，又都是在宴席上，都要行令，作者却写得别开生面，是同而异，妙不可言。薛蟠的急，刘姥姥的慢，薛蟠的真情，刘姥姥的装腔作势，两相比较，确实更能看出曹雪芹非凡的笔力和艺术匠心。而哈斯宝细腻的分析，则表现出他对曹雪芹艺术成就的深刻理解和非同一般的鉴赏能力。

五

哈斯宝对《红楼梦》诸多精彩见解，的确值得称道。但我们还应该看到，作为一个有很高文化修养和理论修养的评论家，哈斯宝并没有停留在一般的艺术鉴赏和评论上，而是通过回批，阐发了不少很有价值的理论见解，特别是关于小说创作的技巧与理论，这在清代《红楼梦》评点派中，是出类拔萃的。

（一）哈斯宝从对《红楼梦》的高度评价中，充分肯定了小说的地位和作用。在中国古代，小说向来不入大雅之堂，没有什么社会地位。自从李贽、金圣叹以来，小说的地位和作用才逐渐引起了人们的注意和重视。以金圣叹为师的哈斯宝，继承了前人的理论传统，他不无自豪地说：“卧则能寻索文义，起则能演述章法的，是圣叹先生。读小说稗官能效法圣叹，且能译为蒙古文的，是我。我是谁？施乐斋主人耽墨子哈斯宝。”他理直气壮地质问：“谁能说小说稗官没有史臣臧否之法？”“谁能说读小说稗官于人无益？”在他看来，像《红楼梦》这样的小说，是针砭时事，泄恨书愤，有深意微旨，有很强的现实意义。因而，他对曹雪芹极为敬佩，说：“后日锦绣肺腑的贤哲之士读此《红楼梦》，案头必备高香清茶才应开读。点高香，是为报答作者写出这部如锦似绣的文章，留给我辈赏心悦目。沏清茶，是要洗涤我辈几天积下的愚心浊肠，赏心悦目，读此文章”。这既是对作者的高度赞扬，更是对小说地位和作用的充分肯定。

（二）哈斯宝在回批中提出，小说应“务求实事实理”，要真，但又不是局限于真人真事。艺术的真，艺术的实事实理，是对生活的总结和概括，因此艺术需要虚构。所以哈斯宝又说：“读这样奇妙文章，兴味浓郁处，几乎忘其虚构，当做真事。”

（三）哈斯宝强调小说人物形象刻画要各具特色，不能简单化。他特别注意到宝钗形象刻画的成功。他指出：

> 全书那许多人写起来都容易，唯独宝钗写起来最难。因而读此书，看那许多人的故事都容易，唯独看宝钗的故事最难。大体上，写那许多人都用直笔，好的真好，坏的真坏。只有宝钗，不是那样写的。咋看全好，再看就好坏参半，又再看好处不及坏处多，反复看去，全是坏，压根儿没什么好。一再反复，看出她至坏，一无好处，这不容易。但我又说，看出全好的宝钗全坏还算容易，把全坏的宝钗写得全好便最难。

尽管哈斯宝对宝钗的看法过于偏激，但他毕竟是一个有一定理论修养的评论家，当他深入地剖析宝钗这个形象的时候，正确地指出了这个人物的丰富和复杂。人物刻画不能简单化、类型化、脸谱化，一眼就看出人物的好坏，就会使人感到索然无味，作品和人物形象也就失去了它的艺术魅力。这里哈斯宝实际上提出了一个十分重要的理论问题，即人物形象塑造，不能直说好坏，不能太露，越是隐蔽越是含蓄越好。宝钗形象的刻画成功，其根本原因也就在这里。这种观点在今天看来似乎算不了什么，但在哈斯宝那个时代，这已经是相当了不起的理论建树了。

（四）通过对《红楼梦》艺术实践的总结，哈斯宝还就小说艺术描写、情节展开、构思、结构等诸多方面提出了不同凡俗的理论见解。

哈斯宝对流行于明清时代诸多才子佳人小说故作惊人之语很不以为然。他指出："读诸才子书，见其每回之末定要故作惊人之语，以图读者必欲续读下去。此法屡用，千篇一律，便朽俗无味了，怎及本书务求实事实理，生奇处果真有奇，惊人处确属可惊。"故弄玄虚，故作惊人之语，并不能真正收到良好的艺术效果。"惊"和"奇"应从情节的发展中自然而然产生，是情节发展的必然结果。所以哈斯宝又指出："文章之妙不在于事先可料变化反复，而是在事出突然且又合乎情理。"他举例说，比如王熙凤借送茶叶说林黛玉的几句话，读者以为宝黛姻缘已定，以为作者构思就这样，"后来突然折转，无意中生变，而且变得端端有理，这是何等之奇"。

对于情节的变换，哈斯宝也有形象生动的见解。他认为热闹的情节不能连在一起，那样不免吵扰，不能不使人耳噪眼乏，因此两场热闹中间写出一段恬静雅音，特地使读者有一番心旷神怡。"好比伶人唱戏，总要先有一阵紧锣密鼓，热闹一场之后，稍事停顿，又慢慢敲鼓点，和之以缓镲钹之节，吹箫打铙，生旦戏文。"他认为《红楼梦》正是这样"无妙不备"。哈斯宝特别提到《红楼梦》第七十四回、七十五回的情节变换。第七十四回"惑奸馋抄检大观园""忽然像乱云掣电暴风疾雨般到来"，到了第七十五回"赏中秋新词得佳谶"，"却写皎月晴夜的幽景，长空无尘，流光清澈，明月像一捧洁冰，透凉而不长久"。哈斯宝感叹地说："可见作者用笔异常犀利。"

哈斯宝无疑是他那个时代里比较杰出的人物，他的《新译红楼梦》及其回批，不仅是蒙古族文学中的宝贵财富，也是中国古典文学宝库中一份珍贵的遗产。他对《红楼梦》思想内容及人物形象的评价比较偏激，且有许多陈腐的封建说教。但他对《红楼梦》的艺术分析却不同凡俗，别有见地。特别他在长篇小说创作理论上提出了许多精彩的见解，为中国古典小说理论的建立和发展做出了突出的贡献。

（原载《社会科学辑刊》1991年第4期）

桐花凤阁主人陈其泰《红楼梦》评点浅谈

在清代《红楼梦》评点派中，陈其泰无疑是值得重视的。过去很长一段时间里，人们对陈其泰《红楼梦》评点了解得并不多，一粟编《红楼梦书录》仅据《石头记集评》和《忏玉楼丛书提要》，对陈其泰评点作了简要的介绍。一九七七年，陈其泰评点手稿在杭州图书馆被发现。一九八一年，刘操南先生将其抄录整理出版，人们对陈其泰评点的价值才有了进一步的了解和认识。

陈其泰，字静卿，号琴斋，别号桐花凤阁主人。祖籍浙江海宁，后迁居海盐。陈其泰生于嘉庆五年庚申（1800），卒于同治三年甲子（1864），终年64岁。

陈家为海宁望族，陈其泰十世祖陈元龙官居太子太傅文渊阁大学士兼工部尚书管理礼部事务，显赫一时，他就是社会上有种种传说的陈阁老。陈其泰家一支似乎不很兴旺，其高祖陈克健为乾隆辛酉举人。曾祖父陈濂为乾隆癸酉副榜，当过分水县教谕。祖父陈石麟为乾隆癸卯举人，当过山阴教谕。父亲是嘉庆庚申举人，做过江苏睢宁县知县。到了陈其泰这一辈就更不景气了，“食指渐繁，家道中落”，只好靠笔耕为生了。

陈其泰一生经历很多，在仕途上并不得意。他于道光十九年己亥（1839）考中举人，此时已经是四十多岁了。以后的岁月，他曾做过抚院记室、云和训导、长兴教谕等，没做过什么正儿八经的官。同治元年正月壬戌（1862），徐宗千任福建巡抚，陈其泰随行，到了福建就病倒了，同治三年病死在抚院。陈其泰少负异才，胸有大志，“天资高敏，文笔健雄，势若建瓴，不可遏止，诗文古辞，无所不长，剧谈时事，议论风生，经济文章，渊源有自”。但一生却很不顺利，至死也只是寄人篱下的幕僚。陈其泰在仕途上不得意，著述上却颇为丰富，著有《行素斋诗文集》、《行素斋子史劄记》、《琴斋随笔》、《春熙书屋诗文钞》、《桐花凤阁诗文稿》、《鸿雪词》、《宫闱百咏》等，而其中陈其泰的《红楼梦》评点用力最多，成就最大。①

《红楼梦》评点倾注了陈其泰大半生的心血，他“酷嗜《红楼梦》”，从十七岁开始读《红楼梦》，就被迷住了，“悦其舌本之香，醉其艳情之长”。二十五岁时（道光四年，1824）开始写评，用了将近二十年的时间，到四十三岁的时候（道光二十二年，1842）才全部评完。

陈其泰评点包括回目拟改、眉批、行间批、回末总评及《吊梦文》一篇，全部评点约二十万字。陈其泰的《红楼梦》评点受涂赢的影响较大，在评点中多出大段引录涂赢的《红楼梦论赞》。他接受了涂赢关于《红楼梦》写“情”的观点，但他比涂赢阐述得更为深入、更加细腻。不仅如此，陈其泰的《红楼梦》人物论、艺术分析及对后四十回的评价，都极为精彩，显示出非同一般的鉴赏和理论水平。毫无疑问，陈其泰在清代《红楼梦》评点派中是出类拔萃的。

陈其泰对《红楼梦》的评价极高，他说《红楼梦》是世间传奇小说中少有的，文心奇幻，文心绝世，“作书本旨，欲脱尽陈言，独标新义”，“撇去一切陈境，命意在翻新出奇”。他还把《红楼梦》与《诗经》、《离骚》相提并论，说：“《国风》好色而不淫，《小雅》怨悱而不怒，若《离骚》者，可谓兼之。继《离骚》者，其惟《红楼梦》乎！”他不无感慨地说：“人心之灵，与化工争巧，始信文章非小道也。”充分地肯定了《红楼梦》的地位与价值。

《红楼梦》是一部什么书，写的是什么？这似乎是每一个评点家都无法

---

① 有关陈其泰生平资料，均据刘操南先生《桐花凤阁红楼梦批语辑录》代序，天津人民出版社1981年版。

回避的问题。陈其泰回答说："此书以妇女为主"，"且《红楼梦》，情书也"。当然，这部以妇女为主的"情书"，不是寻常人所理解的情书，不是寻常儿女之私情，那么是什么样的"情"呢？陈其泰认为：

> 屈子作《离骚》，太史公作《史记》，皆有所大不得已于中者，故发愤而著书也。夫得一知己，死可不恨。黛玉而得宝玉，诚可知己矣。虽死，又何恨焉。独宝玉遇知己之人，而不能大白其知己之心，又不幸而竟为不知己之事，卒欲向知己者一诉之，而不可得。呜呼，恨何如也。仅有一人知己，而问其知己者不一人。人人不知己，而蛊惑之，束缚之，必使之贰于不知己之人而后已。而我之知己，则已死矣，我之所以报知己者，非惟不能大白于知己之前，并无以白之人人，白之天下后世也。于是，不得不作书以白之。吾不知作者有何感愤抑郁之苦心，乃有此悲痛淋漓之一书也。夫岂可以寻常儿女之情视之也哉。

在陈其泰看来，《红楼梦》如同《离骚》《史记》一样，是作者发愤之作。而作者的感愤悲痛则来源于真情不被世俗理解，甚至是束缚和蛊惑。所以，宝玉对黛玉表达出的情感，超凡脱俗，是纯洁真挚的爱情，是生死之情，因而不能用寻常儿女之情看待《红楼梦》。

把宝玉之情归结为真情、泛爱，这是陈其泰评点中最集中、最精彩的内容，也是贯穿全书的基本论点。

宝玉之情，表现在对黛玉的情感上，是一种建立在共同情趣基础之上的纯洁、真挚、专一的爱情。陈其泰指出：宝玉"专心致意于黛玉，两人心心相印，纯是天然，绝无人欲。故非美色所得其间，非柔情所得而动，非毁誉所得而惑，非死生所得而移，亦非食人间烟火者所得而领会也。读《红楼梦》而存一男女之见以论宝玉，则触处皆错，不止不识的黛玉而已"。又说："宝黛二人，志趣相合"，"宝玉深于情者，而从不着意于警幻所训之事，其于袭人之流，结欢于此事，正不钟情于此人也。若其于黛玉，则冰清玉洁，惟求心心相印而已。所以欲得为偶者，即紫鹃所谓万两黄金容易得，知心一个也难求。既得其人，必不忍相离耳。非慕色也，非好淫也”。陈其泰将情与欲、真情与私情作了明确的区分。宝黛之间，不是欲的吸引，而是心心相印，志趣相合，是建立在相互了解相互知心基础之上的神圣爱情。这个被当代红学家称之为一个新的原则，一个现代恋爱的原则，早在一百五十多年前，就被陈其泰做了详尽的分析和大胆的肯定，这是十分了不起的。当然，男女之间美好的爱情，不可能摒除性的欲望，没有性欲的爱情，是有缺陷的爱情，是不完美的爱情。不可否认，曹雪芹由于历史的局限和传统文化的束缚，他在情与欲的关系认识上是片面的，似乎纯洁的爱情不能包括性的欲望，必须从人欲的迷津中超脱出来，所谓“意淫”就是“惟心会而不可口传，可深通而不可语达”。但这仅是问题的一个方面，我们还必须看到，《红楼梦》中的“意淫”是同“皮肤滥淫”相对比、相对立的。在《红楼梦》中人物生活的那个时代，妇女根本没有社会地位，只是男人的玩物，贾赦、贾珍、贾琏一流好色之徒，只知皮肤滥淫，根本不懂得什么叫爱情。而“意淫”则表达了对妇女的尊重，对美好纯洁爱情的追求。因而宝黛之间那种心心相印、纯是天性，绝无人欲的爱情，就成了一面明亮的镜子，照出了一群纨绔子弟的肮脏和丑恶，照出了封建社会制度扼杀纯洁爱情而放纵皮肤滥淫的虚伪和残忍。陈其泰的理解同曹雪芹是一致的，他大胆肯定了宝玉之情、宝黛爱情，这对揭示《红楼梦》深刻的思想内涵是有积极意义的。

宝玉之情，对黛玉以外的其他诸多女孩儿来说，也是一种纯洁美好的感情。泛爱，既是贾宝玉情感的重要特征，又是陈其泰评点《红楼梦》的重要观点。陈其泰说：

> 宝玉之爱姐妹，是其天性。虽情钟情于黛玉，亦岂能恝然于宝钗、湘云哉。看红麝串，揣金麒麟仍是率真其天性而已。而黛玉不能无意外之疑矣。要知宝玉与黛玉、宝钗、湘云契好，其意全不在夫妇床笫之间，故不嫌于泛爱，与俗情自是不同。不得谓其情无一定，不专注黛玉而责

之也。

泛爱论点的指出，表明陈其泰对贾宝玉人物形象的认识达到了相当高的程度，这是值得十分重视的。在陈其泰看来，宝玉的泛爱是一种超出男女私情、男女爱情的更为纯洁的情感。宝玉除对黛玉一往情深外，他对众多女孩也视同自己的姊妹一样，他是纯洁的，对女孩儿是同情尊重的，并用自己纯洁的心灵体贴关心大观园中的女孩，表现出一种真情。陈其泰说：“宝玉温存旖旎，直能使天下有情人皆为之心死。然所重者知心，在感情，绝不在淫欲，岂复尘世所有。”又说：“世俗男子，有所爱恋，必欲真个销魂，方谓情缘畅遂。……以为亲履舄交错以为乐，抚摩怀抱以为爱：朝云暮雨，以为快哉。知此始可与言情，而茫茫孽海中，谁得情之三昧者。以此语人，人亦不信，乃今观宝玉之与香菱、平儿诸人，而知余言不谬矣。”“宝玉之于美人，务在以心相交接，使美人体会我心，至于终身不忘，斯已足矣。其于平儿也，一理妆而平儿知其心。其于香菱也，一换裙而香菱知其心。绝无丝毫亵狎，而已有非常之乐。……知心之人，至于生则同生，死则同死。至于一处化灰化烟，至于割慈忍爱，翩然出世，岂非男女之情，不在床笫哉。”宝玉对女孩的泛爱，的确没有私欲存在，而是一种体贴和亲切、关心，而他所企求的报酬，只是希望别人能理解他，能体贴他的心情，如此他就感到十分地满足和快乐了。宝玉之情，的确如陈其泰所说：“清妙绝俗”“为世俗所惊”。这种超凡脱俗的情感“诚非世道中人所能识也”。

陈其泰泛爱观点的提出，形象而准确地概括出贾宝玉的心理形态和性格特征。不仅如此，宝玉的泛爱，既是一种美好的向往和追求，同时又是一种极大的悲剧和人生的苦痛。“自是君身有仙骨，世人那得知其故”，宝玉到处用情，情痴情种，却不为使人理解，宝玉是《红楼梦》中最为痛苦的一个人。陈其泰深刻地指出：

世人皆为黛玉哭耳。仆所哭着，尤在宝玉焉。断痴情之痛，不若成大礼之痛为更深。夫自古皆有死，为黛玉哭，恨可言也；民无信不立，为宝玉哭，恨不可言也。天下古今第一有情人，偏生屈做负心人。此段奇冤诉于人，人不知白。诉于天，天不能言，岂不痛哉。世人读《红楼梦》者，莫不深爱宝玉。或有莽汉，不爱黛玉，然即不爱黛玉，吾知必不忍见其如此死。深爱宝玉，亦不忍见如此生。

悲乎！宝玉的痛苦更深更重。不过，宝玉做为天下古今第一有情人，他的苦痛，不仅仅在于黛玉之死，还在于他的情、他的苦痛不为世人所理解，诚如鲁迅所说："悲凉之雾，遍被华林，然呼吸而领会之者，独宝玉而已。"

除对宝玉有很高的评价之外，陈其泰还将《红楼梦》诸多人物划分为二大类。宝玉、黛玉、晴雯、妙玉诸人为一流人物。陈其泰认为：这些人"虽非中道，而率其天真，合乎污世，卓然自立，百折不回，不可谓非圣贤之徒也"。中道，是儒家的道德标准，用中道来衡量，宝玉、黛玉、晴雯、妙玉等并不很合乎标准，但在陈其泰看来，他们虽非中道之流，而宝玉等情感的率真和行为的不流凡俗，仍不失为圣贤之人。这里，陈其泰实际上是用"情""真情"作为道德的根本标准了。因此，陈其泰极力称赞黛玉"情操如玉""深清"。说晴雯虽然任性，不计利害，但"是直血性人，绝无人欲之私，不比熟于世故者有意做作，瞻前顾后也"。"晴雯出场，便尔清气扑人眉宇"。对妙玉的评价也很有特色，认为妙玉是宝玉的知己、神交，"性情纯与宝玉相同，宜其心心相印，水乳交融也"。他不客气地批驳了以男女相悦之心揣度宝玉与妙玉的关系，指出若说妙玉与宝玉也有儿女私情，不仅无从领略《红楼梦》的旨趣，而且俗不可耐。

陈其泰把宝钗、王熙凤、袭人等人列为另一类人物，尤其对宝钗的批评十分严厉，他认为："假道学，是宝钗一生欺人处。"指责宝钗"无情之尤""俗骨""机械变作"等等。陈其泰毫无疑问是一个拥林抑薛派，他对宝钗的批评过于偏激，甚至认为宝钗脖子上的金锁也是伪造的，说薛家有意编造了金玉之说的谎话以迷惑人的。这种论点早在民国初年就有人批评他："若必谓伪造金锁以冀遂其私愿，不免胶柱鼓瑟之见也。”这个批评是很有道理的。

与许多评点家不同的是，陈其泰对湘云、探春的评价也不高，他不同意“以湘云为豪”的说法，认为这是世俗之见，而他则把湘云归为宝钗一流人物。他对探春也多有批评，尤其探春对赵姨娘的态度使他十分反感，认为“赵姨人固不堪，奈是探春生身之母，若偏私护庇，自非当家所宜，而言语之间，总当存母子体统”。“口口声声指斥其母为奴才，亦太不留余地”，认为探春是小人作为。对探春理家他也不以为然，批评说：“探春为人，毫不含蓄，自以为能，遇事从刻。且以得管家为荣，不知凤姐平儿早经看破，正欲其为己分谤也。探春坠其术中矣”。最有趣的是陈其泰认为宝玉婚事的决定权在王夫人手里，贾母说了不算，其根据是两件事：一是宝钗管家；二是袭人为妾。这两件事都是王夫人决定的，并没有请命于贾母。而宝钗管家，表明宝钗的地位已定。袭人做妾则是宝钗定亲的影子。这种说法与许多人的看法不同，但并非没有道理。

如同许多评点家一样，陈其泰也十分注重对《红楼梦》的艺术分析，并表现出相当高的艺术鉴赏水平。他极力赞赏《红楼梦》文笔的奇幻和变幻不测，称赞《红楼梦》文心绝世，笔光闪烁，笔之跳脱，如生龙活虎，后人无从学步。他认为《红楼梦》艺术的一大成就，是脱尽以往传奇俗套，“笔笔出人意表，总不屑蹈前人窠臼也”。的确，这是《红楼梦》对中国古代小说传统的重大突破，从而达到前所未有的艺术高峰。

对《红楼梦》中的人、事、景的具体描写，陈其泰也多有评论，倍加称赞。如第三回黛玉初进贾府，书中巧妙地通过林黛玉的眼睛描写了贾府的景象，陈其泰赞叹道：“贾府第宅人物，从黛玉眼内叙清，不觉其繁，此书惯用此法。”又说：“大第宅及富贵景象，随常写去，自然确实，庸手极意铺排，恰是不见世面说话也。”第六回刘姥姥进荣国府，农村老太太入富贵人家的神情心态、王熙凤的起居及待刘姥姥的神态无不写的逼真生动，神态活现，陈其泰在此回总评中赞赏道：“此回描写之细，非传奇家所能到。”他认为《红楼梦》用笔绝不用直笔，看似平淡的事情，写来却又不平淡。如宝玉出场，写来就不同寻常，陈其泰评道：“引出宝玉，笔情幻妙，作者总不肯使一直笔也。”他还认为《红楼梦》的“叙事都有波澜，绝不平实”。而且“一笔作两笔用，非庸手所能及”。及看到第十七回贾政等人游大观园，陈其泰评道：“此回妙诀，全在贾政眼中看出来，能参活法，读之如在目前，可当卧游。更妙在未曾游毕，当有余不尽之致，益见此园之大，使人想象无穷，文字之妙，偏于没文字处生色，尤奇。”这分析得相当有道理，如果一览无余，大观园也就没有那么大的魅力了，不会给人留下想象的空间。而没有写到的地方，人们尽可以去发挥自己的想象力，用丰富的想象，使大观园充满了神秘感，因而对人们更有吸引力。正所谓“不写之写”“不着一字，尽得风流”。

陈其泰还十分钦佩《红楼梦》的白描笔法。白描本指中国绘画的一种技法，用在文学创作上，则泛指用笔的简练，不加烘托修饰，而能勾画出鲜明生动的形象。陈其泰认为：“白描仙笔，此种笔法，《红楼梦》独擅其胜。”他举第六十二回一个情节为例，说的是香菱因与小丫头们厮闹，不小心弄脏了新做的裙子，宝玉出于对香菱的关心，好意将袭人的裙子给香菱换下，此时香菱既感激，又担心薛蟠知道了会不高兴，她想嘱咐宝玉一声，可又红着脸话不好出口。书中写道：“香菱红了脸，只管笑，嘴里却要说什么，又说不出口来。”在这里作者并没有让香菱说出什么话来，但“此处无声胜有声”，香菱什么也没说，却更加耐人寻味，含蓄无穷。

陈其泰对如何描写两性关系，也发表了许多很不一般的见解。他认为《红楼梦》在这方面不用直笔，不实写，用笔含蓄，比《金瓶梅》高妙的多。如第六回写贾蓉见王熙凤的一段情节，他认为王熙凤“淡淡数语，而淫冶狎昵之态，已满纸皆是，传奇妙笔”。特别是描写王熙凤的表情更是“传神阿诸之笔”。他说，这种写法高妙绝妙，如直写，就成了《金瓶梅》文字了。再如第二十一回，写贾琏见鲍二家时的那种丑态，陈其泰说：“一语抵得《金瓶梅》数百言。”稍后第二十三回，当贾琏对王熙凤说：“你为什么就那么扭手扭脚呢？”陈其泰批道：“淫事只如此写，超妙。”陈其泰并不反对写淫秽事，但要写得含蓄，不直露，无论如何淫荡的事，“写来却不污笔墨”，这才是高超的写法。这个观点在今天看来也是很了不起的。

作为一个严肃的评点家，陈其泰尽管高度评价了《红楼梦》成就，但同时他又不客气地对前八十回的一些描写提出了批评，这是很值得我们注意的。他说：

> 前八十回中，亦多失检点应修饰之处。盖脱稿即已传抄，而抄本又多互异。作书者未及琢磨完善，传抄者亦不参究精纯。故洛阳纸贵。而未为尽善尽美之书也。

这是一种很平实的看法。陈其泰已经注意到了前八十回与后四十回的区别，注意到了抄本多异，注意到了“作书者未及琢磨完善”，这在清代的评点家中是十分了不起的，真是值得我们重视和研究。陈其泰对前八十回的批评，主要集中在某些情节和某些细节的描写上。如第四回贾雨村判案，他认为“今但以‘徇情枉法’四字了之，未免补拙”。又说：“如何胡乱判断，叙述欠明”。再如书中人物的年龄，他认为问题比较多，指出《红楼梦》中许多人物的年龄描写都对不上，是“此书多失检点处”。如宝玉的奶妈，他就认为写得太老了，他说：“宝玉方十余岁，奶母极老，不过四十余岁耳。书中说得太龙钟，亦败笔也。”他认为黛玉的奶妈也是这样写得太老了。陈其泰还指出黛玉进京时，年方六岁，宝玉、宝钗亦不过七八岁，则薛蟠长宝钗二岁，不过十岁，可书中写薛蟠“何以说来已是成人光景”。薛蟠已能逞凶夺妾，年龄就更不对了。对第五十三回祭宗祠的描写，陈其泰也提出了批评，认为贾府宗祠规模及祭祀从宝琴眼中看出是不合情理的，他说：“薛家是外姻，宝钗已无入祠与祭之理，宝琴更隔一层，万万不应随同贾氏子姓至宗祠，此段总属败笔。”有趣的是陈其泰还出主意说，让贾蓉续娶的妻子，初次见行礼既入宗祠，就合情合理了。这个意见倒不无道理。陈其泰还对邢夫人、尤氏、秦可卿等人的家世提出了问题，他说：“贾氏世禄之家，联姻自必门户相当。贾赦、贾珍现袭世职，岂少公侯之女与缔婚？乃邢夫人、尤氏、秦氏、胡氏等家世，皆与贾府门第不称，殊不入情。”过去，研究者们很少从这个角度提出问题，陈其泰提出的问题值得我们认真研究。《红楼梦》第四回说到贾、王、史、薛四大家族连络有亲，这样的名门望族怎么会娶门户低微的人家呢？我认为陈其泰的批评是很有道理的。陈其泰认为之所以出现这样的问题，是“作书者笔下太贪省力”所致，这是否说得对，需要进一步探讨研究。

最后，我们再来谈谈陈其泰对《红楼梦》后四十回的评点。这一部分的评点在桐花凤阁主人的全部批语中，占有相当重的分量，可以说，在清代的《红楼梦》评点家中，还没有一个人能像陈其泰那样将前八十回和后四十回作了明确的区分，并作了全面的比较和分析。

首先，陈其泰明确地指出《红楼梦》前八十回与后四十回不是出自一人之手，后四十回是他人续成的。陈其泰指出：“后四十回非原书。”“惜后四十回失去，续编者未得作者用意。”他在第八十一回批道：“自此回起，系另一人续成之，多与前八十回矛盾处。”陈其泰根据什么得出后四十回是他人续书的结论呢？（一）他根据程伟元、高鹗写的《红楼梦》引言。（二）他“闻乾隆年间，都中有钞本《红楼梦》一百回后，与此本不同”。陈其泰并没有见到这个“钞本”，而是听说有这么个钞本，说的是“薛宝钗与宝玉成婚不久即死，而湘云嫁夫早寡。宝玉娶为继室。其时贾氏中落，萧索万状，宝玉湘云有除夕唱和诗一百韵”。这个钞本很可能是诸多续书的一种，但与现存的续书的情节又不相同，还有待于进一步研究。但由于这个钞本的情节与后四十回的情节不一样，反倒成了陈其泰断定后四十回是他人所续的根据之一。（三）他将前八十回与后四十回作了比较，发现后四十回在艺术上远不如前八十回，许多情节、细节也与前八十回不合。这一条是陈其泰最主要的依据。

陈其泰对后四十回都有哪些批评呢？

（一）后四十回小家子气。陈其泰认为后四十回小家子气，包含两方面内容：其一，是续书者缺少前八十回作者的见识和大家风范；其二，是续书作者将贵似王公的贾府写成小家光景。在第一百零九回的一条批语中，他批评道：“笔下只见处处小家气，续书者似未知大家风范也”。在此回的总评中又说："作后四十回书者，其见解总未能免俗。故揣摩宝玉、黛玉、妙玉诸人，不免沾涉情欲。宝玉岂以知心为虚情，以淫事为正经者哉。……由于识见之鄙俗，宜后文叙妙玉落劫，笔头亦沾泥带水，无一毫超尘拔俗之致也。"不仅见识如此，在续书者的笔下，贾府在后四十回也变成"寻常京官，不是勋戚大家光景"。如第八十五回，贾政升了郎中，阖府喜气洋洋，还要唱戏庆贺。陈其泰指出："升一郎中，何必如此之张皇欢喜耶。说来殊不称贾府门第。"他认为，对贾府来说，升一个小郎中，实在算不上什么大喜事，只有小家子才这么看重郎中的官职。又如第一百零五回，贾府宴客竟在内厅荣禧堂，陈其泰指出："堂堂国公府第，仅一内厅宴客，更无一处常厦？竟说成三家村房舍矣。"更离谱的是到了一百零九回，作更的老婆竟跑到宝玉的房内值起班来，全没有一点大家的规矩，陈其泰批评道："支更的婆子在宝玉卧榻之侧，岂非笑话。"这些都表明续书者对贵族大家生活是不熟悉的，因而每每流露出小家子的景象。在第七十九回，薛蟠娶了夏金桂为妻，薛家与夏家是门当户对的，陈其泰在此处批道："颇有大家气象，何以后文如此小家气耶？"他认为八十回后夏家不知怎么没个大家的气象，夏家的人也显得"太村气"。陈其泰这种观点和分析，是非常有道理的。陈其泰家族为海宁望族，陈其泰本人就生活在清代社会中，他对贵族之家的气象应该比我们今天的人感受更深，所以他有关后四十回缺少大家气象的见解，是非常值得重视的。

（二）后四十回人物口吻不似其人。陈其泰说："自八十一回起，看去总多与前文不合处，言谈口角亦都不似其人甚矣，续貂之难矣。"如第八十三回因金桂吵闹，薛宝钗前去劝解，她对夏金桂说："我劝你少说几句吧，谁挑检你？又是谁欺负你？不要说是嫂子，就是秋菱，我也从来没有加她一点声气儿的。"陈其泰批道："不似宝钗声口。"他认为："秋菱已绝足于金桂之房，不应再提起。宝钗决不如此之随口说话也。"这个批评是对的。秋菱（即香菱）之前已被金桂借口赶了出来，如今跟宝钗住在一起，既然这样，宝钗劝金桂，随口带出秋菱，岂不是火上浇油么，这哪像前八十回中那个城府很深、柔中有刚的薛宝钗呢！陈其泰还认为后四十回的宝玉也大失本相，"绝不似宝玉口吻，与前八十回笔墨，相去天渊。”又说：“作书者真乃胡乱下笔，不曾体贴各人口气也。”他还认为八十回后的王熙凤也失去以往的尖巧，“不似凤姐口吻”。

（三）续书者不熟悉举业。陈其泰是道光年间的举人，他对科举考试自然十分熟悉，但值得注意的是他在后四十回的批语中，多处指出续书者不熟悉举业，认为有些描写与考试制度不合。如第八十四回，写到贾政要考一考宝玉，让他做个破题，但又不需雷同前人，陈其泰批道：“破题如何不雷同，既不雷同，又何足异。可笑之至。”当贾政试了宝玉一番，心里挺高兴，陈其泰指出：“只看三四个破承题，便尔喜欢，门客又说学问大进，实为可笑。想作书者于举业，竟是门外汉也。”在一百十九回，书中写道：“知贡举的将考中的卷子奏闻”，陈其泰认为这应在出榜之前，而不应是出榜之后将卷子奏闻，所以说“于考试例尚未合”。续书者不懂科举，如果说陈其泰的看法是正确的话，那么这对于进一步研究《红楼梦》后四十回的作者到底是谁，是很有价值的。

（四）前八十回与后四十回打扮装束不同。陈其泰认为《红楼梦》前八十回是旗妆，如第二十四回鸳鸯的打扮，是“穿着水红绫子袄儿，青缎子坎肩儿，下面露着玉色绸袜，大红绣鞋”。陈其泰指出：“旗妆点出。”又如第三十一回宝玉的装束，“袍子穿上，靴子也穿上，带子也系上。”陈其泰批道：“旗人映出。”他认为后四十回以后的打扮与前八十回所叙不合，如第九十一回宝蟾的一身装束，“拢着头发，掩着怀，穿一件片锦边琵琶襟小紧身”。陈其泰认为：“皆非旗妆。”再如第九十四回中，宝玉穿着“一裹圆”的皮袄在家歇息，陈其泰批道：“‘一裹圆’三字，八十回前未见。”紧接着书中又写到宝玉听说贾母要来，便去换了一件狐腋箭袖，罩一件元狐腿外褂。陈其泰指出：“竟是袄套矣，与以前所叙之装束不同。”《红楼梦》中人物装束的描写很复杂，过去研究者们指出，作者似乎有意回避装束的朝代，诸如贾宝玉、林黛玉、薛宝钗、王熙凤等几个主要人物的服饰，很难说是明代的还是清代的，是汉族的还是满族的。但《红楼梦》毕竟是时代生活的反映，作者曹雪芹的先祖就是入旗的人，他身边的朋友也多有宗室之弟等，因此他对满族人、旗人生活的熟悉是很自然的事情，表现在《红楼梦》人物服饰上，常常出现旗人的装束也就不奇怪了。但续书的作者是不是旗人就很难说。陈其泰注意到前八十回与后四十回人物装束的不同，还是很有研究价值的。

（五）细节不合。陈其泰认为："八十回后诸回，属稿者不甚体会前书之旨，每多舛谬。"又说，后四十回"种种脱枝失节，总不及前八十回之头绪清楚也"。陈其泰读书很细，在他的眼里后四十回不合前八十回之处比比皆是，不胜枚举，他几乎在每一处都作了评语。这里我们举几个例子：

（1）王夫人不该在贾母处吃饭。第八十一回写到王夫人陪着贾母摸牌，完后贾母让王夫人、凤姐跟她一起吃晚饭，陈其泰认为："凤姐俟伺候老太太吃完饭后，与鸳鸯等同吃饭，则间或有之。王夫人亦在老太太处吃饭，则从来未有之事。若与凤姐都跟着老太太吃，尤不合礼。"

（2）老太太连吃两次饭。第八十四回写到贾母留凤姐和尤氏一起吃晚饭，贾政及邢、王二位夫人伺候摆上饭来才走。可紧接着又写贾母吃晚饭，并且留薛姨妈跟凤姐同她一起吃。陈其泰批道："此回率笔舛谬处甚多。""最可笑者，贾母已吃过饭，而薛姨妈来，又摆饭于贾母房中，探春等不待老太太吩咐，便即陪坐。凤姐儿不候老太太吃完，居然同吃。"还有更可笑的事，贾母明明说："你太太才说她今儿吃斋，叫他们自己吃去罢。"可等贾母她们吃完饭聊天的时候，王夫人竟在一旁也说上了话，最后是同薛姨妈一同出来。陈其泰批评道："王夫人不回房，竟在老太太处伺候薛姨妈及探春、凤姐吃饭，……种种忽略，如何成书？"

（3）女人向爷们回事。第八十三回写到周瑞家的向贾琏回事，贾琏听了一半就走了。陈其泰指出："女人向爷们回事，从来未有，亦是败笔。"

（4）称谓不对。第一百零五回薛蝌称贾政"姨夫"，陈其泰认为"称谓不合"。王夫人自然是薛蟠的姨，称贾政是"姨夫"似乎不错，但陈其泰指出在前八十回一般称"姨娘"和"姨爹"，没有称"姨夫"的。

（5）贾政管起家务事。在前八十回贾政是一个一向不问家务的人，但在后四十回中贾政竟是事无巨细什么都管了起来，如第八十五回林之孝来回事，说："今日是北静郡王生日，请老爷示下。"陈其泰认为："应是赖大来回。此等事向日亦从不请贾政的示，续书者总未向前八十回中细寻针线也。"又如，第八十一回宝玉要去上学，贾政还要吩咐李贵："明儿一早，传焙茗跟了宝玉去……"陈其泰指出："传焙茗何用贾政吩咐？"

（6）巧姐变小了。如第八十回巧姐一见贾芸，如同幼儿认生一样哭啼，凤姐还叫"乖乖不怕"。陈其泰指出："巧姐已不小，不应如襁褓中见生人便哭。"在第一百零一回，巧姐夜里啼哭，还要奶妈拍着睡觉。陈其泰认为这都是后四十回的败笔。关于《红楼梦》中人物的年龄忽大忽小的问题，不止是后四十回中有，其实在前八十回中也有，如贾宝玉的年龄就有忽大忽小的问题。当然造成这种情况，前八十回与后四十回的情况有所不同，造成的原因也可能不同，需要进一步研究。

（7）薛蟠变成了另外一个人。第四回薛蟠为了抢香菱，打死冯渊，竟像没事一样。但在第八十五回，薛蟠又打死了人，此时薛家一片慌乱，全没有一点四大家族的气势。不仅如此，在第八十六回，薛蟠竟在一个小小的知县面前低三下四，自称"小的"，全没有一点薛霸王的样子，陈其泰指出："薛蟠何以竟无些小功名"。又说："何以从前打死了人，竟不偿命"。

（8）紫鹃看错了宝玉、黛玉。在第九十四回，紫鹃自己啐自己道："你替人耽什么忧！就是林姑娘真配了宝玉，他的那性情儿也是难伏侍的。宝玉性情虽好，又是贪多嚼不烂……"陈其泰批评说："紫鹃已深信，不应又作此想。""紫鹃以黛玉为性情难伏侍，断无此理。""用笔太拙，恕不入情，远不及前八十回笔墨。"陈其泰说得不错。

（9）将妙玉封在园里。第一百零二回写大观园闹鬼，"将园门封固。"陈其泰不无揶揄地说："尚有栊翠庵在园内，若封固园门，则妙玉何从得食？续书者竟不知妙玉住在园中耶！"

（10）贾政竟在荣禧堂设宴。荣禧堂是王夫人的正内室，这在第三回交待得十分清楚。但在第一百零五回，贾政不仅在这里设宴，赖大也能跑来，陈其泰批评道："荣禧堂是王夫人之内室，何得在此请客？""荣禧堂岂男人家能到之地？"

要举例还有许多，如小丫头向贾政递红帖子，小厮随便出入大观园，茗烟也能跑到贾母的院门口，等等。陈其泰挑出这些毛病，是要说后四十回的确与前八十回有很大的区别，不是一色笔墨，失误疏忽处太多，说明后四十回续书者未及细细琢磨前八十回，以至出现了这么多不合之处。

陈其泰对《红楼梦》后四十回的批评还有很多，而最使他反感的是关于妙玉的描写。他说："余每看到此处，胸中辄作数日恶，深恨八十一回后为另本凑成。窃意原本必不如是之污纸笔而煞风景也。盖其事乃次书本旨，即有其事，亦不肯实写一笔。况妙玉乃书中第一流人物，岂肯下一死笔耶。"十分有趣的是，陈其泰为妙玉设计了一个新的结局，说不如留在宝玉出家之后，妙玉了悟，将衣钵传给惜春，然后飘然出世，途中遇警幻仙姑，经历种种尘劫，最后舍身毕命，一脱凡胎，竟登幻景。陈其泰恐怕对妙玉也是爱之太过，他设计的结局说实在的，也不怎么高明。

当然，陈其泰对后四十回也不是一味地批评，他虽然不满意后四十回笔墨，认为与前八十回相差甚远，但他又认为："看后四十回书，只可节取其大段佳处，不必求其尽合也。"这是一种很平实的态度。陈其泰认为后四十回也有写得十分精彩的地方，如第九十六回傻大姐遇见林黛玉以后的描写，他指出："黛玉闻信之下，甚难描写。此时心里云云，刻画入微，形容尽致。即'你去吧'三字，亦不能容易说出。颤巍巍者，十分经意而出之情状也。始则脚软入绵花，神气夺也。既而脚步如飞，肝火动也。不知作者从何处体会到此。"还称赞这是"绝妙笔法""笔力直透纸背"。对第九十七回描写的黛玉焚稿等情节，他也给予相当高的评价，说："古语云：读出师表而不流涕者，非忠臣也。读陈情表而不流涕者，非孝子。仆谓读此回而不流涕者，非人情也。""若此回焚绢子，焚诗稿，虽铁使心肠，亦应断绝矣。"又说："笔下不知是墨是泪是血，阅者莫能辨也。"但从总体看，陈其泰对后四十回基本是否定的。

在清代的评点派中，陈其泰《红楼梦》评点远没有王希廉等人的影响大，但他的水平却决不在王希廉之下。他对宝玉之情的深刻理解，在清代评点派之中是无人可比的，他的艺术分析和人物论，都显示出相当高的鉴赏水平。

（原载《红楼梦学刊》1991年第3辑）

王希廉《红楼梦》评点新议

王希廉，字雪香，号护花主人，江苏吴县人。他大约生于嘉庆年间，卒于光绪年间。关于王希廉的生平事迹，我们所知甚少。据他的朋友赵同钧说，王希廉是个知识渊博的人，“博极群书，尤爱读史”，“工诗善古文，著作甚富”。（《孪史》序）但遗憾的是，目前我们所能见到的除他的《红楼梦》评点外，就只有一本《孪史》了。王希廉在《孪史·自序》中说：“余自束发后，爱观诸史，虽有一知半解，而愚钝善志，每事之相烦者随手记下，以备参考，名曰《孪史》，积之久而案头盈尺许矣。”《孪史》就是这样的一本读书摘要。

王希廉在学术上的贡献和影响，主要是他的《红楼梦》评点。

王希廉《红楼梦》评点，首次附刊在道光十二年（1832）双清仙馆本《新评绣像红楼梦全传》上，包括批序、总评、摘误和回末评，约五万字。其中总评有十一条，约2800字，阐述了王希廉对《红楼梦》的基本看法，内容涉及思想、艺术、人物、结构等各个方面。每回回末评的字数不一，总计45000余字，反复阐发批序和总评中的基本论点，并对每一回中的具体情节和人物做进一步的分析。摘误有19条，指出《红楼梦》“脱漏纰缪及未惬人意处”。

载之书前的《护花主人批序》，是一篇值得重视的文字，在这里王希廉不仅谈了对《红楼梦》的基本评价，同时又阐述了他对小说的社会功能的看法。他首先引用《南华经》的话：“大言炎炎，小言詹詹”。认为仁义道德，羽翼经史，“言之大者也”。而诗赋歌词，艺术稗官，就是“言之小者”了。如此说来，《红楼梦》自然是属于“小言”了。或者有人会问：“《红楼梦》虽小说，而善恶报施，劝惩垂诫，通其说者，且与神圣同功，而予以其言为小，何徇其名而不究其实也？”王希廉的回答是：“语有大小，非道有大小也。”在他看来，《红楼梦》虽为小说，但其“道”并不小，这就如同以管窥天，以蠡测海是一样的道理。因为管内之天，即管外之天；蠡中之海，即蠡外之海。他在第一回回末评中，在谈到葫芦庙时更进一步地说：“葫芦虽小，其中日月甚长，可以藏三千大千世界，喻此书虽是小说，而包罗万象离合悲欢，盛衰善恶，有无数感慨劝惩，……”王希廉对《红楼梦》的高度评价，对小说作用地位的充分肯定，这在小说不为人们看重的那个时代，还是很了不起的。当然，王希廉是从劝善惩恶的封建伦理道德观念出发来评价《红楼梦》的，并说“余于批本中已反复言之矣。”的确，封建说教在王希廉评点中常可见到，这对一个封建文人来讲没有什么可奇怪的。但王希廉毕竟知识渊博，有较高的文学鉴赏能力和理论水平，他从文学的角度对《红楼梦》作出的分析评价，仍有不少精彩的见解。

《红楼梦》是一部什么书，写的什么事，这似乎是每一个《红楼梦》的读者、研究者都首先碰到的问题，王希廉也不例外。他认为：“《红楼梦》专叙宁、荣二府盛衰情事。”但他在总评中又说：

> 《红楼梦》虽是说贾府盛衰情事，其实专为宝王、黛玉、宝钗三人而作。若就贾薛两家而论，贾府为主，薛家为宾。若就宁、荣两府而论，荣府为主，宁府为宾。若就荣府一府而论，宝玉、黛玉、宝钗三人为主，余者皆宾。若就宝玉、黛玉、宝钗三人而论，宝玉为主，钗黛为宾。若就钗、黛两人而论。则黛玉却是主中主，宝钗却是主中宾。……

王希廉的看法是比较切合实际的，他既指出《红楼梦》是写贾府盛衰事，又指出在描写贾府盛衰过程中，是以宝、黛、钗为主要角色，用今天的话来说，王希廉实际上提出了主题与主线的问题。尽管王希廉不可能有主题、主线这样的概念和说法，但做为一个具有相当理论水平的《红楼梦》评点家，他正确地指出了宝玉、黛玉、宝钗三个主要人物在《红楼梦》中的地位和作用，指出了主要人物与主旨的关系，这还是值得肯定的。

前些年，人们关于《红楼梦》第四回是总纲的问题，曾有过热烈的讨论。其实“总纲说”并不是毛泽东同志的发明，早在一百五十年前，王希廉就有了明确的说法，不同的是，他认为前三、四回只是叙述宝钗、黛玉与宝玉聚会之因由，第五回才是“一部《红楼梦》之纲领。”在第五回回末评中他进一步分析说：

> 一回至四回，已将贾、王、史、薛亲戚家世，大略叙明。黛玉、宝钗已与宝玉合并一处，入后应细叙居恒情事。然十二金钗尚未点明，若逐人另叙，文章便平芜琐碎，故以画册、歌曲将各人一生因果逐一暗暗点出，后来便都有根蒂。但又不便如贾氏宗支可借冷子兴口中细说，所以撰出一梦，在虚无缥缈之境。梦是幻仙。笔亦仙幻。

又说：

> 第五回自为一段，是宝玉初次幻梦。将正册十二金钗及副册、又副册二三妾婢点明，全部情事俱已笼罩在内，而宝王之情窦亦从此而开。是一部书之大纲领。

王希廉从小说结构的角度．强调了第五回在全书中的地位和作用，是很有道理的。冷子兴演说荣国府，是一次人物关系的交代，但那次主要是介绍贾、王、史、薛四大亲戚的家世及其关系，而十二金钗中的参数人物，由冷子兴口中说出来就不合情理，所以第五回中“撰出一梦，”将《红楼梦》主要人物和盘托出，因而称之为纲领，不无道理。当然，总纲或纲领说，如仅限于小说结构安排，是可以理解的。如扩大到对全书主旨的概括，无论是第四回还是第五回，称之为《红楼梦》总纲，都不是正确的。

如果说王希廉主要是从小说结构艺术的角度提出第五回是总纲的说法，那么“真假说”则完全是从对《红楼梦》内容的认识和理解上提出的了。他在总评中说：

> 《红楼梦》一书全部最关键是“真假”二字。读者须知，真即是假，假即是真；真中有假，假中有真；真不是真，假不是假。明此数意，则甄宝玉、贾宝玉是一是二，便心目了然，不为作者冷齿，亦知作者匠心。

真真假假，假假真真，真是越说越玄，越说越让人糊涂。其实，王希廉的说法并不难理解的，他并没有将“真假”二字纳入虚幻的概念中去，而是提醒读者注意《红楼梦》中这一种真真假假之间的奥妙关系。真与假的艺术表现是《红褛梦》本身客观存在的。第一回甄士隐梦游太虚幻境，见到一副对联“假作真时真亦假，无为有处有还无”。第五回贾宝玉梦游太虚幻境时这副对联又一次出现。不仅如此，书中还有甄士隐与贾雨村，甄宝玉与贾宝玉，金陵甄家与京中贾家等等。真与假不断出现，表明作者并非故弄玄虚，而是深有意蕴。王希廉看到了这一点，并强调对真假的认识，是理解《红楼梦》全书的关键所在。因而，真假说的提出不是王希廉的杜撰。

在王希廉看来，真真假假是《红楼梦》作者独具匠心的艺术表现手法。所谓真即是假，假即是真，真中有假，假中有真，真不是真，假不是假，首先是一种创造素材的来源模型与小说艺术虚构的关系。王希廉未必了解曹家的历史和曹雪芹的身世，但他凭着敏锐的观察能力，发现了作者的经历对小说创作的影响。在总评中王希廉谈到甄士隐、贾雨村、茫茫大士、空空道人、警幻仙子等俱是平空撰出，并非实有真人，这都是小说中的虚构。这几个人是假，但其中确有真，在第一回回末评中他就明确地说：“《石头记》者，缘宁、荣二府在石头城内也。悼红轩，似即是怡红院故址。当是曹雪片先生曩年目击怡红院之繁华，乃十年之后，重游旧地，风景宛然，而物换星移，园非故主，院亦改观，不禁有满目山河之感。故题其轩曰悼红，以见鸟啼花落，无非可悼，此一把辛酸泪不由人不落也。”因此，王希廉认为，《红楼梦》“虽是荒唐，却是实录其事，并非捏饰”。当然，这种实录其事，不是对生活真实的照搬，而是经过艺术加工的，正是“虽实录其事，而隐藏真迹，假托姓名，演为小说”。这是王希廉对真假的一种理解，而实质上，王希廉已经提出了艺术创作中一个重要的理论问题，即虚构与真实的关系。其次，所谓真真假假，又是艺术表现手法中虚象与实象的巧妙运用及内在的联系。关于这方面，王希廉特别指出了甄宝玉与贾宝玉两个人之间的关系，认为他们是一是二，是真是假是不能分的。在《红楼梦》第五十六回回末评中，他说：“甄夫人进京，遣人问安。说起家中亦有宝玉，而面貌情性，与贾宝玉无异。按写湘云戏言‘好逃往南京’，又接写宝玉一梦，与甄宝玉梦中彼此拉住，读者试想，两个宝玉是一是二？若仅作后文甄府被抄，及甄宝玉入都看，见未免为作者暗笑。”又说：“此回下半段专写两个宝玉，与上半探春兴利、宝钗得体绝不相属，而一回标题却止说探春、宝钗，此作者因下半段颇有关系，不便标题，另有一片深心，不可不知。”王希廉的意思十分明白，他认为甄宝玉的出现，是暗喻贾宝玉的后事，如果读者不能理解这其中真真假假的关系，就不能理解《红楼梦》，也不能理解作者的艺术匠心。这样看来，王希廉的“真假说”是并没有闹玄的。当然，《红楼梦》中有关真与假的内容及提法，带有浓厚的佛学迷雾，王希廉没有也不可能像今人一样做出正确的解释，而对艺术创作中真实与虚构、虚象与实象的关系，王希廉在理论上的解释也是很不够的，是比较简单的。

王希廉评点中对《红楼梦》内容丰富，包罗万象极为惊叹，他说：

一部书中，翰墨则诗词歌赋、制艺尺牍、爰书戏曲，以及对联匾额、酒令灯迷、说书笑话，无不精善；技艺则琴棋书画、医卜星相，及匠作构造、栽种花果、畜养禽鱼、针黹烹调，巨细无遗；人物则方正阴邪、贞淫顽善、节烈豪侠、刚强懦弱，及前代女将、外洋诗女、仙佛鬼怪、尼僧女道、娼妓优伶、黠奴豪仆、盗贼邪魔，醉汉无赖，色色俱有；事迹则繁华筵宴、奢纵宣淫、操守贫廉、宫闱仪制、庆吊盛衰、判狱靖寇，以及讽经设坛、贸易钻营，事事皆全；甚至寿终夭折、暴病亡故、丹戕药误，及自刎被杀、投河跳井、悬梁受逼、吞金服毒、撞阶脱精等事，亦件件俱有。可谓包罗万象，囊括无遗，岂别部小说所望能其项背。

的确，《红楼梦》实在是太丰富了，曹雪芹以其天才的笔力和渊博的知识，真实生动地描绘了十八世纪中叶封建社会中一幅幅栩栩如生的图画，这在中国古典小说中可谓是前无古人，后无来者。当然，《红楼梦》的伟大并不仅仅在于它的包罗万象，而更在于它的精和深，在于它的真和美，在于它艺术的绝妙，如艺术结构、人物刻画、语言等等。

关于《红楼梦》的艺术结构，王希廉是最早的一个做出系统分析的评点家。他认为："《红楼梦》一百二十回，分作二十一段看，方知结构层次。"王希廉认为第一回为一段，说作书之缘起；第二回为二段，叙述宁、荣二府家世及林、甄、王、史各亲戚；第三、四回为三段，叙述宝钗、黛玉与宝玉聚会之因由；第五回为四段，是一部《红楼梦》之纲领；第六回至十六回为五段，了解秦可卿诲淫丧身之公案，叙述王熙凤作威造孽之开端；第十七回至二十四回为六段，叙元春省亲、宝玉等移住大观园，此时为荣国府正盛之时；第二十五回至三十二回为七段，是宝玉第一次受魔几死，虽遇双真持诵通灵，而色孽情迷，惹出无限是非；第三十三回至三十八回为八段，是宝玉第二次受责几死，虽有严父痛责，而痴情益甚，又值贾政出差，更无拘束；第三十九回至四十四回为九段，叙刘姥姥、王熙凤得贾母欢心；第四十五回至五十二回为十段，于诗酒赏心时，忽叙秋窗风雨，积雪冰寒，隐寓泰极必否，盛极必衰之意；第五十三回至五十六回为十一段，叙宁、荣二府祭祠家宴，探春整顿大观园，气象一新，是极盛之时；第五十七回至六十三回上半回为第十二段，写园中人多，又生出许多事件，所谓兴一利即有一弊；第六十三回下半回至六十九回为十三段，写贾敬物故，贾琏纵欲，凤姐阴毒，了结尤二姐、尤三姐公案；第七十回至七十八回为十四段，叙大观园中风波迭起，贾氏宗祠先灵悲叹，宁、荣二府将衰之兆；第七十九回至八十五回为十五段，叙薛蟠悔娶，迎春误嫁；第八十六回至九十三回为十六段，写薛家悍妇，贾府匪人，俱招败家之祸；第九十四回至九十八回为十七段，写通灵走失，元妃薨逝，黛玉夭亡，为荣府气运将终之象；第九十九回至一百三回为十八段，叙大观园离散一空；第一百四回至一百十二回为十九段，写宁、荣二府一败涂地，不可收拾，及妙玉结局；第一百十三回至一百十九回为二十段，了结凤姐、宝玉、惜春、巧姐诸人，及宁、荣二府事；第一百二十回为二十一段，总结《红楼梦》因缘始末。以上二十一段是大段落，而于每回中又分了小段落，“或夹叙别事，或补叙旧事，或埋伏后文，或照应前文，祸福倚伏，吉凶互兆，错综变化，如线穿珠，如珠走盘，不板不乱。”

王希廉对《红楼梦》结构层次的分析，显然以“盛衰”为理论依据，因而有些分段相当有道理。如认为元妃省亲是荣府正盛之时，从七十回至七十八回一大段，大观园风波迭起，显出荣、宁二府将衰之兆等。但总的看来，王希廉的分段显得比较肤浅勉强，他没有看到《红楼梦》织锦式的艺术结构特点，只是一般地从情节进展划分段落。而有些分段，由于受到王希廉封建伦理道德观念的影响，分法和说法都值得讨论，如他认为第七段宝玉是色孽情迷，第八段又说宝玉痴情益甚，不仅分法不妥，说法更糟，完全歪曲了宝玉的叛道性格及此时期宝黛之间的爱情发展。另外，王希廉将前八十回和后四十回看成一个整体，因而分段时没有区别，没有看到前八十回与后四十回在艺术结构等诸方面的不同，这也是一个缺憾。但我们应该看到，王希廉的分段是严肃认真的，是真正下了功夫的。他不仅在当时产生了一定的影响，即使在今天对我们仍有启发。

王希廉把《红楼梦》当作文学作品看，在他的评点中，对《红楼梦》的艺术成就十分重视，简直是赞不绝口。他一再惊叹《红楼梦》“文人心思，不可思议”，说《红楼梦》文笔曲折生动，有正笔，有反笔，有衬笔，有借笔，有明笔，有暗笔，有先伏笔，有照应笔，有着色，有淡描写，总之是各样笔法，无所不备。王希靡还十分欣赏《红楼梦》写“梦”，认为写得好，他说，从来传奇小说，多托言于梦。如《西厢》之草桥惊梦，《水浒》之英雄噩梦，则一梦而止，全部俱归梦境。《还魂》之因梦而死，死而复生，《紫钗》仿佛似之，而情事迥别。《南柯》《邯郸》，功名事业，俱在梦中，各有不同，各有妙处。而《红楼梦》说梦，与以上传奇小说都不相同，立意作法，别开生面。如贾宝玉梦游太虚幻境，甄士隐梦中遇见一僧一道，香菱梦里做诗，甄贾宝玉梦里相会，小红私情痴梦，柳湘莲梦醒出家等，真是千姿百态，主意作法与别部小说迥然有别。王希廉对《红楼梦》作者的才华和传神之笔，也多有评论，如第三回王熙凤出场，王希廉评说：“王熙凤出来，另用一副笔墨，细细描画，其风流能干、有权阴薄气象，已活跳纸上，真是写生妙手。”第六十七回王熙凤审兴儿，王希廉评道：“写凤姐怒诘兴儿，先后画活，将一副凶恶面孔，一副畏惧形状，描画入神，丹青不及。”这些评语都显示出王希廉确有很高的艺术鉴赏水平。

在王希廉的《红楼梦》评点中，对人物的议论最多，其中又以宝、黛、钗三人最为集中。与许多评点家不同，王希廉对宝玉，尤其是黛玉评价不高，贬语不少，对宝钗则十分赞赏。所以过去曾有人说他：“大致持论和平，于林薛之间力事调停，遂使尊林者群起诟之，其实雪香本意并无轩其间也。”他是不是持论和平？他尊薛贬林是否有道理？看看他的评语问题自然清楚。

王希廉虽然左钗右黛，但他认为这三个人在《红楼梦》中的地位和作用并不完全相同。宝玉自然是最重要的角色，是第一主人公。若就钗、黛比较而论，王希廉并没有“感情用事”，而是认为黛玉比宝钗更重要，是“主中主”，宝钗却是“主中宾”。在这方面的分析评价可以说“大致持论和平”。

然而，当对人物做具体分析的时候，王希廉尊薛抑林的倾向就表现得十分严重。王希廉一方面认为“情痴、情种，是宝玉黛玉一生品题”。又说，“描写黛玉形容，可怜可爱，的确是痴情人。另一方面又百般指责黛玉小气，不知正道，不如宝钗大方，正大光明，认为薛宝钗与林黛玉是两种人。比如，

第十六回宝玉将北静王送给他的皇帝的香串，又送给黛玉，遭到黛玉的拒绝，并斥之为什么臭男人的东西。对于这件事王希廉承认黛玉品高情深，但又批评黛玉过于自矜。”对宝黛共读《西厢》，王希廉也颇有微词：“宝玉一见小说传奇，便视同珍宝。黛玉一见《西厢》，便情意缠绵。淫词艳曲，移人如此，可畏！可畏！”相反，在王希廉的眼中，薛宝钗处处合适得体，如第二十一回，宝玉一大早跑到黛玉房中，让湘云梳头，惹的袭人满肚子不高兴，恰巧宝钗走来碰上，袭人向宝钗说道。“姊妹们和气，也有个分寸礼节，也没个黑家白日闹的！”宝钗对袭人的“言语志量”十分佩服，对此，王希廉评道，“宝钗听袭人说话，有心赏识，留神探向，为后文伏笔。且暗写宝钗端重，与湘云、黛玉不同。”在第三十二回，金钏投井身亡，宝钗将自己的衣服拿出妆裹金钏，王希廉对其此举大为赞赏，认为宝钗“深得王夫人之心，已隐然是贤德媳妇”。第三十四回，宝玉挨打后，对黛玉和宝钗探望宝玉的不同，王希廉也忍不住评论几句，认为，“宝钗探望送药，堂皇明正。黛玉进房，无人看见，又从后院出去，其钟情固深于宝钗，而行踪诡秘，殊有泾渭之分。”很显然，王希廉论钗黛，完全是以三从四德的封建正统伦理道德为标准，用这个标准来衡量，宝钗当然事事处处符合标准，而具有叛逆性格的林黛玉就不合封建正统的要求。按照王希廉的眼光，宝钗、袭人都是贤妻好妾，贾母王夫人选中他们，是在情理之中。相反，像黛玉、晴雯、司棋都不合妇道。比如，对晴雯之死，王希廉也承认晴雯是屈死，但从顽固的封建伦理道德出发，又认为晴雯的死轻如鸿毛，林四娘的死才是慷慨激烈，重于泰山。再如，对司棋之死与尤三姐之死，王希廉认为“激烈相似”，但他又认为，尤三姐是正式受聘于柳湘莲的，而司棋与潘又安则是私许终身，故邪正不同。王希廉就是这样一个封建正统的维护者，他对钗黛等人物的评论，带有浓厚的封建色彩，他对宝钗、袭人多有美化，不愿看到她们的冷和虚伪；而对黛玉、晴雯又多有歪曲，不可能正确地认识人物品德和性格，所以，王希廉这些方面的评论是不那么“和平”的。

对《红楼梦》中另一个重要人物王熙凤，王希廉的评点自然不会漏掉，他对凤姐的批评最为严厉．在第十回回末评中他写道：

> 贾瑞固属邪淫，然使凤姐初时一闻邪言，即正色呵斥，亦何至心迷神惑。至于殒命？乃凤姐不但不正言拒斥，反以情话挑引，且两次诓约，毒施凌辱，竟是诱人犯法，置之死地而后已。不但极写凤姐之刁险，日以描其平日钟情之处，亦必如此引盗入室。

王希廉的分析是有道理的，贾瑞是“癞蛤蟆想吃天鹅肉”固然可恶，但凤姐一再诱其上钩，置贾瑞于死地，的确是刁险之极。王希廉的看法是符合《红楼梦》实际描写的，这比那种认为凤姐是正当防卫。甚至认为是“保护妇女的合法权益”的理论，显然要实在得多，高明得多。对王熙凤在铁槛寺的所作所为，王希廉也不客气地进行了批评，指出，“凤姐一生舞弊作孽，不可胜言，若逐事细说，冗杂琐烦；若一概不叙，又似虚枉。故就铁槛寺弄权及后文尤二姐事最恶最险者，细写原委，以包括诸恶孽。”在王希廉看来，王熙凤的作孽，莫过于贾瑞之死、铁槛寺弄权和尤二姐之死这三件事，尤其是害死尤二姐，更是恶极。但王希廉没有仅仅停留在对凤姐的批评上，在第六十五回回末评中，他一方面指出凤姐害死尤二姐的罪孽，同时又尖锐地指出：“尤二姐、尤三姐之死于非命，祸胎皆种于珍、琏二人，宁府淫恶，造孽无穷。”批评的锋芒从凤姐转向贾琏、贾珍之流，这就非同一般了。

王希廉对《红楼梦》中的男男女女几乎都有所批评，唯一的例外只有一个贾母。对贾府中的男人，他认为贾敬、贾赦无德无才，贾政有德有才，贾琏小有才而无德，贾珍亦无德无才，贾环无足论，贾宝玉虽说有德有才，但是另一种才德，于事业无补。说到贾府中的女人，王希廉亦有一番评说，他认为邢夫人、尤氏无德无才，王夫人虽似有德，而偏听易惑，不见真德，才亦平庸。并认为金钏投井，晴雯屈死，司棋殒命，以及芳官出家，都是王夫人所造的孽。至于金陵十二钗中的人物，王希廉认为王熙凤无德有才，故才亦不正；元春才德固好，而寿既不永，福亦不久；迎春是无能，不是有德；

探春有才德，非全美；惜春是偏僻之性，非才非德；黛玉一味痴情，心地偏窄，德固不美，只有文墨之才；宝钗却是有德有才，虽寿不可知，而福薄可见；妙玉才德近于怪诞，故陷身盗贼；史湘云是旷达一流，不是正经才德；巧姐才德平平；秦可卿更不足论，都是没有福寿的人。所以金陵十二钗都是薄命司里的人。说来说去，《红楼梦》中诸多人物，都有这样那样的不足，只有贾母福、寿、才、德四个字，都占全了，是个完美的人物。王希廉说：“福、寿、才、德四字，人生最难完全。宁、荣二府，只有贾母一人，其福其寿，固为希有，其少年理家事迹，虽不知，然听其临终遗言说：‘心实吃亏’四字，仁厚诚实，德可概见；观其严查赌博，洞悉弊端，分散余资，井井有条，才亦可见一斑，可称四字兼全。”王希廉的见解的确与众不同。不过平心而论，王希廉对贾府诸人的分析，有些人物是相当有道理的。如贾府中诸男人，差不多就是那么些货色，对邢夫人、王夫人的见解也颇为深刻。但是，王希廉完全是用封建正统的才德标准来衡量人物，他对贾母那种令人费解的赞美，对宝钗才德的肯定，如同对宝玉、黛玉才德的歪曲一样，正是他满脑子封建伦理道德观念的突出表现。戴着封建正统的有色眼镜，自然不能对《红楼梦》中的人物做出平实的分析，更不能真正揭示人物的性格特征和悲剧的命运。

王希廉《红楼梦》评点的主要成就，是对《红楼梦》艺术方面的评价，他说《红楼梦》“结构细密，变换错综，固是尽美尽善，除《水浒》、《三国》、《西游》、《金瓶梅》之外，小说无有出其右者”。但作为一个严肃的评点家，王希廉并没有采取一种盲目崇拜的态度，而是“细细翻阅”，发现《红楼梦》“亦有脱漏纰谬及未惬人意处”。王希廉共说出十九条，如第二回冷子兴演说荣国府，说贾赦有二子，次子贾琏，长子是谁却没说明，似属漏笔。又如第十二回说是年冬底林如海病重，贾母叫贾琏送林黛玉去扬州，至第十四回中又说，贾琏遣昭儿回来，说林如海于九月初三日病故，贾琏同林姑娘送灵到苏州，年底赶回，要大毛衣等，先后所说，似有矛盾。再如，第三十六回宝钗代替袭人给宝玉绣兜肚，“文情固妩媚有致，但女工刺绣，大者上绷，小者手刺，均须绣完配里，方不露反面针脚。今兜肚是白绫红里，则正是两面已经做成，无连里刺绣之理，似于女红欠妥”。这些方面，王希廉所说都是对的，可见他读书之细。当然，王希廉所说的十九条，也不是条条都在理，比如说第七十七回宝玉探望晴雯，两人换穿小袄，王希廉认为，宝玉回来，临睡时袭人断无不见红袄之理，宝玉必向说明，书中未写，实为缺漏。这其实不能算是“脱漏纰谬”。《红楼梦》是小说，不是流水账，不是生活起居录，王希廉未免太坐实太认真了。

总之，王希廉《红楼梦》评点，是《红楼梦》评点派中代表之一，有一定地位和相当大的影响。他基本上是从文学欣赏的角度去评点《红楼梦》的，他对《红楼梦》艺术成就的评价是应该肯定的，但他对人物，特别是对宝、黛、钗主要人物的评价上，既有他的平实，又有明显的偏颇，他从三从四德的标准出发，尊薛抑林，反映了他思想的落后和保守。

（原载《红楼梦学刊》1994年第1辑）

张新之《红楼梦》评点得失浅析

张新之，号太平闲人妙复轩，生卒年不详。关于他的生平事迹我们知道的不多，据他的朋友介绍，张新之是“落拓江湖，一穷人也”[①]他性格豪爽，旷放不羁，学识渊博，善谈好饮，“十三经二十一史，滔滔然，渊渊然，……而其谐可喜，其戆可畏也”。[②]张新之好交游，嗜酒如命，喝醉了就睡，因而他的朋友既佩服他的见识和学问，又对他“逸喜游，嗜酒多睡”影响了《红楼梦》评点早日完成而感到惋惜，[③]他的另一位朋友铭东屏曾打趣他为“张颠”，说：“花拈一笑，名悟三生，不嫌曼倩滑稽，且赏张颠醉趣。”并劝他“专望于公余闲暇，少吃些酒，少睡些觉，将百二十回全行批出”[④]。可见，张新之醉酒是出了名，“张颠醉趣”很形象地反映出张新之的性格。

张新之的一辈子似乎一直在走路，短书长剑，走南闯北，游了不少地方。道光八年（1828，戊子）张新之到过黑龙江，不知去干什么，只知道他于这一年在黑龙江开始写《红楼梦》评点。三年后，张新之回到北京，已有评点二十回。第二年的夏天，他在北京认识了铭东屏，两人一见如故，谈起《红

① 《妙复轩评石头记》五桂山人序。一粟《红楼梦书录》（增订本），上海古籍出版社中华书局1981年版。

② 同上。

③ 同上。

④ 铭东屏书。一粟《红楼梦书录》，第51页。

楼梦》十分投机。促膝畅谈似还不够解渴，铭东屏又将张新之写的二十回评点借去，看了三个月，张新之再三索要，回信说丢了。这使张新之十分痛心，三年的心血竟这样不明不白地付之东流，张新之多年后谈到此事仍十分动情，说："原评二十回，从此不知所终，心目悬悬，无非石头变现也。"[①]道光二十年（1840，庚子），张新之开始南游，一路历览山川名胜，舟中马上，《红楼梦》始终带在身边。道光二十一年秋（1841，辛丑），张新之来到福建莆田，在这里碰到了五桂山人。这位五桂山人原本不欣赏《红楼梦》，认为小说都没有好东西，尤其《红楼梦》淫靡烦芜，是该烧的书。张新之与其争执，硬是说服了五桂山人，"遂因新之之所好而好之"，这次争论可能激发了张新之评点《红楼梦》的兴趣，他重新拿起笔继续评点《红楼梦》，至道光二十四年（1844，甲辰）已评得五十回。次年张新之回到北京。四年后，张新之第二次来到福建莆田时，已评完了八十五回。张新之大约在道光二十九年（1849，己酉）与五桂山人同到台湾，在朋友的督促下，只用了一年的时间，于道光三十年（1850，庚戌）八月，全部完成了百二十回的评点。算起来，张新之自道光八年开始写评，至道光三十年完成，经历二十余年，计三十万字，可谓呕心沥血。在"既衰且病"之年，总算偿还了夙愿，为此，张新之也是感慨万分，他在"评《石头记》成，作七律三章以志喜"，其第三章诗中道："心血于焉用斗量，笔花生彩墨生香：独燃一炬成秦火，横扫浮云见太阳。著论不随无鬼没，问年原比炼都长，老身杯酒同诗祭。事业欣欣托渺茫。"

张新之道光三十年（1850）完成《红楼梦》一百二十回评点，但整整过了三十年，即到光绪七年（1881）才由湖南卧云山馆刊印，名为《绣像石头记红楼梦》。据孙桐生说，他是同治五年（1866）在北京从友人刘铨福那里得到妙复轩《石头记》评本，原评本未抄录正文，孙桐生"逐句疏栉，细加排比"，前前后后用了近十年时间才排比、抄录完毕。光绪二年竣事，光绪七年孙献、孙

① 《妙复轩评石头记》自记。一粟《红楼梦书录》（增订本），第51页。

嶙校刊，卧云山馆刊印，从此扩大了张新之评语在学术界的影响。光绪十年(1884)，上海同文书局与上海广宋斋几乎同时将王希廉、张新之、姚燮三家评语汇集刊印出版。但广宋斋铅印本《增评补图石头记》只录了太平闲人读法及补遗、订误。评本以王希廉、姚燮的评语为主。上海同文书局石印本《增评补像全图金玉缘》则是以张新之评语为主，回末有太平闲人评、护花主人评及大某山民评，正文中又有太平闲人的双行夹评，这标志着张新之在清代三大评点家中地位的确立。

张新之批点，在清代评价很高。紫琅山人在《妙复轩评石头记》序中说："先生于此书，如梦游先天后天图中，氤氲化生，一以贯之，头头是道，著之于书，俾见者闻者，恍然神山之上，巨石洞开，睹列仙真面目，向之所见为瓦砾泥沙，颠倒而玩弄之者，一变而为宝藏光气，悚然以敬，怡然以解，心目皆快，渣滓去，嗜欲清，明善复初，见天地之心。此其时乎！盖反不经而为经，则经正而邪灭，因以挽天下后世文人学士之心于狂澜之既倒，功不在昌黎下。"有的把张新之称之为《红楼梦》作者的"千古第一知己"，把他的评点比作汉儒注《易》，甚至还把他看得比金圣叹批《三国》、《水浒》、《西厢》还高，说："然太平闲人乃正于此中得间，为一二拈出，经以《大学》，纬以《周易》，较之金圣叹评《三国》、《水浒》、《西厢记》，似圣叹尚为其易，而闲人独为其难。何也？圣叹之评，但评其文字之绝妙而已；闲人之评，并能括出命意所在。"[①]这些评价不无吹捧之处，但多少能看出一些他的评点在当时的地位和影响。

张新之评点《红楼梦》，在形式上同其他评点派没什么不同。首有一篇《红楼梦读法》，正文有夹批，每回有回末批。《红楼梦读法》如同一篇"总评"，集中表达了张新之对《红楼梦》一书的基本看法。他认为：

> 《石头记》乃演性理之书。祖《大学》而宗《中庸》，故借贾宝玉说

---

① 《妙复轩评石头记》鸳湖月痴子序。《红楼梦书录》，p49。

"明明德之外无书"，又曰"不过《大学》、《中庸》。"

是书大意阐发《学》、《庸》，以《周易》演消长，以《国风》正贞淫，以《春秋》示予夺。《礼记》、《乐记》融会其中。

《周易》、《学》、《庸》是正传，《石头记》窃众书而敷衍之，是奇传。故云"倩谁记去作奇传"。

这几段话说得再清楚不过了，无须多作解释。在张新之看来《红楼梦》不是一般的小说，而是一部宣扬四书五经的性理之书，满篇无非是《易》道，他十分感叹人们看不出《红楼梦》这一真正命意所在，甚至目为淫书，所以他要评点《红楼梦》，"使作者正意，书中反面，一齐涌现，夫然后闻之足戒，言者无罪，岂不大妙"。孙桐生说得更清楚，就是因为《红楼梦》这部书，"六十年来，无真能读真能解者，甚有耳食目为淫书，亦大负作者立言救世苦心矣得太平闲人发其聩，振其聋，俾书中奥义微言，昭然若解……"，总之，张新之评点《红楼梦》的目的，是为了让人们知道《红楼梦》是"有功名教之书，有裨学问之书，有关世道人心之书"，是一部阐发《易》道之书，这个基本观点贯穿张新之全部评点之中。鲁迅先生所批评的"经学家看见《易》"，大约指的就是这位太平闲人了。

张新之是怎样从《红楼梦》中看到《易》的呢？在《红楼梦读法》中，张新之曾以刘姥姥为例，做了一次十分具体的分析。他说开始读《红楼梦》的时候，以为书中写刘姥姥，如同戏中的丑角插科打诨，使全书不枯燥不寂寞，继而深思又觉得不对，如果说刘姥姥的作用仅是插科打诨，那么她第三次进荣国府，正值贾府丧乱，根本用不上她来插科打诨，由此张新之起了疑问。再详读《留余庆》曲文，再看第六回又重新特提刘姥姥，并原原本本叙亲叙族，历及数代，显然写刘姥姥并不只是让她插科打诨，因而张新之更加怀疑。"于是分看合看，一字一句，细细玩玩"，这样花了三年的工夫，才看出其中"是《易》道"。他指出："刘姥姥一纯《坤》也，老阴生少阳，故终'救巧姐'：巧生于七月七日，七少阳之数也。然阴不遽阴。从一阴始，一阴起于下，在卦为《姤》三三，以宝玉纯阳之体而初试云雨，则进初爻一阴而为《姤》矣，故紧接曰‘刘姥姥一进荣国府’：……故入手寻头绪曰‘小小一个人家’、‘小小之家姓王’、‘小小京官’，‘小小’字凡三见，计六‘小’字，悉有妙义。《乾》三即王字之三横，加一直破之则为而成《坤》。其断自下而上，初爻断为《巽》三，巽为长女，故为长女，故为母居女家……狗儿一《艮》，王成亦即《艮》，《艮》东北之卦，万物之所成终而所成始，故曰成。东北为春冬之交，故生子名板儿。板文木反，水令退，木令反矣。又生一女名青儿，青乃木之色，由北生东，是即老阴生少阳也。”这一大篇占卦术怕是多数人无法理解的，人不可想象这位太平闲人竟是这样地从一个普普通通的名字上，看到了《易》，看到了《坤》《姤》《艮》，哪里是评论小说，简直是一派胡言乱语。不过，我们只要耐心地看看他的这些“占卦术”，就会对太平闲人的评点有一个基本了解，完全是一种随心所欲的瞎猜胡扯，比索隐派的猜谜更为荒唐可笑。

在张新之看来，《红楼梦》的故事只是一种表面文章，全书真正的意旨是《易》道，是“隐演”四书五经。刘姥姥是这样，全书人物无不如此，如书中的男女主角宝玉、黛玉演“明德”，“以黛玉演物染，一红一黑，分合一心，天人性道，无不包举”；又如贾政、王夫人，“政字演《书》，王字演《易》，合政王字演《国风》。”还认为“贾赦之赦，邢氏之邢，则演《春秋》之斧钺也”。并认为，只有这样看，“是书本意，自然洞澈”。

很显然，张新之在阐述《红楼梦》一书旨意时，他并没有把《红楼梦》当作小说来研究，而看作是“演性理之书”，这是他的根本失误。因而他只能从书中看到《易》，看到“隐演”的《四书》、《五经》，而看不到生动的艺术形象和深刻的社会生活内容。

如果撇开张新之有关性理之书的枯燥说教和玄奥的占卦术，他对《红楼梦》艺术、人物的一些评价，还是有可取之处。

张新之十分注意《红楼梦》与其他古典名著的密切联系。他认为：“是书叙事，取法《战国策》、《史记》、三苏文处居多。”这话不无道理。《红楼梦》语言的凝练生动，的确继承了《史记》以来散文大家的优秀传统。张新之还认为《红楼梦》与《西游记》、《水浒传》、《金瓶梅》的关系不同一般，说：“《石头记》脱胎在《西游记》，借径在《金瓶梅》，搜神在《水浒传》。”“《石头记》是暗《金瓶梅》，故曰意淫。《金瓶梅》有苦孝说，因明以孝字结，《石头记》则暗以孝字结。至其隐痛，较作《金瓶梅》者尤深。”又说：“《金瓶梅》演冷热，此书亦演冷热。《金瓶梅》演财色，此书亦财色。”《红楼梦》与其他古典名作的关系是比较明显的，尤其是《金瓶梅》对《红楼梦》的影响更大，从结构到语言无不看到《金瓶梅》的影响，但把《红楼梦》看作如同《金瓶梅》一样，演冷热演财色，则歪曲了《红楼梦》的本旨，无论在思想内容上还是艺术成就上，《红楼梦》在《金瓶梅》的基础大大向前发展了。

张新之对《红楼梦》艺术上的评点不是很多，但评价比较高，有些评语也比较精彩，看得出张新之于艺术分析并不外行。他认为《红楼梦》上的文字是古文中不多见的文字，《红楼梦》这样的小说也是少见的，他说：“今日小说，闲人止取其二：一《聊斋志异》一《石头记》。《聊斋》以简见长，《石头》以烦见长。《聊斋》是散段，百学之或可肖其一；《石头》是整段，则无从学步，……此书自足千古。”又说：“写底里正义，《西游记》优为之，而面子非僧即魔。犹易能也。写面子，状声口，肖情形，《水浒》能之，而无底里可顾。挟势利，绘淫荡，《金瓶》能之，亦无底里可顾。此书后来居上。”这些评语都是很有见解的。看来，张新之对中国的古典小说是相当熟悉，他能准确地道出每部作品的主要艺术特点，并通过比较，对《红楼梦》作出了“自足千古”的高度评价。

张新之还指出《红楼梦》诗词姓名的隐寓，也比较中肯。他说：“书中诗词，各有隐义，若谜语然，口说这里，眼看那里。其优劣都是各随本人，按头制帽，故不揣摩大家高喝，不比他小说，先有几首诗，然后以人硬嵌上的。”又说：“是书名姓，无大无小，无巨无细，皆有寓意。……有正用，有反用，有庄言，有戏言；有照应全部，有隐括本回；有即此一事而信手拈来，从无随口杂凑者。可谓妙手灵心，指麾如意。”

对《红楼梦》的艺术结构，张新之也十分赞赏，在谈到第四回时他曾形象地说："此回文字，步步收缩，步步生发，平整中有突兀峰峦，乃大结构处。作者通身力量在此。如善打拳及人身即回，断不致命。而致命即在此拳。"他对《红楼梦》善写世故人情更是赞叹不已，说："一人有一人口气，一事有一事光景。即今百年阅历，处处留心，而有必非所见，必非所闻者，竟亦凿凿道出，真是神工鬼斧。"

张新之对《红楼梦》中的人物谈得比较少，相对比较，对宝钗黛玉谈得略多一点，他认为："是书钗、黛为比肩，袭人、晴雯乃二人影子也。"这个观点显然受到涂瀛"影子说"的影响。他还认为钗黛是一对仇敌，"一部大书写一钗一黛相为仇敌而已"他对黛玉的评价比较好一些，对宝钗十分厌恶。说"黛玉是意淫之主"，而宝钗是大奸雄的化身，认为"本书造一宝钗，为古今惩阴恶立传"，又说《红楼梦》是借《金瓶梅》中的吴月娘、《水浒传》中的宋江为蓝本来写薛宝钗的，他甚至认为薛宝钗为了争夺贾宝玉，而对黛玉暗刀杀之。对黛玉他也有所批评，认为"黛玉处处口舌伤人，是极不善处世，极不自爱之一人，致蹈杀机而不觉"。因而林黛玉、薛宝钗这两种人都做不得。总的说来，张新之左钗右黛，观点偏激，对书中两个女主人公的评价缺少艺术的具体分析。

如果说张新之对钗黛的评价不足取的话，他对尤三姐的评价则引人注目，他在第六十五回的评点中说："书至中幅，另开生面，文字亦另开生面写一尤三姐，真是生龙活虎，吾不知作者有多大力量。"对凤姐的评语也是比较精彩的，说："下半回写凤姐，真是生龙活虎，通身解数，令人笑，令人恐，令人喜，令人惜。"这都是有眼光的分析。

张新之三十万字的评点，花费了三十年心血，功夫下得很大，但成就则不高。根本的问题在于他没有把《红楼梦》当作小说，他看到的尽是《易》道与《四书》、《五经》的哲理，而不见活生生的人物与深刻的社会生活内容，因而他越是下功夫，离《红楼梦》真正的旨意就越远。当然，张新之的评点并非一无可取，他在艺术上的一些见解还是有些眼光的。太平闲人张新之的评点在晚清影响很大。这种现象也值得人们进一步研究。

（原载《红楼梦学刊》1997年增刊）

也谈曹雪芹祖籍之争

曹雪芹祖籍在哪里？是辽宁的辽阳，还是河北的丰润，在我看来这是一个并不太复杂的问题。然而，令人不可思议的是近两年来，这竟成了一个热门话题，人们争论不已，新闻媒体也颇多关注。前不久，河北省社会科学院文学研究所的王畅先生还为此写了一本《曹雪芹祖籍考论》，主张“丰润说”。我有幸拜读了王畅先生的书，也看到了他接受《北京日报》记者采访的报道（1996年11月15日《北京日报》京华周末版第198期），我认为《曹雪芹祖籍考论》一书的基本观点是站不住脚的。尽管王畅先生辛辛苦苦写了四十万字，但他没能为曹雪芹祖籍在丰润提供一条有说服力的新材料，多是一些主观的推测，因而既不能否定“辽阳说”，也不能让“曹雪芹祖籍再回丰润”。这里需要特别指出的是，王畅先生的书名虽名为《曹雪芹祖籍考论》，但实际上他主要考论的不是曹雪芹的祖籍，而是曹雪芹祖宗的祖籍，并且找错了地方，这就没有多大的意义。

在红学界，绝大多数研究者主张曹雪芹祖籍“辽阳说”，而反对“丰润说”，因为支持“辽阳说”的文献史料多，而“丰润说”则没有一条直接可靠的史料证据。不管王畅先生怎样反复地论辩，也不管他对“辽阳说”提出多少驳议，曹雪芹祖籍都根本不可能是河北丰润。这里我们只需指出一个基本事实就够了，这就是持“丰润说”者为曹雪芹所找到的那位“始祖曹端广”，偏偏他本人根本就不是丰润籍人，那么他的后人怎么会成了丰润籍呢？据《浭阳曹氏族谱》记载，曹端明、曹端广兄弟俩从江西武阳渡北上，哥哥曹端明“卜居于丰润之咸宁里”，弟弟曹端广“卜居于辽东之铁岭卫”。且不说这记载本身颇多疑问[①]，即使认定这记载是可靠的，那么这个记载也只能证明曹端明是丰润曹之始祖，而曹端广则是辽东铁岭曹之始祖，丰润曹是丰润曹，铁岭曹是铁岭曹，他们各自有自己的始祖，是平行的关系。曹端明、曹端广兄弟俩都不能算是丰润人或铁岭人，他们俩的籍贯是江西武阳渡。如果曹端广的儿子或孙子填籍贯，他们也只能填铁岭或是江西武阳渡，而绝不能把他们的父亲或祖父的哥哥的“占籍”丰润说成是自己的祖籍，这是不能乱认家门的。

有人说曹端广去铁岭前曾在丰润住过一段时间，这里我们要郑重指出，这是毫无根据的猜测之词，因为在《浭阳曹氏族谱》上没有一字一句说曹端广曾在丰润住过，这只是某些人的想当然。其实退一步讲，就算曹端广在丰润住过一段时间，一年半载，或三年五载，这同样不能改变他的江西籍贯，他仍然不能算作是丰润人。退一万步讲，就算曹雪芹真的是曹端广的后人，那他的祖籍说远一点也只能是江西武阳渡，而根本不可能是丰润。因为丰润不是曹雪芹的父亲或爷爷的家，也不是曹雪芹爷爷的爷爷的家，铁岭曹的始祖曹端广本人都不是丰润人，他的后人怎么就成了丰润人呢？真不知道曹雪芹祖籍“丰润说”从何说起。

更何况曹端广及其后人铁岭曹与曹雪芹家一支的辽阳曹根本没有关系，没有任何史料能证明辽阳曹是从铁岭迁移过来的，至少目前没有一条这样的材料。所以王畅先生在接受记者采访时也只能说：“先居铁岭的端广一支，至曹振彦而成‘辽阳一籍’，据此，可以推断曹锡远是从铁岭而至沈阳作官。”又是“推断”。推断、猜测并非不可，但多少应该有些根据才好。胡适说：“大胆地假设，小心地求证”，重要的是求证，要有证据，要有文献史料的证明，不能“跟着感觉走”，毫无根据地推测、猜测。

① 详见冯其庸《曹雪芹祖籍“丰润说”驳论》，载《红楼梦学刊》1996年第3辑。

与“丰润说”相反，曹雪芹祖籍“辽阳说”则证据很多。前些时候，中国红楼梦学会会长冯其庸先生曾写道：“雪芹祖籍辽阳，家传所载，宗谱所记，文献可考，碑石可证，虽万世而不移也。”这是实实在在的话，他十分简洁明了地概括了曹雪芹祖籍在辽阳的四个方面的证据。“家传所载”，主要是指康熙《上元县志·曹玺传》中所载曹雪芹的曾祖父曹玺“著籍襄平”，襄平即是辽阳故称。另，曹雪芹的祖父曹寅在自己的诗集《楝亭集》上自署“千山曹寅子清撰”，千山为辽阳的别称；“宗谱所记”，则是指的是现存《五庆堂重修辽东曹氏宗谱》，这是一部极为珍贵的宗谱，谱中以二世曹俊为“入辽之始祖”，而谱中“辽东四房”的九世至十四世，记载了从曹锡远、曹振彦、曹玺、曹寅等六代十一人的名字；“文献可考”，则概括了雍正《山西通志》、乾隆《大同府志》等多部史志文献，上面都清楚地记载着曹振“奉天辽阳人”“辽东辽阳人”；“碑石可证”，即指现存辽阳博物馆的《大金喇嘛法师宝记碑》、《重修玉皇庙碑》等三块石碑，上面刻有曹振彦的名字，这足以证明早在天聪四年（1630），曹雪芹的高祖就在辽阳居住，这都是实实在在的有关曹雪芹家世的最早的文献实物证据。有关曹雪芹祖籍在辽阳的证据确实很多，“辽阳说”也正是建立在大量的文献史料的基础之上，不是凭空推测猜测。冯其庸先生不止一次地说过：“我要郑重说明，我主张‘辽阳’说，但曹雪芹祖籍在辽阳这不是我所能定的，而是曹雪芹的祖父、曾祖父、高祖他们在几百年前就明确记载的，我不过是尊重历史，尊重事实，还历史以本来面目而已。”这是幽默，也是一个严肃正直学者应尽的职责。

以上我们仅是概要列举了“辽阳说”四个大方面的证据，这可不是一条“孤证”，也不是三条两条材料，而是许多条，它们相互印证，更显曹雪芹祖籍“辽阳说”论据充分。当然，你如果孤立地看一条两条，你可能会提出这样那样的疑问，比如王畅先生在接受记者采访时说：“上述两碑上有名字的佟养性属下军官，大部分都不是辽阳人，因此以两碑上有曹振彦之名，不能确证他就是辽阳籍人。”这话初看蛮有道理，但你如果将我们上面列举的四个方面的大量材料联系起来看，再仔细看看《山西通志》等多部史志记载：“曹振彦，奉天辽阳人，贡士，顺治七年任”等，你还能像王畅先生那样“断章取义”吗？你还能说曹雪芹的高祖曹振彦不是辽阳籍人吗？所以，连王畅先生也不得不承认：“这意味着这些史志记载只能表明曹振彦曾‘寄籍’辽阳，这与康熙《上元县志·曹玺传》说曹玺‘著籍襄平（辽阳）是一致的’。”尽管说得比较勉强，但王畅先生总算承认这些史志文献的记载是可靠的。虽然王畅先生强调辽阳只是曹振彦的“寄籍”，而非“祖籍”，这又能怎么样呢，这就能否认曹雪芹祖籍在辽阳的事实吗？因为我们要知道的是曹雪芹的祖籍，而不是曹雪芹高祖曹振彦的祖籍。权且我们承认辽阳是曹振彦的“寄籍”，曹振彦的儿子曹玺是“著籍襄平”，曹振彦的孙子曹寅自称“千山曹寅”，他们祖孙三代记载一致，总之都是把辽阳看成是自己的老家。而从曹振彦到曹雪芹已有五代，对曹雪芹来说，他的祖辈“寄籍”、“著籍”的辽阳无疑就是祖籍。这就如同丰润曹的始祖曹端明，《浭阳曹氏族谱》记载他也是“占籍”丰润，而对他的子孙后人来说，丰润无疑是祖居之地。其实，辽阳对曹振彦来说也是祖籍，这有《五庆堂重修辽东曹氏宗谱》为证。根据《五庆堂重修辽东曹氏宗谱》，曹雪芹远祖曹俊早在明洪武初年就来到辽阳，封怀远将军，并先后调任金州、沈阳等地，辽阳就是曹雪芹远祖入辽最先落脚的地方。但由于王畅先生等不承认《五庆堂重修辽东曹氏宗谱》中有关曹雪芹家一支上世的记载是可靠的，不承认曹俊是曹雪芹的远祖，而限于篇幅，我们姑且不去谈论《五庆堂重修辽东曹氏宗谱》的真伪问题。即便如此，仍有足够的资料证明曹雪芹的祖籍确实在辽阳。对于我们来说，能搞清楚曹雪芹上世在明末清初之际归附后金及“从龙入关”的历史，这对研究曹雪芹、研究《红楼梦》也就足够了。

这里我们有必要谈一谈“千山曹寅”的问题。千山，在今辽阳市东南六十里地，今天千山属鞍山市，可在古代则属于辽阳管，因而千山也就成了辽阳的别称。曹寅自称“千山曹寅”，无异于说“辽阳曹寅”。但王畅先生对此很不以为然，他认为：“曹寅署名的‘千山’系指辽东的千山山脉，此‘千山’并非代指辽阳。事实上曹寅自署‘千山曹寅’与他还曾自署‘长白曹寅’、以及有人称他为‘三韩曹寅’一样，都是泛指辽东地区而非某一具体地点。所以说‘千山’即指辽阳实是今人的一种误会。”这样的解释是十分勉强的，这所谓的“误会”是王畅先生的认识，事实并非如此。说“长白”“三韩”泛指辽东是不错的，而“千山”却并非泛指。说自己是“长白”人、“三韩”人、“千山”人，并没有矛盾，彼此之间不存在相互的排他性，这不过是对自己家乡的不同称呼，仅仅在于大的区域与小的区域的差别。如同说“我是东北人”、“我是辽宁人”、“我是辽阳人”一样都不错。自称东北人，并不意味着否定自己是辽阳人。很清楚，曹寅自称是“千山曹寅”，这与自称“长白曹寅”是不矛盾的。而在古代，“千山”确为辽阳的别称。如果我们把康熙《上元县志·曹玺传》和《山西通志》中的史料联系起来看，说“千山曹寅”如同说“辽阳曹寅”一样，没有什么可怀疑的了。这里我们不妨再为“千山曹寅”找一个证据，曹寅有一首《读葛庄诗有感，即韵赋送刘玉衡观察归涿鹿，兼怀狼崖李公》诗，是诗题中的刘玉衡，即清代戏剧理论家刘廷玑，他是辽阳人。在这首诗中，曹寅表达出对刘廷玑深厚的同乡情谊，诗中有句“故家乔木今谁在，永日残棋局更新”。“故家乔木”喻指乡贤，而“乔木”又多为形容故国或故里的典实，从这里我们不难看到曹寅正是把辽阳看作自己的故里老家。其实，即使“千山”为泛指辽东，这跟丰润也没什么关系，也无法否定曹寅及曹雪芹祖籍是辽东辽阳的事实。

《北京日报》的记者在采访王畅先生时，曾提出这样一个问题：“有人认为，追溯‘曹雪芹祖宗的祖籍’在红学研究中已没有多少价值，你认为是否如此？”这个问题问得好，这也正是曹雪芹祖籍论争中人们颇有非议的一点。我在文章的开头就指出，王畅先生去研究曹雪芹祖宗的祖籍，没什么意义。王畅先生在回答记者问题时也不得不承认：“一般人的祖籍，追溯到上三代即祖父这一代也就够了。”但他又认为曹雪芹不同，认为：“雪芹家的祖籍问题是个复杂问题，曹家家族的命运与明清之际这一特定历史时期的戏剧性变化密切相关，因此追溯曹家明清之际由何地入辽及入辽后的家世演变绝非没有意义。”我弄不懂曹雪芹的祖籍为什么就跟一般人的祖籍不一样，难道他是一个伟大的小说家，他的祖籍就有必要追溯得那么遥远吗？一般人上三代就够了，曹雪芹的祖籍上五代够不够？研究曹雪芹祖籍的目的不是为了去给曹雪芹寻找一个遥远的祖宗，而是为了深入了解对曹雪芹及其创作《红楼梦》有影响的家世史，了解曹雪芹上世是怎样沦为满清贵族的包衣，又怎样从龙入关发迹而成为赫赫扬扬的百年望族的，我看追溯到明末清初那一段历史也就够了，没有必要寻根刨底，像姓氏寻根一样。没有必要像王畅先生那样分什么近世祖籍、远世祖籍。照王畅先生的逻辑，曹雪芹该有几个祖籍？“近世祖籍”是个什么概念，“远世祖籍”又是什么概念？“远”到哪一代才算够？研究什么曹家在明清之际由何地入辽，经过一条什么样的路线迁徙到辽阳的，这与研究曹雪芹及其家世到底有多大的关系，是不是扯得太远了点？所以，在前不久举行的“1996全国红楼梦学术研讨会”上，有许多专家指出，研究曹雪芹祖籍问题是有必要的，是有意义的，但应该对“祖籍”有一个界定，应该明确我们研究的是曹雪芹的祖籍，而不是曹雪芹祖宗的祖籍，应该弄清楚我们研究曹雪芹祖籍的目的是什么。因而大家都不主张对曹雪芹的祖籍无限地寻根刨底。我认为这些见解是正确的。否则，像王畅先生那样用几十万字，去论证曹雪芹几百年前的一个祖宗，实在不值得。这样说绝对没有对王畅先生辛勤劳动不尊重的意思。比如王畅先生要追溯“曹家明清之际由何地入辽”的，这一“追”不要紧，至少要追到曹端广，他是明永乐初年迁居辽东铁岭的，距离曹雪芹生活的时代少说也有三百年以上，这样一来可不是三代五代，足有十几代，这对研究曹雪芹有什么关系？更何况这位曹端广根本就不是曹雪芹的远祖。还有人更起劲，一“追”就追到宋代开国元勋曹彬，那可是离曹雪芹足有七百年以上了，这可不得了，连“五百年前是一家”这句俗语都不够用了。所以，我认为不应该把曹雪芹祖籍与曹雪芹祖宗的祖籍混为一谈，不要把研究曹雪芹几百年前的祖宗说得那么玄乎，似乎这对研究曹雪芹与《红楼梦》有多么重要，没那回事。我们还是老老实实去研究曹雪芹及其家世、研究曹雪芹的祖籍为好。

（原载《红楼梦学刊》1997年第1辑）

“丰润说”没有任何根据

——在“关于曹雪芹祖籍、家世和《红楼梦》著作权问题研讨会”上的发言

《红楼梦与丰润曹》这部电视片播出后，我们编辑部收到不少来信和电话，表示气愤，提出了尖锐的批评。如著名红学家、南京大学吴新雷教授在来信中说：“看到《丰润曹》利用新闻媒介大做广告，大造声势，不禁哑然失笑。他们为了推销‘曹雪芹家酒’，便胡说八道。但他们有的是钱，有钱能使鬼推磨。报纸、电台、电视台拿了他们的钱，居然也不讲学术道德，甘为作伥，斯文扫地，叫人好气又好笑！”重庆大学科协应永铭先生在来信中说：“3月14日中央电视台播放了《红楼梦与丰润曹》，想来你们已经见到，感到为什么《光明日报》刊载的一些报道不顾事实，对真理视而不见？原来是否和刘润为同志有关，因为我看了电视片才知刘润为是《光明日报》文艺部副主任。”“在《红楼梦与丰润曹》中，某些地方缺乏公正、客观，例如对曹雪芹的生年硬说成是1724年，拒不谈生年的两种观点。因为是电视台播出，会在人们中间造成错觉。……我也拜读了《红楼梦学刊》1994年4期、1995年第1期的有关文章，对这两年来报刊上的错误报道，用充分的事实进行反驳。但我感到《红楼梦学刊》上的好文章影响面太小了，基本上在红学界的范畴。……因此，特建议你们能用电视方式和写出综合评述文章刊登在影响大的报纸和刊物上，以使谬论不至有市场，使广大读者能获得符合事实的东西，发扬真理。”来信对电视片和“丰润说”的观点提出批评的还有不少，在这里就不一一读了。

那天我看了这部片子后，心情也是很不平静。学术问题自然可以讨论，但像这部片这样搞法，实在成问题。这部片子有明显的倾向性，有明显的商业性，不顾事实，甚至不顾常识，信口胡说，显然已经超出了学术研究的范畴。在去年由文艺报和社科院文学研究所古代文学研究室联合召开的座谈会上，与会的红学家们已经对王家惠、刘润为和杨向奎先生的文章逐条进行了驳斥。正如邓绍基先生刚才所说，可以说已经驳倒了，可这部片子却不顾红学界绝大多数专家的意见，仍在宣传王家惠、刘润为和杨向奎的错误观点，正确的批评和多数专家的意见却得不到反映，这就不能不让人们深思。任何学术观点的建立，都要实事求是，都要有根据，不能凭空猜测，甚至是编造，这样做是极不严肃的。比如说曹雪芹祖籍问题，冯其庸先生的《曹雪芹家世新考》，已经讲得十分清楚了，说曹雪芹祖籍在辽阳，有大量的历史文献为证，有辽阳发现的石碑为证，有曹寅自己的记载为证，这么多的证据还不能说明问题吗？反之，“丰润说”则没有什么根据，即使按这个片子所讲的那一套，“丰润说”同样站不住脚。片子中说曹端明、曹端广兄弟从江西北上丰润，哥哥曹端明在河北丰润住下，弟弟曹端广在丰润住了一段时间后移居辽东铁岭，因此他们都是丰润曹。可这样问题就来了，就曹端明、曹端广兄弟来说，他们的祖籍绝不是丰润，只能是江西武阳渡，再追溯遥远一点，应该是河北真定灵寿。曹端明是定居丰润的曹家始祖，对这一支的后人来讲，可以讲祖籍丰润。而对入辽东铁岭的一支来讲，他们的始祖曹端广本人都不是丰润人，他的子孙后代怎么会变成了丰润曹？真是荒唐可笑！更何况铁岭曹与辽阳曹完全不是一回事，他们之间的关系没有任何历史文献为证。《五庆堂曹氏宗谱》的发现和考证，以及《明故孺人曹氏圹记》的发现，充分证明曹俊才是辽阳曹的始祖，与曹端广没有什么关系。

曹雪芹的祖籍问题应该说十分清楚了。我们研究曹雪芹祖籍，目的是为了进一步了解曹雪芹及其家世，是为了进一步认识《红楼梦》，而不是为了给曹雪芹找一个遥远的祖宗。像《红楼梦与丰润曹》电视片那样，去寻找丰润曹十几代乃至几十代以上的祖宗，这哪是研究曹雪芹的祖籍，而是在研究祖宗的祖籍，而且还找错了根。这已经跟研究《红楼梦》与曹雪芹没有什么关系了，也毫无意义。至于说王家惠的曹渊过继说、刘润为曹渊原始作者说，更是毫无根据的胡扯。有趣的是，他们一方面否定曹雪芹的著作权，另一方面又大力宣传“曹雪芹家酒”，真是让人好气又好笑。

我认为今天的研讨会十分必要，很有意义。它的意义在于不仅要澄清曹雪芹家世、祖籍和著作权问题，更在于要倡导一种严肃的科学的研究方法，要排除非学术性因素的干扰。我们应该严肃地对待学术研究，不能让王家惠、刘润为、杨向奎等人的错误观点误导读者。对新闻媒介宣传报道学术研究成果是应该肯定和支持的，但这种宣传报道一定要实事求是，客观公正，不能把错误的东西向群众宣传，这样只能有损于我们自己，有损于中华民族的文化传统。

（原载《红楼梦学刊》1995年第3辑）

〔备注：1995年3月14日，中央电视台播放了由中央电视台、唐山电视台、丰润县委县政府联合拍摄的电视专题片《〈红楼梦〉与丰润曹》。该片播出之后，在红学界乃至在社会上引起强烈反响。1995年3月29日，中国红楼梦学会、中国艺术研究院红楼梦研究所、红楼梦学刊杂志社联合召开了“关于曹雪芹祖籍、家世和《红楼梦》著作权研讨会”。冯其庸、王利器、周绍良、蒋和森、陈毓罴、邓绍基、刘世德、林冠夫、吕启祥、杜景华、沈天佑、张俊、张书才、周思源、杨乃济、石昌渝、扎拉嘎、王湜华、卜键、林正义、孙玉明、沈治钧等专家学者与会。蔡义江先生因事未能与会，托人带来了书面发言。与会专家学者对电视专题片《〈红楼梦〉与丰润曹》及“丰润说”“新丰润说”提出了批评。〕

曹雪芹祖籍论争述评

在《红楼梦》研究中有很多争论不休的问题，曹雪芹祖籍问题，即是历年颇有争议的问题之一。尽管曹雪芹祖籍在辽阳的文献史料证据很多，红学界绝大多数学者均取“辽阳说”，但坚持“丰润说”的学者却毫不退步，尤其近两年来争论渐趋激烈，以致祖籍问题之争成为当前红学研究中的热点话题之一。为了便于广大读者对这个问题的争论有更为全面清楚的了解，本文拟就曹雪芹祖籍问题论争的历史与现状做一简要的述评。

一 祖籍问题的提出

曹雪芹祖籍问题，是曹雪芹家世研究中的一个内容，而在红学史上第一个对曹雪芹及其家世进行较为全面认真研究并作出重大贡献的是胡适。1921年，胡适《红楼梦考证》发表，次后又陆续撰写了《跋红楼梦考证》、《考证红楼梦的新材料》、《重印乾隆壬子本红楼梦序》、《跋乾隆庚辰本脂砚斋重评石头记钞本》等文章。当时胡适研究的重点是著者与版本，在上述的文章中他搜集到了当时所能见到的有关曹雪芹及其家世的各种资料，并进行了相当深入的考证与研究。胡适的研究几乎涉及曹雪芹家世的各个方面，虽然他没有单独提出曹雪芹籍贯或祖籍问题，但他在《红楼梦考证》一文的第二部分中摘录了《八旗满洲氏族通谱》中的一条资料：“曹锡远，正白旗包衣人。世居沈阳地方，来归年月无考。其子曹振彦，原任浙江盐法道。”这里实际上已把曹雪芹祖籍问题十分清楚地摆出来了，这就是“世居沈阳地方”。在胡适看来，曹雪芹的籍贯或祖籍有切实可靠的史料记载，不存在什么问题，所以他也未就曹雪芹祖籍问题多讲什么话。

曹雪芹祖籍问题的提出，是从李玄伯先生开始的。

1931年，《故宫周刊》第84、85两期刊载了李玄伯先生《曹雪芹家世新考》一文，正是在这篇文章中李玄伯先生提出了“曹寅实系丰润人而占籍汉军”的观点，这可谓是曹雪芹祖籍丰润说的源头。李玄伯根据什么得出了这样的结论呢？他是这样说的：

> 清入关以前，汉人而从军有功者，多半派入汉军旗内，曹氏即其一也。尤西堂侗与曹寅甚有关系，寅在苏州时常与唱和，集内并有祝寅母之寿序、祝寅之寿诗、寿词、《楝亭赋》、《御书赞》、《曹公虎邱生祠记》，故西堂之言当可信也。《艮斋倦稿》文第十三卷《松茨诗稿序》：“司农曹子荔轩与予为忘年交。其诗苍凉沉郁，自成一家。今致乃兄冲谷薄游吴门，因则又体气高妙，有异人者，信乎兄弟擅场，皆邺下之后劲也。予既交冲谷，知为丰润人。”观此则知寅与河北丰润之曹冲谷为同族弟兄也。

在这一段文后，李玄伯又提到“曹寅之外，丰润曹氏仍有入旗籍者”。并举出《丰润县志》卷五《人物传》中的曹邦为例。县志云：“曹邦，字伫清，咸宁里人。明崇祯二年随清兵出口，及定鼎后，占籍正红旗。”由此李玄伯进一步得出了“曹寅实系丰润人而占籍汉军”的结论。这就是“丰润说”的提出。

李玄伯提出曹寅是丰润人，主要依据两条资料，即尤侗《松茨诗稿序》中的一段话和《丰润县志》中有关曹邦的记载。曹邦入旗籍这件事与曹寅是不是丰润人根本毫无关涉，他们之间没有什么必然的联系，因而不能说明任何问题。至于说尤侗的话，李玄伯先生显然理解错了，因为尤侗说“余既交冲谷，知为丰润人”，这明明是指曹鋡，并非说曹寅是丰润人，怎么能由此得出曹寅实系丰润人的结论呢，尤侗与曹寅是忘年交，他当然不会不知道他是哪里人。有趣的是，尤侗却不知道曹鈖是何处人氏，以致结交了曹鈖以后才知他是丰润人，这不恰恰证明尤侗并没有把曹寅和曹鈖看成是一家子的兄弟，否则与曹寅“忘年交”的尤侗怎么会不知曹鈖是哪里人呢？这表明，丰润说从一开始就建立在一种错误的理解之上，而缺少可靠的直接的文献史料依据，正是丰润说的致命弱点。

李玄伯提出丰润说之后，在较长的一段时间里并没有引起人们的注意，故没有什么讨论，直到1947年12月4日北平的《新民报》“北海”版刊登了守常的《曹雪芹籍贯》一文，丰润说才被重新提出。守常文中说：

> 清末入关时，辽东汉人之归附者，多隶汉军旗籍，《红楼梦》作者曹雪芹即其一也。《皇朝通志》及《八旗世族通谱》皆谓其世居沈阳，而不知曹氏本籍河北之丰润焉。尤侗《艮斋文集·松茨诗稿序》：“曹子荔轩，与余为忘年交，其诗苍凉沉郁，自成一家。今致乃兄冲谷薄游吴门，得读其《松茨诗稿》，则又体气高妙，有异人者。信乎兄弟擅场，皆邺下之后劲也。余既交冲谷，知为丰润人。”云云，按荔轩名寅字子清，雪芹之祖也。冲谷名鈖，也为丰邑望族，观此可知雪芹上世本为丰润人，其称沈阳，殆为寄籍。盖当时辽、沈一带汉人，绝少土著，多系内地人商贾是乡，或仕宦之谪戍者；而以冀、鲁籍为尤多。研红学者，谓《红楼梦》为一具民族色彩之说部，则亦非无因矣。

守常这篇短文，并没有能为丰润说增添一点有价值的东西，没能提供一条新材料，基本上是重复李玄伯的文章，只是旧话重提。“殆为寄籍”云云，明显是一种猜测之词。

守常的文章发表之后，同年12月23日，青岛《民言晚报》又将文章登出，署名“萍踪”。“萍踪”与“守常”是否同一人，或是有人抄袭了守常的文章，不得而知。但这一次有人对丰润说提出了不同意见，反驳者是胡适。

原来，山东大学的杨向奎先生看到了“萍踪”的文章后给胡适写了一信，问《红楼梦》作者曹雪芹家是不是河北省丰润县人，并引了“萍踪”文中的一段话。杨向奎信中说：

> 丰润在明末清初有四大姓，为谷、鲁、曹、陈。而明末满人入关，丰润为必经之地，被虏人民必多。曹家或即在此时被虏为包衣，遂称沈阳人。……汉军旗本为丰润人而说为东北人者，又有端方。端方姓陶，丰润城北人，后在旗，乃讹为沈阳。曹家或亦类此。

对杨向奎的信和“萍踪”的文章，胡适于1948年2月14日在上海《申报》“文史”第十期上发表了《曹雪芹家的籍贯》一文，作了公开答复。胡适指出：“我检读《松茨诗稿序》，才知道萍踪先生读错了这篇文字。这序里并没说‘曹子荔轩丰润人’。”胡适认为：

> 这里并没有说曹寅（荔轩）是丰润人，只说一位曹冲谷是丰润县人，是曹冠五太史的儿子。序文说：“今致乃兄冲谷薄游吴门”，只可以解作“曹荔轩介绍他的宗兄冲谷来游苏州。”至于说：“兄弟擅场，皆邺下之后劲”，那是泛用曹家的典故，并不是说他们真是一家。故尤侗是曹寅的“忘年友”，竟不知道这位“乃兄”的籍贯，直到“既交冲谷”才“知为丰润人”。
>
> 那位“冠五太史”就是曹鼎望，是顺治十六年的进士，选了翰林，做过三任知府。《进士题名录》上说他是顺天府丰润县的人。冲谷是他的儿子，当然不是曹寅的弟兄。曹寅的父亲叫曹玺，包衣出身，做过二十二年的江宁织造。曹寅没有哥哥，只有一个弟弟子猷，也见于尤侗的《曹太夫人六十寿序》与《楝亭赋》，他的家谱上没有一个中进士点翰林的人。据《八旗氏族通谱》卷七四所说，曹寅的曾祖曹锡远“世居沈阳地方，来归年月无考”。尤侗作序在康熙三十五年丙子（西历1696），数上去到曹寅的曾祖，应该是明朝崇祯以前了。我们只能说：曹雪芹的家世，倒

数上去六代，都不能算是丰润县人。（曹家世系引见《胡适文存》卷三，页八四四）曹锡远是否从丰润去的，我们现在无法考定了。但尤侗这篇序不够证明他家是丰润人，只够证明曹寅曾同丰润诗人曹冲谷认作本家弟兄。

胡适的答复干脆明确，既纠正了某些人对尤侗《松茨诗稿序》的误读和错误理解，又否认了曹雪芹家为丰润县人的无根之谈，这对正确地探讨研究曹雪芹祖籍的问题是十分有意义的。

二 周汝昌与丰润说

胡适对杨向奎等人的反驳，并没能为曹雪芹祖籍问题的讨论画上一个句号，李玄伯先生的说法仍对一些学者产生影响。如1951年7月26日至31日、8月1日至7日上海《亦报》连载了余仓《曹雪芹》一文，其文第二节《曹家是怎样起家的》中又一次提到了曹雪芹的籍贯问题。文中说：

关于这位大作家的籍贯，我们必须先搞清楚。按照汉军旗的通例，称他为奉天人，是不对的。

八旗制度，原是满清在入关以前所行的一种收降制度，初只四旗，后扩为八旗。他家的原籍，乃是今河北省丰润县，这可以从尤西堂替雪芹祖父曹寅《松茨诗稿》作的序上取得证据。

余仓除再一次重复李玄伯文章的内容外，亦没有什么新东西，且文中有许多明显的错误，如说曹家编在汉军正白旗，说曹锡远是曹雪芹四世祖，说尤侗替曹寅《松茨诗稿》作序等等，这都表明文章的作者对曹家的历史根本没有深入认真的研究，甚至连尤侗的《松茨诗稿序》是为谁写的都没看出来，指望这样的文章怎么能搞清楚曹雪芹的籍贯呢！

真正使曹雪芹祖籍丰润说成为一“说”，并在学术界产生较大影响的是周汝昌先生。

1953年，周汝昌先生的重要著作《红楼梦新证》出版，在该书第三章第一节《丰润县人》中，周先生不仅肯定了李玄伯、守常提出的论点，而且还为丰润说找到了新的“证据”。他说：

守常先生丰润说，结论下得太快了。原文说：“余既交冲谷，知为丰润人。”可见这指曹鋡；如果是指曹寅亦为丰润人，那么上文早说过“曹子荔轩，与余为忘年交”，何待于交了曹鋡之后才知道他是丰润人呢？至于尤侗称二人为“兄弟”，则可能是“同姓联宗”，清代官场习气，是否即为血统弟兄，也难作为确证。

现在我要替守常先生找一点证据，证明这个说法，不无道理。《楝亭诗钞》很有几首关于冲谷的诗。《别集》卷二叶一：“冲谷四兄归浭阳，予从猎汤泉，同行不相见；十三日禁中见月，感赋，兼呈二兄”，有句云：“梦隔寒云数断鸿”，明以雁行喻兄弟。“二兄”指曹鋡的哥哥曹鈖，鈖字宾及，同卷同页另一诗题即曰“宾及二兄招饮……兼示子猷”，内有“骨肉应何似，欢呼自不支……却笑今宵梦，先输春草池”的话。《诗钞》卷二页七又有一诗，题曰《松茨四兄，远过西池，用少陵“可惜欢娱地，都非少壮时”十字为韵，感今悲昔，成诗十首》。第二首说：“况从丱角游，弄兹莲叶碧。”第三首说：“恭承骨肉惠，永奉笔墨欢。”第五首说：“念我同胞生，旃裘拥戈𤸎”，这是兼忆子猷从军的话（《别集》卷三叶七《闻二弟从军却寄》一诗，可证）。第九首则说：“伯氏值数奇，形骸恒放荡。仲氏独贤劳，万事每用壮。平生感涕泪，《蒿里》几凄怆。勗哉加餐饭，门户慎屏障。”又卷四有《兼怀冲谷四兄》一诗，云“浭水不可钓，松茨闻欲荒。春风苦楝树，夜雨读书床。骨肉论文少，公私拂纸忙”。试看“丱角”、“骨肉”、“伯氏”、“仲氏”、“夜雨床”等，无一不是兄弟行的字眼；口气的恳挚，更不能说是泛泛的交谊。最可注意的是第三首两句。阎若璩这位大师在《潜邱劄记》卷六，有一首《赠曹子猷》的诗，首二句说：“骨肉谁兼笔墨欢，羡君兄弟信才难”，在第一句下便注道：“令兄子清织造有‘恭惟骨肉爱，永奉笔墨欢’之句。”由此可证，被引用的两句，总不会是本有他解而被我们误认作指兄弟的。如此，则曹寅和曹鋡确有着“骨肉”的关系，自“丱角”为童时，便在一起“弄莲叶”，长大时“夜雨”连“床”而“读书”，这绝不是什么“同姓联宗”了。

尤侗的《松茨诗稿序》，除了“乃兄冲谷”“信乎兄弟擅场”两语外，在篇末还有一句话，说：“予既承命为序，而即以此送之；并寄语荔轩曰：君诗佳矣——盍亦避阿奴火攻乎？”阿奴火攻，本是周嵩的故事。《晋书》卷六十九周顗传上说（亦见《世说》卷中之上雅量门周仲智条）：“顗性宽裕，而友爱过人。弟嵩尝因酒瞋目谓顗曰：君才不及弟，何乃横得重名？以所燃蜡烛投之。顗神色无忤，徐曰：阿奴火攻，固出下策耳。”“阿奴”是晋人呼弟弟的口语，这也是兄弟间的典故，尤西堂引用，足见“乃兄”“乃弟”等语皆非泛词了。（而胡适当年在青岛报刊上却力图否认这层兄弟关系。）

在认定曹寅与丰润人曹鋡确为同族的弟兄关系之后，周汝昌又继续写道：

弟兄关系既然确立，那么籍贯问题便有意思。李恩笃《受祺堂文集》卷二叶二十二《曹使君淡斋初度序》说：“公（曹鼎望）嫡系上溯济阳王（按指宋曹彬），忠勋炳然，具载宋纪。厥后讳伯亮者，永乐中从豫章北渡，占籍渔阳之全县，世擅儒宗。……”原来他家是曹彬的后裔。（曹彬周岁时家人给他“试晬”时，他唯取一戈一印。而曹雪芹写宝玉“抓周”时，则唯取簪环脂粉。大概是有意对比罢？）《施愚山先生文集》卷十九叶十三，《封中宪大夫曹公暨王恭人合葬墓志铭》也说：“丰润曹氏……先世出宋武穆公。后累迁至丰润，自明永乐间伯亮公始。亮三传始以仕显不绝。”这是丰润曹氏的谱系历史。“武穆公”是彰武军节度使曹玮，鲁国公济阳郡王曹彬的第三子，灵寿人。明初由豫章北迁，伯亮随至丰润落籍。三传，有了出身，以后仕宦不绝，是明朝“旧家”。……曹雪芹的远祖，当时明永乐以后由丰润出关。是商贾离乡呢？还是仕宦谪戍呢？那就不好说了。

以上即是《红楼梦新证》中有关曹雪芹祖籍丰润说的主要论据和论点。在以后的几十年中，周汝昌先生曾多次阐述了他的丰润说观点，如他在《曹雪芹家世生平丛话》中曾很具体地描述了丰润曹家一支的历史。文中说：

话说北宋开国时，有一著名的良将，姓曹名彬，字国华。……他本是真定灵寿（今河北省正定县西北的灵寿村）人氏，封鲁国公，卒后追封济阳郡王，谥武惠。由曹将军第三子曹玮四传到一位名叫孝庆的，在南宋时官知隆兴府（今江西省南昌市），因此就落户在宦地，卜居在府东南的武阳渡（一名辟邪渡）。……

……

江西武阳渡的曹孝庆，四传至一对兄弟，长名端明，次名端广。在大移民的风气之下，兄弟双双渡江北上，要到北方来“发展”。他们早已忘记了京西灵寿老家一带，却流落到京东三百里外的丰润县去。长兄后来决定留在丰润，在咸宁里八甲落户了。可是不知什么原由，二弟并未一同留下，却又单人独骑、担筐荷篓地走向关外——远远地跑到铁岭卫去了。

……

真是光阴易过。自从曹端广流落辽东，转眼就是一百五十年。……铁岭曹氏生有一个七代孙，名唤世选（后改锡远）。……

周汝昌先生虽然用很生动、很通俗的语言描绘了从江西曹到丰润曹再到铁岭曹、辽阳曹的历史，但他却未能向人们提供一条直接的可靠的证据，比如从曹端广到曹锡远中间相隔一百五十年，至今没有任何资料能将他们之间联系起来，那么周汝昌先生怎么就能断定曹雪芹的上祖曹锡远就是曹端广的七代孙呢？重要的是要有文献史料的依据。最近周汝昌先生在《明清小说研究》1996年第4期和《北京大学学报》1996年第6期上分别分表了《曹雪芹家世考佚》《曹雪芹家世考实》两篇文章，可以说是他多少年来关于曹雪芹祖籍丰润说论点的集中概括和总结。他认为：

我们所说的曹氏祖籍，有其特定历史时限，即紧紧围绕上述“身世悲深”的来龙去脉之表现于祖籍变迁的这一特定概念，不指历史分明、无待考研的曹氏上古的、中古的祖籍（如济阳、沛、谯、郯、京口、池州、灵州、汴州……等等）。

这就是说，要探讨的是雪芹上世如何由中原内地汉人而沦为辽东女真（满洲）旗奴（包衣人）的历史原由与经过，——也就是说，我们必须弄清楚：他家是从什么地方而播迁到辽东去的。这才是研究的主要内核，而祖籍是一个大有关系的历史地理标志——好比一块碑碣。（《曹雪芹家世考佚》）

这一段话清楚地表述了周汝昌先生对“曹雪芹祖籍”概念的认识，按照这样的思路，他很自然以曹家“是从什么地方而播迁到辽东去的”作为研究的主要内核，因此他得出这样的结论就不难理解了：

曹雪芹是武惠、武穆之后。

武穆之后几世单传，落户在江西南昌以南四十里武阳渡。

到第八世端明因水灾携幼弟端广北迁，卜居在京东丰润（谱中犹书曰“顺天丰润”，是明初遗语也）。

永乐中后期，由于“北关”马市日益兴旺，端广成人后随众到关外谋求发迹，遂占籍开原南关马市以南的铁岭卫。

他是曹家入辽之始祖。以后江西武阳族人还有投奔而至者。

端广后代的曹锡远（世选）于明末后金陷铁岭而被俘，成为满洲旗中皇族的“包衣老奴”。

曹锡远一支，后随宦累迁辽、沈，讳言铁岭之事，只报辽、沈为籍贯。

锡远之后代诞生了曹雪芹（名霑，字芹圃）。

曹雪芹在明清时代的祖籍实为河北丰润，已由种种文献综合证明，脉

络的清晰度已充分昭显。(《曹雪芹家世考实》)

通过以上的引述，使我们对周汝昌先生的丰润说有了较为全面的了解。周先生虽然将曹雪芹祖籍的“脉络的清晰度已充分昭显”，但令人遗憾的是这些不过是“空中楼阁”“太虚幻境”，都是建立在周汝昌先生想当然的基础之上，而没一点直接可靠的文献依据。比如说，周汝昌认为曹锡远是曹端广的后代，于明末后金陷铁岭而被俘云云，请问这有什么根据，在哪一部文献史书中有这样的记载？既然一点根据都没有，怎么可以随便下结论呢！所以，虽然周汝昌先生的观点曾产生过很大的影响，然而随着研究的深入和新的文献史料的发现，周汝昌先生所代表的丰润说越来越显露出立论基础的空白。人们在拜读了周汝昌先生的著作和文章之后，不禁要发出这样的疑问：什么是“祖籍”？祖籍与祖先、祖宗有没有区别？研究曹雪芹祖籍有必要追溯到十几代以上吗？我们到底是在研究曹雪芹的祖籍还是去研究曹雪芹祖宗的祖籍？人们还会有这样的疑问：为什么丰润曹氏族谱没有曹雪芹上世的一点记载？丰润人曹鈖跟曹雪芹的爷爷曹寅不是称兄道弟吗，丰润曹氏族谱为什么将曹寅等人排除在族谱之外？曹端明的弟弟曹端广在丰润住过吗？为什么族谱上没有任何记载？曹端广算是江西武阳人还是丰润人？他如果连丰润人都不算，那么他的后人能将丰润认作祖籍吗？曹端广是怎样到铁岭的，到铁岭是怎样生活、都有哪些经历？如按周汝昌的说法“他们是穷汉，不过是被官府分发到京畿、辽东去作开荒垦业的苦农罢了”，那么他的后人又怎么能当上世袭的“沈阳指挥使”呢？如此等等，问题太多了，这表明丰润说是很难立住的，如果再将曹雪芹祖籍在辽阳的诸多文献史料摆一摆，事情就清清楚楚了。

三 贾宜之与“辽阳说”的提出

正是由于丰润说存在这么多的致命弱点，所以在周汝昌先生较系统地提出丰润说之后，曹雪芹祖籍的论争就不可避免了。而首先对周汝昌先生《红楼梦新证》中的论点提出批评的竟是丰润人贾宜之先生。

1957年，贾宜之先生在《文学遗产增刊》第五辑上发表了《曹雪芹的籍贯不是丰润——评周汝昌先生〈红楼梦新证〉》一文。贾宜之所依据的主要是《丰润县志》和《浭阳曹氏族谱》，通过对这些历史文献的考证，贾宜之指出："我们看不出丰润曹氏宗族里有曹雪芹这一支，同时经查找《丰润县志》和丰润曹氏明清两代墓志铭等，也找不出曹雪芹的祖先原籍是丰润的任何痕迹。"他的结论是：

> 曹雪芹的祖籍问题，由父而祖，祖而曾祖，曾祖而高祖，都是世居辽阳。再者从《八旗通谱》里，我们知道曹雪芹的祖先自可能追考的始祖起，一直是世居辽阳地方的，文献足证，铁证如山，故辽阳者，其雪芹之祖籍也。

贾宜之先生是第一个明确提出曹雪芹祖籍辽阳说的人，这是很有意义的。

1962年8月29日，《文汇报》上发表了李西郊先生的《曹雪芹的籍贯》一文。李先生是坚持丰润说的，他认为："曹雪芹本来是原籍丰润，寄籍辽阳，生于南京。这是很对的。但贾宜之先生却提出曹雪芹的籍贯不是丰润（见《文学遗产》增刊第五辑），曹寅与曹鋡没有骨肉关系。为了明确说明这一问题，我们不妨从根本上谈一谈。"李西郊文随即从宋初的曹彬谈起。他指出：

> 曹端明字伯亮，在明永乐初年，迁居到河北省的丰润县，卜居城内咸宁里。三子曹端广从兄北来在丰润住了一个时期，又移居辽宁省的铁岭。……到了明朝末季，清太祖努尔哈赤兴起于东北，于万历四十七年（天命四年，1619）七月，攻陷铁岭，此时曹端广的后人曹雪芹的远祖曹世选被俘，被编入满洲籍正白旗包衣旗。……

李西郊文中还提到，丰润曹氏与辽东曹氏"明朝时代，常有联系"。还说丰润人曹邦赴辽东避兵，曹谱所载“因彼地原有族人引荐”的话，这族人就是曹世选等。其实这些并不是李西郊的新发现，而是重复周汝昌《曹雪芹家世生平丛话》（1962年1月—9月连载于《光明日报》中的内容。）文中所谓“曹端广从兄北来在丰润住了一个时期”呀，丰润曹与辽东曹明朝时代就常有联系呀，以及曹世选引荐了曹邦呀，不知从何而来，至今我们也没见到这方面的可靠依据，显然是一些没有根据的猜测。尽管如此，这次讨论毕竟比当年胡适批评杨向奎等人的那一次更进了一步，对后来的曹雪芹祖籍问题的研究和论争产生了一定的影响。

四 《五庆堂谱》的发现与“辽阳说”

尽管在曹雪芹祖籍问题上产生了两种不同意见，即丰润说与辽阳说，但很长的一段时间周汝昌的丰润说影响很大，被很多人接受。但这种情况到了一九六二年却发生了变化，这就是《五庆堂重修辽东曹氏宗谱》的发现，从根本上动摇了丰润说。

1962年在北京筹备“曹雪芹逝世二百周年纪念展览会”，当时“五庆堂”曹家后人捐献了一部宗谱，即《五庆堂重修辽东曹氏宗谱》，并在1963年8月17日至11月17日故宫文华殿举行的展览会上正式展出。这部宗谱的出现，引起了红学家们的极大关注，著名红学家朱南铣先生撰写了《关于〈辽东曹氏宗谱〉》一文，对宗谱进行了认真的考证，他的结论是：

> 《辽东曹氏宗谱》大体上是可靠的，它有不只一次的旧谱作为底本。……
>
> ……
>
> 曹雪芹一房的祖籍会不会也是丰润呢？这又不然。曹雪芹一房情况显然有所不同。曹雪芹系十四世，上溯至九世曹锡远，均与丰润无涉。……曹寅和曹鋡等互认同宗（或者曹玺和曹鼎望等互认同宗），其事殆与曹士琦

等和曹邦互认同宗相类，无非官场习气，在籍贯方面没有更多的内容。今谱载明了曹雪芹一家的房分，从曹锡远再上溯到三世曹智，均属辽东四房，并无来自丰润的痕迹。故就曹雪芹本人来说，固然是满族人，北京籍；若就曹雪芹上代来说，远至明初，祖籍仍是东北。

朱南铣的文章虽然当时没有公开发表，但据说曾在1963年召开的“曹雪芹卒年问题座谈会”上分发给与会者，他的基本观点被展览会的组织者和多数红学家所接受。刘世德先生在《再评“丰润说”》一文中曾特意提到了这件事。他说：

1962年，北京发现了一件重要的文物——《辽东曹氏宗谱》抄本。我正在参加文化部、全国文学艺术界联合会、中国作家协会、故宫博物院主办的“曹雪芹逝世二百周年纪念展览会”的筹备工作，对《辽东曹氏宗谱》进行了初步的研究，确认了它的可信性。经过筹备小组的研究和决定，《辽东曹氏宗谱》终于作为正式展品，陈放在故宫文华殿的玻璃柜里，供人们观看。由我起草的展览会文字说明中，明确地以辽东为曹雪芹的籍贯。展览会还特意向红学界人士散发了朱南铣先生的论文《关于〈辽东曹氏宗谱〉》的内部排印本。

《辽阳曹氏宗谱》不仅被作为正式展品展出，而且展览会的文字说明中还确认曹雪芹籍贯为辽东，这个事实表明曹雪芹祖籍辽阳说在当时已为多数专家接受，而丰润说未被承认。当然，这并不意味着问题已完全解决，但《五庆堂重修辽东曹氏宗谱》的出现，毕竟为辽阳说提供了强有力的证据，宗谱与其他文献史料一道为辽阳说奠定了雄厚坚实的基础。

五 冯其庸与辽阳说

虽然在1963年由于发现了《五庆堂重修辽东曹氏宗谱》，人们普遍接受了辽阳说，但在其后较长一段时间里，没有人对这一部宗谱作更进一步的研究。而在“文革”期间，由于众所周知的原因，周汝昌先生的丰润说重新崛起，并一时被普遍认可。直到七十年代，冯其庸先生对有关曹家文献史料和《五庆堂重修辽东曹氏宗谱》作进一步深入研究，辽阳说才得以重新确立。

1976年，冯其庸先生发表了《曹雪芹家世史料的新发现》一文，他根据康熙二十三年江宁知府于成龙撰修未刊稿本《江宁府志》中的《曹玺传》和康熙六十年上元县知县唐开陶等纂修《上元县志》中的《曹玺传》，提出了“著籍襄平”及“宦沈阳，遂家焉”等曹家的祖籍问题，认为“这些情况，对于研究曹雪芹的家世来说，同样也是很重要的，值得进一步加以研究”。1978年之后，冯其庸又陆续撰写了《〈大金喇嘛法师宝记碑〉题名考》、《〈五庆堂重修辽东曹氏宗谱〉考略》、《〈五庆堂曹氏宗谱〉的重见和曹氏祖墓的发现》等文章，明确提出了曹雪芹祖籍辽阳说。1980年7月冯其庸先生的重要学术著作《曹雪芹家世新考》出版，标志着曹雪芹祖籍辽阳说进一步得以确立。他在《序》中将他的主要研究成果归纳为七条，即：

（一）证实了五庆堂的始祖曹良臣和第二代曹泰、曹义都不是真正的五庆堂的始祖，而是撰谱人强拉入谱或讹传窜入的。

（二）证实了五庆堂的真正的始祖是曹俊。

（三）证实了曹雪芹的上祖与五庆堂的上祖是同一始祖即曹俊，曹雪芹的上祖是曹俊的第四房，五庆堂的上祖是曹俊的第三房。

（四）证实了三房以下大批谱上的人物都是有史可查的，连五庆堂所载从龙入关的人员的墓葬地点都是真实可靠的。

（五）证实了曹家在天命、天聪、崇德之间，原是明朝的军官，他们是在当时的明与后金的战争中归附后金的。

（六）证实了曹家在天命、天聪时期原是汉军旗，后来才归入满洲正白旗。

（七）证实了曹家的籍贯确是辽阳，后迁沈阳，而不是河北丰润。

冯其庸先生研究《五庆堂重修辽东曹氏宗谱》的收获是多方面的，而确认了曹雪芹祖籍在辽阳，则是其中一项重要的学术成果。为了全面地论证曹雪芹祖籍问题，冯其庸先生还对《浭阳曹氏族谱》和《丰润县志》进行了研究。他指出，《浭阳曹氏族谱》中的《曹氏重修南北合谱序》是曹鼎望撰写的，“曹鼎望的第二子曹鈖及第三子曹鋡，都是与曹寅有很深的交往的，曹寅的诗集里留有涉及他们的诗多首。从这些诗句看，他们是很小的时候就在一起的。这就是说第六次重修丰润曹谱的‘监修’曹鼎望的两个儿子都是曹寅的至交，因此曹鼎望对曹振彦、曹玺、曹寅一家是必然很了解的。这里就产生了这样一个问题，既然丰润曹氏宗谱的监修者曹鼎望对曹振彦、曹玺、曹寅这一家关系很密切，如果曹寅一家确是丰润曹分出到辽东铁岭去了，曹玺、曹寅的东北籍贯确是铁岭，曹寅与曹冲谷、宾及等确是同一始祖分支下来的，那么曹鼎望在监修此谱时为什么把这一支就在眼前的同宗兄弟不编修入谱而要排除在这个谱外呢？这一点应该作何解释呢？我觉得反过来它只能证明曹振彦、曹玺、曹寅这一支确实不是由永乐年间流转到铁岭去的曹端广的后人，除此以外，就很难解释这个问题。”（第九章《关于〈浭阳曹氏族谱〉》171—172页。）冯其庸先生在本书的第十章《关于〈丰润县志〉》中，还针对周汝昌先生《红楼梦新征》对《楝亭诗钞》里有关曹鈖、曹鋡的诗的分析，表示了不同的看法。他认为：

我们认为论证曹寅与曹鈖、曹鋡的关系是同宗的血统兄弟还是同姓联宗，关键不在于他们互相之间用了什么样的字眼来称呼对方，我们不能光从这些字眼来寻求和论证他们之间的关系的性质，相反我们却应该努力弄清他们的真正的关系，从他们的真正的社会关系来论证分析这些字眼的实际含义。……如前所论，我们查核了康熙九年由曹鼎望、曹首望监修的《浭阳曹氏族谱》，曹鼎望却没有把称自己的儿子为“骨肉”（指称曹鈖）的曹寅编修入自己的族谱。同样，我们又查核了康熙三十一年由曹鼎望参与纂修由曹鈖（冲谷）参与订正的《丰润县志》，在这部《丰润县志》里，又只字不提曹寅这一家，这样两部反映浭阳曹氏的宗法关系和籍属关系的书，又是被曹寅称之为“骨肉”的人参加编修的，却把曹寅一家置之于族谱和县志之外，这一事实，难道不能启发我们反过来反思一下曹寅对曹冲谷所用的“骨肉”、“四兄”之类的字眼的实际含义究竟是什么吗？”……

其次，我们再来具体地看一看曹寅所用的“骨肉”的字眼。在《楝亭诗钞》里，首次对曹鈖用到“骨肉”两字的卷二《松茨四兄远过西池……》十首里的第三首，原句是“恭承骨肉惠，永奉笔墨欢”。……我认为这么两句是值得分析的，如果说曹寅与曹冲谷确是同宗血统关系，那么这种关系的由来，决不是因为“恭承”“冲谷四兄”的“惠”，而是继承他们祖宗的血统关系。如果一定要说“恭承”“惠”的话，那也只能是他们共同受他们上祖的“惠”。现在诗句却对冲谷说“恭承骨肉惠”，用白话来说就是：承蒙你把我当骨肉一样看待的恩惠。是同宗的血统兄弟就是同宗的血统兄弟，根本不存在“恭承”“惠”的问题，这“骨肉”的关系，并不是可以“惠”的东西，既说“恭承骨肉惠”，则恰好是表明了他们原来不是“骨肉”，不是同宗的血统兄弟，不过因为关系特别好，特别亲密，又是同姓，因此说承你把我当作“骨肉”兄弟看待。何况此诗一开头就表明了是“闲居吟《停云》”，是“思亲友”的诗，那么这“恭承”两句的意思不是更清楚了吗？

冯其庸先生对丰润说的反驳及对曹寅诗的理解，我以为是正确的。当然，冯其庸主张曹雪芹祖籍在辽阳，并不仅仅依据一部《五庆堂谱》，用他自己的话说：“雪芹祖籍辽阳，家传所载，宗谱所记，文献可考，碑石可证，虽万世而不移也。”这几句话简洁明了地概括了曹雪芹祖籍在辽阳的四个方面的证据，真是既有文献史料，又有实物为证，可谓证据充分，是驳不倒的。相反，丰润说则一条直接的可靠的证据也没有。

六 九十年代的新论争

自七十年代末至八十年代初，冯其庸等红学家重新确立辽阳说之后，虽不时有人提出丰润说，如韩进廉《曹雪芹祖籍是河北丰润》（《文论报》1984年9月10日）、韩辑《曹雪芹与河北》（《河北日报》1986年5月20日）、张建强《曹雪芹祖籍考察记》（《河北日报》1986年5月20日）等，但总的来说，未出现真正的论争，但进入九十年代辽阳说与丰润说则再度形成论争的局面，直到今天这场论争也没结束。

一九八九年八月，周汝昌、周建临父子合著的《红楼梦的历程》重提丰润说：

> 曹操→一子封中山王，封地即是现今河北灵寿县→曹彬，灵寿人，父祖皆是北朝时代的武官→曹彬的第三子曹玮，后代有一支流寓江西新建县→明代永乐初，江西曹氏北迁，卜居河北丰润→其中一支，在辽东归入满洲旗籍，是为雪芹的上世。

1990年，《河北师院学报》第4期发表了周汝昌、杨向奎《关于曹雪芹家世及其有关问题的讨论信札》，信函中曾把《红楼梦》中的“青梗峰”“通灵宝玉”与丰润的陈宫山、浭河、花斑石联系起来。

1991年7月29日至8月2日，中国艺术研究院红楼梦研究所、《红楼梦学刊》编辑部、辽阳市文学艺术界联合会在辽阳市联合举办了“纪念《红楼梦》程甲本问世二百周年学术研讨会”，与会代表在辽阳市博物馆考察了刻有曹雪芹高祖曹振彦名字的石碑及其他文献史料，进一步确认曹雪芹祖籍在辽阳。

1991年10月18日，《人民政协报》发表了周汝昌先生《写给管桦委员的信》，主要针对7月召开的辽阳红学研讨会上“进一步确认曹雪芹祖籍在辽阳”的问题进行了反驳。周汝昌先生认为曹雪芹一支没载入丰润曹氏族谱，是因为“丰润谱编于清初，那时讳言满汉问题（牵涉明清政治大变动和民族纠纷），故缺而不录——但谱内又明白提出：‘至辽阳一支，缺焉未修’，即还有东北一支，未及编载。这就叫作‘不载之载’，也就是‘无字处有文章’。”在谈到康熙写本《江宁府志》中的《曹玺传》时，他认为：“丰润谱明载，他们出武惠王曹彬之后，……玺（雪芹曾祖）即曹彬之后。我提出的‘丰润说’，是从明初算起，得此又增良证。”在这封信中，周汝昌还对《五庆堂重修辽东曹氏宗谱》提出质疑，认为：“反观‘辽东谱’始祖是明朝人曹良臣，他与曹彬是风马牛不相及；此谱内，在空白了好多代的某一支下突然楔入了曹玺这一支，材料的来源是照抄清代官书，全不是族谱的体例。即过去‘修谱’的劣风气，‘乱拉名人’的坏做法，旧日习见，但今时人不太知道了。”

1992年1月17日，《人民政协报》又发表了周汝昌《曹家的“老底儿”——再致管桦委员》一文，文中主要谈曹家的旗籍问题，认为“曹家的归旗，很可能是在铁岭等地陷落时而被俘为奴者”。

1992年7月，在河北丰润召开了“曹雪芹学术思想研讨会”，与会者进一步认定曹雪芹祖籍为丰润。

1993年6月，在丰润举行了“曹雪芹祖籍问题座谈会”，并由唐山市政协文史资料委员会、丰润县政协文史资料委员会编了一本《曹雪芹祖籍在丰润》（天津人民出现社1994年12月出版），书中收集了《河北丰润的光辉——曹雪芹世系考略》（周汝昌）、《曹雪芹世家》（杨向奎）、《中国红学的重大事件——河北省丰润县关于曹雪芹祖籍研究的重大发现》（王家惠）等人35篇文章和资料。王家惠文中称：“时间进入本世纪的最后十年，在河北省丰润县这块小小的土地上，居然掀起一股对于曹雪芹祖籍问题重新考察研究的热潮，并在短期内取得巨大进展，获得震动红学界的重大成果。”

1994年6月，又在丰润召开了河北省曹雪芹研究会成立大会及学术研讨会。会后，由曹雪芹研究会编辑出版了《曹雪芹研究》一书。主要文章有：《辽阳五庆堂曹氏族谱的十点问题》（周汝昌）、《曹渊即曹颜——曹雪芹上世与丰润曹家关系的一点探讨》（王家惠）、《曹雪芹祖籍问题考论》（王畅）、《从曹秉桢说开去——兼论曹雪芹祖籍问题研究的分歧》（辰戈）、《丰润、辽阳两曹关系及其演进——兼评曹雪芹祖籍研究》（许建平）等十余篇文章。在周汝昌先生的文章中，他对《五庆堂谱》的疑问虽然有十点之多，但没能提供直接的证据来证明《五庆堂谱》是伪造的。比如他提出《五庆堂谱》中关于曹寅一支记载的用纸、墨色、笔迹，都是与全谱通体所有纸、墨、笔迥然不同，“明显是另一手另一时所抄写的痕迹”，是“又用另纸、另墨、另笔‘配抄’而‘补夹’进去”的云云，这就完全不符合事实。按《五庆堂谱》共有两部，一部是清抄后“恭请叩求赐序”的，用的是《五庆堂谱》专用纸，周围是瓜瓞藤蔓图案的朱丝栏，另一部是录副本，封面和封底用的是乾隆库瓷青纸，里面是隆红格纸，据有关专家鉴定，这种纸只有乾隆宫中用，外间很少流传。这两种本子的曹家四房曹锡远一支，在冯其庸先生的《曹雪芹家世新考》书中有全部清晰的照片可以查对。冯其庸先生在“第十四世”“天佑”下，还特意说明：“《五庆堂谱》正本此两行字墨色稍淡，与前面的墨色和笔迹不同，似为后来补添。”冯其庸先生指的是“天佑，颙子，官州同”那行字，周先生却将它夸大为“‘夹配’进谱的这一部分的人名，恰恰与官书《八旗满洲氏族通谱》中所载曹氏的几个世次人位全然不差，一个不少，一个也不多，这就奇了。”这真正是奇了！明明只是曹天佑一个名字的墨色与前不一致，周先生却扩而充之，夸大成为全部曹锡远这一支系的先后世系的记载都是“夹配进谱”的，这样的夸大叙述，还有一点实事求是之意吗？幸亏两种原谱的照片俱在，可以查对，否则读者如何来摆脱这种误导呢？再如，说曹智之下五世空白的问题，顺治十八年重修辽东曹谱时，曹士琦在宗谱的叙言里说得十分清楚：“后因辽沈失陷，阖族播迁，家谱因而失遗，兵火中从前世系宗支，茫然莫记焉。”而对这些问题，冯其庸先生在《曹雪芹家世新考》一书中已有详尽的考证，特别是《曹氏谱系全图》中的“鼎”字与《五庆堂谱》所记曹尔正“另谱名鼎”“一谱名鼎”的记载完全相合，以及曹寅称甘国基为“表兄”两条资料的考证，充分证明了《五庆堂谱》中关于曹寅一支记载的可靠性。这里我们还需要指出的是，周先生对《五庆堂谱》中的“五世空白”一再质疑，说什么“突接九世曹锡远，何所根据？谱中并无交代。”但他却对曹端广从永乐二年起到康熙九年共268年《浭阳曹氏族谱》中的全部“空白”却不置一词，不作任何说明和“交代”，毫无根据地断定曹锡远是曹端广的七代孙，这又作如何解释呢？难道曹端广的全部“空白”比曹智到曹锡远之间的“空白”时间还少吗？难道周先生硬将曹端广和曹锡远接起来，又有什么根据和什么“谱”作交代吗？

《五庆堂谱》本身存在某些问题，谁也没有否认，冯其庸先生的《曹雪芹家世新考》也正首先是从五庆堂谱真伪的问题上入手，经过去伪存真的考证研究，确认了五庆堂谱的可信性和重要的史料价值。尽管周汝昌先生提了这么多疑问，但要彻底否定五庆堂谱是不可能的。在本书序中冯其庸先生已经做了有力的回答，沈治钧先生的《关于曹雪芹祖籍问题之争》及其他文章均有很好的论证。

1994年1月8日，《文艺报》登载了王家惠《曹渊即曹颜——曹寅曾过继曹鈖之子》、周汝昌《王文读后》和刘润为《曹渊：〈红楼〉的原始作者》三篇文章。王家惠一文在没有任何证据的情况把丰润人曹鈖的儿子曹渊过继给辽阳人曹寅，刘润为似乎觉得这还不够，干脆把曹雪芹分配给了丰润，曹雪芹不仅“出于丰润曹”，而且“当属曹渊兄弟行（曹渊的一个远房小弟？），而绝不是曹寅之孙。”曹雪芹的籍贯变了，甚至连辈分也变了，要问他有什么根据？那只有天晓得。现存的有关曹雪芹的史料记载统统扔到一边，只凭发挥想象力和编造的功夫，总之，只要是跟丰润能拉上关系，爱怎么说就怎么说。而周汝昌的《王文读后》则对王家惠大加赞赏，称其文：“立论有创见，考证剖析，周详细密，又能谨严而审慎，学力文风，俱为近年来治曹氏家世论著中难得之作”，并说：“今读此文，果见义理斑斑，不同逞臆之妄谈。”这三篇文章的发表，很快在北京红学界引起反响，正直的学者们震惊了，这样经不起推敲的文章不仅堂而皇之地登在一家很有影响的报纸上，而且得到如此高的评价，文风如此，令人悲哀。正是由于王家惠文毫无根据地提出了“曹渊即曹颜”说，于是有人进一步提出了丰润人曹渊即是《红楼梦》“原作者”的更荒唐的说法，人们很自然要把这些无根之谈与周汝昌对王文的高度评价联系在一起，在很被动的情况下，周先生又在同一家报纸上发表了《〈红楼梦〉作者新说之我见》一文，态度、语气作了一个令人吃惊的转变，文中说：

> 曹渊可能曾为曹寅继子，也还只是一个假设，尚待佐证……我自己曾为王家惠同志写过一小段“读后”，目的只是为了继续探求两曹骨肉同根的关系，其余与我在观点上就没有什么关涉，恐读者不明原委，引起误解，略作说明于此，企盼亮察为幸……

既然是一个“尚待佐证”的“假设”，怎么能称其为“考证剖析，周详细密”呢？又怎么能说是“谨严而审慎”、“义理斑斑”呢？原本就是“逞意之妄谈”，却要捧为“难得之作”，现在又作如此“说明”，人们对周汝昌先生之“学”真是无话可说了。在强烈的反响下，1994年4月20日，中国作协《文艺报》理论部与中国社科院文学所古代文学研究室联合召开了《红楼梦研究方法问题讨论会》，与会十几位红学家对这三篇文章的论点和治学态度、治学方法进行了严肃的批评，指出王家惠、刘润为、杨向奎等人的文章，名为考证，实为无根据的猜测，这对广大读者是极不负责的，这对学术事业有害无益，不仅不是什么“新进展”，而是一种倒退。对这次讨论会，《红楼梦学刊》1994年第4辑刊载了连柱的报道文章，客观地报道了会议讨论中与会红学家对王、刘等文章一致批评的真实情况，不想王畅先生对此十分不满，他在《曹雪芹祖籍考论》一书中指责道：“这篇报道一连用了三个‘一致认为’，我们只要拿它与《文艺报》上对于同一个会议的报道比较一下，就不难看出，新闻报道应如何坚持客观、公正的原则了。”看了这种指责，我不好理解的是王畅先生凭什么批评连柱的报道是不公正的？是凭事实，还是凭感觉或是感情？据我所知，王畅先生并没有参加这次讨论会，他自己也承认：“这是不是这次讨论会上的‘与会专家们一致认为’，我不得而知”，既是“不得而知”，王畅先生怎么就认准了《文艺报》的报道是客观公正的，而《红楼梦学刊》的报道就不公正呢？不知就不要随便乱说，虽然王畅先生一再声称自己是“严肃认真，客观公正”的，但建立在“不得而知”基础之上的“严肃认真，客观公正”能靠得住吗？这里我负责地告诉王畅先生，那次讨论会上应邀与会的红学家们的确“一致”地对王家惠等人的文章进行了严肃批评，这个事实不会因王畅先生的“不得而知”而能改变的。

1995年3月14日晚，中央电视台播放了由中央电视台、唐山电视台、丰润县委县政府联合拍摄的电视专题片《〈红楼梦〉与丰润曹》。这个片子既宣扬周汝昌的丰润说，又掺杂了杨向奎等人新丰润说的荒唐观点，它的播出引起人们的强烈反响。3月29日，中国红楼梦学会、中国艺术研究院红楼梦研究所、《红楼梦学刊》杂志社在北京联合召开了“关于曹雪芹祖籍、家世和《红楼梦》著作权问题”研讨会，《首都红学家在研讨会上的发言》全面反映了研讨会的情况，读读这些发言，相信人们会对这部片子做出公正的评价。

1996年6月，王畅《曹雪芹祖籍考论》由河北教育出版社出版。这部四十余万字的“考论”，周汝昌先生给予了高度评价，称其“神完气足，理备义充”，“翔实的确，并无空谈虚论”，“条条项项，一概凭的是摆事实，讲道理”等等。看到周汝昌先生对王畅《曹雪芹祖籍考论》一书的大加赞赏，人们自然会联想到他对王家惠文“考证剖析，详细周密，又能谨严而审慎”、“义理斑斑”等赞美性的评语。说实在的，要说王畅的《曹雪芹祖籍考论》是“翔实的确，并无空谈虚论”，实在是评价太过了。这本名为《曹雪芹祖籍考论》的书，连什么是祖籍都没搞清楚，那还谈得上“翔实的确”“理备义充”呢？翻开这本书，我们会很快发现，作者在“祖籍”的概念上很混乱，书中反复出现“远世祖籍”“近世祖籍”“曹家祖籍”“曹雪芹及其上世祖曹锡远的祖籍”“曹雪芹上世祖籍”等等，这让人搞不明白了，作者到底是在研究什么，是在研究曹雪芹祖籍呢，还是在研究曹雪芹祖宗的祖籍？下这么大的功夫研究曹雪芹几百年前的祖宗（其实找得并不对），这对研究曹雪芹与《红楼梦》有多大关系？更为重要的是，这部写了四十余万字的书，并没能为丰润说提供一条直接的可靠的论据，主观猜测的东西太多，内容上并没有超出周汝昌以往论述的范围。虽然作者一再表白他是“本着实事求是、客观公正的原则进行切磋、探讨”，但在《考论》中他却无视曹雪芹祖籍在辽阳的大量文献史料，对“辽阳说”百般挑剔，对“丰润说”百般辩解，哪有一点实事求是、客观公正的意思？当他极力攻击“石证如山”说的时候，却根本不提《山西通志》等多部文献史志记载曹振彦“辽东辽阳人”，这难道是实事求是吗？他对新丰润说表现出相当的大度和宽容，而对反驳新丰润说的文章极力指责，这又是哪一家的“实事求是”、“客观公正”？更为有趣的是，在这部洋洋四十万字的《考论》中，作者对丰润说者宣传的沸沸扬扬的曹鋡墓碑、曹鼎望墓志铭却只字不提，讳莫如深，请问在这些关于曹雪芹祖籍论争的是是非非面前，作者的“客观公正”都到哪儿去了？在这部书中王畅还认为：

> 曹雪芹上世之籍贯，确实有一个流动、变迁的过程，不可只以一个固定的地点而定是非。从宋初的武惠王曹彬，到清代的曹雪芹，这一曹族之籍贯的历史变迁过程应为：
>
> 灵寿——武阳——丰润——铁岭——沈阳——辽阳——北京。
>
> 其世系传承为：
>
> 曹彬——曹玮——曹佚——曹诂——曹实——曹孝庆——曹善翁（弟美翁）——曹子义（弟子华）——曹端广（兄端可、端明）——佚名——佚名——佚名——佚名——佚名——佚名——曹锡远——曹振彦——曹玺——曹寅——曹頫（或曹颙）——曹雪芹。

王畅的结论又是重复周汝昌的观点。看到这样一大串地名和人名，我们真弄不明白了，曹雪芹的祖籍到底在哪里呢？曹雪芹该有多少个祖籍？按照王畅“上世祖籍”“远世祖籍”“近世祖籍”的说法，到目前为止，曹雪芹至少该有七个祖籍，即从河北灵寿到北京。王畅先生曾写过一篇文章，题目就是《曹雪芹祖籍是灵寿》①。照此逻辑，再查一查宋朝大将曹彬的上世祖籍，比如查到曹操、曹参，不得了，曹雪芹的祖籍该有多少？更糟糕的是，王畅等人为曹雪芹找的十几代以上的“祖宗”曹端广，他自己都没取得丰润的籍贯，他的后人怎么能是丰润籍呢？我认为，这样去研究曹雪芹祖籍问题已失去了意义，没有什么学术上的价值。

由于九十年代以来丰润说者大力张扬和大量发表文章，《红楼梦学刊》从1994年第四期开始，陆续发表冯其庸、刘世德、李广柏等学者反驳丰润说的文章，澄清了许多问题，坚持了正确的研究方法和研究方向。这些文章都收录在我们编的这本书中，在此就不多说了。

这里我要特别提到的是，在九十年代的祖籍问题论争中，除丰润说外，还有一个“新丰润说”，这个说法的主要代表人物是杨向奎先生。他们借丰润发现的曹鼎望墓志铭和曹鈖墓碑大作文章，声称曹雪芹祖籍在丰润已成定论。新丰润说似乎觉得光说曹雪芹祖籍在丰润还不够劲，干脆把曹雪芹的籍贯也搬到了丰润。如1993年6月6日的《光明日报》上登载了《丰润发现曹氏重要墓志铭和墓碑》的报道，称：“据著名清史专家杨向奎教授研究认定，曹鼎望为曹雪芹祖父，曹鈖为曹雪芹的父亲……”这样一来，丰润不仅仅是曹雪芹祖籍，竟变成了曹雪芹的出生地，这真是了不起的发现。南京严中先生曾为“曹雪芹为曹鈖之子”之说，致函周汝昌和杨向奎先生，周汝昌先生回信为：“‘鈖子’之说，乃杨向奎教授之新解，与我无涉——我未见他具体论据何在，因此，不敢妄言是非。但觉若如此，则芹之旗籍辈分、年岁……皆

① 载《河北工人日报》1994年9月10日。

难与现有史料吻合”。杨向奎先生的回信则说：他在论述曹雪芹家世的文章中，“没有一条证明说曹銓是曹鼎望之嫡孙，只是根据各种材料作这样的归纳，而得此结论。”“所以那种结论只是一种Tendency（意向），而不必是Reality（现实）。”[①]看了杨向奎先生这一段话，真令人哭笑不得，已是成名的老教授怎么能以这种态度对待学术问题呢？任何证据没有，竟有胆量敢随便乱说，这哪是做学问，简真是开玩笑。更要命的是，杨老先生竟提出《红楼梦》中的宁国府当指丰润曹，荣国府当指辽阳曹。杨向奎是丰润人，这位老先生竟没有仔细想一想，《红楼梦》中的宁国府是个出了名的淫乱之家，怎么能随便地就把丰润曹家同宁国府扯到一起呢？难怪王利器先生批评说：“杨老先生这样乱来，我很不赞成。年纪已经很大了，成了名，何必这样乱说呢！”真是不该乱说呀。有关“新丰润说”的讨论，在冯其庸先生《再论曹雪芹的家世、祖籍和〈红楼梦〉的著作权》一文及逍海《“新丰润说”论争述评》中都有论述，在此就不再具体介绍了，读者可以在我们编的书中看到这些文章。

1996年9月13日至16日，在辽阳市召开了1996全国红楼梦学术研讨会，在这次会上，许多专家就曹雪芹祖籍论争进行了认真的回顾和总结，多数专家认为，对曹雪芹祖籍问题的研究是有意义的，但我们研究祖籍问题不是为了给曹雪芹寻找一个遥远的祖宗，而是为了通过对曹雪芹家世的研究，使人们能对曹雪芹和《红楼梦》有更科学的认识。因此大家普遍认为，对“祖籍”的概念应有一个界定，不能无限地寻根刨底。同时，大家还深感到，在学术研究中，尤其是学术考证，一定要注重证据和资料，不能以想象、猜测代替学术考证，不能向壁虚构，随心所欲。一定要实事求是，尊重历史事实，这样，红学才能沿着健康正确的道路发展。

总结起来，坚持辽阳说的学者是在研究曹雪芹的祖籍，而丰润说则是在

① 见《南京社会科学》文史版1996年8期

研究曹雪芹上世是从什么地方迁到辽东的，即研究曹雪芹祖宗的祖籍。辽阳说证据充分，而丰润说则拿不出一条可靠的证据。通过《曹雪芹祖籍在辽阳》一书，人们不难得出正确的结论。

（原载冯其庸、杨立宪主编《曹雪芹祖籍在辽阳》，辽海出版社1997年第1版）

曹渊、曹颜与《红楼梦》作者问题

早在去年就听说河北丰润曹家研究又有新发现，并被某些新闻媒体炒得沸沸扬扬，什么“曹雪芹祖籍研究有新发现”、“丰润发现曹氏重要墓志铭和墓碑”、“曹雪芹祖籍丰润定论”等等，但令人遗憾的是人们一直未能见到有关发现的详细介绍。今年春节，蒙友人见告，说《文艺报》1月8日发表了几篇与丰润发现有关系的文章，年后急忙找来拜读，本希望能看到一些新的材料，结果大失所望。刘润为先生《曹渊：〈红楼〉的原始作者》一文，观点可谓新鲜别致，但整篇文章却没有一条令人信服的材料，只有大胆的猜测和丰富的联想，常识性的错误太多，以致人们搞不清楚，刘先生的文章算是学术论文还是文艺创作。关于这篇文章我实在不想再谈什么了，这里我想就《文艺报》同一版发表的另一篇文章，即王家惠先生《曹渊即曹颜——曹寅曾过继曹鋡之子》一文谈点不同意见。

读王家惠先生的文章总的感觉猜测的东西太多。他在文章的开头说：“从现有资料看，丰润曹鋡之子曹渊很可能曾嗣与曹寅为子，改名曹颜。”令人遗憾的是，我们从他的文章中却看不到一条可以证明曹渊曾嗣与曹寅为子、曹渊即曹颜的材料。

科学的考证，总是从掌握材料入手，有一份材料说一分话，要实事求是，而不能脱离材料任意猜测。比如，从《浭阳曹氏族谱》上看，曹鋡之子曹渊曾出嗣与外，后又归回本宗，族谱记载仅此而已。至于曹渊什么时间出嗣的？到了谁家？为什么又归回本家？这些都不清楚，可以说没有一点材料，那么王家惠先生凭什么推断他就一定是过继给了曹寅呢？

在我看来，曹渊出嗣与曹寅毫无关系，因为曹寅不可能过继曹渊。按照封建家族承嗣惯例，长房无子，应由二房承继，立嗣一般都是近支宗亲内部的事，不会跑到外面找一个儿子回来，那是不可以的。就像《浭阳曹氏族谱》中记载的那样，曹渊没有儿子，他的亲哥哥曹汉的三儿子树深过继给了他。同样，曹寅在还没有儿子的时候，如需立嗣，也应首先从他的亲兄弟的家庭中挑选，事实也正如此。现有可靠的材料证明，在康熙二十五年或稍后，曹荃的大儿子曹顺过继给曹寅。既然曹寅已经立嗣了，他怎么会在两三年后即康熙二十八年左右再过继一个曹渊呢？

对此，王家惠先生解释说："曹寅年过而立尚无子嗣，虽已立其弟曹宣长子曹顺为嗣，但他并不喜欢曹顺，其诗有：'予仲多遗息，成才在四三'可为证。立曹顺为嗣很可能是基于家庭内部关于职位、财产等种种考虑被迫的结果。在这种情况下他又立与他有'骨肉'亲情且情感相通的曹鈖之子为嗣，以为一种心理上的补偿和平衡，是很有可能的。"这种解释实在太勉强，其一，我们上面说过，曹寅已经过继曹顺为嗣，曹顺又是他亲弟弟的孩子，他怎么能再过继非亲支的曹渊呢？完全不合情理。其二，没有任何材料能证明曹寅在过继曹顺之初就不喜欢曹顺。王家惠先生上面那段话中引的曹寅的诗句'予仲多遗息，成才在四三'与喜欢不喜欢曹顺毫不相干。恰恰相反，倒有不少材料可以证明，曹寅在过继曹顺为嗣的时候还是满心欢喜的。如康熙二十五年五月初五日曹寅有《浣溪沙》三首，其第一首上片云："懒著朝衣爱早凉，笑看儿女竟新妆，花花艾艾过端阳。"康熙二十五年五月十一日夜曹寅又作五律五首，其第五首结联云："命儿读豳风，字字如珠圆。"又，约在康熙二十五年至二十六年间，曹寅有《蝶恋花》六首，其第五首上片云："六月西轩无暑气，晚塾儿归，列坐谈经义。枯骨寒涎宁有味，日长正不逢难字。"

据张书才、高振田两位先生的考证[①]，曹寅这几首诗词中一再提到的孩子，正是过继承嗣的曹顺，当时年仅八九岁。从诗词中我们不难看出曹寅对这个过继的儿子的喜爱之情。至于前面王家惠先生所引的曹寅的诗句“予仲多遗息，成才在四三”那首诗，则写于康熙五十年，距过继曹顺已经二十五六年之久，这怎么能成为曹寅当初就不喜欢曹顺，而又过继一个曹渊的根据呢！其三，立嗣的确关系到家族的利益和家族内部的关系，正因为如此，曹寅更不可能到家族以外去找一个儿子来承继家产。我们知道，曹寅虽然为长子，但非当过康熙皇帝保姆的孙氏夫人所生，他与弟弟曹荃实为同父异母，因此曹寅十分注意家庭内部的关系。立曹荃为嗣，的确可以让孙氏夫人和弟弟曹荃满意放心。试想，如果曹寅在康熙二十五年过继了曹顺之后，又在康熙二十八年左右再过继一个丰润曹家的后人为嗣，孙氏夫人和曹荃能够容忍和接受吗？这不是有意在激化家庭矛盾吗？这样的结果在曹寅的心理上能得到“补偿”和“平衡”吗！由此可见，曹寅曾过继丰润曹鋡之子的推测，既无材料根据，又不合情理，那么在此基础上进一步猜测曹渊即曹颜，就更不靠谱了。

关于曹颜，他的名字仅在康熙二十九年四月初四，内务府为曹顺等人捐纳监生事致户部的咨文中出现过一次，档案上明明白白地写着：“三格佐领下苏州织造、郎中曹寅之子曹颜，情愿捐纳监生，三岁。”人们对曹颜的了解也仅这些，除此之外，一无所知。曹寅的儿子曹颜不知下落，曹鋡的儿子曹渊不知出嗣与否，这本是毫无关系的两件事，又是两个未知数，而王家惠先生在毫无材料的情况下，竟能得出曹渊即曹颜的结论，我们只能感叹如今人们想象力的丰富与“假设”的大胆了。

王家惠先生的文章主要是靠猜测和推理，而不是依据材料进行科学的分析。比如为了论证曹渊即曹颜，他说根据曹颜记载的那件咨文，曹颜长于曹

---

① 见《新发现的曹雪芹家世档案史料初探》，载《红楼梦学刊》1984年第2辑。

颙，曹寅死后，理当应由他继任，但是却由曹颙继任，曹颙死后，又由曹頫继任。由此王家惠先生发问道："如果曹颜确系曹寅之子，此时断不会舍弃亲生子而由侄辈继承曹寅的职务。""根据种种情况，我们完全可以推断，此曹颜并非曹寅亲子，而是曹寅过继丰润曹鈖之子曹渊。"坦率地说，这样的"考证"是很令人惊讶的，认真的学者是不能这样毫无根据地想当然的。王家惠先生敢这样地断定曹渊即曹颜，可我们不仅要问，你对曹颜了解多少？康熙二十九年曹颜仅虚岁三岁，以后不见任何记载，曹颜以后怎么样了呢？到曹寅去世时曹颜是活着还是早已死了？对这一切，人们一无所知，凭什么作出这样的推测呢！如果曹颜不幸早亡，那么王家惠先生的考证不就变得毫无意义了么？至少应该先搞清楚曹颜的情况，再来谈曹颜是不是曹渊，材料是立论的基础。

在有关曹钤卒年的推断上，也很能看出王家惠先生立论的随意性。他根据新发现的《曹鼎望墓志铭》和丰润县志等有关资料，推断曹渊的父亲曹鈖卒年的上限不超过康熙三十一年，下限不超过康熙二十四年，这是有道理的。但这个卒年所限定的时间对王家惠先生的论点毫无帮助，为此他又提出："在尚无确切资料的情况下，我们把曹鈖卒年定于康熙二十八年左右是稳妥的。很有可能他是在此期间死于北京住所，遗下四子。彼时曹寅念'骨肉'亲情，伸出援手，嗣其一子，代为抚养，也是情理之中事。"真是让人莫名其妙，既然承认"尚无确切资料"，那么凭什么就把曹鈖的卒年定于康熙二十八年呢？这能稳妥么？

或许有人要问，曹鈖卒于哪一年，跟曹渊过继给曹寅有什么关系呢？有，而且很有关系。我们要注意，王家惠先生说："我们把曹鈖卒年定于康熙二十八年左右是稳妥的"，王家惠先生为什么不干脆就说曹鈖死于康熙二十八年呢，而要说是"左右"呢？问题就在于王家惠先生没有任何材料能够证明曹鈖是死于康熙二十八年的，所以只能含糊其词说个"左右"，可如果要一左一右问题就大了。因为按照曹渊即曹颜的观点，曹鈖的卒年是既不能左也不能右。如把曹鈖卒年定于康熙二十七年或之前行不行？不行！因为曹鈖有四个儿子，曹渊行二，如曹渊即曹颜，就是说他生于康熙二十七年，如果曹鈖在这一年就死了，那么曹渊下面还有两个弟弟曹湛、曹泳该怎么办？曹鈖死了还能再生两个儿子吗？曹鈖卒于康熙二十九年或之后行不行？也麻烦。因为曹寅于康熙二十九年二月奉旨任苏州织造，四月初四日内务府为曹顺等人捐纳监生致户部咨文，曹颜的名字已出现在曹寅的名下。如果说曹鈖死于康熙二十九年，还必须是三月以前，四月以后就不行了。曹寅到了江南，更不可能再跑回北京要一个丰润曹家的后人做儿子。那把曹鈖卒年就定在康熙二十八年行不行？麻烦一点也不少。曹鈖必须在康熙二十七年、二十八年、二十九年连续三年生三个儿子，最小的儿子还得是遗腹子，否则也不行。可这样说有什么根据呢？总之，曹鈖无论是卒于康熙二十七年还是之前，都表明曹颜不可能是曹渊。而根据现有的资料，又不能排除曹鈖死于康熙二十七年之前的可能性。

至于说，曹鈖死于北京任所，曹寅念“骨肉”亲情，嗣其一子，这完全是王家惠先生的想当然，是没有根据的猜测，是不合情理的。曹鈖死了，他还有弟弟曹鈐在，还有父亲曹鼎望在，他们不是比曹寅更“骨肉亲情”吗？他们伸出援手不是更理所当然、合乎情理吗？如果像王家惠先生想象的那样，曹寅倒是很念“骨肉亲情”了，但不是倒显得丰润曹家对曹鈖也太不“骨肉亲情”了吗！承嗣是家族中的大事，是由诸多因素和利害关系决定的，仅仅出于一种照顾，就承嗣一个儿子，这对于像曹寅这样有地位的贵族之家来说简直是开玩笑，更何况他已承嗣了一个儿子。

显而易见，王家惠先生的曹渊即曹颜说，是根本不能成立的，建立在毫无根据的猜想之上的立论，不过是空中楼阁，太虚幻境。至于刘润为先生在王家惠文章的基础上，提出的曹渊是《红楼梦》的原始作者更是无稽之谈。只要不带有偏见，人们不难对这两篇文章做出符合实际的评价。但令人遗憾的是，颇有声望的杨向奎先生在《关于〈红楼梦〉作者研究的新进展》一文中①，却对王家惠和刘润为的两篇文章大加赞赏，认为：“这是画龙点睛的著

① 载《中国文化报》1994年3月9日。

作。王家惠画龙，而刘润为点睛，由此一点，全龙活了，而《红楼梦》一书原始作者的找出，使七十年来的悬案至此解决。”如此快地下结论，如此高度评价，出自以治史著称的杨老先生之口，多少让人感到有些吃惊和遗憾。作考证文章，一个基本原则是凭材料说话，有一份材料说一分话，不能做无根之谈，这是常识。而王、刘两位的文章都有一个致命的弱点，完全凭猜测立论，没有一点能证明曹渊即曹颜、曹渊即《红楼梦》原始作者的材料，这样的“研究”怎么可能解决“七十年来的悬案”呢？更何况，《红楼梦》作者问题本来就不是什么悬案。

关于《红楼梦》作者问题，这些年来是有过不少争论，杨先生在文中提出《红楼梦》有一个原始作者的问题即情僧，曹雪芹不过是在他人基础上的删改者，这种说法就不是什么新观点，十几年前，戴不凡先生就提出过这种观点。虽然围绕《红楼梦》的著作权不断争论，但丝毫没有动摇曹雪芹的著作权，原因很简单，说曹雪芹是《红楼梦》的作者，是有充分的根据的，并不是靠推理和猜测。

说曹雪芹是《红楼梦》的作者，都有哪些根据呢？

首先是《红楼梦》本身的证明。《红楼梦》第一回中说：“从此空空道人因空见色，由色生情，传情入色，自色悟空，遂易名为情僧，改《石头记》为《情僧录》。东鲁孔梅溪则题曰《风月宝鉴》。后因曹雪芹于悼红轩中披阅十载，增删五次，纂成目录，分出章回，则题曰《金陵十二钗》。”人们一般认为，这是曹雪芹夫子自道，“披阅十载，增删五次，纂成目录，分出章回”不是十分清楚地告诉了人们他创作《红楼梦》的艰辛历程吗？至于杨先生所说的所谓的《红楼梦》原始作者“空空道人”“情僧”，不过像茫茫大士、渺渺真人一样，是乌有先生，是艺术的虚构。这本是小说家言，怎么能认起真来，把那位子虚乌有的“空空道人”“情僧”看成是《红楼梦》的原始作者呢？如果一定要钻牛角尖，认真说起来，“空空道人”“情僧”实在算不上《红楼梦》的原始作者，只不过是一个抄录者。《红楼梦》第一回对《石头记》的来历有很详细的交代：原来女娲补天只剩下一块石头，弃在青埂峰下，被一僧一道携带入红尘。后来不知过了几世几劫，因有个空空道人访道求仙，从这大荒山无稽崖青埂峰下经过，忽见一块大石上字迹分明，编述历历。空空道人乃从头一看，原来就是无才补天、幻形入世，蒙茫茫大士、渺渺真人携入红尘，历尽离合悲欢炎凉世态的一段故事。空空道人“方从头至尾抄录回来，问世传奇”。并改名情僧。由此可见，“空空道人”“情僧”也不是《红楼梦》的原始作者，原始作者应该是哪位历经几世几劫的“石头”（石兄），可又有谁能相信，《红楼梦》竟是一块石头（尽管是一块神奇的石头）自己记录的故事呢？所以有理由认为，无论是携带石头入红尘的茫茫大士、渺渺真人，还是从青埂峰下的石头上抄录的空空道人、情僧，就像他们的名字本身所表明的那样，是茫茫、渺渺、空空，都是艺术上的虚构，不是实有的人物，只有“披阅十载，增删五次”的曹雪芹才是《红楼梦》的真正作者。

当然，说曹雪芹是《红楼梦》的作者，仅此一条材料显然是不够的。这里我们还可以举出一些更有力的材料，这就是与曹雪芹同时代的永忠、明义的有关文献记载。

了解《红楼梦》研究的人，都非常熟悉永忠读《红楼梦》后写下的三首诗，题目叫《因墨香得观红楼梦小说吊雪芹三绝句姓曹》，这是至今为止，除脂砚斋批语外，最早提到《红楼梦》作者是曹雪芹的明确记载，是曹雪芹著作权的铁证。诗其一云：“传神文笔足千秋，不是情人不泪流。可恨同时不相识，几回掩卷哭曹侯。”无须多作解释，从诗题到诗句，无不表明曹雪芹的确是《红楼梦》的唯一作者，否则这位永忠干吗读了《红楼梦》以后要“吊雪芹”“哭曹侯”？永忠生于雍正十年（1735），从诗里看，永忠并不认识曹雪芹，那他怎么知道《红楼梦》的作者就是曹雪芹呢？原来，永忠同诗题中说的墨香是好朋友，而这位墨香则是曹雪芹的好朋友敦诚、敦敏的幼叔。曹雪芹逝世时，墨香已经21岁了，从他与敦氏兄弟的关系看，他极可能是认识曹雪芹的。永忠所看到的《红楼梦》早期抄本就是从墨香那里借来的。这个抄本是墨香本人的，还是从敦氏兄弟那里借来的，已不可考，但有一点则是十分肯定的，即永忠知道《红楼梦》的作者是曹雪芹无疑是墨香告诉的，在永忠、墨香那里，《红楼梦》作者是谁不是问题，就是曹雪芹，也根本不存在什么原始作者，故永忠要“吊雪芹”“哭曹侯”，而不是什么空空道人或是曹渊，因为丰润人曹渊和《红楼梦》的创作毫无关系。永忠这三首诗写于乾隆三十三年（1768），这时距曹雪芹逝世仅五、六年，所以他为“可恨同时不相识”而悔恨、遗憾，因为他是有条件结识曹雪芹的。由于永忠与曹雪芹是同时代的人，又由于永忠与墨香、墨香与敦氏兄弟的关系，所以永忠说《红楼梦》作者是曹雪芹，无疑是很可靠的。

另一条早期的重要记载，是明义的《题红楼梦》诗前“小引”。明义《题红楼梦》诗共有二十首，大约写于乾隆三十五年（1770）之后，略晚于永忠读《红楼梦》的时间，但此时离曹雪芹逝世也仅七八年。明义《题红楼梦》诗前“小引”云：

> 曹子雪芹出所撰《红楼梦》一部，备记风月繁华之盛。盖其先人为江宁织造；其大观园者，即今随园故址。惜其书未传，世鲜知者。余见其抄本焉。

这一条记载十分重要，它至少告诉人们这样几点：（1）曹雪芹是《红楼梦》的作者，而不是什么“增删者”；（2）曹雪芹的先人是江宁织造，而不是什么丰润曹家；（3）当时《红楼梦》“未传”，知道人的非常少，而他则是“鲜知者”中的一人；（4）明义看到过“抄本”，这个“抄本”显然不是我们今天所理解的各种早期抄本中的一种，而是从曹雪芹那里传出来的、或是从曹雪芹的好友那里传出来的本子。从这条材料中，我们丝毫看不到一点所谓“原始作者”的影子，更看不出丰润曹家与曹雪芹有什么关系。或者有人会问，这个明义怎么知道曹雪芹呢，他的记载可靠吗？原来，明义的堂兄明琳就是曹雪芹的好朋友，明义又与永忠、敦氏兄弟及墨香均相识并多有来往。敦敏有一首诗记云：“芹圃曹君霑别来已一载余矣。偶过明君琳养石轩，隔院闻高谈声，疑是曹君，急就相访，惊喜意外，因呼酒话旧事，敢成长句。”从中我们可以看到曹雪芹与明琳的关系非同一般。明义是否认识曹雪芹，难做结论，但有一点则可以肯定，明义所看到的《红楼梦》抄本直接来自于曹雪芹的亲朋好友之手，或是他的堂兄明琳，或是敦氏兄，或是墨香、永忠。不管他的《红楼梦》是从哪一位手中借到的，这些人都是非常了解曹雪芹和《红楼梦》创作的，明义和永忠一样，都说《红楼梦》的作者是曹雪芹，他们都是从曹雪芹的亲朋好友那里知道《红楼梦》及其创作的，因此其说法的可靠性显然是毋庸置疑的。

除以上所引的材料外，说曹雪芹是《红楼梦》的作者，还有脂批的证明。所谓“脂批”，泛指现发现的早期《红楼梦》抄本上大多数属于早期的批语，其中脂砚斋、畸笏叟是主要的两大评家，又因早起抄本上有“脂砚斋重评石头记”字样，故泛称“脂批”（或“脂评”）一般认为，脂砚斋、畸笏叟都可能是曹家的人，或是同曹雪芹关系密切的朋友，十分了解曹雪芹创作《红楼梦》的情况，故脂批证明《红楼梦》作者是曹雪芹是很有权威性的。脂批中说《红楼梦》作者是曹雪芹，这方面的材料很多，如甲戌本第一回有一条批语：

若云雪芹批阅增删，然后开卷至此，这一篇楔子又系谁撰？足见作者之笔狡猾之甚。后文如此处者不少。这正是作者用画家烟云模糊处，观者万不可被作者瞒弊了去，方是巨眼。

请注意，这条批语就是针对《红楼梦》第一回中所说：“曹雪芹于悼红轩中，披阅十载，增删五次”这几句话而发的，他明白无误地告诉人们，曹雪芹不是增删者，而是作者。再看甲戌本第一回的一条夹批：

这是第一首诗，后文香奁闺情皆不落空。余谓雪芹撰此书，中亦为传诗之意。

这里清楚地写着“雪芹撰此书”，而不是增删、修改。这条批语无疑为曹雪芹的著作权增添了一条铁证。能够证明《红楼梦》作者是曹雪芹的脂批还有不少，如：

能解者方有辛酸之泪，哭成此书。壬午除夕，书未成，芹为泪尽而逝。余尝哭芹，泪亦待尽……（甲戌本第一回眉批）

今而后惟愿造化主再出一芹一脂，是书何本（幸），余二人亦大快遂心于九泉矣。（甲戌本第一回眉批）

雪芹旧有《风月宝鉴》之书，乃其弟棠村序也。今棠村已逝，余睹新怀旧，故仍因之。（甲戌本第一回眉批）

奇怪，永忠哭曹雪芹，脂砚斋哭曹雪芹，却没有人去哭所谓的原始作者曹渊，如真的如杨向奎先生所说，有这样一位补天无术，变成一个“多余的人”的曹渊，写出一部自传体的《石头记》，而曹雪芹只是在他人基础之上的增删、再创作的话，那么永忠、明义、脂砚斋不是更应该提一提这位原始作者吗？问题很清楚，根本就没有这么一个原始作者，没有任何材料能证明这位原始作者的存在。相反，只要不带有偏见，认真地看一看脂批，再将脂批、永忠和明义的记载，以及同《红楼梦》第一回所说“曹雪片于悼红轩中披阅十载，增删五次，纂成目录，分出章回”的话联系起来看，作者到底是谁还成问题吗？所谓的作者是谁的“悬案”还能存在吗？

凡是怀疑或否定曹雪芹著作权的人，差不多都要提出曹雪芹著书的资格问题，并成为他们立论的前提，杨向奎先生亦是如此。杨向奎先生充分肯定了刘润为先生的观点，即认为曹雪芹不具备作书的资格，不可能是《红楼梦》的原始作者，认为曹雪芹“生当曹家衰败之际，根本就没有‘烟柳繁华，温柔富贵’的生活体验”。他们认为《红楼梦》的原始作者，必须具备三个条件：一是曾历富贵繁华；二是属于贵族中的“多余的人”；三是必须具备高度的文化艺术修养。而又认为符合这三个条件的“原始作者只能在曹寅的儿辈中去找，而最有资格的创始者是曹颜，也就是曹渊”。读到这里我倒有些迷惑不解了，如照杨、刘二位先生所说，这位原始作者既然已经具备了如此的三个条件，他自己干吗不写出一部《红楼梦》来，而只能写出一部需要别人修改的原始初稿呢？他既然具有了如此的三个条件，特别是具有“高度的文化艺术修养”，他的作品还用得着曹雪芹费那么大的劲，“披阅十载，增删五次，纂成目录，分出章回”吗？再说，既然认为曹雪芹不具备作书的资格，不具备“必须”有的三个条件，那他怎么能有资格和能力来修改增删别人的作品呢？他又怎么能把那位“具备高度的文化艺术修养”的原始作者的作品增删成为“在中国乃至在世界文学史上矗立起一个不朽的艺术典型”呢？够资格够条件的所谓原始作者曹渊只能写出一部粗糙的自传体小说，而不够资格不够条件的曹雪芹却能增删出一部伟大的《红楼梦》，立此论者，难道真的看不出这里面的矛盾和不合情理吗？

其实，说曹雪芹没有“烟柳繁华，温柔富贵”的生活体验，因而不具备作书的资格，这种论点是站不住脚的。曹雪芹是否有过这种繁华富贵的生活经历，首先涉及到曹雪芹的生年问题。关于曹雪芹的生年，历来有两种主要说法，一种认为他生于1723年或1724年，一种认为他生于1715年（康熙五十四年）。曹雪芹的生年没有可靠的记载，是依据他的卒年推测的，主要有两条材料，其一，曹雪芹在晚年结识的好友张宜泉在《伤芹溪居士》诗注中说：“其人素性放达，好饮，又善诗画，年未五旬而卒”；其二，曹雪芹的好朋友敦诚《挽曹雪芹》诗中有句“四十萧然太瘦生”、“四十年华付杳冥”。有学者认为，敦诚的“四十萧然”“四十年华”是诗句，不能坐实曹雪芹就活了四十岁，这同张宜泉的记载是矛盾的。认为张宜泉“年未五旬”说法应该比较可靠一些。如果说曹雪芹卒于1763年或1764年，由此上推至1715年（康熙五十四年），曹雪芹活了大约四十八九岁，这与张宜泉“年未五旬”说相合，与敦诚的“四十年华”说亦无矛盾。因而不少学者更倾向于曹雪芹生于康熙五十四年。如果曹雪芹确实是生于这一年，至雍正五年底曹家被抄，这时曹雪芹已是十二三岁了，怎么能说曹雪芹没有经历过一段“锦衣纨袴，饫甘餍肥”的豪华生活呢？另外，曹雪芹的好朋友敦氏兄弟的诗中，也一再提到江南生活对曹雪芹的深刻影响，如“扬州旧梦久已觉”、“废馆颓楼梦酒家”、“秦淮旧梦人犹在”、“秦淮风月忆繁华”等等，无一不透露出曹雪芹确实经历过一番繁华富贵的生活，如果曹雪芹没有江南的生活经历，敦氏兄弟的诗中何以一再提这些往事呢？

曹雪芹出身于一个贵族家庭，虽说十二三岁后，家庭被抄，从而败落，但他毕竟是过上了一段对他来说是终身难忘的江南繁华生活。从现有的资料看，曹雪芹成年后的生活一直不顺利，他一生未当过官，而且一直比较贫穷，正像《红楼梦》开头“作者自云”中所说：“一事无成，半生潦倒”。曹雪芹的晚年生活更糟糕，敦氏兄弟的诗中曾描绘过他的生活情景是“满径蓬蒿老不华，举家食粥酒常赊”、“卖画钱来付酒家”，这同《红楼梦》第一回开头“作者自云”中所说的“今日茅椽蓬牖，瓦灶绳床”的情景完全相符。正是因为有了这样的生活经历，曹雪芹才能对生活、对人生、对社会有着深刻的认识和感受，从而能写出不朽的《红楼梦》。

怀疑曹雪芹作书资格的人，总认为《红楼梦》完全写的是江南曹家的生活，而且是以曹家鼎盛时期的曹寅时代为背景写的，而这都是曹雪芹所没有经历过的一段生活，故一再对曹雪芹的著作权提出这样那样的疑问。这些人除受自传说的影响太深之外，他们对《红楼梦》的看法也不符合实际。《红楼梦》是写盛世还是写末世，这在《红楼梦》中是交代得很清楚的。当我们翻开《红楼梦》，你看到的贾府已是一个进入末世的贵族之家。《红楼梦》第二回，冷子兴演说荣国府时说得再清楚不过了，他说荣宁两门“也都萧疏了，不比先时的光景”。“如今外面的架子虽未甚倒，内囊却也尽上来了。”甲戌本在此处有两条侧批：“记清此句，可知书中之荣府已是末世了。”“作者之意原只写末世，此已是贾府之末世了。”的确如此，曹雪芹笔下的《红楼梦》写的是进入末世的贾家，但出于创作的需要，曹雪芹完全可以从他的祖父曹寅时代的生活吸取素材，也可以从他的父辈时代乃至抄家以后的生活中吸取素材。这其中当然有他的亲身经历，康熙南巡这样的大场面曹雪芹确实没有赶上，但他完全可以从长辈那里得到这方面的素材，更何况元妃省亲并不是康熙南巡的简单复制，并不完全是一回事，而是曹雪芹的艺术创作。另外，《红楼梦》不是曹雪芹的“自叙传”，也不是以曹家一家的生活为素材，曹雪芹创作《红楼梦》时，从当时的不少贵族乃至皇亲国戚的家族败落中得到创作的素材和生活的启迪，比如荣宁二府和大观园，那样的规模，那样的气派，不仅江南曹家达不到，一般的王公大族也很难有那样的府宅，那样的园子，这显然是曹雪芹的艺术创作。

总而言之，大量的记载证明，曹雪芹就是《红楼梦》的作者，所谓的“原始作者”是根本不存在的，既没有任何材料的证明，也不符合文学创作的规律和常理。“原始作者说”的提出不是什么新进展，因为“原始作者说”并没有向人们提供一点新的东西。

（原载《红楼梦学刊》1994年第4辑）

“秦学”是新索隐

最近，刘心武先生在中央电视台十频道“百家讲坛”栏目中讲《红楼梦》，几乎与此同时出了好几种刘心武的关于《红楼梦》的书，如《红楼望月——从秦可卿解读〈红楼梦〉》、《刘心武揭秘〈红楼梦〉》等，一时间刘心武先生成为当前最有名的“红学家”了。据说，刘心武先生谦虚地称自己是“平民红学家”，我不太懂得这种“称号”的含义。我只知道从事学术研究的人有工作的不同，有职称的不同，在学术研究中又有科学与非科学、正确与错误、是与非的不同，但不知道搞学术研究还有什么“平民”与“贵族”之分。搞学术研究似乎与什么身份没有关系。不管你是什么身份，既然是在搞学术研究，都应该遵守学术规范，都应该坚持严谨的治学态度，都应该实事求是。不能说我有了“平民红学家”封号，就可以随心所欲地胡乱说。

刘心武先生的“秦学”早就提出了。研究《红楼梦》中的一个人物，而且还不是《红楼梦》中的最重要的人物，就能建立一种“学”，这是不是有点开玩笑，建立一种“学”是不是太容易了。在刘心武先生提出“秦学”之初，许多研究者并不在意。据我所知，在相当长的一段时间里，红学界绝大多数的专家学者并没有发表文章批评所谓的“秦学”，大家认为去讨论这种问题，对学术研究没有多大的意义。不想，刘心武先生是越讲越敢讲，越讲越玄乎，再加上我们的中央电视台《百家讲坛》的推波助澜，一段时间在全国都造成了很大的影响，对“秦学”我们真要刮目相看了。

其实，刘心武先生的观点和研究方法都不新鲜，他的研究方法在红学史上早被学术实践证明是错误的，这就是索隐派的方法。但是刘心武先生的索隐方法与历史上以蔡元培先生为代表的索隐派的方法还是有些不同。蔡元培先生他们提出的一些观点虽然不正确，但他们所索隐的人和事在历史上都确有其人其事，只不过和《红楼梦》毫无关系。比如说旧索隐派认为《红楼梦》讲的是清顺治皇帝与董小宛的爱情故事，历史上确实有个顺治皇帝，确实有个董小宛，不过顺治皇帝与董小宛不存在什么爱情故事，更与《红楼梦》的故事毫无关系。

而刘心武先生以及最近一段时间一些搞《红楼梦》索隐的人，他们和蔡元培先生为代表的旧索隐派的最大不同，就是他们完全不顾事实，完全没有任何依据，全凭主观臆测。比如刘心武先生的“秦学”中一个最基本的观点——秦可卿这个人物的生活原型是清康熙皇帝的废太子胤礽的一个女儿。但如果人们要问刘心武先生，这方面有什么文献史料证明吗？回答只有两个字——“没有”。既然没有任何文献史料证明康熙废太子胤礽有这么一个女儿，那刘心武先生怎么说“秦可卿这个人物的生活原型是清康熙皇帝的废太子胤礽的一个女儿”呢？原来这是刘心武先生自己分析和猜测出来的。事实是，就目前的文献史料而言，康熙废太子胤礽根本就没有这样一个女儿，根本就不存在胤礽把女儿送给曹家这样的事情，这完全是刘心武先生的杜撰。从一个虚构的故事中引发出那么多的“秦学”内容，你还敢相信他的“秦学”吗？这样的“学”还能靠得住吗？

从历史常识来说，刘心武先生编的故事既不精彩又讲不通。不要说废太子胤礽没有这样一个女儿，就是退一万步讲废太子胤礽真的有这么一个女儿要送人，也不会送给曹家这样的家庭做媳妇。因为曹家虽然在清代是很有名的家族，但是他们出身包衣，是皇帝的奴才。在清代，满清贵族的规矩是非常严格的，公主与包衣之间的身份距离太大了，这种事情是根本不可能发生的。当然，皇帝发话订婚那是另外一回事。更何况，一个被圈禁的废太子他能把女儿偷运出去吗？康熙在废黜皇太子的同时，也严厉地打击太子党，在这种形势下废太子胤礽就是能把女儿偷运出去，曹家敢把废太子的女儿藏在家里吗？当时曹家都生活在江南，他们又怎么来藏这么一位“公主”呢？没有任何史料记载能证明曹家是什么太子党，倒是有大量的文献记载证明曹家与康熙皇帝关系密切，对康熙是忠心耿耿。这样一个忠于康熙皇帝的曹家，他们怎么会在康熙第二次废掉胤礽之后，还敢私藏废太子的女儿，对皇帝图谋不轨呢？这是毫无道理的。

在《红楼梦》中，秦可卿的身份交代得很清楚，是养生堂抱来的，这在小说中是一种很正常的艺术虚构，我觉得对于《红楼梦》中的文学人物形象采用所谓的“考证”的方法、“索隐”的方法是非常不可取的。刘心武先生有个观点，认为秦可卿如果出身寒微就不可能嫁到贾府，不可能嫁给贾蓉，成为贾家长门长孙媳妇，从而怀疑秦可卿的出身。可是在《红楼梦》中贾家的很多媳妇出身并不高贵，包括贾赦的妻子邢夫人，贾珍的妻子尤氏等。《红楼梦》第二十九回，贾母等到清虚观打醮，张道士向贾母提到贾宝玉的亲事，贾母说：“你可如今打听着，不管他根基富贵，只要模样配得上就好，来告诉我。便是那家子穷，不过给他几两银子罢了。只要模样性格儿难得好的。”贾宝玉的亲事标准尚且如此，何况贾蓉呢？小说中说秦可卿是从养生堂抱来的就是养生堂抱来的，没有什么可怀疑的，这原本是文学创作的需要，是艺术虚构允许的。刘心武先生是搞小说创作的，应该懂得这个常识。

刘心武先生自称他的研究是“探佚学中的考证派”，但不管是“探佚”还是“考证”，都要占有资料和证据，而我们看刘心武先生的“探佚”“考证”则是什么文献史料都不需要，有的只是猜测和想象。比如，《红楼梦》第三回写到林黛玉进府，看到荣禧堂一副对联：“坐上珠玑昭日月，堂前黼黻焕烟霞。”刘心武先生说：“现在我告诉你，这个胤礽，做太子的时候，他有一副对联是备受他的皇父康熙表扬，而且他到处把它写出来送人。史书上只是没有具体记载，他也写了送给了曹寅而已。”是怎样的对联呢，即“楼中饮兴因明月，江上诗情为晚霞”。刘心武先生接着告诉我们：“我现在让你把林黛玉在荣国府所看到的那副楹联，和真实生活当中胤礽在做太子的时候写的对联加以对比，你就会发现这两副对联是有血缘关系的。”这也成了秦可卿生活原型是废太子胤礽女儿的史料证据。

尽管刘心武先生说得这样肯定，可问题来了，第一，既然连刘心武先生都不得不承认所谓的“太子对”送给了曹寅没有史书的记载，那你是怎么知道的呢？第二，这幅对子是废太子胤礽的吗，它明明是唐代大诗人刘禹锡的诗句，你怎么能把它安到清代人胤礽的头上呢？这不成了“关公战秦琼”了吗？问题清清楚楚，没有记载证明废太子胤礽将此副对子曾写给曹雪芹的祖父曹寅，而这副对子又不是胤礽写的而是唐代大诗人刘禹锡的诗句，那它怎么能成为秦可卿的生活原型是废太子胤礽之女的证据呢？但令人遗憾的是，在刘心武先生知道了这副对子是刘禹锡的诗句后，没有任何承认错误的表示，没有感到不好意思，反而还要强词夺理，强辩道：“胤礽这副对联的事儿，最早记载在康熙朝一个大官王士祯所写的一本书《居易录》里面……经查，这确实是刘禹锡老早写下的诗句，那么王士祯的所谓‘太子名对’的记载，该怎么看待呢？王士祯行文比较简约，我想，他所说情况，可能是当年太子太小，他的老师说了刘禹锡诗里的前半句，作为上联，让他对个下联，他当时并没有读过刘禹锡的这首诗，却敏捷地对出了下联，与刘禹锡的诗句不谋而合。……没想到，这‘太子名对’后来又演化为《红楼梦》贾府里，与皇帝御笔金匾相对应的一副对子。”

看了这样的辩解，你还能说什么呢！刘心武先生给我们描绘的这位太子被废掉了真是可惜，他太有才了，他没有看过刘禹锡的诗，竟能写出和刘禹锡一模一样的诗句，在清代竟有如此高水平的诗人，而且还是一个孩子，你信吗？这哪是做学问，哪是什么考证，这是编故事。错了就是错了，老老实实承认错误多好，不承认错了，还要强词夺理，其结果只能是越抹越黑。也确实是这样。刘心武先生在这里只顾补漏洞了，却没有顾上把这两副对子的内容搞清楚，刘心武先生费了很大的劲想出了那么具体的故事情节，却没有想到这两副对子的内容竟是毫不相干的。

著名红学家蔡义江先生对唐诗深有研究，是研究唐代诗歌的著名学者，他在接受《艺术评论》记者采访时曾分析了这两副对子的内容。蔡先生说：

“王渔洋将唐诗当成本朝诗，说得有鼻子有眼的，闹出了笑话……现在，我们退一步讲，假设‘楼中饮兴’一联不出自刘禹锡而真是胤礽所拟，那么，它有没有可能是小说中荣禧堂对联的原型呢？也绝不可能。因为既是‘原型’，总得在诗意构思上有某些相似，可是，误归太子一联说的是江上楼头风景极佳，能助酒兴，添诗情。小说中的一联说的是荣国府者，尽是达官贵人，其配饰袍服珠光炫耀，五色映辉。前者‘明月’‘晚霞’是实景，后者‘明月’‘晚霞’是虚喻，两联风马牛不相涉，怎么能是‘原型’呢？”

蔡先生说得够清楚了，刘心武先生连两副对联的内容都没有搞清楚，就乱猜测，这样的证据无疑是完全站不住脚的。值得指出的是，像这样的想当然、主观臆测在刘心武先生的讲座中和书中比比皆是，他用得最多的词之一就是“可能”。你如果问：废太子胤礽有那样的一个女儿吗，他说“有可能”；你如果问：一个被圈禁的废太子能把女儿偷运出府吗？他还是说“有可能”。刘心武先生从来不需要任何可靠的材料来证明为什么是“可能”的。

在我看来，刘心武先生的所谓“秦学”根本不是什么学术研究，而是新索隐，是在搞创作，是《红楼梦》故事新编，只是这些故事编得不如他以前的小说故事编得好，可以说是矛盾百出。比如说秦可卿“淫丧天香楼”后，她的两个丫鬟瑞珠、宝珠，一个是触柱而死，一个是甘做义女。刘心武先生为了把这两个丫鬟的命运与所谓的秦可卿真实身份的政治秘密联系起来，就演绎说，这两个丫鬟如果只是在天香楼看见贾珍与秦可卿乱伦，何至于触柱而亡啊，一定是听见了绝对不应该听见的话。是什么话？刘心武先生十分肯定地说：“就应该是秦可卿真实出身的泄露，就应该是政治性的消息，也就是义忠亲王老千岁那一派，‘义’字派的绝密消息。”所以瑞珠只有一死了。那宝珠不死却做了义女，又怎么解释？

刘先生告诉我们，宝珠甘做义女是表示她在铁槛寺再也不回来了，“打算永远闭嘴”，这样令贾珍很放心。问题是瑞珠死了可以说“永远闭嘴”了，可宝珠还活着，谁能保证她“永远闭嘴”呢？贾珍能放心吗？看来这个故事编得不是那么令人信服。再比如，刘心武先生把秦可卿和贾珍的关系说成是爱情，也令人感到十分荒唐。刘心武先生说秦可卿与贾珍是一辈人，虽然他们之间有了爱情，因为贾珍有了夫人，所以只好让她做了儿媳妇，但秦可卿与贾蓉没什么事，只是名义上的夫妇，倒是成了贾珍的情人。如真的是这样，贾珍为什么不把秦可卿收为姨娘，这总比当他的儿媳妇冒着乱伦的丑闻要好呀。

至于说秦可卿的真实出身的败露是由于贾元春的告密，说元春这样做的目的是为了保护贾家的利益云云，更是无稽之谈。如果贾家真有这样的大逆不道之事，元春敢告密吗？她如果告了密就真的能保护贾家的利益吗？如果保护不了贾家的利益再弄个满门抄斩又怎么办？更为荒唐的是刘心武先生又杜撰出贾元春的生活原型，说贾元春的生活原型“应该”是曹家的一个女性，最早“应该”是送到胤礽的身边，跟胤礽在一起生活过一段时间，又与胤礽的儿子弘皙生活过，后来又有了“二次分配”，这位曹家女子幸运地“从弘皙那边，拨到了弘历的身边”，而且“她到了弘历身边以后，很可能在弘历还没有当皇帝的时候，就已经得到了宠幸，成为了一个王妃”。

这些宫廷秘史不见任何文献记载，不知道刘心武先生是怎么知道的，而且还知道得这么清楚。我看这是刘心武先生看武则天的故事看多了，这些荒唐可笑的“故事”，完全经不起推敲。不要说历史上就没有这样的事，曹雪芹家里根本就没有这么一个“拨到弘历身边”的女子，即使就编故事来说也是蹩脚的故事，不知刘心武先生是怎么想出来的。难怪有人说，刘心武先生读《红楼梦》没把《红楼梦》当作小说，解读《红楼梦》又像是在创作小说。

在刘心武先生的讲座和书中牵强附会的东西非常多，比如他对“三春”的解释就是典型的例子。《红楼梦》第十三回秦可卿给王熙凤托梦，有一赠言：“三春去后诸芳尽，各自须寻各自门”，这本来的意思是说春光逝去后，众花都要落尽，隐寓贾家三位小姐元春、迎春、探春或死或远嫁后，大观园众多的姊妹也都要死的死、散的散，寓示贾府最后衰落的结局。[①]我认为蔡先生的

① 见蔡义江先生《红楼梦诗词曲赋鉴赏》，中华书局2001年10月第1版。

解释是合理的。

那么刘心武先生是如何解释的呢？刘心武先生的解释确实“与众不同”、“别出心裁”，他认为“三春”不是指元春、迎春、探春，而是指三个春天。那三个春天呢？就是乾隆元年的春天、二年的春天、三年的春天。“三春去后”就是“三度春天过去”。还说：“乾隆元年、二年、三年，这三个美好的春天过去以后，在第四春的时候，就发生了重大的变化。”可《红楼梦》中写“三春”有好几处，如第五回惜春的判词：“勘破三春景不长，缁衣顿改昔年装”，第五回《红楼梦曲·虚花悟》中的“将那三春看破”等，这都能解释为三个春天吗？特别是元春判词中的“三春争及初春景”，照刘心武先生的解释，“三春”就是乾隆初年、二年、三年三个春天，那判词中的“初春”又作何解释？这又怎么讲？刘心武先生说：“贾元春她最美好的日子就是封为贤德妃的第一年，就是乾隆元年，就是初春。”如果可以这样讲，那么“三春争及初春景”这句话就成了“乾隆元年、二年、三年的三个春天啊怎及乾隆元年的春天”，这通吗？刘心武先生为了与政治事件、重大变化挂钩，胡乱解释，牵强附会，顾此失彼，矛盾百出。这种解释都是非常可笑的，这哪是搞什么研究啊！

刘心武先生最大的问题在于他混淆了文学与史学的关系，混淆了生活素材、生活原型与文学创作、文学形象的关系。他不是用文学的眼光去看《红楼梦》，而是搞索隐，可以说他是把索隐和自传说结合起来，并发展到极端。刘心武先生一再强调《红楼梦》中的主要人物都能找到生活原型，他说：“我越细读，就越相信书中的主要人物都能找到生活原型”，而他认为秦可卿的生活原型就是“破解《红楼梦》的总钥匙，在她的身上，隐藏着《红楼梦》的巨大秘密”。且不说《红楼梦》中的主要人物是不是像刘心武先生所说的那样都有生活原型，即便是有生活原型，当生活原型进入文学作品，成为文学形象，那么生活原型与文学形象能完全是一回事吗？

记得鲁迅先生说过，作家创作“取人模特儿”，一般用两种方法，一是专用一人，二是杂取种种人，而他向来是取后一种方法，“往往嘴在浙江，脸在北京，衣服在山西，是一个拼凑起来的脚色”。他说：“……世间进不了小说的人们倒多得很。然而纵然使谁整个地进了小说，如果作者手段高妙，作品久传的话，读者所见的就只有书中人，和这曾经实有的人倒不相干了。例如《红楼梦》里的贾宝玉的模特儿是作者自己曹霑，《儒林外史》里的马二先生的模特儿是冯执中，现在我们所觉得的却只有贾宝玉和马二先生，只有特种学者如胡适之先生之流，这才把曹霑和冯执中念念不忘地记在心儿里：这就是所谓人生有限，而艺术却较为永久的话罢。”鲁迅先生的精辟论述阐明了文学艺术创作的规律，阐明了模特儿、生活素材与创作的关系。《红楼梦》不是作者曹雪芹的自叙传，也不是清史实录，它是一部伟大的文学作品。一部伟大文学作品的价值在于它深刻地反映生活、塑造栩栩如生的人物形象，而不是隐藏了多少秘密。我们只能用文学和艺术的眼光去看《红楼梦》，研究《红楼梦》，用刘心武先生的方法是不可能找到解读《红楼梦》的钥匙的。

刘心武先生说，他不认为《红楼梦》是一部政治小说，可他的探佚、考证、索隐都是在强调《红楼梦》中充满了政治斗争，充满了阴谋、夺权等。比如《红楼梦》第四十回“金鸳鸯三宣牙牌令”，贾母行酒令时说了一句“头上有青天”，不过是一句俗话，有所谓“做人要凭良心”的意思，可在刘心武先生那里就成了雍正死了，乾隆继位，给曹家带来了新的生机，所以贾母要用“头上有青天”来称颂乾隆；还有史湘云说了一句酒令“双悬日月照乾坤”，这本是李白的诗句，刘心武则解释为“日月双悬”，是宣示在曹家“他们的头顶上，有两个司令部”云云，怎么那么像“文化大革命”时的思维和语言。在刘心武先生的解读下，《红楼梦》中的每一句话似乎都隐含着一个政治符号，如贾雨村的咏中秋诗：“天上一轮才捧出，人间万姓仰头看”，也成了“隐伏着一种政治形势，就是在‘双悬日月照乾坤’的情况下，月亮已经非常地膨胀了”，真是匪夷所思。更可笑的是张友士给秦可卿开的药方，诸如人参、白术、云苓、熟地、归身等中药材也都是“进行秘密联络，亮出的一个密语单子”。从《红楼梦》中竟能读出“密电码”来，你还能说什么！

在刘心武先生的解读下，《红楼梦》哪是什么文学作品，岂止是政治小说，简直就是一部"清宫秘史"。我感到很奇怪的是，刘心武先生本身就是一位作家，他完全懂得文学创作，那么他把《红楼梦》这样一部伟大的文学作品解读成类似"清宫秘史"一样的东西，你说合适么！我认为把《红楼梦》解读成"清宫秘史"丝毫没有提高《红楼梦》的地位，实际上是缩小了或歪曲了《红楼梦》的思想艺术成就。我很喜欢刘心武先生的小说《班主任》和《钟鼓楼》，我不知道刘先生能不能用解读《红楼梦》的方法来解读自己的两部作品，去探寻一下《班主任》中的女主角的出身、原型或是隐藏了什么秘密。很显然，对文学作品是不能用刘心武先生那样的方法来解读的，所谓的"秦学"只能是歪解《红楼梦》、误读《红楼梦》，对《红楼梦》研究没有任何好处。

不论是《红楼梦》，还是研究《红楼梦》的学问——红学，在近百年的历程中，常常会产生一些轰动性的效应，引起人们的广泛关注，这是一种值得研究的文化现象。可以说，在中国文学史上，乃至世界文学史上，很少有像《红楼梦》这样的作品，在几百年的时间里保持着对广大读者有如此强烈的魅力。我认为，造成这种现象有着诸多的因素，首先是因为《红楼梦》写得太好了，无论是故事还是生动的人物形象，都深入人心，《红楼梦》确实是一部令人百读不厌的伟大文学作品。正因为《红楼梦》具有这么大的魅力，而《红楼梦》的创作又有着自身的特殊情况，比如作者曹雪芹的家世与《红楼梦》创作的关系，这与《三国演义》、《水浒传》、《西游记》等小说都有所不同，这样就给《红楼梦》研究带来了许多"谜"。人们往往对这些"谜"很感兴趣，也引起一些人的想入非非，寻根问底，一定要找出《红楼梦》到底讲的是什么事，隐藏了什么"秘密"。在《红楼梦》最初产生的时候就有一种"本事说"，后来发展到"索隐"，他们抱着一种好奇心，一定要从《红楼梦》中索出"微言大义"。他们不是把《红楼梦》当作小说来读，而是当成了作者的自传或是隐藏了"真事"的"奇书"。刘心武先生的"秦学"也是这种兴趣和方法的结果，不同的是他走得比别人更远。

现在有一种说法，认为这样的现象是"百花齐放，百家争鸣"，说什么

“学术者，天下之公器也”，“学术不废百家言”。这些话都不错，在学术研究上，我很赞成讨论争鸣，因为学术争鸣是学术发展的动力。在学术讨论中，要尊重讨论的对手，要有包容心。但问题在于，在鼓励百家争鸣的学术讨论中，还要坚持学术规范。做任何事情都要有规则，没有规矩不成方圆，这是任何从事学术研究的学者必须要遵守的准则。现在的问题是不讲学术规范的现象比比皆是，学术浮躁，乃至学术腐败的现象也很严重。如果我们不坚持学术规范，不提倡严谨的学术态度，学术就不能发展。什么是学术准则，一句话就是实事求是，无实事求是之意，存哗众取宠之心，对学术研究有害无益。就说“百家齐放”吧，并不是说任何一种说法都能称之为“一家之言”，这是一种误解。作为学术上的一家之言，它应该有学术的严谨性、系统性，必须建立在严肃治学的基础之上，不能随心所欲，想怎么讲就怎么讲。像刘心武先生的所谓“秦学”，哪算什么“学”！

刘心武先生的“秦学”也不是偶然产生的，不是刘心武先生的发明创造，之前早就有过类似的东西，比如几年前媒体上也曾炒作过的《红楼解梦》就是。刘心武先生是从《红楼梦》中研究出贾珍与康熙废太子胤礽的女儿有什么关系，《红楼解梦》那要比刘心武先生的“解读”更大胆，这本书揭示出《红楼梦》所隐藏的“秘密”是曹雪芹与一个叫竺香玉的女子合谋把雍正皇帝杀死了，作书者宣布他研究《红楼梦》的结果是破解了清史上的一大谜案——雍正之死，从而《红楼解梦》填补了清史研究上的空白。我们不难看出，无论是刘心武先生的“秦学”，还是《红楼解梦》的“破案”，都是如出一辙，都是用索隐的方法歪解《红楼梦》，早在近百年前，胡适就批评这种索隐是“猜笨谜”。不过，刘心武先生的“索隐”是“新索隐”，他是自传说与索隐派的结合。

为什么红学索隐派的东西早在几十年前就被胡适之先生批得体无完肤，但是在今天还有人在认真地搞，而且很多读者非常相信，觉得他搞得非常有道理有意思，这种文化现象确实值得好好研究。应该承认，现在有的学者搞索隐，很认真，很下功夫，他们还是坚持传统的索隐的方法，挖掘出大量的资料，力图证明《红楼梦》有所“隐”，对这样的学者，尽管我不同意他们的研究方法和观点，但还是表示尊重。他们与刘心武先生搞的“秦学”不一样。我很佩服刘心武先生有很丰富的想象力，讲《红楼梦》像讲故事一样，非常吸引读者和听众，但这不是做学术研究。

现在学术界确实存在一种浮躁、不严肃和不严谨的状况，有点像“戏说经典”，这种状况不仅在研究《红楼梦》中有，在其他研究领域也有，只不过在《红楼梦》研究中显得突出一些，影响大一些。这和当下的市场经济有密切的关系，人们很难坐下来认真做学问，甘心坐冷板凳，下苦功夫，总喜欢像吃快餐一样，今天发明一个观点，明天又建立一门“学”，动辄就是一个“震惊人类的重大发现”。这种情况不是好事，他们的观点虽一时能引起很多读者的关注和兴趣，甚至是轰动效应，但对学术和文化发展没有任何益处。当然面对这种情况，真正严肃的学者要注意红学的普及，引导广大的读者正确地去阅读《红楼梦》，认识《红楼梦》，不被错误的东西所误导。

刘心武先生的“秦学”之所以能产生那么大的影响，与中央电视台《百家讲坛》有重要关系，正是因为有了这样的平台，才使刘心武先生的观点造成广泛的影响。我认为在中央电视台《百家讲坛》上那样讲《红楼梦》，不管是刘心武先生本人还是中央电视台，都是一种很不负责任、很不严肃的行为。像刘心武先生这样地去解读《红楼梦》，把《红楼梦》说成了“阴谋与爱情”，把一门严肃的学术研究搞成了滑稽、粗俗，是不值得提倡的。在中央电视台这样的平台上乱讲中国最伟大的文学作品《红楼梦》，这会对中国的学术环境、学术氛围造成不好的负面影响。我对中央电视台《百家讲坛》搞这样的节目，片面地追求收视率，是很不赞成的。我认为现在的新闻媒体，特别是电视台，低俗化、粗俗化的倾向值得注意，它造成的负面影响不容低估。

我认为不管是专家学者还是一般的读者，要研究《红楼梦》至少应该坚持两条：一是对红学发展的历史有个基本的了解。红学史上有过评点派、索隐派、考据派，在不同的历史时期都曾产生过重要影响。比如考据派，以胡适之先生为代表的新红学，在考据上有很大的成就，考证作者的家世、版本、著作权等，都取得了重要成果。但如果用考证的方法去“考证”《红楼梦》中某个人物，把《红楼梦》看作曹雪芹的“自叙传”就不对了；二是不管你怎么评价《红楼梦》，它都是一部文学作品，一部伟大的小说。把《红楼梦》当作小说来读，这个基本定位不能动摇。我们只有以文学的眼光看《红楼梦》，才能从《红楼梦》的具体描写中体悟到它深厚的文化内涵、深邃的思想精华和精湛的艺术魅力。现在有些人总是认为你仅仅把《红楼梦》看作小说，太浅薄了，好像把《红楼梦》看作一部文学作品就显得《红楼梦》不那么伟大了，这是错误的观点。像刘心武先生那样把《红楼梦》看成了“清宫秘史”，并不能提高《红楼梦》的地位，并不能彰显《红楼梦》的价值和成就。《红楼梦》就是一部反映清代社会生活的小说，反映一个贵族家庭衰落的小说，反映一些生活在贾府里的青年男女的爱情悲剧、人生悲剧的小说。

这段时间由于刘心武先生在《百家讲坛》上讲《红楼梦》，引起了很多观众和读者对《红楼梦》的兴趣，似乎又引起一股“红楼热”，但我觉得“热”未必是好事。“文革”期间的评红热，热度比现在的“热”高多了，但那时“热”的结果是歪解了《红楼梦》，误读了《红楼梦》，这对学术发展和文化建设没有任何好处。今天我们阅读和研究《红楼梦》，目的就是要认识《红楼梦》，认识《红楼梦》的思想价值、艺术价值和文化价值，并通过我们的研究提高和增强对历史、社会乃至人生的认识，增添我们的民族文化积淀，增强我们的民族自信心和自豪感。现在一些人对红学的状况有些意见和批评，认为《红楼梦》研究好像都是在挖古纸堆，都是在钻牛角尖，其实情况完全不是这样。

从整体看，红学的发展还是很好的，绝大多数的研究者都是在坚持用科学的方法来研究《红楼梦》，取得了非常显著的成就。尽管人们对《红楼梦》的看法不尽相同，但都是在学术的范围内进行讨论。像刘心武先生这样的“新索隐”还是少数，当然影响不能低估。记得上个世纪末，在红学界有一个很热的话题，即“红学的展望”，我理解人们之所以在世纪末有这样的“展望”，其实有两层意思，一是对未来的红学发展有所期待，当然其中也包含了对红学研究现状的诸多不满意，期待好好总结，有所发展；二是人们的“展望”中，最期待的是《红楼梦》研究的“突破”。这个“突破”不仅仅在于新材料的发现，更在于对《红楼梦》思想、艺术和文化价值的认识。我们提倡“百花齐放，百家争鸣”，提倡多元化的研究，但不提倡不顾学术规范的乱说。不管是从文献的角度、文化的角度，还是艺术的角度去研究《红楼梦》，都是对红学的贡献。我们寄希望于广大的研究者、广大的读者，特别是年轻的研究者，掌握科学的研究方法，用严谨的治学态度来阅读和研究《红楼梦》。我相信红学的未来会更好。

（原载《红楼梦学刊》2005年第6辑）

张家湾 · 曹雪芹 · 《红楼梦》

——为“曹雪芹与张家湾学术研讨会”而作

“由北京市通州区文化委员会、张家湾镇政府、中国红楼梦学会、北京市曹雪芹学会联合举办的‘曹雪芹与张家湾学术研讨会’”，是一件很有意义的学术文化活动。今年是伟大作家曹雪芹诞辰三百周年，据我所知，一些地方都计划举办各种纪念活动，而在我看来通州和张家湾镇也是很有理由举办纪念伟大作家曹雪芹诞辰三百周年活动的，因为通州、张家湾原本就与曹雪芹家世、曹雪芹的人生经历乃至《红楼梦》创作有着重要的关系。

一提到曹雪芹与通州、张家湾的关系，人们就会想到二十多年前关于“曹雪芹墓石”的论争，这当然是一件引世人注目的大事。这块“曹雪芹墓石”是真是假，曹雪芹是不是葬在张家湾，曹雪芹到底卒于哪一年，曹雪芹晚年的情景到底如何？这些都是人们感兴趣的重要话题，如果能够得到进一步的论证，那对曹雪芹与《红楼梦》研究无疑是有着重要意义的。

我们都知道，当年关于“曹雪芹墓石”的真假之争，是很激烈的，冯其庸先生还主编过一本《曹雪芹墓石论争集》，就是那场论争的记录。其实，曹雪芹家世、曹雪芹的人生经历以及《红楼梦》创作与通州、张家湾的关系绝不仅仅是因为“曹雪芹墓石”，而早在“曹雪芹墓石”发现之前，就有一些文献如曹雪芹友人的诗文以及《红楼梦》中的描写，证明了通州、张家湾与曹雪芹、《红楼梦》的创作有着许多关系。

通州、张家湾与曹雪芹以及《红楼梦》创作都有哪些关系呢？

一 曹雪芹家的产业在通州、在张家湾

关于曹雪芹家在通县、张家湾有产业，这是人们都熟知的事情。康熙五十四年七月十六日《江宁织造曹頫复奏家务家产折》：

> 奴才到任以来，亦曾细为查检，所有遗存产业，惟京中住房二所，外城鲜鱼口空房一所，通州典地六百亩，张家湾当铺一所，本银七千两，江南含山县田二百余亩，芜湖县田一百余亩，扬州旧房一所。此外并无买卖积蓄。

看了曹頫的这份报告，或许有人会提出疑问：曹頫跟康熙皇帝说实话了么？曹寅在《东皋草堂记》中说："予家受田，亦在宝坻之西……"，可曹頫却只字未提宝坻之西的"受田"。我认为曹頫不敢不说实话，他没有那个胆量，就在这份奏折上曹頫就说："今蒙天恩垂及，谨据实启奏。奴才若少有欺隐，难逃万岁圣鉴。倘一经察出，奴才虽粉身碎骨，不足以蔽辜矣。"

那么，曹頫为什么没有说到宝坻之西的"受田"呢？我认为有两种可能，一是"受田"被收回；二是宝坻之西的"受田"不是由曹寅一支承继的。这第二种可能性更大。所以曹頫的奏折没提宝坻之西的"受田"。没有宝坻之西的"受田"，仅是奏折上所说的财产，可以看到通州的"典地"、张家湾的当铺，在曹家的财产中占有很大的分量。但通州的六百亩地，与江南含山县的二百余亩田、芜湖县的一百余亩田不一样。通州的是"典地"，严格意义上讲，还不能算作是曹家的财产。典地，亦称典田、典租，是承典他人的田地。承典人交付典价后，在典当期间，即获得该地的使用权和收益权，并可转典。不过，典地虽然不是曹家的正式财产，是"租"来的，但实际上，这种形式的"典地"又往往是买地的过渡。因为把地"典"给有钱人家的农民，大多是穷人，是为生活所迫无奈典地的。到了期限如果无力回赎，典出

去的地就成了人家的了。老舍的《四世同堂》中就描写过这样的故事："这块地将将的够三亩，祁老人由典租而后又找补了点钱，慢慢的把它买过来。"

问题是曹寅任江宁织造后，他的子孙都是生活在江南，即使是过继的儿子曹頫也是长期跟着曹寅在江南生活，曹雪芹家财产主要在江南。在京城留有住房这是好理解的，为什么还要在通州典地六百亩，在张家湾开当铺呢？清康熙雍正乾隆时代，张家湾是水陆交汇之所，是一个繁华的地方，而曹家的人回北京，都要在张家湾上岸，我想在张家湾开当铺，一是为了盈利，二是为往返南北方便一些，这也好理解。那为什么还要"典"那么多的地呢，我想只有一个理由，曹家的祖茔在这里。

二 曹雪芹家里的祖茔在通州，极有可能就在张家湾

说曹雪芹家里的祖茔在通州，极有可能就在张家湾，有什么根据呢？当我们梳理几十年来有关曹家祖茔在哪里的研究时，发现早在曹雪芹墓石发现之前，早在上个世纪五十年代初，就有人提出曹家祖茔在北京东郊的看法。最早提出这一观点的是著名学者朱南铣先生，而第一个见诸文字的则是周汝昌先生的《红楼梦新证》。1953年棠棣出版社出版的《红楼梦新证·史事稽年》"一七六四乾隆二十九年甲申"云："《河干集饮题壁兼吊雪芹》……按此诗推当本年春作。据敦敏集序，'河干'当指潞河，其先墓在焉；李煦家墓地亦在通州西王瓜园。依此合看，则曹家通州本有典地，其墓地似有在东郊可能。此说朱君南铣主之，觉有理。"1976年人民文学出版社再版的《红楼梦新证》，仅将"按此诗推当本年春作"改为"按此诗确为本年春作"。以后周汝昌先生这个观点没有改变过。

当年朱南铣先生推论曹家祖茔在北京东郊的依据是：(1) 敦敏《河干集饮题壁兼吊雪芹》诗题上的"河干"，即指潞河，敦氏兄弟家的祖茔就在潞河附近的水南庄；(2) 李煦家的祖茔也在通州西王瓜园；(3) 通州有曹家的典地，张家湾有曹家的当铺，而正白旗的坟地按例也应该在东郊。这样把几个

方面的因素联系起来分析，推定曹家的祖茔在北京东郊，就很合理了。1980年3月出版的《红楼梦研究集刊》第二集中，发表了徐恭时先生一篇文章《登楼空忆酒徒非——曹雪芹在燕市东郊活动史料钩沉》，在这篇文章中，徐先生说："雪芹的祖茔，究在何处？据康熙五十四年正月十八日李煦奏安排曹頫后事折中仅说：'择日将曹顒灵柩出城，暂厝祖茔之侧。'未叙明确切地点。但据传说，雪芹祖茔在北京东郊大兴县与通州毗邻地的东坝地方。此地南距通惠河花园闸十余里。"徐先生没有告诉我们他的这个"传说"是从哪里听到的。又，朱淡文先生在当年参加"曹雪芹墓石"的论争中，根据曹寅《北行杂诗》之二十："野风吹侧帽，断岸始登高。阔绝无鸿雁，提携有桔槔。秋风荞麦气，哀响白杨号。掩泪看孤弟，西山思郁陶。"认为："曹家祖茔应即在张家湾潞河（即今通惠河）畔的一处荞麦高地之旁。"[①]

推论曹雪芹家的祖茔在北京东郊，应该说是很有道理的，过去多数专家学者都是赞成这个"推论"的。尽管后来对曹雪芹葬在哪里有很大的争论，但对曹家祖茔在北京东郊这一个问题上，则没有什么争论，基本上都是赞同的，包括周汝昌先生。质疑的似乎只有著名红学家吴恩裕先生。但吴老质疑的根据很薄弱，只是说："周汝昌和朱南铣两先生根据敦敏在乾隆二十九年所写《河干集饮题壁兼吊雪芹》一诗，认为曹雪芹之墓在东郊。这个说法是不太可靠的。"又说："即使曹家墓地在通州一带，但以雪芹贫困而殁，他似乎应该是无力归葬祖茔的。"原来吴老也不是坚决反对曹雪芹家祖茔在北京东郊，而是坚决反对曹雪芹葬在东郊。

应该承认，尽管大家都说曹雪芹家祖茔在北京东郊，都认为这没有什么问题，但至今并没有发现任何直接的可靠的文献记载，还仅是"推论"。这方面无疑需要做进一步的探索研究，尤其是文献的挖掘。

---

① 《鹿车荷锸葬刘伶——关于曹雪芹墓石》，载冯其庸主编《曹雪芹墓石论争集》，文化艺术出版社1994年8月第1版。

在这里我想再作一点“推论”，即曹家之所以要在通州典地六百亩，之所以要在张家湾开当铺，重要的原因就是为了祖茔。《红楼梦》第十三回写到秦可卿给王熙凤托梦：

> 秦氏道：“如今我们家赫赫扬扬，已将百载，一日倘或乐极生悲，若应了那句‘树倒猢狲散’的俗语，岂不虚称了一世的诗书旧族了！凤姐听了此话，心胸大快，十分敬畏，忙问道：“这话虑的极是，但有何法可以永保无虞？”秦氏冷笑道：“嫂子好痴也。否极泰来，荣辱自古周而复始，岂人力能可保常的。但如今能于荣时筹画下将来衰时的世业，亦可谓常保永全了。即如今日诸事都妥，只有两件未妥，若把此事如此一行，则后日可保永全了。”凤姐便问何事。秦氏道：“目今祖茔虽四时祭祀，只是无一定的钱粮；第二，家塾虽立，无一定的供给。依我想来，如今盛时固不缺祭祀供给，但将来败落之时，此二项有何出处？莫若以我定见，趁今日富贵，将祖茔附近多置田庄房舍地亩，以备祭祀供给之费皆出自此处，将家塾亦设于此。合同族中长幼，大家定了则例，日后按房掌管这一年的地亩、钱粮、祭祀、供给之事。如此周流，又无争竞，亦不有典卖诸弊。便是有了罪，凡物可入官，这祭祀产业连官也不入的。便落败下来，子孙回家读书务农，也有个退步，祭祀又可永继。若目今以为荣华不绝，不思后日，终非长策。”

秦可卿的托梦，为贾家“常保永全”出了一个主意，这就是“将祖茔附近多置田庄房舍地亩”，这当然是一个好主意，家族没事的时候，四时祭祀祖先非常方便。如果家族出事了，这“祭祀产业”是不入官的，即可以保留下来一些产业，一方面子孙回家可以务农，还可以读书，祭祀祖先也有所保证。很可惜，贾府的不肖子孙们一代不如一代，没有一个听进了秦可卿的忠告，就是对秦可卿深表敬佩的“脂粉队”里的英雄王熙凤，也没有听进一句半句，因此《红楼梦》中贾府的彻底败落就不可避免了，最后“落了片白茫茫大地真干净！”秦可卿的担忧，也就是作者曹雪芹的担忧，作者不过是借秦可卿托梦抒发了对家族败落的切肤之痛。

秦可卿托梦的描写，虽说是小说家言，但也是生活的真实反映。曹雪芹写这一段是有感而发的。联系到这一段描写，以及清代的制度，我们由此想到生活在江南的曹雪芹家，为什么在通州典地六百亩，在张家湾开了当铺，就好理解了。曹家在通州典地、在张家湾开当铺，其主要原因就是为了四时祭祀的方便。这个“推论”似乎可以进一步证明，曹家的祖茔在北京东郊，在通州，在张家湾。

三 曹雪芹最后极可能就是归葬祖茔，即葬在张家湾

如果说曹雪芹家的祖茔在通州，在张家湾，人们反对质疑的还不多的话，那么你要说曹雪芹就葬在张家湾曹家祖茔，那反对的声音就很强烈了，包括并不反对曹雪芹家祖茔在北京东郊的周汝昌先生。

反对曹雪芹葬在北京东郊的观点，归纳起来主要有五点：(1) 曹雪芹晚年住在西山，怎么可能会葬在东郊呢？(2) 敦诚《挽曹雪芹》诗初稿其二有句：“他时瘦马西州路，宿草寒烟对落曛。”诗中明明说“西”，怎么能葬在“东”呢？又，敦诚《挽曹雪芹》诗改定稿有句：“故人惟有青山泪，絮酒生刍上旧垧。”这里明明写的是“青山”，张家湾哪有山呢？曹雪芹只能是葬在西山。(3) 敦敏有《西郊同人游眺兼有所吊》诗，云：“秋色招人上古墩，西风色色敞平原。遥山千叠白云径，清磬一声黄叶村。野水渔航闲弄笛，竹篱茅肆坐开樽。小园忍泪重回首，斜日荒烟冷墓门。”认为这在西郊所吊的就是曹雪芹。既然在西郊“吊”曹雪芹，证明曹雪芹不可能葬在北京东郊。(4) 张宜泉《伤芹溪居士》诗云：“谢草池边晓露香，怀人不见泪成行。北风图冷魂难返，白雪歌残梦正长。亲裹坏囊声漠漠，剑横破匣影鍖鍖。多情再问藏修地，叠翠空山晚照凉。”认为曹雪芹是葬在一个山村居处附近的一块土地，只能是西山，因为张家湾哪有“山”呢？(5) 曹雪芹晚年生活贫困，无力归葬东

郊的祖茔。

这些反对曹雪芹葬在东郊的理由能够成立吗？其实早在二十多年前，即在那场关于“曹雪芹墓石”真假的论争中，以上那些反对的“理由”就已经被有力地驳斥过，冯其庸、王利器、陈毓罴、邓绍基、刘世德、朱淡文、石昌渝等先生的文章，已经论证得非常清楚了，以上五条反对质疑曹雪芹葬在东郊的论点都是不能成立的。

第一点，说曹雪芹最后十年生活在西山，不能葬在北京东郊的张家湾，这其实不能成为一个理由。曹雪芹晚年生活在西山一带，不等于说他最后一定是死在西山。退一步讲，曹雪芹就是死在西山，也不等于说一定是葬在西山。明明他家的祖茔在东郊，为什么就不能葬在东郊呢！生活在西郊和归葬东郊的祖茔，并不矛盾。

第二条，敦诚《挽曹雪芹》诗初稿其二有句：“他时瘦马西州路，宿草寒烟对落曛。”诗中明明说“西”，怎么能葬在“东”呢？许多专家早就指出，这是对敦诚诗的“误”解。“西州路”的典故，出自《晋书》卷七十九《谢安传》，说的是谢安的外甥羊昙，对谢安感情很深，谢安生病后由广陵回建业，进“西州门”。谢安死后，羊昙出自对谢安的怀念，“行不由西州路”，后人用这个典故，大多着眼于怀念伤感，与东西南北方向的“西”，没有关系。刘世德先生曾从敦诚的《四松堂集》中找出七条诗中用典“西州路”，特别是卷二《同人往奠贻谋墓上，便泛舟于东皋》诗，有句：“才向西州回瘦马，便从东郭下澄州。”这里面也用了“西州路”的典故，同样与“西”无关，敦诚的堂弟贻谋的墓恰恰就在北京东郊潞河的南岸①。陈毓罴先生甚至认为，曹雪芹当年就是从张家湾上岸入京的，其墓又葬在张家湾，敦诚写“他时瘦马西州路，宿草寒烟对落曛”，正是符合典故的含义，是最恰当不过

① 见刘世德《曹雪芹墓石之我见》，载冯其庸主编《曹雪芹墓石论争集》，文化艺术出版社1994年8月第1版。

的了。[①]

又，敦诚《挽曹雪芹》诗改定稿有句："故人惟有青山泪，絮酒生刍上旧垧。"这里明明写的是"青山"，张家湾哪有山呢？曹雪芹只能是葬在西山。陈毓罴先生的文章中说："敦诚挽诗的定稿，不见于《四松堂集》刻本，而见于《四松堂集》付刻底本和《四松堂诗钞》乾隆抄本。前者今藏于北京大学图书馆，后者今藏于中国社会科学院文学研究所图书馆。两处皆作'故人唯有青衫泪，絮酒生刍上旧垧'，是'青衫'而非'青山'。"原来将"青衫"误作"青山"，始于胡适之先生的考证文章，后来吴恩裕先生的《有关曹雪芹八种》也是错了，1963年出版《有关曹雪芹十种》的时候加以改正。吴老特别在卷前说明中指出："承陈毓罴同志代将其中的《四松堂诗钞》根据原抄本校正一过。"陈毓罴先生在他的论文中曾风趣地说："一字之差，虽是小事，可是有人用来证明曹雪芹葬于西山或香山一带，并以此对张家湾有曹雪芹墓地的看法加以非难，这就不能不郑重其事来重提了。诚然，通州张家湾是看不到'山'的影子的，然而敦诚的挽诗中又何尝有'山'的影子呢？"[②]

第三点，敦敏有《西郊同人游眺兼有所吊》诗，诗云："秋色招人上古墩，西风色色敝平原。遥山千叠白云径，清磬一声黄叶村。野水渔航闲弄笛，竹篱茅肆坐开樽。小园忍泪重回首，斜日荒烟冷墓门。"认为这在西郊所吊的就是曹雪芹。既然在西郊"吊"曹雪芹，证明曹雪芹不可能葬在北京东郊。关于这个问题，人们早就指出，没有任何证据能证明这首诗中的"兼有所吊"，是"吊"曹雪芹，这是一种主观臆测，想当然。另外，这首诗的写作时间也不能确定，有专家指出，写这首诗的时候，曹雪芹可能还活着，当然不会是"吊"曹雪芹了。那么这首诗既不能成为否定曹雪芹葬在东郊的证

---

① 见陈毓罴《何处招魂赋楚蘅》，载《曹雪芹墓石论争集》。

② 陈毓罴《何处招魂赋楚蘅》，载《曹雪芹墓石论争集》。

据，也不能成为曹雪芹葬在西郊的证据。

第四点，张宜泉《伤芹溪居士》诗：“谢草池边晓露香，怀人不见泪成行。北风图冷魂难返，白雪歌残梦正长。亲裹坏囊声漠漠，剑横破匣影鎝鎝。多情再问藏修地，叠翠空山晚照凉。”认为曹雪芹是葬在一个山村居处附近的一块土地，只能是西山，因为张家湾哪有“山”呢？这一点同样不能成立。因为张宜泉在这首诗里是“伤芹溪居士”，根本没有涉及到曹雪芹葬在什么地方。“藏修地”不是指曹雪芹的墓地，而是指曹雪芹读书写作的地方。这首诗是张宜泉回忆当年曹雪芹的生活情景，与葬地无关，因而不能成为曹雪芹葬在哪里的证据。

第五点，即曹雪芹晚年生活贫困，无力归葬东郊的祖茔。这是人们说得最多的观点了。孤立地看来，这种说法不无道理，但问题是我们对曹雪芹晚年的贫困是否看得太严重了。退一步讲，即使再贫困，也不等于说就肯定不能归葬祖茔。须知，在过去特别是在曹雪芹他们生活的时代，归葬祖茔意味着什么。归葬祖茔，无论是对死去的人，还是对活着的亲人友人，都是一件大事。归葬祖茔，有落叶归根的意愿，有入土为安的意愿，也有对祖先的敬畏敬重，更有着期盼祖先的神灵对后人的护佑。归葬祖茔，是旧时家族的规矩习俗，曹雪芹的曾祖父曹玺、祖父曹寅死在江南，不远千里也要归葬祖茔，曹雪芹和他的儿子死在北京，怎么能不归葬祖茔呢！过去常听人说，如果谁做了伤天害理的事情，“生不准进祖祠，死不准进祖山”。祖山，就是祖茔。这是很严厉的惩罚，由此可见归葬祖茔是大事，是不能儿戏的。我相信曹雪芹的晚年再贫困，还是要归葬祖茔的。更可况，曹雪芹归葬东郊祖茔，并非没有根据。

曹雪芹归葬东郊祖茔，有什么根据呢？有！

其一，敦敏《懋斋诗钞 · 东皋集》中有《河干集饮题壁兼吊雪芹》诗：

花明两岸柳霏微，到眼风光春欲归。

逝水不留诗客杳，登楼空忆酒徒非。

河干万木飘残雪，村落千家带远晖。

凭吊无端频怅望，寒林萧寺暮鸦飞。

这首诗是大家都熟知的，这首诗能成为曹雪芹葬在东郊祖茔的一个证据吗？我认为是可以的。据专家们考证，敦敏就是在庆丰闸附近的望东楼和朋友一起喝酒，问题是敦敏为什么单单“兼吊雪芹”呢？有传说，曹雪芹当年和敦敏等好友在此处喝酒聚会，曾在望东楼留下题壁诗，故敦敏再到望东楼“集饮”不禁想起曹雪芹，这是一个合理的说法。但最可注意的是倒数第二句“凭吊无端频怅望”，这是不是点出了曹雪芹就是葬在东郊，故敦敏有“凭吊无端频怅望”。如果曹雪芹葬在西山一带，敦敏在东面的望东楼上如何“怅望”，怅望什么呢？

其二，敦诚《挽曹雪芹》诗初稿其一有句：“肠回故垄孤儿泣，前数月伊子殇因感伤成疾。泪迸荒天寡妇声”，《挽曹雪芹》定稿中则有：“絮酒生刍上旧坰”，“故垄”、“旧坰”不正指祖茔吗？

其三，敦诚的《寄大兄文》和《哭复斋文》有两段话很值得注意。《寄大兄文》中说：

每思及故人，如笠翁、复斋、雪芹、寅圃、贻谋、汝猷、益庵、紫树，不数年间，皆荡为寒烟冷雾，曩日欢笑，那可复得，时移事变，生死异途，所谓此中日夕只以眼泪洗面也。

《哭复斋文》中说：

未知先生与寅圃、雪芹诸子相逢于地下，作如何言笑，可话及仆辈念悼亡友之请否？

从这两段话中，我们可以深深地感受到敦诚对各位朋友的深厚感情，这是这两段话共同的东西。但当我们把这两段话对比一下，发现他在《哭复斋文》中，单单提到“寅圃、雪芹诸子相逢于地下”，冯其庸先生在《曹雪芹墓石目见记》一文就注意到这个问题，他说：“为什么说‘与寅圃、雪芹诸子相逢于地下’是否是因为他们同葬于此呢？现在这块曹霑墓石的出现，就让你不能不认真思索这个问题了。”冯先生这个“提醒”非常重要，敦诚的这段话确实耐人寻味。

坦率地说，以上各条资料，孤立地看作为曹雪芹葬在东郊祖茔的证据似乎并不是很有力，但如果把这些材料联系起来看，把这些材料与曹雪芹祖茔就在东郊的事实看，与发现的“曹雪芹墓石”联系起来看，我认为这些可以成为了曹雪芹葬在张家湾祖茔的有力证据。

四 通州、张家湾与《红楼梦》创作

我不认为《红楼梦》是曹雪芹的自传，但一个作家的阅历、熟悉的生活却能够给他的创作提供丰富的素材和人生体验。比如《红楼梦》中有多处提到当票、借当和当铺，这与曹雪芹家在张家湾开有当铺以及他的晚年生活是否有某种关系呢？我们发现《红楼梦》中有关当票、借当的描写，多是为了表现贾府经济的窘境，无论是凤姐与鸳鸯商议要偷出老太太的东西去当银子，还是贾琏求鸳鸯把老太太的金银家伙偷一箱子出来当点银子应急，无不表现出此时的贾府入不敷出，衰落了。正如贾蓉对贾珍说：“果真那府里穷了。”从康熙五十四年曹頫向康熙皇帝报告，曹家在通州还有六百亩典地，在张家湾有当铺，到雍正五年抄家后，也仅仅十一二年的时间，曹家就破产了，当铺没有了，倒是有“当票百余张”。[①]如此的反差和变化，毫无疑问对

① 见《江宁织造隋赫德奏细查曹頫房地产及家人情形折》，载《关于江宁织造曹家档案史料》，中华书局1975年版。

曹雪芹创作《红楼梦》产生影响。曹雪芹在《红楼梦》中写到贾府的主子们要靠当东西来维持生活，这是怎样的刻骨铭心的伤痛啊！

又如我们前面提到的秦可卿给王熙凤托梦，出主意：“趁今日富贵，将祖茔附近多置田庄房舍地亩，以备祭祀供给之费皆出自此处”，这也很可能来自曹家祖茔对他的启示。

当然，最明显的恐怕是“铁槛寺”与“水月庵”的情节。康熙五十四年正月十八日《苏州织造李煦奏安排曹颙后事折》中向康熙报告说：

奴才谨拟曹頫于本月内择日将曹颙灵柩出城，暂厝祖茔之侧。

我们前面已经论证过，曹家的祖茔就在通州张家湾。一般来说，灵柩在下葬前，都是放在祖茔附近的家庙里。《红楼梦》中就有这样的描写。书中写到贾家在京郊有铁槛寺、水月庵等香火庙，秦可卿、贾敬死后都曾停灵在铁槛寺。我们从《红楼梦》中关于秦可卿出丧的描写，似乎感到曹雪芹对通州、对张家湾的熟悉。书中写道：

且说宁府送葬，一路热闹非常。刚到城门前，又有……然后出城，竟奔铁槛寺大路行来。……原来这铁槛寺原是宁荣二公当日修造，现今还是香火地亩布施，以备京中老了人口，在此便宜寄放。……即今秦氏之丧，族中诸人皆权在铁槛寺下榻，独有凤姐嫌不方便，因而早遣人来和馒头庵的姑子静虚说了，腾出两间房子来作下处。原来这馒头庵就是水月庵，因他庙里做的馒头好，就起了这个诨号，离铁槛寺不远。（第十五回）

当年陈毓罴先生在《何处招魂赋楚蘅》一文中，引用了三条资料，很有意思。一是光绪《通州志》卷二《建置》，上载有“铁牛寺”，志云：“旧在通州张家湾北门外，久废。”第二条还是光绪《通州志》卷二《建置》，又载有

"水月庵"三处。志云:"一在州城东北隅……一在州治南,一在新城南门内。"第三条是1941年编的《通州志要》载:"水月庵,在潞河公园之前。"陈毓罴先生指出:"看来,曹雪芹对通州及张家湾相当熟悉,把这些寺观庵堂,或稍加变化,或直接借用,写入其《红楼梦》。"确如陈先生所说,《红楼梦》中关于铁槛寺、水月庵及其秦可卿、贾敬停灵的描写,是来自他对通州、对张家湾生活的熟悉。

曹雪芹为什么对通州、对张家湾熟悉,当然是因为他家的祖茔在这里的缘故。我们通过敦氏兄弟的诗文中,可以了解到敦氏兄弟与曹雪芹及其他朋友,是常到东郊一带交游的,这除了庆丰闸一带的风景外,重要的原因就是他们四时祭祀,都要到东郊的祖茔来,"集饮"、游玩不过是顺便的事。

关于"曹雪芹墓石",二十多年前的论争中,人们已经说得很充分了,它的真实性是毋庸置疑的,不用再来重复赘述了。这里我只想再讲一点,就是为什么"曹雪芹墓石"是那样的不像样子,这可能是曹雪芹去世时的凄惨情景造成的。邓绍基先生在《我看"曹霑墓石"》,一文中,讲到这样的一件事,他说:"用石、刻字的草率,恰能符合曹雪芹生前坎坷、身后凄凉的状况。在六十年代初开展的曹雪芹卒年问题大讨论中,有些专家很重视敦诚挽诗中的'鹿车荷锸葬刘伶'句,或释为暴死,或释为一死便埋。我当时倾向于认为此句是状曹雪芹性格狂放。我曾就此问题向俞平伯先生请教,俞先生说:'释诗虽忌泥解,但敦诚此句是写雪芹身后凄凉,了无疑义。'俞先生还说:'其凄凉情况,可能会超出吾人之想象。'"邓绍基先生认为,墓石的发现"至少在治丧这点上验证了平老之言"。俞平伯先生的见解是值得重视的。

我们论证了曹雪芹家的祖茔在通州,在张家湾。但实事求是地讲,我们还需要进一步地去发掘文献,寻找直接的证据,这方面需要做的事情还是很多的。比如"曹家坟"的说法,就有待于进一步调查研究。"曹家坟"这里就是曹雪芹家的祖茔,那么曹雪芹的曾祖曹玺、曾祖母孙氏夫人、曹寅、曹颙等都葬在这里,那么就不是一个小地方。"曹家坟"这个叫法到底有没有记载，或是口头传下来的，也要调查记录。如果曹家祖坟在这里，为什么只有“曹雪芹墓石”，而没有其他任何“痕迹”，也需要更有力的证明。

“本次曹雪芹与张家湾学术研讨会”的召开，无论是对通州、张家湾的文化建设，还是对红学事业的发展，都是有着重要意义的。本次研讨会确定的话题，我认为都很好，但从全面和长远的考虑，我以为我们还要有更加开阔的视野，有更加宽广的胸怀。要开阔视野，我的意思是我们研究和探讨，不要只盯着与通州、张家湾有关系的那些事，不要只盯着曹家祖茔在哪里，不要只关心“曹雪芹墓石”的真假之争，虽然这些方面的研究是非常重要的。但仅有这方面的研究还不够，还是要开拓视野，开拓研究探索的领域。如敦氏兄弟及其朋友在东郊的交游活动，这些活动有的直接关系到曹雪芹，有的则是间接地关系到曹雪芹，不管是直接的还是间接的，我们从这些交流中或许能找到曹雪芹活动的线索与痕迹，即使没有直接的线索，也可以从他的好朋友的交游活动中，考察曹雪芹的踪迹。又如，满洲正白旗圈地就在城东，具体文献资料的挖掘，对研究曹家与通州、张家湾的关系也是有用的。再如，像曹雪芹家族这样属于“正白旗包衣汉军旗籍”的人，他们在当时的生活习俗，特别是丧葬习俗的研究等。另外李煦家的祖茔、敦氏兄弟家的祖茔等情况的调查研究，或许都会对研究曹家的历史有着一定的作用。张家湾当年的水路交通的情景，对张家湾除曹家当铺以外的几家当铺的研究，以及经济社会的种种情景如何，这对我们了解曹家历史同样是有用的。

我们还要重视注意口头传说的调查研究与整理，这也是《红楼梦》文化的一个重要部分。据徐恭时先生在《登楼空忆酒徒非——曹雪芹在燕市东郊活动史料钩沉》一文中披露，他曾于1962年访问过上海文史馆陈祖壬老先生，陈老先生早年在北京从满族老人中听到一些有关红学掌故，说曹雪芹有两位朋友，一在热河，一在关外，每当此二位友人回京或是离京时，就邀约曹雪芹在朝阳门外二闸地方的酒楼聚饮，曹雪芹曾题诗于酒肆之壁。这一段传说，如果联系敦诚《河干集饮题壁兼吊雪芹》诗，可做佐证。因为敦诚在喜峰口税榷分署上，这里是热河旧境。而敦敏在山海关外锦州，一般即称关外。徐恭时先生认为，这个传说是可信的。类似这样的传说，对于丰富我们的研究是很有用的。在通州、在张家湾，还有没有这样的传说呢？

至于说还需要有更加开阔的胸怀，就是要鼓励和尊重不同意见的论争，开展学术争鸣。我们今天有那么多的关于通州、张家湾与曹雪芹家世、《红楼梦》创作有关系的学术成果，都是争论的结果，没有二十多年前那场“曹雪芹墓石”的大讨论，是不会产生那么多的学术成果的。

（原载《红楼梦学刊》2015年第5辑）

中编　《红楼梦》文本研究

爱博而心劳的贾宝玉

贾宝玉毫无疑问是《红楼梦》中最重要的人物，用现在大家熟悉的话讲，他就是《红楼梦》中的男一号人物，是最能体现曹雪芹创作思想的人物，而恰恰这个贾宝玉又是最不好认识和理解的人物。《红楼梦》开头有一首诗说："满纸荒唐言，一把辛酸泪。都云作者痴，谁解其中味。"曹雪芹好像成心地与读者们过意不去，要读懂他的"荒唐言"，理解他的"辛酸泪"真是不容易。而从某种意义上讲，解读贾宝玉，真正认识贾宝玉，就是解读《红楼梦》之"味"的关键所在。

一 贾宝玉的出生和名字

《红楼梦》中的贾府分为宁国府和荣国府两个府，他们原本是一个祖宗，宁国府是长房，但《红楼梦》中主要是写荣国府的事。贾宝玉就是荣国府中的二老爷贾政的儿子。大家都知道，贾宝玉在荣国府中地位极其特殊，受到整个家族特别是贾府中的老祖宗贾母的宠爱，视为命根子。在贾府中青年男子和男孩子不止贾宝玉一个，还有贾琏、贾环、贾兰等，为什么单单贾宝玉一个人这么受宠呢？原来贾宝玉一出生就与众不同，他是含玉而生，嘴里衔着一块五彩晶莹的玉来到了人世。《红楼梦》第二回冷子兴演说荣国府时说："这政老爷的夫人王氏，头胎生的公子，名唤贾珠，十四岁进学，不到二十岁就娶了妻生了子，一病死了。第二胎生了一位小姐，生在大年初一，这就奇了；不想后来又生了一位公子，说来更奇，一落胎胞，嘴里便衔了一块五彩晶莹的玉来，上面还有许多字迹，就取名叫宝玉。”[①]冷子兴这段话，告诉我们这样几件事：(一）宝玉是王夫人所生；(二）贾宝玉有一个哥哥，有一个姐姐。他的大哥贾珠也就是李纨的丈夫，很早就病死了，生在大年初一的姐姐就是后来成了贵妃的元春；(三）宝玉名字的来历就是因为他衔玉而生。

说到宝玉的名字，《红楼梦》中还有三处描写很可注意，第十五回北静王水溶点名要见宝玉，一见宝玉便称赞说：“名不虚传，果然如‘宝’似‘玉’。”这里主要是赞美宝玉长得漂亮。第五十二回江南甄家四个女仆到贾家送礼请安，说他们家也有一个宝玉，叫甄宝玉，之所以起这个名字，是“因老太太当作宝贝一样，他又生的白，老太太便叫作宝玉”。这里我们要注意虽说甄宝玉和贾宝玉两个人长得一模一样，名字也一样，但命名的意义则大不相同。甄宝玉仅仅因为长得漂亮，或者是为了延寿消灾，或者是为了辟邪，而取名宝玉，这在一般的家庭中是常见的。而贾宝玉命名则是因为他是衔玉而生，有着非同一般的来历，这是甄、贾宝玉命名的重要区别。第三处描写见于第六十二回，当时大观园里的姑娘们行酒令，香菱说“宝玉”二字有出处，湘云说：“‘宝玉’二字并无出处，不过是春联上或有之，诗书纪载并无。”香菱当即反驳道：“前日我读岑嘉州五言律，现有一句说‘此乡多宝玉’，怎么你倒忘了？”香菱说的岑嘉州即唐代诗人岑参，“此乡多宝玉”句见于他的《送张子尉南海》诗，其诗最后两句是“此乡多宝玉，慎莫厌清贫”。早有专家指出，香菱这里特别地点出岑参的诗句，其实是宝玉以后悲惨情景的暗示，正如第二回《西江月》中所说“贫穷难耐凄凉”，又脂评所说“寒冬噎酸齑，雪夜围破毡”。

“宝玉”这个名字来历不凡，而宝玉含在嘴里的“玉”和贾宝玉这个人更有着不凡的来历。《红楼梦》第一回讲了两个神话故事，其一是石头的故

① 本文引文均据中国艺术研究院红楼梦研究所校注本，人民文学出版社出版，1996年12月第2版。

事。说的是女娲补天之时，于大荒山无稽崖炼成顽石三万六千五百零一块，只用了三万六千五百块，剩了一块未用，便弃在青埂峰下。这块未被补天所用的石头，自经锻炼之后，灵性已通。一日听到一僧一道说红尘中荣华富贵，不觉打动凡心，也想要到人间去享一享这荣华富贵，于是便求僧道帮忙携带到尘世中去。后经僧人大展幻术，将一块大石变成一块扇坠大小鲜明晶洁的美玉，并带走了；其二是还泪的故事。说的是西方灵河岸上三生石畔，有绛珠草一株，时有赤霞宫神瑛侍者，日以甘露灌溉，使得绛珠草脱却草胎木质，得换人形，并修成了女体。后来神瑛侍者要下凡造历幻缘，绛珠仙草也要跟了去，并说："他是甘露之恩，我并无此水可还。他既下世为人，我也去下世为人，但把我一生所有的眼泪还他，也偿还得过他了。"这就是"木石前盟"。这两个神话故事不仅新鲜生动，而且有着很深的含义。看似两个不相关联的故事，却又有着密切的内在联系。原来宝玉的前身就是神瑛侍者，黛玉的前身则是绛珠仙草，难怪第三回宝玉、黛玉初会时，黛玉一见宝玉，便吃一大惊，心下想道："好生奇怪，倒象在那里见过一样，何等眼熟到如此！"宝玉亦是如此，说："这个妹妹我曾见过的。"又说："我看着面善，心里就算是旧相识，今日只作远别重逢。"而含在宝玉口里，后来挂在宝玉脖子上的那块通灵宝玉的前身则是女娲剩弃在大荒山无稽崖青埂峰下无才补天的顽石，它原本就不是一块"真（甄）宝玉"，而是"假（贾）宝玉"。

二 宝玉的容貌和气质

读《红楼梦》的人，总想知道贾宝玉长得什么样，林黛玉长得什么样？有趣的是每一个读者的心目中都有自己对人物形象的想象。正如人们常说的那样，一千个读者的心目中，就会有一千个宝哥哥林妹妹的形象，这话说得不错。《红楼梦》中的人物都写得十分丰满，特别是主要人物，刻画得栩栩如生。然而由于每个人的阅历、认知的不同，因而在阅读《红楼梦》时就会有自己的理解，这很正常。

一个人物的形象是由外在的容貌（包括着装打扮）和内在的气质组成的。那么在《红楼梦》中作者笔下的贾宝玉到底是个什么样子的呢？贾宝玉第一次出场，是在第三回，也就是黛玉进贾府的时候。宝玉第一次亮相可谓光彩照人，书中是通过林黛玉的眼睛，对宝玉的形象从着装打扮到外在的样子作了十分具体的描写。书中写道：

> 忽见丫鬟话未报完，已进来了一位年轻的公子：头上戴着束发嵌宝紫金冠，齐眉勒着二龙抢珠金抹额；穿一件二色金百蝶穿花大红箭袖，束着五彩丝攒花结长穗宫涤，外罩石青起花八团倭缎排穗褂；登着青缎粉底小朝靴。面若中秋之月，色如春晓之花，鬓若刀裁，眉如墨画，面若桃瓣，目若秋波。虽怒时而若笑，既嗔时而有情。项上金螭璎珞，又有一根五色丝涤，系着一块美玉。

这是黛玉眼中看到的宝玉第一次亮相，一会儿换了装再出来，宝玉又是一番打扮：

> 头上周围一转的短发，都结成小辫，红丝结束，共攒至顶中胎发，总编一根大辫，黑亮如漆，从顶至梢，一串四颗大珠，用金八宝坠角；身上穿着银红撒花半旧大袄，仍旧带着项圈、宝玉、寄名锁、护身符等物；下面半露松花撒花绫裤腿，锦边弹墨袜，厚底大红鞋。越显得面如敷粉，唇若施脂；转盼多情，语言常笑。天生一段风骚，全在眉梢；平生万种情思，悉堆眼角。看其外貌最是极好。

在《红楼梦》中这是对宝玉外在容貌和着装打扮最集中的两段描写，宝玉确实长得十分漂亮，用北静王水溶的话讲“如‘宝’似‘玉’”，正是“外貌最是极好”。长得好这也是宝玉受宠的一个重要的原因。

我们注意到，在上面的两段描写中，宝玉的穿戴有很大的不同，这是因为在不同的场合他有不同的着装。第一段的穿戴是因宝玉去庙里还愿回来，所以他的穿戴是出门的着装。跟黛玉见了一面后回来换了衣服，这时的穿戴是平时在家里的着装。

关于宝玉的穿戴和打扮，不少专家有过深入的研究，也有争论。具体地说来就是宝玉的穿戴和打扮，到底是清代的还是明代的、是汉族的还是满族的？比如宝玉的发型，如果从“头上周围一转的短发”来看，应该是满头，接近于明代的发型，只是不戴网巾，又编了辫子；如果从“小辫”“大辫”，“从顶至梢，一串四颗大珠，用金八宝坠角”来看，又接近清代的发型，只是没有剃发。所以宝玉的发型既不“清”也不“明”。[1]不仅发型如此，服饰也是如此。《红楼梦》一开头就说，这本书是“无朝代年纪可考”，《红楼梦》中宝玉的着装打扮，既不是清代也不是明代，既不是汉族也不是满族，而是作者为塑造贾宝玉这个人物形象的艺术虚构，是杰出的艺术创作。贾宝玉那样豪华富贵的着装打扮，既是为了烘托宝玉的漂亮和他不同一般的身份地位，又从一个侧面表现封建贵族家庭的生活。

宝玉不仅长得漂亮，而且浑身透出一种非凡的气质，这当然与他非凡的前身有着直接的关系。宝玉气质突出的表现是聪明灵秀、超凡脱俗、率真清纯、爱博多情。特别是宝玉之多情，你看他是“虽怒时而笑，即瞋视而有情”、“转盼多情，语言常笑。天然一段风骚，全在眉梢；平生万种情思，悉堆眼角”。宝玉之情是纯洁的，这包含爱情、亲情、友情，他似乎就是为爱而生，为爱而死。清代人涂瀛在他那篇著名的《红楼梦论赞》中说“宝玉圣之情者也”。就是说宝玉是情圣。的确，宝玉堪称千古第一情人。

说到宝玉的容貌和气质，人们总要提到宝玉身上有许多脂粉气，像个女孩子，缺少男性的阳刚之气等。的确，宝玉的身上确实有脂粉气，不是一点点，可以说不少，书中对他的漂亮的描写，往往使人们想到了女性的美貌。

---

① 王齐洲《绛珠还泪：〈红楼梦〉与民俗文化》，黑龙江人民出版社2003年版。

他的秉性温柔，对女儿的体贴，以及待人接物等，无不透出女性的气质。还不止如此，宝玉甚至希望自己能够成为一个女性。《红楼梦》第四十三回，回目是："闲取乐偶攒金庆寿，不了情暂撮土为香"，那是在王熙凤的生日里，宝玉和他的小厮茗烟偷偷地跑出了贾府，跑到水月庵的一个井台上祭奠死去的金钏，当时是茗烟代宝玉祝告的，茗烟祝道："我茗烟跟二爷这几年，二爷的心事，我没有不知道的，二爷的心事不能出口，让我代祝：若芳魂有感，香魂多情，虽然阴阳间隔，即是知己之间，时常来望候二爷，未尝不可。你在阴间保佑二爷来生也变个女孩儿，和你们一处相伴，再不可又托生这须眉浊物了。"须知这个茗烟不是等闲人物，他虽为小厮，却是宝玉的知己，是宝玉"第一个得用的"，他的话确实说出了宝玉的心事。宝玉对女儿原本就有着由衷的崇拜，他认为"女儿是水做的骨肉，男人是泥做的骨肉"，认为"凡山川日月之精秀，只钟于女儿，须眉男子不过是些渣滓浊沫而已"。所以他"见了女儿我便清爽；见了男子，便觉浊臭逼人"。他还由衷地赞美女儿："老天，老天，你有多少精华灵秀，生出这些人上之人来！"宝玉身上的女性气质，毫无疑问是与他对女儿的崇拜有着直接的联系，而不是什么病态的心理。宝玉虽然身上有着一些脂粉气，但他仍是一个可爱的小伙子，是一个外在的秀气与内在的率真完美结合的英俊少年。他的气质与对女儿的赞美崇拜，更多地表现出对美和理想的追求，是对那个充满了浊臭气息的男尊女卑时代的抗争与颠覆。

著名的《红楼梦》人物画家戴敦邦先生在谈到贾宝玉的容貌和气质时，曾说过这样的精彩见解，他说："贾宝玉是一个具有浓郁的脂粉气的男孩子，而且从内心到外表，音容笑貌，举止坐卧，都具有某种纯洁的女性特征，他的心地像少女一般的纯；他的长相如王子一般的美；他的眼睛里闪动着动人的眸子，如女性的秋波，含情脉脉，他应当是'水做的骨肉'，童贞的身，没有丝毫的旧官场男人的浊臭气。"又说："不能完全把他男性的少年英气淹没在脂粉气里，更不能把他的聪明灵秀之气淹没在呆气里，他是脂粉堆里的男性，在金陵十二钗和晴雯、袭人眼里又是百分之百的男人！他是一个从心灵外表都十分纯的男人。”戴先生作为艺术家的认知和感觉，对我们认识贾宝玉是很有帮助的。

三 宝玉的不合时宜

贾宝玉在贾府中是个极为特殊的人物，被视为贾府的“活龙”、“凤凰”、“命根子”。他之所以这样的“特殊”，受到这样的异乎寻常的宠爱，我们在前面讲到了两个原因：(一）宝玉的出生不同一般，是含玉而生；(二）宝玉长得好，长得漂亮，性情也好，惹人疼爱。其实还有第三个重要的原因，这就是宝玉长的样子，跟他的爷爷、也就是贾母的丈夫的形象一个样，难怪贾母要这样地疼爱宝玉。

《红楼梦》第二十九回，写到贾母等人到清虚观打醮，也就是到道观里祭祷以求福消灾。道观里的张道士对贾母说：“我看见哥儿的这个形容身段，言谈举止，怎么就同当日国公爷一个稿子！”张道士的话让贾母满脸泪痕，说道：“正是呢，我养这些儿子孙子，也没一个像他爷爷的，就只这玉儿像他爷爷。”孙子长得像爷爷，因而奶奶格外地喜欢这个孙子，这没有什么特别的，乃是人之常情。然而，事情并不这样简单。原来，贾宝玉长得像爷爷，还有着更深的含义。《红楼梦》第五回，宝玉梦游太虚幻境，警幻仙姑对众仙女们介绍宝玉时说：“今日原欲往荣府去接绛珠，适从宁府经过，偶遇宁荣二公之灵，嘱吾云：‘吾家自国朝定鼎以来，功名奕世，富贵流芳，虽历百年，奈运终数尽，不可挽回者。故遗之孙虽多，竟无可以继业。其中惟嫡孙宝玉一人，秉性乖张，性情怪谲，虽聪明灵慧，略可望成’。”宁荣二公之灵是希望警幻仙姑能把宝玉引上“正路”。原来贾家的子孙们一代不如一代，没有一个可以继业的，贾宝玉竟是贾家阖族唯一的“略可望成”可以继承家业的子孙，宁荣二公之灵对他还报有一点希望。这或许就是唯有贾宝玉长得和他爷爷一样的深意所在。然而，贾宝玉却让他的祖宗和整个家族失望了。贾宝玉是一个不合时宜的人，是一个与他祖宗的希望背道而驰的人。

《红楼梦》第三回在宝玉、黛玉初会后，有《西江月》二首，形容宝玉，把贾宝玉说得十分不堪：

> 无故寻愁觅恨，有时似傻如狂。纵然生得好皮囊，腹内原来草莽。潦倒不通世务，愚顽怕读文章。行为偏僻性乖张，那管世人诽谤！
>
> 富贵不知乐业，贫穷难耐凄凉。可怜辜负好韶光，与国与家无望。天下无能第一，古今不肖无双，寄言纨绔与膏粱，莫效此儿形状！

这看来是在嘲弄宝玉，实质是在赞美宝玉，作者用反面文章在赞美宝玉的不同凡俗。因为在当时的许多人看来，宝玉不同凡俗的言行举止、思想性格，是不能容忍的，是不能理解的。在封建正统的人的眼中，宝玉是一个禀性乖张、生情怪谲的人，是“似傻如狂”，是“草莽”，是“无能”、“不肖”等，这包括他的最亲近的人也是这么看的，他们也不理解贾宝玉。

《红楼梦》第二回，冷子兴演说荣国府时，讲到这样一件事，在宝玉周岁的时候，他的父亲贾政要试试儿子将来的志向，便将世上所有之物摆了无数，让宝玉抓，谁知这个孩子其他东西一概不取，只抓了些脂粉钗环。贾政大怒：“将来酒色之徒耳！”第三回他的母亲王夫人对黛玉讲：“我有一个孽根祸胎，是家里的‘混世魔王’”，又说：“他嘴里一时甜言蜜语，一时有天无日，一时又疯疯癫癫”，并要黛玉不要理睬他。这虽然是母亲疼爱儿子的话，但也表明作母亲的王夫人是不理解她的宝玉的。还有最疼爱宝玉的贾母，一次说到宝玉：“我也解不过来，也从未见过这样的孩子。别的淘气都是应该的，只他这种和丫头们好却是难懂。我为此也耽心，每每的冷眼查看他。只和丫头们闹，必是人大心大，知道男女的事了，所以爱亲近他们。既细细查试，究竟不是为此。岂不奇怪。想必原是个丫头错投了胎不成。”这个宝贝孙子的行为把精明的老太太也搞糊涂了（第78回）。第六十六回贾府的小厮兴儿也演说了一回荣国府，说到宝玉，则是说：“成天家疯疯癫癫，说的话人也不懂，干的事人也不知。外头人人看着好清俊模样儿，心里自然是聪明的，谁知是外清而内浊。”第三十五回，傅家的婆子见宝玉后，评价也是“中看不中用，果然有些呆气”，“是个呆子”。这些人当然都看错了贾宝玉，因为他们是按照封建贵族的做人标准来看宝玉的。在《红楼梦》的贾府中，除了黛玉、茗烟不是这样地看宝玉外，还有一个人对宝玉有着不同一般的评价，这就是尤三姐。当兴儿讲宝玉这样那样的毛病时，尤三姐反驳兴儿道：“行事言谈吃喝，原有些女儿气，那是只在里头惯了的。若说糊涂，那些儿糊涂？原来他在女孩子们面前不管怎样都过去的，只不大合外人的式，所以他们不知道。”尤三姐的话说得很重要，宝玉的言行举止“不大合外人的式”，即不合当时封建贵族家庭的规矩，是不合时宜的。

其实，宝玉的言行举止何止是不合时宜，他更是具有着叛逆性格的贵族青年，他的许多言行都是与封建贵族家长们的要求和希望格格不入的。宝玉到底在哪些方面背离了封建贵族家长们的要求和希望呢？

（一）他不愿读四书五经，不愿走科举考试仕途经济的道路。

在贾宝玉生活的那个时代，一个青年男子、特别是像贾府这样的贵族家庭里的青年男子，通过科举考试，读书做官，挣得功名利禄，光宗耀祖，这在封建贵族家长们看来是天经地义的事情，是许多人都在走的一条路。而宝玉对这些恰恰不感兴趣，不愿走这条道路。

他不仅不愿意读四书五经，尤其是对时文八股之类的东西深恶痛绝，说时文八股“不过作后人饵名钓禄之阶”（第73回）。而且还把读书上进的人叫作“禄蠹”。即使是他所喜爱的姐妹们如宝钗等劝他读书，他也会毫不客气地予以斥责，说：“好好的一个清净洁白女儿，也学的钓名沽誉，入了国贼禄鬼之流。”（第36回）这斥责得不能说不严厉。他最烦与那些达官显吏们来往，一次贾雨村来荣国府要见宝玉，史湘云劝他：“如今大了，你就不愿读书去考举人进士的，也该常常的会会这些为官作宰的人们，谈谈讲讲些仕途经济的学问，也好将来应酬事务，日后也有个朋友。”宝玉当即就不客气地下了“驱逐令”，说“姑娘请别的姊妹屋里坐坐，我这里仔细污了你知经济学问的”（第32回）。尽管湘云是他最喜欢的妹妹之一，但一涉及到他的人生道路的问题，即使是最亲近的“女儿”，他也要予以批驳。当然，宝玉不喜欢读时文八股之类的书，不等于他什么书都不读，用宝钗的话说，宝玉是喜欢“旁学杂收”，就是读与科举考试毫无关系的杂书，如《西厢记》等传奇小说，对诗词也是熟悉的，懂得也很多。诗词作得虽说不如黛玉、宝钗、湘云，也还是不错的，比那些迂腐的清客们强多了。宝玉不愿走科举考试的道路，当然是对封建制度的叛逆，他确实“纵然生得好皮囊，腹内原来草莽”，“可怜辜负好韶光，与国与家无望”。他不稀罕功名利禄，不怕世人诽谤，他要走的是一条自由的人生道路。

（二）宝玉反对“男尊女卑”的封建宗法观念，大胆地提出了“女清男浊”口号。

宝玉在《红楼梦》中最有名的“语录”就是：“女儿是水做的骨肉，男人是泥做的骨肉”。这“女清男浊”的话，听起来真是怪诞，让人不好理解。但如果你知道在贾宝玉生活的时代，在男性统治的社会里，女性永远是处于附属的地位，处于被压迫的地位，而作为一个封建贵族家庭出身的青年公子，对女性（主要是女儿）命运寄予深深的同情，对女儿表达了由衷的崇敬和爱戴，并把男子说成浊臭逼人，这无疑是对几千年来传统的“男尊女卑”封建宗法观念的颠覆，是有着积极的进步意义的。这当然是对封建宗法制度的叛逆。

我们读《红楼梦》要注意，在宝玉的观念中，“女儿”与“女子”是有着截然的区别的。女儿是指未出嫁的女孩，女人则是指嫁了人的。宝玉认为未出嫁的女儿是颗宝珠，是清净的、纯洁的，嫁了人的女人就变成了没有光彩的死珠，甚至是鱼眼珠。这话听起来十分可笑，但如果你听一听宝玉的解释就不会感到可笑了。第七十七回在抄检大观园时，迎春的大丫鬟司棋出了事，周瑞家的一干婆子媳妇要把司棋带走，司棋哭着向宝玉求情，却遭到周瑞家的等人训斥，不由分说硬把司棋带走。无可奈何的宝玉十分气愤，说道：“奇怪，奇怪，怎么这些人只一嫁了汉子，染了男人的气味，就这样混帐起来，比男人更可杀了。”原来，“女儿”与“女人”的重要区别，在于是否“染了男人的气味”，是否受到污浊气息的毒害。所谓浊臭逼人的“男人的气味”，指的则是那个污浊的社会气息。宝玉的批判矛头指向的还是封建的宗法制度。

（三）宝玉反对封建统治阶级的等级观念，向往平等、自由的生活。

作为封建贵族大家庭的公子，宝玉却反对封建的等级观念，他主张“世法平等”。无论对兄弟姐妹，还是丫鬟小厮，宝玉从不摆公子的架子，兴儿说到宝玉平日的情景：“有时见了我们，喜欢时没上没下，大家乱玩一阵；不喜欢各自走了，他也不理人。我们坐着卧着，见了他也不理，他也不责备。因此没人怕他，只管随便去，都过的去。”

兴儿并不是信口开河，他说的这种种情景，在贾宝玉的生活中是随时可见的。他与秦钟的交往、与戏子琪官的交往，尤其是与大观园里众多的女儿，特别是对那些身份低贱的小丫鬟们的关系，都是平等的，是尊敬的。你见过这样的贵族公子么！当他第一次见面到秦钟的时候，曾感叹道：“天下竟有这等人物！如今看来，我竟成了泥猪癞狗了。可恨我为什么生在这侯门公府之家，若也生在寒门薄宦之家，早得与他交往，也不枉生了一世。我虽如此比他尊贵，可知锦绣纱罗，也不过裹了我这根死木头；美酒羔羊，也不过填了我这粪窟泥沟。‘富贵’二字，不料遭我荼毒了。”(第七回) 宝玉不仅没有感到他的尊贵，相反感到的是羞愧。当小戏子芳官被她的干妈欺负的时候，他毫不犹豫地站在芳官一边，道：“怨不得芳官。自古说：‘物不平则鸣’。他少亲失眷的，在这里没人照看，赚了他的钱，又作践他，如何怪得。”(第58回) 他为平儿“理妆”，帮香菱“换裙”，绝没有公子哥儿的气息，而只有深深的同情和关心，是像朋友一样地平等相待。对许多人羡慕的富贵生活和侯门公府之家，宝玉却毫不留恋。他对柳湘莲说：“我只恨我天天圈在家里，一点儿做不得主，行动就有人知道，不是这个拦就是那个劝的，能说不能行。虽然有钱，又不由我使。”(第47回) 他非常羡慕寒门薄宦之家的生活，向往大观园以外的世界，向往没有人“管”的自由生活。所以他常说要到一个没有人烟的地方去。不仅他要过自由的生活，他甚至还要把小丫鬟们都放出去，说无论家里外头的，都要全放出去，与本人父母自便。这已经超出了他个人对自由生活的追求，而是希望所有的小丫鬟们都能获得自由。

（四）大胆地追求爱情自由和婚姻自主。

在《红楼梦》中宝玉、黛玉的爱情故事及其悲剧，无疑是最感人的篇章。要知道宝黛的爱情是建立在青梅竹马和共同的情趣、共同的思想基础之上的。他们不缺少爱，恰恰缺少“父母之命，媒妁之言”，这在那个时代是违背传统的封建婚姻制度的，是不被认可的。一次，说书的女先儿在府里讲《凤求凰》，贾母当即就予以批驳，说：“这小姐必是通文知礼，无所不晓，竟是个绝代佳人。只一见了一个清俊的男人，不管是亲是友，便想起终身大事来，父母也忘了，书礼也忘了，鬼不成鬼，贼不成贼，那一点儿是佳人？便是满腹文章，做出这些事来，也算不得是佳人了。”并且不许说这些书。贾母未必是有所指，或者像有的人所说是指宝黛爱情，但贾母所说的是“大家的规矩”，这是不能违背的。有人说宝玉黛玉表达爱情的方式不够勇敢，不够大胆，其实在他们的生活环境里，他们又处在那样的身份地位，他们已经是够大胆够勇敢了。他们不顾“父母之命，媒妁之言”的“规矩”，以自己的执着和坚定，热烈地相爱，追求爱情的自由，去践约木石的前缘。特别是宝玉喊出：“什么金玉良缘，我偏说木石姻缘！”（第36回）更是表达了他的坚定和决心。“木石前盟”是自由的相爱，“金玉良缘”则是尘世的安排。宝黛刻骨铭心感天动地的爱，是对美好和自由的追求；宝玉抛弃了“金玉良缘”，则是对世俗社会封建婚姻制度的背叛。

当然，贾宝玉毕竟是一个封建贵族家庭的公子，在他的身上仍深深地烙上封建贵族的印记。他不愿为“富贵”二字荼毒，但又离不开富贵的生活；他反对不平等的封建等级观念，但有时也发发公子哥儿的脾气（如踢袭人）；他深深地爱着黛玉，但也有“见了姐姐完了忘了妹妹”的时候；他的轻薄造成了金钏之死，尤三姐之死他也有着不可推卸的责任。在宝玉的身上有许多贵族子弟的毛病，这是正常的，这才是一个真实的人物形象。但宝玉仍然是一个与封建社会格格不入的人物，他的叛逆和对美好生活的追求，是对他所生活的腐朽社会的破坏，这是历史发展的必然要求。

四 爱博而心劳：宝玉的悲剧

像《红楼梦》中金陵十二钗及其他的女儿们一样，贾宝玉也是一个悲剧性的人物。宝玉的悲剧，不仅仅在于他最后“悬崖撒手”出家作了和尚，他的悲剧更在于他爱博的失落，忧患的日甚和悲凉的感受。正如鲁迅先生所说，宝玉是“爱博而心劳，而忧患亦日甚矣”。又说：“悲凉之雾，遍被华林，然呼吸而领会之者，独宝玉而已。”这是更深的悲剧。

宝玉无疑是天底下最富有感情的人，是充满了爱心的人，是千古第一情人。而就是这样的有情之人，却让他见证了一个又一个的悲剧，先是秦可卿之死，继之是秦钟之死，后有金钏投井，尤二姐吞金，尤三姐自刎，还有晴雯之死，等等。宝玉对“悲凉之雾”比其他人感受得更深，所以他的悲剧比别人更甚。《红楼梦》第五十八回，写到病后宝玉拄着拐去看黛玉，在路上当他看到一株大杏树，花已全落了，上面已结了许多小杏，不觉想到了“绿叶成荫子满枝”的诗句，这句诗是比喻少女已嫁人并生儿育女，宝玉由此想到了邢岫烟已择了夫婿，未免又少了一个好女儿，再过两年，便也要“绿叶成荫子满枝”了。再几年，岫烟未免乌发如银，红颜似槁，因而不免伤心。这是不是宝玉的自作多情或无病呻吟呢？不是，这是宝玉对岫烟、对众多女儿命运的深深关切。可悲的是宝玉对悲凉的感受别人是体会不到的，甚至有时还会误解。比如第七十九回，香菱为薛蟠娶了夏金桂而高兴的时候，宝玉“冷笑”道：“但只我听这话怎么倒替你耽心虑后呢。”不想却惹得香菱不高兴，反问宝玉是什么意思，认为宝玉是个亲近不得的人。这自然让宝玉十分伤心。宝玉对香菱命运的关心和担忧，香菱却浑然不觉。确实，宝玉对生活的感受，对悲凉的领会，是别人无法理解的，这使得宝玉的悲剧更为加重。

宝玉的更大的悲剧是黛玉之死。现在的《红楼梦》九十七回回目是“林黛玉焚稿断痴情，薛宝钗出闺成大礼”，第九十八回就是“苦绛珠魂归离恨天”，黛玉在这一回死去，而黛玉死的时间，正是宝玉娶宝钗的时辰。这就是王熙凤的“掉包计”，让宝钗顶着黛玉的名义与宝玉成婚。由于宝玉已经是疯癫了，所以“掉包计”得以搞成。

现在我们已知，《红楼梦》后四十回并不是曹雪芹写的，而是他人续书的，人们一般认为“掉包计”并不符合曹雪芹的原意。根据脂砚斋批语和前八十回透露的种种线索，人们一般认为应该是黛玉为宝玉泪尽而逝，然后才有宝玉与宝钗的结合。但宝玉心中永远爱的是林黛玉，任何人也取代不了黛玉在宝玉心中的地位。所以，尽管宝玉与宝钗结了婚，但结果却是“都道是金玉良缘，俺只念木石前盟。空对着，山中高士晶莹雪；终不忘，世外仙姝寂寞林。叹人间，美中不足今方信。纵然是齐眉举案，到底意难平”。

（原载《话说〈红楼梦〉中人》，崇文书局2006年11月第1版）

随分从时的薛宝钗

在《红楼梦》中，薛宝钗和贾宝玉、林黛玉、王熙凤一样，都是最重要的人物。如果说，贾宝玉是《红楼梦》中最难认识的人物，那么，薛宝钗就是最有争议的人物，是是非非总是伴随着这位宝姑娘。而人们对她的评价分歧又很大，对宝钗的评价又常常与对黛玉的评价联系在一起，将两个人物进行比较，比较二人的优劣，乃至形成了“拥薛派”与“拥林派”。拥薛派往往把薛宝钗说得非常好，而拥林派则往往把薛宝钗说得非常坏，这种争论在清代时就有，至今也没有停止。据说，在清代时有一对老朋友，都是红楼迷，可一个是拥薛派，一个是拥林派，一次两个人论起了钗黛优劣，争执不下，以至到了“几挥老拳”的地步，就是说两个老朋友差一点动手打起来，可见争论的激烈。那么，薛宝钗到底是怎样一个人物呢？我们到底应该怎样客观公正地评价薛宝钗呢？我们不妨先从一些具体的事情谈起。

一 “薛宝钗”这个名字

《红楼梦》中的人物命名，大多都与人物的性格特征及命运结局有联系，薛宝钗也不例外。过去早有人指出，宝钗的名字让人一看就不吉利。怎么讲呢？先说“薛”，“薛”谐音就是“雪”，薛宝钗的“薛”正是隐寓大雪的“雪”。这在《红楼梦》中可以找到许多的根据，而宝钗的性格、生活乃至命运结局都与这个“雪”字密切相连。比如第五回贾宝玉梦游太虚幻境，在薄命司里看到“金陵十二钗正册”、“金陵十二钗副册”、“金陵十二钗又副册”等，在“正册”中宝玉看到了黛玉等姐妹们的判词，其中黛玉与宝钗是放到一起的，上面写道：“只见头一页上便画着两株枯木，木上悬着一围玉带；又有一堆雪，雪下一股金簪。”判词是：

可叹停机德，堪怜咏絮才。
玉带林中挂，金簪雪里埋。

判词中暗寓了林黛玉和薛宝钗的命运结局，而“金簪雪”正是宝钗的名字。在同一回的《红楼梦曲·终身误》中则是：“空对着山中高士晶莹雪”。第六十五回兴儿演说荣国府时提到宝钗：“还有一位姨太太的女儿，姓薛，叫什么宝钗，竟是雪堆出来的。”看来，作者赋予宝钗“薛”姓，确有寓“雪”之意。

雪代表什么？一是白，二是冷，三是容易融化，而这些正是宝钗性格和命运的象征。白是形容宝钗长得白净漂亮，第二十八回，宝玉看宝钗是“雪白一段酥臂，不觉动了羡慕之心”。宝钗的美丽让宝玉动心，甚至竟看呆了，糟糕的是这一幕情景恰恰被黛玉看在了眼里，这就成了宝玉“见了姐姐忘了妹妹”的重要“罪证”之一。冷是形容她的性格，身体健康的薛宝钗偏偏从娘胎里带来一股热毒，需要吃一种药，叫“冷香丸”，这种药是用白牡丹花蕊、白荷花蕊、白芙蓉蕊、白梅花蕊等调制而成。而她住的房子蘅芜苑也与别的姑娘们不一样，感觉“像雪洞一般”，所以宝钗被人们称之为“冷美人”，“任是无情也动人”，她的冷静、理性是其性情、性格的基本特征。雪的容易融化暗喻宝钗的命运结局，这是十分清楚的，她也是一个悲剧性的人物。

再说“宝钗”。著名红学家吴世昌先生曾指出，在中国古典诗词中，“钗”常用为分离的象征，而《红楼梦》中的“宝钗”正是用来象征生离死别。《红楼梦》第六十二回写到大观园的姑娘们行酒令做“射覆”的游戏，当宝钗说出“宝”字时，宝玉马上猜到了宝钗的用意，说出“钗”字，并解释道：“他说‘宝’，底下自然是‘玉’了。我射‘钗’字，旧诗曾有‘敲断玉钗红烛冷’，岂不射着了。”宝玉引的这首旧诗出自唐代郑谷的《题邸间壁》诗：“敲断玉钗红烛冷，计程应说到常山。”王相《千家诗》注云：“玉钗，烛花也。烛花敲断，夜静而更深。”这里实际是暗寓后来贾家变故，宝玉出走，宝钗在夜深人静的时候思念出走的宝玉。意味深长的还有当时湘云和香菱说的话。当宝玉说出“敲断玉钗红烛冷”的旧诗句后，湘云说道：“这用时事却使不得，两个都该罚。”香菱却反对湘云的说法，说：“前日我读岑嘉州五言律，现有一句说‘此乡多宝玉’，怎么你倒忘了？后来又读李义山七言绝句，又有一句‘宝钗无日不生尘’，我还笑说他两个名字都原来在唐诗上呢。”岑参的诗句暂且不谈，关于唐代诗人李商隐（即李义山）的七言绝句《残花》一诗，全诗是：

残花啼落莫留春，尖发谁非怨别人。
若但掩关劳独梦，宝钗无日不生尘。

据吴世昌先生的研究，认为这是一首属于“闺怨”一类的诗。李商隐是否别有含义这里不说，仅就诗面的意思看，无论是“怨别人”，还是“劳独梦”，都是说一种青年女子寡居的生活。“宝钗无日不生尘”则是形容女子懒于梳妆。据吴世昌先生对全诗的解释：“既然她只能闭门（‘掩关’）独自个儿劳魂役梦，平时还要什么妆饰呢？所以虽有宝钗也无须‘耀首’，天天弃而不用，当然要‘生尘’了。”[1]这不是“空对着山中高士晶莹雪”和“金簪雪里埋”吗？这里正是隐寓宝钗的最后结局：就是宝钗与宝玉结婚后，宝玉出走，宝钗寡居。看来，“薛宝钗”这个名字真是不吉利。

① 吴世昌《红楼梦探源外编》，上海古籍出版社1980年12月版。

二 宝钗的容貌、着装和气质

《红楼梦》中“女儿”们个个都长得十分漂亮，但又各不相同。薛宝钗出身于皇商家庭，是金陵四大家族中的薛家，护官符上写道：“丰年好大雪，珍珠如土金如铁。”就是说她的家里是经商的，非常有钱。那么出生在这样家庭里薛宝钗会长成什么样、会是怎样的打扮和具有怎样的气质呢？

第四回在说到薛家的时候，提到宝钗：“还有一女，比薛蟠小两岁，乳名宝钗，生得肌骨莹润，举止闲雅。”而且小时因父亲的宠爱，竟让她读书识字，故比起她那个呆霸王的哥哥薛蟠来，不知高多少倍。第五回宝钗已经进了贾府，她一来，无论是美貌还是性格脾气都似乎压过黛玉，惹得黛玉心里很是不高兴。书中写道：

> 不想如今忽然来了一个薛宝钗，年岁虽不大，然品格端方，容貌丰美，人多谓黛玉所不及。而且宝钗行为豁达，随分从时，不比黛玉孤高自许，目下无尘，故比黛玉大得下人之心。

在第八回，宝玉到梨香院去看望宝钗，作者又通过宝玉的眼睛把宝钗的容貌和打扮描绘了一番：

> 宝玉掀帘一迈步进去，先就看见薛宝钗坐在炕上作针线，头上挽着漆黑油亮的纂儿，蜜合色棉袄，玫瑰紫二色金银鼠比肩褂，葱黄绫棉裙，一色半新不旧，看去不觉奢华。唇不点而红，眉不画而翠，脸若银盆，眼如水杏。罕言寡语，人谓藏愚；安分随时，自云守拙。

这一段把宝钗平时的生活情景表现得很细，从穿戴到容貌到神情，都写得很真切。第二十八回还是从宝玉的眼里看宝钗的，当时宝玉要看宝钗带的红麝串，可是因为宝钗“生的肌肤丰泽”，所以好不容易褪下来。就是因为在一旁看宝钗褪红麝串，宝玉又注意到了宝钗“雪白一段酥臂”，并产生了“这个膀子要长在林妹妹身上，或者还得摸一摸，偏生长在他身上”的念头。正是在这样的情景下，宝玉再看宝钗：“只见脸若银盆，眼似水杏，唇不点而红，眉不画而翠，比林黛玉另具一种妩媚风流。”

看了以上的几段描写，你觉得宝钗是个什么样呢？归纳起来应该是这样的：一是她长得比较丰满。从她褪手腕上红麝串时的情景可以看得十分清楚。第三十回宝玉说宝钗：“怪不得他们拿姐姐比杨妃，原来也体丰怯热。”宝玉把宝钗比作杨贵妃了，结果惹得宝钗很不高兴。她的脸应该是圆的（“脸若银盆”么），这都表明宝钗是有点胖，当然如果说丰满或许更合适。二是长得白。兴儿说宝钗“竟是雪堆出来的”，宝玉看到宝钗的臂膀也是“雪白一段”。当然作者写宝钗长得白，除了要告诉人们宝钗的漂亮外，还隐寓了她的为人、性格和命运，“白”是与“雪（薛）”联系在一起的。三是宝钗穿戴比较淡雅素朴，这与皇商小姐的身份是不一致的。她“从来不爱这些花儿粉儿的”，穿的衣服也很少有鲜艳的，倒是深暗冷色的居多。居住的房子如蘅芜苑则“像雪洞一般”，连贾母见了都觉得不像姑娘家住的地方，这一切都是为了烘托宝钗的性格和思想特征以及隐寓她的命运。四是性格脾气比较沉稳随和，行为豁达，善于藏拙。薛宝钗无论容貌和性格都与林黛玉大不相同，虽然不同，但都是十分美貌的姑娘。清代的一位《红楼梦》研究者诸联曾评论说，如以花而论，黛玉如兰，宝钗如牡丹，这是很形象的比喻。

三 宝钗为什么进京？

宝钗为什么进京？为什么到了京城又一直住在荣国府里不走，是不是一心为了与黛玉争夺宝二奶奶的位置，这是关于宝钗争论最多的问题之一，也是宝钗被人们批评最多的一件事。

宝钗为什么进京？其实书中交待得是十分清楚的。《红楼梦》第四回的回目是“薄命女偏逢薄命郎，葫芦僧乱判葫芦案”，在这一回中讲了一件事情，就是宝钗的哥哥薛蟠为了与人争英莲（即后来的香菱），强令手下的人把冯渊打死了。这是薛家进京的一个起因，但并不是主要的原因。如果说仅仅是因薛蟠打死了人，要出去躲一躲，那么薛蟠一个人跑出去躲就完了，用不着全家都走。实际上在薛蟠的心里根本没把打死人当作一回事，他想进京是“素闻得都中乃第一繁华之地，正思一游”，他是为了到京城玩的，而不是出去躲官司。当然薛蟠的小算盘是不能明着说的，能说出来的进京理由有三条：“一为送妹妹待选，二为望亲，三因亲自入部销算旧帐，再计新支”，这样薛家全家包括薛姨妈、薛宝钗就有了进京的理由。“望亲”好解释，薛姨妈是王夫人的妹妹，她的哥哥又是京营节度使王子腾，姐姐哥哥都在京城，薛姨妈进京望亲乃人之常情。薛蟠进京入部销算旧账也是说得过去的理由。那么薛宝钗待选又是怎么回事呢？书中写道：

近因今上崇诗尚礼，征采才能，降不世出之隆恩，除聘选妃嫔外，凡世宦名家之女，皆亲名达部，以备选为宫主郡主入学陪侍，充为才人赞善之职。

这里所说的“才人赞善之职”，指的是宫中女官，原来宝钗进京是为了备选宫中女官的。薛家在京城有多出生意，有当铺，也有多出房舍，为什么不住在自己的房舍，却住在贾府呢？原因很简单，一是薛家的房舍多年没有人居住，需要打扫才行；二是薛姨妈本来就是为了进京看望亲友的，和姐姐王夫人别了几年，也想厮守几日，大家亲密些；三是贾府的房舍很多，住在这里对贾府来说也不算什么；四是薛姨妈要住在贾府也是为了拘紧些薛蟠，怕他进了京城再惹祸。所以当薛蟠找理由不想住在贾府的时候，薛姨妈就说：“你的意思我却知道，守着舅舅姨爹住着，未免拘紧了你，不如你各自住着，好任意施为。”简而言之，作者完全是为了给薛宝钗找一个进京的理由，找一个住在贾府的理由，如果薛宝钗不能住在大观园里，还能有“怀金悼玉”的《红楼梦》吗！至于说宝钗进京以后为什么不再提起待选的事，又一直住在贾府，这是艺术创作的需要，实在不必太认真。作者之所以让宝钗是以待选的名义进京，一个更为重要的意图是为了刻画宝钗这个人物的思想性格。林黛玉绝不会有待选的念头，只有宝钗才有这样的思想基础和条件。在元春省亲的时候，宝玉为作诗而弄得手忙脚乱，这时宝钗说什么：“亏你今夜不过如此，将来金殿对策，你大约连‘赵钱孙李’都忘了！”又说：“谁是你姐姐，那上头穿黄袍的才是你姐姐，你又认我这姐姐来了。”她想的是“金殿对策”，她对元春作了皇帝的妃子也是很羡慕的，“好风凭借力，送我上青云”，这就是宝钗的思想。宝钗进京待选是刻画她的思想性格的重要一笔。

四 宝钗金锁的来历

在《红楼梦》的人物中，脖子上挂着特殊饰物的有三个人，即贾宝玉的通灵宝玉、薛宝钗的金锁，还有史湘云的金麒麟。以往人们说得最多的看法，就是认为宝钗的金锁是薛姨妈伪造的，就是为了与宝玉的婚姻而编造出来的谎话。这样的看法对吗？

薛姨妈确实说过，宝钗的金锁是个和尚给的，等日后有玉的方可结为婚姻。宝钗的丫鬟莺儿说那是个癞头和尚。如果我们不信薛姨妈的话，硬说金锁是伪造的，那么湘云的金麒麟是不是伪造的？宝玉的通灵宝玉更该是伪造的，谁见过生下来的孩子口里含着玉的？和尚送的就是和尚送的，没有什么可怀疑的。宝钗的冷香丸不就是癞头和尚开出的“海上方”吗？张道士不是也送给宝玉一个金麒麟吗？无论是宝玉的通灵宝玉，还是宝钗的金锁，都是一种象征的写法，它原本是为了“木石前盟”与“金玉良缘”的对立而设计的，作者都是深有寓意的。

的确，就是因为宝钗有了这么个金锁，又有“等日后有玉的方可结为婚姻”的话，没少让黛玉担心，宝玉黛玉两个情人也为此闹了不少矛盾。但在实际中宝钗并没有成为黛玉的情敌，如何处心积虑地与黛玉争夺宝玉。恰恰相反，因为有了这个金锁，倒让宝钗总远着宝玉。一次，元春赐给大家礼物，独宝玉和宝钗的所赐的东西是一样的。因为有“金”“玉”的说法，使得宝钗“心里越发没有意思起来”。还有一次，宝玉挨打后，宝钗疑心与薛蟠有关系，薛蟠急了不知轻重地说：“好妹妹，你不用和我闹，我早知道你的心了。从先妈和我说，你这金要拣有玉的才可正配，你留了心，见宝玉有那劳什股子，你自然如今行动护着他。”这话说出，不仅把薛姨妈气得浑身乱战，宝钗整整哭了一夜，就是呆霸王薛蟠都意识到“冒撞了”。很显然，虽然薛姨妈说过“这金要拣有玉的才可正配”的话，但这是癞头和尚说的，并不是薛姨妈编造的。而宝钗与宝玉并没有那么深的感情，宝玉也不是她心目中理想的丈夫，对宝钗来说“金玉”未必是“良缘”，所以也就没有必要去伪造什么金锁了。

我们前面说过，无论是木石前盟还是金玉良缘，都是象征的艺术设计，是为了凸显情与理的对立。木石前盟是前世的缘，在尘世是不可能实现的。木石前盟的毁灭不是薛宝钗造成的，而是那个封建社会的制度造成的。如果仅仅看成是宝钗的奸诈行为，那样未免太肤浅，更何况金玉良缘最后也是悲剧。

五　“宝钗扑蝶”时是有意嫁祸黛玉吗？

“宝钗扑蝶”的故事发生在《红楼梦》的第二十七回，这是一段非常精彩的描写，“扑蝶”这样事在宝钗的身上是很难得一见的，它生动地表现了宝钗作为一个“女儿”天真烂漫的一面。然而在宝钗扑蝶的过程中发生了一件意外的事情，使得原本轻松愉快的故事变得复杂了。

原来这一天“未时交芒种节”，大观园的姑娘们都出来玩耍，独不见黛玉，宝钗要到潇湘馆去找黛玉，后来见宝玉进了潇湘馆，宝钗想到黛玉好猜疑，这个时候如果跟着宝玉进去，一则宝玉不便，二则黛玉嫌疑，想到这里就回来了。路上她见到一双玉色蝴蝶，引得宝钗去扑蝶，并一直跟到大观园滴翠亭外，这时宝钗听到亭内宝玉的丫鬟红玉与坠儿在说贾芸的事情，宝钗听到心中吃惊，因想到：“今儿我听了他的短儿，一时人急造反，狗急跳墙，不但生事，而且我没趣。”由于她已经到了亭外，躲不了了。所以使了个“金蝉脱壳”的法子，故意喊“颦儿，我看你往那里藏”，还问红玉坠儿：“你们把林姑娘藏哪里了？”可以说，宝钗的“金蝉脱壳”的法子使用得非常成功，一点也没有引起怀疑，相反倒是红玉担心黛玉听见了她们说的话。就是这样一件事，不少人批评宝钗太奸诈，你怕因听到红玉的话，给自己惹事，却又把黛玉卖了出去，这不是成心陷害嫁祸黛玉吗？

应该说这种批评并非没有一点的道理，但如果我们认真仔细地分析事情的前前后后，说宝钗是成心地陷害嫁祸黛玉是十分勉强的。首先，宝钗去找黛玉是好意，没有任何的恶意；其次她的目的只是为了脱身，并不是为了害黛玉，她根本不需要借这样的事去害黛玉。那么，宝钗为什么张口就喊出了黛玉的名字呢？原因很简单，因为她本来就是去找黛玉的，合理的解释是她是下意识地喊出黛玉的，而不会是成心地害黛玉。最重要的是薛宝钗不是一个故意害人的人，她不是奸诈的人，这不符合宝钗的思想性格。

当然，宝钗在这件事情上确实不怎么好，尽管她的内心没有害黛玉的主观意图，但客观上确实伤害了黛玉，确实“嫁祸”了黛玉。我们知道宝钗是一个自我保护意识很强的人，王熙凤说她是：“不干己事不开口，一问摇头三不知”，是一个很有主意、很有城府的人，她的“金蝉脱壳”保护自己本无可厚非，但如果你只是想着保护自己，而忘了保护别人则是不应该的。在这里作者通过一个小小的细节，对宝钗的批评应该说是十分严厉和深刻的。

六 宝钗的才华和学识

《红楼梦》中的女孩子们许多人都很有才华，如林黛玉、薛宝钗、史湘云、探春，还有妙玉等，但如果要评选大观园中谁最有才华学识，那非宝钗莫属。

宝钗的诗才可以说与黛玉不相上下，在伯仲之间，甚至有过之而无不及。《红楼梦》第十八回，宝玉作诗不知“绿蜡”的出处，宝钗随口就说出是唐代钱诩的咏芭蕉诗，宝玉佩服地称她为“一字师”。在大观园的姑娘们诗社活动中，基本上是宝钗和黛玉轮流夺魁，她俩的才华明显地高出其他的姑娘们，能够与她们两个媲美的也只有史湘云一个还可以。宝钗的诗多是一种含蓄浑厚的格调，这与她的思想性格是一致的。

如果说黛玉的诗才不在宝钗之下的话，那么宝钗的学识就是黛玉不及的了。第三十七回，她与湘云谈诗，就是一篇很有水平的诗论，她说：“诗题也不要过于新巧。你看古人诗中那些刁钻古怪的题目和那极险的韵了，若题过于新巧，韵过于险，再不得有好诗，终是小家气。诗固然怕说熟话，更不可过于求生，只要头一件立意清新，自然措词就不俗了。”第六十四回当她看了黛玉写的《五美吟》，又发表了一番不俗的见解，说：“做诗不论何题，只要善翻古人之意。若要随人脚踪走去，纵使字句工整，一落第二义，究竟算不得好诗。”接着列举王安石、欧阳修咏王昭君的诗，“俱能各出己意，不与人同”，因而是好诗。宝钗不仅诗写得好，诗论得也好，这种学识是其他姑娘们比不上的。

宝钗曾打趣宝玉是“杂学旁收”，其实她读的书比宝玉多得多，懂得也多，是真正的博学多闻。惜春要画大观园，宝钗能告诉你用什么样的纸好，用什么样的染料，用多少种各样的笔，以及关于绘画的技巧和构思，并当即给惜春开出了单子（第四十二回）。宝玉参禅，她能马上说出禅宗的“语录”。甚至于对戏曲也是很熟，张口就能把《鲁智深醉闹五台山》一出戏中的一段《点绛唇》念了出来，宝玉交口称赞宝钗是“无书不知”。她对医药也颇有见解，第四十五回，她告诉黛玉：“昨儿我看见你那药方上，人参肉桂觉得太多。”说益气补神，也不宜太热。她认为先以平肝健胃为要，建议黛玉每天吃燕窝一两，滋阴补气。不仅表现出对黛玉的关心，也表现出她的知识的渊博。

宝钗虽说是一个姑娘家，还有着很强的管理才能。《红楼梦》第五十六回是“敏探春兴利除宿弊，时宝钗小惠全大体”。在探春理家的过程中，宝钗是“三驾马车”之一。理家当然是以探春为主，但宝钗的见解办法似乎比探春更高，她要用学问提着，不仅要除弊，还要通过改革使得下人能够得到一些好处，大家心齐，真是“小惠全大体”了。作者赋予宝钗这么多的才华学识，从而使人物形象更为丰满。薛宝钗确实不是一个简单的人物，是“山中高士”，我们不要把她看简单了。

七 宝钗的“冷”与“无情”

我们前面讲到宝钗不是一个简单的人物，而是一个丰满的艺术形象，是一个复杂的艺术形象。在她的身上既有美的一面，如她的美貌，她的才华，她的善良，她的温柔，她对邢岫烟的接济，对湘云关心体谅，等等，这些都是值得人们赞赏的。但“冷”与“无情”也确确实实存在这个美貌的姑娘身上，正是“任是无情也动人”。

金钏是王夫人身边的大丫鬟，只因与宝玉说了几句轻薄的话，就被王夫人扇了耳光，并赶出贾府，最后投井自尽。金钏之死宝玉有不可推卸的责任，因而宝玉是非常的难过和内疚。王夫人虽然赶走了金钏，但毕竟金钏服侍她多年，当她听到金钏死了，也不免伤心留泪。但令人感到吃惊的是，宝钗却表现得极为平静，不，应该说是极其无情。当王夫人哭着说金钏之死的事情后，宝钗竟说：“姨娘是慈善人，固然这么想。据我看来，他并不是赌气投井。多半他下去住着，或是在井跟前憨玩，失了脚掉下去的。岂有这样大气的理！纵然有这样大气，也不过是个糊涂人，也不为可惜。”又说：“十分过不去，不过多赏他几两银子发送他，也就尽了主仆之情了。”我们真是见识了这位冷美人的“冷”与“无情”。薛宝钗的“冷”与“无情”不同于王熙凤的心狠手毒，她不是王熙凤式的人物。她的“冷”与“无情”是用封建统治的“理”提着，在她看来主仆之间的“理”即规矩是不能改变的，主子打了丫鬟即使是打错了，丫鬟也不能怨恨主子，如果你有怨气，那你就是糊涂，不懂道理，因此死了也不足惜。她还认为丫鬟死了，主子多赏几两银子也就行了，主子也就可以心安理得了。在封建的统治秩序面前，她是“原则性”很强的，她认为这样才符合道理。

又如第四十四回，凤姐因贾琏偷情而拿平儿出气，平儿一肚子委屈，在这件事情上，宝玉的心情和宝钗的表现完全两样。宝玉是："思及贾琏惟知以淫乐悦己，平儿并无父母兄弟姊妹，独自一人，供应贾琏夫妇二人。贾琏之俗，凤姐之威，他竟能周全妥贴，今儿还遭荼毒，想来此人薄命，比黛玉犹甚。"因此宝玉是伤感落泪。而宝钗呢，在劝慰平儿时却含着责怪，说什么："他可不拿你出气，难道倒拿别人出气不成？别人又笑话他吃醉了。你只管这会子委屈，素日你的好处，岂不都是假的了。"这和对金钏之死的"理"是一样的。

第六十七回，薛姨妈听说尤三姐自刎了，柳湘莲不知往哪里去了，"心甚叹息"，可当她把这个消息告诉宝钗时，宝钗竟"并不在意"，尽管柳湘莲还救过薛蟠的命。在宝钗看来死了尤三姐，走了柳湘莲，是他们的前生命定，这与他们家没有关系，赶紧发货，请人吃饭酬谢才是重要的，否则"叫人家看着无理似的"。宝钗的"冷"与"无情"正是建立在维护封建统治阶级秩序的理之上。

薛宝钗的"冷"与"无情"是她接受封建统治阶级正统思想熏陶的结果，我们看着是"冷"与"无情"的，在宝钗看来是合情合理、理所当然，她的"冷"与"无情"不是个人的品质和奸诈，而是那个时代和社会造成的。

宝钗的结局也是悲剧性的，她最后虽然为了家族的利益，与宝玉结成了"金玉良缘"，但仍然不能挽救即将倒塌的没落的贵族家庭的命运。她和宝玉不是一路的人，他们不可能生活在一起。宝钗的金锁上正反两面也刻着八个字："不离不弃，芳龄永继"，结果宝玉还是离她弃她而去，她仍然没有改变"空对着山中高士晶莹雪"和"金簪雪里埋"的命运。

（原载《话说〈红楼梦〉中人》，崇文书局2006年11月第1版）

论茗烟

茗烟是曹雪芹笔下一个十分生动鲜明的艺术典型。当然同《红楼梦》中许多主要人物相比，茗烟不过是一个微不足道的小人物，但这却是一个不可缺少的小人物。作者在他的身上着墨相当不少，并且还在他第一次出场的时候，就特别指出，这茗烟不是等闲之辈，而是主人公贾宝玉“第一个得用的”。“得用”而且又“第一”，可见茗烟在《红楼梦》中具有不可忽略的重要地位，是值得一论的。

一 奴才小子都敢如此

茗烟不愧为是贾宝玉“第一个得用的”人，一出场就非同寻常，他的第一个行动——大闹学堂，给人们留下了极为深刻的印象，使人们对这位“奴才小子”不禁要另眼相看。

第九回“起嫌疑顽童闹学堂”，是《红楼梦》中一个不算小的事件，脂评说：“此篇写贾氏学中非亲即族，且学乃大众之规范，人伦之根本，首先悖乱以至此极，其贾家之气数即此可知。”可见问题之严重。而在这预示“贾家气数”将尽的“闹”剧中，前台主角竟是这位奴才小厮——茗烟。虽然茗烟的闹，是因贾蔷挑拨而起，但正如书中明确交代的那样：“这茗烟乃是宝玉第一个得用的，且又年轻不谙世事，如今听贾蔷说金荣如此欺负秦钟，连他爷宝玉都牵连在内，不给他个厉害，下次越发狂纵难制了。”外因是通过内因起作用的。说茗烟“年轻不谙世事”，这正是茗烟敢于闹学堂的内在原因。不谙什么世事？根据茗烟的行动和书中的具体描写，不外乎指封建统治阶级的家规王法。正是因为茗烟没有把封建礼法放在眼里，所以敢闹学堂，甚至要“制”起主子来。只见他一头闯进学堂找金荣，也不叫什么金相公了，竟直呼“姓金的，你是什么东西！”并且一把揪住金荣问道：“你是好小子，出来动一动你茗大爷！”好大的口气！金荣虽然不姓贾，但毕竟是贾家玉字辈的嫡派贾璜老婆的侄子，是贾家宗族的亲戚。在“人伦规范”之前，在一群主子面前，一个奴才小厮竟敢如此大胆“撒野”，甚至称起“茗大爷”来，这还了得吗？难怪茗烟的举动竟唬得满屋中子弟都怔怔地痴望，金荣更是气黄了脸，说：“反了！奴才小子都敢如此。”“反了”者，造反之谓也。在封建贵族家庭的学堂里，一个奴才小子出言不逊，甚至动手要打属于主子层的金荣，这“闹”的确实出了格，这还不是“反”了吗？更有甚者，茗烟不仅敢于与金荣厮打，甚至连璜大奶奶也骂上了：“那是什么硬挣仗腰子的，也来唬我们。璜大奶奶是他的姑妈。你那姑妈只会打旋磨子，给我们琏二奶奶跪着借当头。我眼里就看不起他那样的主子奶奶！”一个奴才小子，敢看不起一个主子奶奶，当堂大骂，这要多大的勇气，而又岂止是看不起一个主子奶奶？大闹学堂，眼里哪还有“王法规矩”呢？

我们在《李煦奏折》中，看到李煦于康熙三十六年六月有《本署乌林达家人孙云等殴辱职官折》，报告家人孙云等不知法纪，殴辱乡宦陆经远。这件事李煦两次报告，康熙两次作批，可见十分重视。康熙硃批：“自立织造以来，未尝有此异事，今闻苏州乌林达家人犯法，欺辱官宦，深属可恶，巡抚题参后，自有严旨处分。”[①]家人殴辱乡官是犯法，家童殴辱主子也是犯法，虽说孙云打人同茗烟打人不尽相同，但在违犯封建王法这一点上是相同的，这也是封建统治阶级所决不允许的。《红楼梦》第七十一回，在贾母过生日

① 《李煦奏折》第8页，中华书局1976年5月版。

那一天，因两个老婆子得罪了尤氏，被凤姐命人捆了起来，邢夫人当众为她们求情，有意让凤姐难堪。凤姐说："凭他是什么好奴才，到底错不过这个礼法。"事后贾母也说："难道为我的生日，由着奴才们把一族中的主子都得罪了也不管罢。"可见，"礼"、主奴规矩是不能搞乱的。就是像焦大那样很有功劳的奴才，也不能破坏封建贵族家庭的规矩，王熙凤对贾蓉说得十分明白："以后还不早打发了这个没王法的东西！""咱们这样的人家，连个王法规矩都没有。"很显然，茗烟大闹学堂的行为，也是没"王法规矩"的举动，同样是个"没王法的东西"，金荣说茗烟"反了"并不过分。

在这里，我们如果把茗烟与李贵做点比较，就更能看到茗烟那种不拘礼法，蔑视封建秩序的性格特点。同茗烟一样，李贵也是宝玉的奴仆，不过在奴仆中，他的地位显然比茗烟要高。李贵是宝玉奶妈李嬷嬷的儿子，同宝玉的关系也是相当不错的。这是个忠实老实而又深谙世故的奴仆形象，他的言行举止恰恰与茗烟形成鲜明的对比。第九回，因送宝玉上学，李贵挨了贾政一顿骂："你们成日家跟他上学，他到底念了些什么书！倒念了些流言混语在肚子里，学了些精致的淘气。等我闲一闲，先揭了你的皮，再和那不长进的算账！"

宝玉不好好念书，连跟着的奴才都有不是，甚至会招来皮肉之苦。所以李贵对宝玉说："哥儿听见了不曾？可先要揭我们的皮呢！人家的奴才跟着主子赚些好体面，我们这等奴才白陪着挨打受骂的。从此也可怜见些才好。"又说："小祖宗，谁敢指望你请，只求听一句半句话就有了。"这既是诉苦埋怨，又是规劝，他只是希望宝玉能"听一句半句话"，什么话？不外乎是要宝玉好好读书，不要淘气一类的话。目的则是希望宝玉"改邪归正"，好好读四书五经，老老实实走家长规定的仕途经济道路，而他们做奴才的也跟着赚些"体面"。这是一个恪守封建贵族家庭规矩，深谙世故的奴才思想观念。从这里人们很容易会联想到那位经常"箴规"贾宝玉的花袭人。袭人与李贵的"劝"，尽管表现形式不一样，但目的则是相同的，都是要宝玉"务正"。不过袭人是想安安稳稳地做"姨娘"，李贵则是想稳稳当当地做一个好奴才。

闹学堂中，茗烟与李贵的态度显然不同。李贵是怕闹事，茗烟是想闹事，还唯恐闹得不大；李贵是哄、劝宝玉，茗烟则是“调唆”宝玉；李贵是变法儿在压息这一场大闹，茗烟则是生个新法子往大里闹；当宝玉问金荣是哪一房亲戚，要向老祖宗告状撵了金荣去。李贵想了一想，道：“也不用问了，若问起那一房的亲戚，更伤了兄弟们的和气。”表现出李贵的老成和世故。茗烟则不然，他不仅告诉宝玉，金荣“他是东胡同子里璜大奶奶的侄儿”，甚至当众把这位璜大奶奶贬了一顿，给宝玉火上添油。火头上的宝玉要去找“璜嫂子”，茗烟马上就兴风作浪，给宝玉出馊主意找贾母告状。茗烟不无得意地对宝玉说：“爷也不用自己去见，等我到他家，就说老太太有说的话问他呢，雇上一辆车拉进去，当着老太太问他，岂不省事。”真是唯恐天下不乱，难怪李贵忙喝道：“你要死！仔细回去我好不好先捶了你，然后再回老爷太太，就说宝玉全是你调唆的。我这里好容易劝哄好了一半了，你又来生个新法子。你闹了学堂，不说变法儿压息了才去，倒要往大里闹。”两相比较如何！茗烟的敢闹，敢于大闹，表现出了对封建礼法的蔑视，正是在这一场大闹学堂中，我们不仅看到了封建教育的崩溃，而且也看到了一个令人可爱的奴仆小厮，一个天真淘气、不守王法规矩的顽童形象。

二　“二爷的心事，我没有不知道的”

茗烟对他的二爷了解之深，知道之透，给人们的印象也是十分深刻的。用茗烟自己的话说：“二爷的心事，我没有不知道的。”的确，在《红楼梦》人物中，如果仅就对宝玉的“知道”而言，茗烟无疑在晴雯等之上，甚至可以说，除林黛玉之外，还找不出第二个人能与茗烟相比。

涂瀛《红楼梦论赞·焙茗赞》中就很注意茗烟与宝玉非同一般的关系，他说：“宝玉栽培脂粉，作养蛾眉，为花国之靖臣，作香林之戒行，宜其深仁厚泽，罔不沦肌浃髓矣。乃除黛玉外，别无一知己，而能如人意。不尽如人意，应也而出之以謔，谐也而归之以正，顺其性而利导之，如大禹之治水，适行其所事，而卒也无不行之言，呜呼，其惟焙茗乎！东方曼倩之俦也。”这位“读花人”对茗烟的论赞得当与否，及宝玉“知己”者除黛玉外，是否只有茗烟且另当别论，但指出茗烟与宝玉的关系非常人可比，乃“东方曼倩之俦也”，这话是很有道理的。第四十三回“闲取乐偶赞金庆寿，不了情暂撮土为香”中，有一段为人们所熟知的情节，说的是贾母给王熙凤过生日，而贾宝玉一早却要出门，打扮神情都很奇怪，“只见宝玉遍体纯素，从角门出来，一语不发跨上马，一弯腰，顺着街就下去了”。宝玉的行动真是有点稀奇古怪，他想干什么，他要到哪里去，宝玉既然是“一语不发”，茗烟也一时摸不着头脑。但机灵透顶的茗烟从宝玉的穿戴、买香这些蛛丝马迹中，很快就窥测到了主人的心事，因而他不仅想出了去水仙庵的主意，还提醒宝玉到井台上焚香祭祀，这些竟十分投合了宝玉祭祀金钏这件“不能出口”的心事。当他们主仆二人一起来到井台上，宝玉只是含泪施了半礼，又是“一语不发”，使人纳闷。但这时只见茗烟忙爬下磕了几个头，口内祝道：“我茗烟跟二爷这几年，二爷的心事，我没有不知道的，只有今儿这一祭祀没有告诉我，我也不敢问。只是这受祭的阴魂虽不知名姓，想来自然是那人间有一，天上无双，极聪明极俊雅的一位姐姐妹妹了。二爷心事不能出口，让我代祝：若芳魂有感，香魂多情，虽然阴阳间隔，即是知己之间，时常来望候二爷，未尝不可。你在阴间保佑二爷来生也变个女孩儿，和你们一处相伴，再不可又托生这须眉浊物了。”说毕，又磕了几个头，才爬起来。这一番新鲜别致的祝语，真是妙趣横生，连含泪的宝玉都撑不住笑了。为什么笑，因为茗烟的祝语句句都说到了宝玉的心里，以茗烟的口吻，说出宝玉的心里话，出人意外，富有戏剧性。宝玉的笑，就是默认，就是赞许。

茗烟怎么会知道宝玉一定是祭祀“极聪明极俊雅的一位姐姐妹妹”呢？其实这没有什么可奇怪的，宝玉平时对女儿们的态度，阖府皆知。他说：“女儿是水作的骨肉，男人是泥作的骨肉，我见了女儿便清爽，见了男人便觉浊臭逼人。”宝玉这种奇特的理论，反映了他对封建正统观念的鄙视和厌恶，对“水作的骨肉”的女儿的尊重和爱。宝玉一门心思都用在了姐姐妹妹们身上，高兴同她们一处厮混，甘心为她们操劳。所谓“意淫”者，就是宝玉对女儿们的一片“深情”、“痴情”、“闺友闺情”“闺阁良友”，是对女儿的“体贴”，其中包括对黛玉的爱情、对其他姐妹们的友情和亲情，对受到封建势力迫害的女儿们的深切同情。在宝玉看来，女儿是天地灵秀所钟，因而深得他的敬重。

对宝玉的这些想法，茗烟当然比别人更清楚。特别是第十九回，茗烟对小丫鬟卍儿“偷情”被宝玉撞破，宝玉不仅毫不为怪，而且保证不告诉别人，并且责备茗烟：“连他的数属也不问问，别的自然越发不知道了。可见他白认得你了。可怜，可怜！”从中我们可以看出宝玉忠诚纯洁的爱情观是建立在对女儿的尊重和同情的基础之上的。凡此种种无不影响着茗烟。第二十九回，袭人说宝玉：“往日家里小厮们和他们的姊妹拌嘴，或是两口子分争，你听见了，你还骂小厮们蠢，不能体贴女孩儿们心。”在“小厮”中茗烟当然会是第一个常挨这种骂，经常接受宝玉对他们进行的尊重女儿的教育，更直接更多地受到宝玉的思想熏陶和影响。因此，茗烟不仅了解宝玉对姐姐妹妹们的真挚感情，而且比一般人更能体察宝玉的心事。

宝玉在王熙凤的生日里，这样郑重其事地“遍体纯素”，跑到外面去祭祀，“受祭的阴魂”自然是那人间有一，天上无双，极聪明极俊雅的一位姐姐妹妹了。别人谁能得到宝玉这样的敬重呢？茗烟可谓猜得不错。不仅如此，茗烟还完全猜到了宝玉祭的是已投井死的金钏，更难能可贵的是，这位忠实的奴仆，还能体贴到宝玉这段“不能出口”的心事，而须他来“代祝”。正如脂批所说：“忽插入茗烟一篇流言，粗看则小儿戏语，亦甚无味，细玩则大有深意，试思宝玉之为人，岂不应有一极伶俐乖巧小童哉……此处若宝玉一祝，则成何文字；若不祝，直成一哑谜，如何散场？故写茗烟一戏，直戏入宝玉心中，又可发前文，又可收后文，又写茗烟素日之乖觉可人，且衬出宝玉直似一守礼待嫁的女儿一般……”，这是很有见地的。这一段生动的描写，使茗烟的形象活灵活现，又使宝玉与茗烟非同一般的关系得到进一步展现。

茗烟了解宝玉，而且对宝玉的叛逆思想是同情、理解和支持的，这对茗烟成为宝玉“第一个得用的”，是十分重要的原因。第三十三回“手足耽耽小动唇舌，不肖种种大承笞挞”，在封建家长的板子就要朝宝玉打来的紧要关头，急需有人给贾母通风报信，偏生这一回茗烟不在宝玉的身边，结果没有人给贾母报信，宝玉惨遭一顿毒打。事后，袭人还为此责问茗烟：“你也不来透个信！”茗烟急得说：“偏生我没在跟前，打到半中间，我才听见了。忙打听原故，都是为琪官和金钏姐姐的事。”茗烟对宝玉的关心、同情溢于言表。从这件事又可以看出，茗烟作为宝玉的贴身小厮，在某种情况下还要担负起一定的保护作用。不仅如此，宝玉几次偷偷溜出贾府都是只带茗烟一人。去袭人家是茗烟陪伴，祭金钏又是事先让茗烟一早备好两匹马，并特意嘱咐茗烟要瞒过李贵等人。第四十七回，宝玉对柳湘莲说，他曾让茗烟带着新结的莲蓬到秦钟的坟上去上供。宝玉的这些活动，都是对贾府禁锢生活的一种反抗，表达了他对贾府之外自由生活的向往，这对宝玉叛逆思想的形成与发展都有着很大的影响。而在这些活动中，宝玉与茗烟总是形影不离，茗烟一时不在，宝玉就如同失去左膀右臂。这一方面表明宝玉对茗烟的信赖，另一方面又突出了茗烟的“得用”。茗烟如果不理解不支持宝玉的所作所为，是很难扮演“第一个得用的”这样重要角色的。

《红楼梦》第三十九回，讲了一个十分有趣的故事，说的是深谙世故的刘姥姥为了投宝玉所好，胡诌了一个若玉小姐的故事，宝玉信以为真，盘算了一夜，第二天一早就让茗烟按着刘姥姥所说的方向、地名，先去踏看明白。这件事很能反映出宝玉这位“情哥哥”的多情和痴情，对薄命女儿命运的同情和关切。宝玉郑重其事地把这件“没头脑”的事交给了茗烟，茗烟不辞辛苦跑了一整天，若玉小姐的庙没找到，找到的则是一位青脸红发的瘟神爷。宝玉很是失望，责骂茗烟：“真是一个无用的杀材！这点事也干不来。”茗烟反驳道：“二爷又不知看了什么书，或者听了谁的混话，信真了，把这件没头脑的事派我去碰头，怎么说我没用呢？”说茗烟没用，实在是冤枉，这本来就是刘姥姥胡诌的一个故事，骗宝玉的，让茗烟上哪去找若玉小姐的庙呢？但有意思的是，茗烟并非不知道这是一件“没头脑的事”，他太了解他的这位主子了，早就猜到了宝玉“又不知看了什么书，或者听了谁的混话，信真了”，但他却不是敷衍宝玉，更不是去嘲弄宝玉的“痴”“呆”“傻”“狂”，仍然是认真地去完成宝玉交给的任务。毫无疑问，茗烟对宝玉的心事是理解的，对宝玉是忠心耿耿的。而我们从上面那一段茗烟诙谐有趣的“反驳”中，不是可以看出这位奴仆小厮性格特征的一个突出方面——宝玉的那种“痴”、“呆”劲吗！宝玉的“痴”、“呆”，是对女儿痴情、多情的一种表达，是对封建世俗理念的叛逆；茗烟的“痴”、“呆”，则是对宝玉的忠诚，是对宝玉叛逆思想的了解、理解和支持。茗烟的“得用”，就是对宝玉的支持。毫无疑问，在宝玉叛逆的道路上，茗烟是一个可以信赖的伙伴。

三 宝玉都是茗烟调唆的

茗烟不仅仅是宝玉第一个得用的人，更是一个对宝玉叛逆思想的形成和发展有一定影响的人。在茗烟大闹学堂的时候，李贵就曾说，宝玉是茗烟挑唆的，这是十分值得注意的。说宝玉受了茗烟的挑唆这话不无道理。无独有偶，袭人也认为宝玉“都是茗烟调唆的”。第十九回，宝玉因在宁国府看戏看烦了，这时就是茗烟鼓动宝玉到城外逛逛，他对宝玉说：“这会子没人知道，我悄悄的引二爷往城外逛逛去。”这岂止是“调唆”，简直是在“勾引”，后来主仆二人来到了袭人家。对于宝玉茗烟二人私自出府，袭人的哥哥花自芳“唬的惊疑不止”，就是袭人也感到惊慌：“这还了得！倘或碰见了人，或是遇见了老爷，街上人挤车碰，马桥纷纷的，若有闪失，也是玩得的！”宝玉不过是出来玩玩，袭人竟如此大惊小怪，了不得，是不是有点装腔作势呢？当然不是了。贾宝玉的私自出府是封建家长所不允许的，特别是对贾府的命根子贾宝玉更不能随便跑出来。随便出来有危险不行，随便跑出来学坏了更不行。贾政就曾严厉指责宝玉：“你日日外头嬉游，渐渐疏懒，如今叫禁管……你可好生用心习学，再如不守份安常，你可仔细！”可见，私自出府这样的事，是违法了家长的管教，是不“守份安常”。这不要说让贾政知道了，就是让贾母、王夫人知道了，也是不得了的事情，所以袭人的惊慌并非故弄玄虚。因而对于宝玉和茗烟来说，私自出府也是需要有点胆量的。正如袭人所说："你们的胆子比斗还大，都是茗烟调唆的。"说"都是茗烟调唆的"，茗烟不免有点冤枉，因为宝玉如果没有"逃离大观园"的想法，茗烟也不敢提出到城外观光的主意。但宝玉这次私自出府到袭人家，又确实是因茗烟而起，说茗烟"调唆"宝玉也没有冤枉他。须知，奴仆"调唆"主子不遵守封建贵族家庭的规矩，这并不是一个小的罪名。

一个奴仆的责任是什么？除了伺候主子外，还要能规劝主子的行为，以符合封建礼法的要求。贾政是怎么骂李贵的："你们成日家跟他上学，他到底念了些什么书！……等我闲一闲，先揭了你的皮，再和那不长进的算账！"贾母又是怎么说的："既然是世宦书香大家小姐都知理读书……自然这样大家人口不少，奶母丫鬟伏侍的人也不少，……你们白想一想，那些人都是管什么的。"贾母说得十分清楚，奴仆的责任除了管年轻主子的吃喝玩乐以外，也要管公子小姐不能超出封建礼法的约束。在这方面袭人是一个样板。袭人之所以能得到贾母、王夫人的好感和信任，不仅仅是因为她尽职尽责把宝玉照顾的非常好，还有一个更重要的原因是她能按照封建贵族家长的要求去规劝宝玉。王夫人明确地对袭人说："我就把他交给你了，好歹留心，保全了它，就是保全了我。"显而易见，奴仆丫鬟有一个帮助家长"保全"公子小姐的责任。在封建秩序严格的贾府里，一个奴才小子不仅不知礼，而且还敢于挑唆主子破坏家族规矩，这是贾府统治者深恶痛绝的，特别是关系到贾府的命根子贾宝玉，问题就更加严重了。金钏不过是和宝玉开了一句玩笑，平时宽仁慈厚的王夫人，不仅打了金钏一个嘴巴子，还气势汹汹地骂道："下作小娼妇，好好的爷们，都叫你教坏了。"第七十五回抄检大观园，又是这位王夫人责骂四儿道："难道我通共一个宝玉，就白放心凭你们勾引坏了不成！"她还指责芳官："唱戏的女孩自然是狐狸精了。……你就成精鼓捣起来，调唆着宝玉无所不为。"王夫人的担心不是没有道理的。所谓"勾引坏了"，"调唆着宝玉无所不为"，都是指渐渐长大了的丫鬟们以不符合封建礼教的言行影响着宝玉。然而，王夫人等主子们哪里想到“调唆”“勾引”宝玉更有甚于丫鬟者，这就是茗烟。从某种意义上说，茗烟对宝玉叛逆性格的影响，是大观园里的丫鬟们比不上的。茗烟非但是宝玉“第一个得用的”，更是一个对宝玉有很大影响人。茗烟的顽皮，没规矩，是对封建礼法的大胆蔑视，他的“调唆”对宝玉叛逆思想的发展起着推波助澜的作用。

在《红楼梦》八十回以前，茗烟是贾宝玉同大观园外联系的重要渠道，是把宝玉从家里往外引的主要人物。茗烟出身下层，生活在大观园外，又是一个男仆，这使他有更多机会接触贾府以外的社会，比晴雯、芳官等丫鬟们更为早熟。茗烟的顽皮、挑唆以及他本身的一些品质，无疑都影响着宝玉的思想。不仅如此，茗烟还是直接向宝玉提供精神食粮的重要人物。却说贾宝玉初进大观园时候，开始心满意足，每日只和姊妹们一处玩，可过一段时间就对大观园里的生活感到厌烦了，思想一度处于苦闷、空虚的境遇中。这时处在大观园里的女儿们谁也不知宝玉此时的“心事”，只有茗烟看到了宝玉的苦闷，他大胆地走进书坊里，把那古今小说并飞燕、合德、武则天、杨贵妃的外传，与那传奇角本买了许多来，引宝玉看。宝玉何曾见过这些书，一看见便如获至宝。

这些看了连饭也不想吃的“好文章”，给宝玉灌注了新的精神营养，对宝玉的思想产生了重大的影响。有人曾把茗烟的举动比作普罗米修斯盗来火种一样，给宝玉带来了光和热。这个比喻形象深刻地表明了茗烟在贾宝玉叛逆思想发展中起着多么巨大的作用。在宝玉看来是“好文章”，但在封建贵族家长看来则是移人性情的“邪书”。贾政严厉规定贾宝玉“把《四书》一气讲明背熟，是最要紧的”。茗烟置封建贵族家长的规矩于不顾，尽管他知道他所干的事情，“若要人知道了，我就吃不了兜着走呢！”但他还是大胆地向宝玉提供了与封建礼教不相容的书。茗烟送书是主动的，确确实实是“引”宝玉看，这就更加突出了茗烟的作用。而正是在奴才小子茗烟的“导演”下，《西厢记》等一批书进了大观园，紧接着就发生了“西厢记妙词通戏语”的重要情节，男女主人公借西厢妙词，大胆地表露爱情，进一步奠定了宝黛爱情共同的思想基础。

贾宝玉叛逆思想形成与发展的原因是多方面的，而下层丫头小厮们的影响无疑是一个十分重要的方面。俄国伟大的诗人普希金曾谈到农奴出身的保姆对他的影响，中国伟大的文学家鲁迅也曾回忆起幼年时善良的长妈妈给他送来了《绘图山海经》，曾经怎样地使他兴奋激动。同样，从某种意义上说，身为小厮的茗烟也是宝玉的良师益友。伟大的作家曹雪芹以其如椽之笔，不仅塑造了一个栩栩如生的奴才小厮茗烟的形象，而且通过这个小人物，深刻地揭示了贾宝玉叛逆思想形成与发展的原因，这是有重要意义的。

贾宝玉的形象是不朽的，二百多年来人们为他说的话实在太多了，让人们分出一点笔墨谈谈茗烟这样的奴仆小厮吧！有了茗烟这片小小的“绿叶”，宝玉这朵“红花”更见其熠熠光彩。

（原载《红楼梦研究集刊》第13辑，1986年10月）

探春远嫁蠡测

在曹雪芹的笔下，探春的结局也是很不幸的。元春、迎春相继早死，她则是含悲远嫁，一去不归。然而令人遗憾的是，由于八十回以后是他人续作，我们无法看到曹雪芹笔下的具体描写。而后四十回续书，把这位贾府的三小姐远嫁海疆，与镇海总制之子成婚，并于一百一十九回以三姑奶奶的身份，归宁父母，“见探春出挑的比先前更好了，福彩鲜明”。看样子命运还很不错，这显然是与曹雪芹安排的薄命司中人物的悲剧命运不相符合。

那么，探春的结局究竟如何呢？为何远嫁，远嫁何人、何地？关于这些问题论者不多，或有之多半语焉不详，比较笼统，没有深入地进行探讨。但最近看到一篇专论探春结局的文章，论证“探春的结局是应该到中国以外的一个海岛小国作王妃”，简称之“海外王妃说”[①]。这是到目前为止，关于探春结局研究中最新的说法，且论证详尽，很值得重视。但笔者认为，“海外王妃说”也有值得商讨的地方。嫁到海外，又是海岛小国，远则远矣，但未必就符合曹雪芹原意中的远嫁。后四十回续书中探春的结局之所以违背曹雪芹的原意，是镇海总制所在的海疆不够远，而是这种结局不符合金陵十二钗人物的悲剧性的命运。当然，从某种意义上说，远嫁海外也是一种悲剧，但这种悲剧比起其他十二钗人物来说，似乎太好了一些。别人且不说，就说贾家四

① 梁归智《探春的结局——海外王妃》，《红楼梦研究集刊》第九辑。

姐妹吧，元春、迎春是惨死，惜春是削发出家，“可怜绣户侯门女，独卧青灯古佛旁。”看来惜春不可能像妙玉在栊翠庵里那样悠闲舒适，脂批透露：“公府千金，至缁衣乞食，宁不悲乎！”惜春结局的悲惨情景由此可见。《红楼梦》中十二钗人物，结局都不好，死，不是好死；活，也不得好活。一言以蔽之，薄命！而能够活着的人物，地位往往都要发生根本的变化，例如像英莲和娇杏那样，主子变成了丫鬟，丫鬟变成了主子。正如《好了歌》中所说的那样，兴衰荣辱，变化莫测。由此可知，探春的命运不可能比元春、迎春、惜春更好。如果说探春真的到中国以外的一个海岛小国做了王妃，仍不失其主子的地位和荣华富贵，那么探春真是太幸运了，把她的册子放在太虚幻境的薄命司中就显得不很合适了。因此我认为，“海外王妃说”如同后四十回续书的安排一样，是不符合曹雪芹的原意的。根据《红楼梦》前八十回提供的线索，我认为探春确实是做了王妃，不过不是海外王妃，而是国内某个王的妃，但在新婚之际，夫家突遭巨变。这时元春已死，贾家势衰，回天无力，正是“也难绾系也难羁”。在无可奈何的情况下，探春含悲随夫远嫁。他们很可能是发配到海疆效力，甚至是流放。以后的生活十分不安定，一去不归。

在《红楼梦》前八十回中，关于探春命运的暗示有好几处。第五回探春的判词，《红楼梦·分骨肉》，第二十二回探春所做的灯谜，第六十三回“群芳开夜宴”时探春抽的签，第七十回探春所作的半首《南柯子》和后来放风筝的描写等等，都透露出探春远嫁的命运结局，这都是我们研究探春结局的重要依据。

风筝，在暗寓探春最终命运方面，是十分值得注意的。但在怎样认识风筝与探春命运的联系上，人们的看法并不相同。一般认为，放风筝，主要是象征探春远嫁一去不归，这无疑是正确的。但我认为还不仅仅如此，放风筝实际上象征了探春命运变化的全部过程。风筝之放，不仅仅是放走，一去不回。首先是放起来，高高飞起，然后才是断线远去，而断线风筝的飘飘荡荡又寓示着远嫁生活的不幸和不安定。我认为这才是对风筝与探春命运联系的完整理解。这样的理解是有根据的。

《红楼梦》第五回探春的判词是：

> 后面又画着两人放风筝，一片大海，一只大船，船中有一女子掩面泣涕之状。也有四句写云：
>
> 才自精明志自高，生于末世运偏消。
>
> 清明涕送江边望，千里东风一梦遥。

这是关于探春命运的第一次暗示。船中的女子当然是探春了。或许有研究者认为，这里明明有大海大船，不是可以证明探春要漂洋过海么？其实不一定。大海完全可以象征着海疆或海隅，大船却不一定就是海船。判词中说得十分明白："清明涕送江边望"，看来是海船。这是一幅探春远嫁离别时的凄惨景象，从中一点也看不出探春要到海外岛国去做王妃的气氛。

对判词中所说的"画着两个人放风筝"，这很值得注意。画着两人放风筝寓意着什么，这两人是谁，同探春远嫁的命运有什么关系？有研究者认为，探春判词中画着的放风筝的两人是贾环和赵姨娘，他们俩是造成探春远嫁的设谋者。而我认为，放风筝的两人，极有可能就是指贾政和王夫人。他们不是探春远嫁的设谋者，而是探春婚姻大事的决策者。在贾府中，能够决定探春婚姻大事的决策者只有贾政和王夫人。第七十七回，有官媒婆来说探春的亲事了，这是《红楼梦》中第一次提到要为探春说亲。这时贾赦已将迎春许与中山狼孙绍祖，此事贾赦虽曾回明了贾母，老太太又不十分称意，但因儿女婚姻大事，亲父主张，贾母也就没有表示反对。倒是贾政出来劝谏过两次，无奈贾赦不听。在侄女的婚事上，贾政尚能劝谏，在亲女儿的婚事上他岂能不管？而贾母、贾政、王夫人都还健在的时候，贾环、赵姨娘无论如何是无权干涉探春的婚事的。贾母、贾政、王夫人既然都对迎春的婚事不十分满意，那么在这个时候来给探春提亲，他们就绝不会像贾赦那样草率从事。一句话，他们一定会努力为探春找一个十分称心如意的丈夫的。这样贾政夫妇就像放风筝一样，先是把风筝高高飘起，高攀了一门贵婿，最终是事与愿违，飞得高，飘得远，跌得重。“登高必跌重”，秦可卿对贾府的预言，也很符合探春的命运。放风筝的贾政夫妇，不仅没有给探春带来幸福（毫无疑问，他们主观上是希望探春幸福的），反而落个“清明涕送江边望”，含悲远嫁的结局。《红楼梦曲·分骨肉》中有“告爹娘休把儿悬念”，这是探春离别时的哭诉。这里的爹娘无疑是指贾政、王夫人，因为探春的亲生母亲被称为姨娘。

贾政王夫人把探春像风筝一样高高放起，得贵婿，做了王妃，这在第六十三回“群芳开夜宴”中有更明显的暗示。探春的抽的签上是一枝杏花，那红字写着“瑶池仙品”，诗云：

日边红杏倚云栽。

注云：“得此签者，必得贵婿，大家恭贺一杯，共同饮一杯。”作者于此又借众人口特意点明一笔：“……我们家已有个王妃，难道你也是王妃不成，大喜大喜。”“必得”者，一定之谓也，看来探春确实是当了王妃。有研究者认为，探春是公侯家的小姐，只有比公侯家更高的门第，才可以称得上贵婿。“瑶池仙品”、“日边红杏倚云栽”更含有非帝王之家莫属的意思，只有嫁到帝王之家，称“瑶池”“日边”才正对景，[①]这种分析是极有道理的。但如果认为探春是王妃，只能是异域海外的王妃，而不能是中国的王妃，否则就是超过了元妃，违背了“三春争及初春景”的安排，这就错了。因为元春并不是王妃，而是皇贵妃，皇帝之下，有亲王、郡王，探春当某个王的妃，并没有超出元春的地位，所以还是不及“初春景”。

那么，探春到底是嫁给了谁呢，做了哪个王的妃呢？这是一个很难猜测的问题。不过《红楼梦》前八十回中有些蛛丝马迹，也可供人们进一步思考探索。第七十一回有一个情节就很值得注意。贾府因老太太八旬之庆，请了

① 梁归智《探春的结局——海外王妃》，《红楼梦研究集刊》第九辑。

皇亲驸马王公诸公主郡主国君太君夫人等。到这一天来的官客有北静王、南安郡王、永昌驸马、乐善郡王并几个世交公侯应袭，荣国府接待的堂客有南安太妃、北静王妃并几位世交公侯诰命。在来的堂客中最值得注意的是南安太妃。在众多的来客中，单单是这位南安太妃要见贾府的小姐们，于是贾母就命凤姐去把史湘云、薛宝钗、林黛玉带来，而对贾府的三姐妹，贾母说："再只叫你三妹妹陪着来吧。"这里是很有点意思的，既然是南安太妃要见众小姐，史、薛、林都来了，为什么不叫迎春、惜春一起来，而只叫探春来陪客呢？从中可见贾母对探春的喜欢和重视，贾府三姐妹中探春也确实更为出色一些。但恐怕还不仅仅如此。事后邢夫人因"南安太妃来了，要见他姊妹，贾母又只喊探春出来，迎春竟似有如无"，心内很是怨愤不乐。

南安太妃见几个姑娘的情景也很值得玩味。当时她除了与湘云最熟悉，打趣了几句外，还"一手拉着探春，一手拉着宝钗，问几岁了，又连声称赞。因又松了他两个，又拉着黛玉宝琴，也着实细看，极夸一回。又笑道：'都是好的，你不知叫我夸那一个的是。'"南安太妃的夸奖，大约不是什么客套，出来的五位姑娘（宝钗、宝琴、湘云、黛玉、探春）自然个个都是好的，湘云、宝琴已经是有了人家的了，黛玉多病，宝钗本来是要来京考女官的，且林、薛又是外亲，同贾家自己的姑娘毕竟还不相同。而贾家的姑娘中，又只有探春一人。南安太妃见几位姑娘时，又是问几岁了，又是着实细看，就在这以后不久，就有官媒婆来给探春提亲了。探春所得贵婿者，是否同这位南安太妃有什么关系呢？在《红楼梦》中，北静王和北静王妃常是一同出现，南安郡王同南安太妃一同出现，书中一次也没有提到南安王妃。这位南安郡王是否尚未成亲或是王妃已经故去，而探春是否有可能做了这位南安郡王的王妃，也未可知。

另外，《红楼梦》第七十回，探春有半首《南柯子》："空挂纤纤缕，徒垂络络丝，也难绾系也难羁，一任东西南北各分离。"这是咏的柳絮，同时又是探春命运的自况。柳絮高飞，这是势所必然的，无可奈何的事，所以说是"空挂"、"徒垂"、"也难绾系也难羁"。而最可注意的是末一句："一任东西南北各分离。”这即是说柳絮的分离，也是说探春的远嫁分离，又寓意着大观园诸钗的命运像柳絮一样飘荡分离。至于说寓意着可能做了王妃的探春远嫁的分离，使人很容易想到这里的“东西南北”同《红楼梦》几次出现的东西南北四王是否有什么关系？我们知道，《红楼梦》中的人物命名往往有很深寓意，东西南北四王即是：东平郡王、西宁郡王、南安郡王、北静郡王，拆开正好是：“东西南北，平安宁静”。联系到清王朝康雍间诸皇子之间争权夺利的残酷斗争，这里的“东西南北，平安宁静”，是否有着一定的政治讽刺意味呢？而实际上则是东西南北，不平不安不宁不静。而在《红楼梦》八十回以后，按照曹雪芹原著的描写元春之死及贾府被抄，极可能涉及到皇室内部的矛盾与斗争。北静王也好，南安郡王也好，都是同贾府有着密切交往的。那么，探春《南柯子》中提到的“东西南北各分离”，是否也可以看作探春同南安郡王的关系及其远嫁命运的寓示呢？当然这只是我的猜测而已。

探春得贵婿，做了王妃，为什么最后竟是含悲远嫁呢？我认为一个合理的解释是，夫婿家突遭事变。这也是有据可查的。第二十二回探春的灯谜是一个风筝，诗云：“阶下儿童仰面时，清明妆点最堪宜。游丝一断浑无力，莫向东风怨别离。”“清明妆点”即是说放风筝在清明时节最合适，也是寓意探春远嫁的时间是在清明时节。清明又为鬼节，这是很不吉祥的。为什么是在清明节含悲远嫁呢？是因为“游丝一浑无力”，牵扯风筝的线断了。第七十回放风筝的描写更具体：

> 探春正要剪自己的凤凰，见天上也有一个凤凰，因道：“这也不只是谁家的？”众人笑道：“且别剪你的，看他倒像要来绞的样儿。”说着，只见那风筝渐逼近来，遂与这风筝绞在一处。众人方要往下收线，那一家也要收线，正不开交，只见一个门扇大的玲珑喜字带响鞭，在半天如钟鸣一样，也逼近来。众人笑道：“这一个也来绞了，且别收，让他三个绞在一处倒有趣呢。”说着，那喜字果然与这两个凤凰绞在一处，三下齐收乱顿，谁知线都断了，那三个风筝飘飘摇摇都去了。

这一段描写，可以说是第二十二回探春灯谜的具体化和形象化。前面我曾说过，放风筝不仅仅象征着探春远嫁不归，而且还寓意着探春远嫁结局变化的整个过程，当我们仔细推敲这一段放风筝的具体描写，可证所说不谬。放风筝及二个凤凰风筝绞在一处，又来了一个玲珑喜字，无疑是寓意着探春得贵婿，至于其中的具体过程情节，现在是难以猜测了。绞在一处云云，三下齐收乱顿云云，很可能又寓意着探春得贵婿不是一帆风顺，而是有波折的。得贵婿是大喜，如同一个门扇大的玲珑喜字带响所寓意的那样，但也同时带来了大祸。探春的“喜”瞬息间的欢乐，喜极祸来，果然正在那喜字与这两个凤凰绞在一处时，“三下齐收乱顿，谁知线都断了”，断线的风筝飘飘摇摇远去了，真是“游丝一断浑无力”。显而易见，断线是导致探春远嫁的根本原因。断线，在这里寓意着什么？根据《红楼梦 · 分骨肉》中无可奈何的哀叹“自古穷通皆有定，离别岂无缘”等，我们大致可以断定，断线正是暗寓着突然发生的政治变故。这场变故，把探春从王妃的高位跌到了庶人的底层，这对“才子精明志自高”，不甘心庶出地位而又极力维护主子尊严的三小姐来说，无疑是一个沉重的打击。更为可悲的是，还要被迫远嫁，一去不归。

探春的离别是十分凄惨的，不是一般的生离死别。（一）探春的远嫁是在一片喜气洋洋的气氛中，突遭巨变而造成的，悲喜对比十分强烈；（二）探春的远嫁是无可奈何的、被迫的，正是“也难绾系也难羁”；（三）探春远嫁一去不归，生活极不安定。判词中画着一女子掩面哭泣，又说“清明涕送江边望，千里东风一梦遥”。不仅是路途遥远，而且是与亲人只有梦魂再见。《分骨肉》中讲得更悲惨：“一帆风雨路三千，把骨肉家园齐来抛闪”，“自古穷通皆有定，离别岂无缘，从今分两地，各自保平安，奴去也，莫牵连。”骨肉分离，家园抛闪，命运不测，怎能保平安，怎能不牵连？这是一种多么悲惨的情景！这种悲惨的离别情景，也可否定到海外作王妃的可能。很可惜，这样惊心动魄的描写我们无法看到了。

探春远嫁后，生活肯定好不了，不可能去当什么海外王妃，而是一个落魄王妃，有人说贬为庶人，也极有可能。第二十二回探春灯谜风筝“乃飘飘浮荡之物”，第七十回也点出断线后的风筝“飘飘荡荡都去了”，《南柯子》则说她的命运像柳絮一样漫散不可收拾。“飘飘浮荡”、“飘飘荡荡”云云，正是探春远嫁后生活的寓示。我们不能忘记探春也是薄命司中的人物，她的命运不可能更好一些。判词中说她“生于末世运偏消”，惜春的判词中也说“勘破三春景不长”，“运偏消”、“景不长”不是明明说她的命不好吗？最可注意的是《红楼梦曲·虚花悟》中说：“将那三春看破，桃红柳绿待如何？把这韶华打灭，觅那清淡天和。说什么，天上夭桃盛，云中杏蕊多，到头来，谁见把秋挨过？……”“天上夭桃”、“云中杏蕊”无疑是元春、探春是做了皇妃、王妃。探春抽的签上不正是杏花，又云“日边红杏倚云栽”吗？但不过是好梦一场，到头来“谁见把秋挨过”。元春的荣华也好，探春得贵婿也好，最终还是逃不脱“薄命”的结局。探春的远嫁，揭开了大观园诸钗的悲剧幕布，正是“三春去后诸芳尽，各自去寻各自门”。

关于探春的结局，我只能说出以上的话，祈请高明指正。

（原载《红楼梦学刊》1984年第2辑）

怎样看探春对待赵姨娘的态度

探春的诨号叫“玫瑰花”，为什么有这么个诨号？《红楼梦》第六十五回，贾琏的小厮兴儿有一段精彩的解释：“玫瑰花又红又香，无人不爱的，只是有刺戳手。也是一位神道，可惜不是太太养的，‘老鸹窝里出凤凰’。”兴儿的话很形象地描绘出探春的为人和性格。探春的确是一位与众不同的女性，在她的身上既有着女性的柔美，又时时透露出一种男性的英爽刚毅。在《红楼梦》中，探春的故事并不是很多，但有两件事给人们留下了深刻印象：一是理家，二是在抄检大观园时的表现，特别是打王善保家的那一巴掌，突出了她“有刺戳手”的性格一面。这两件事都很为人们所称道。但在带刺的“玫瑰花”身上，也有一件事令人难以理解，甚至招来了不少批评，这就是她的“刺”也常常戳向她的生母赵姨娘的身上。

探春对赵姨娘看似不近人情的态度，集中表现在第五十五回母女之间的一场冲突中。事情的起因，是赵姨娘的兄弟赵国基死了，理家的探春按照旧例赏给了赵家二十两银子的丧葬费，赵姨娘嫌赏银太少，而跑来跟探春吵闹。赵姨娘先是责备探春：“这屋里的人都踩下我的头去还罢了。姑娘你也想一想，该替我出气才是。”探春忙道：“姨娘这话说谁？我竟不解。谁踩姨娘的头？说出来，我替姨娘出气。”当即赵姨娘说出探春只顾讨太太的疼，不拉扯赵家，并责备她：“你如今现说一是一，说二是二。如今你舅舅死了，你多给了二三十两银子，难道太太就不依你？……我还想你额外照看赵家呢！如今没有长羽毛，就忘了根本，只拣高枝儿飞去了！”不想探春没听完赵姨娘的话，已气得“脸白气噎”，反驳道：“谁是我舅舅？我舅舅年下才升了九省检点，哪里又跑出一个舅舅来？我倒素习按理尊敬，越发敬出这些亲戚来了。既这么说，环儿出去，为什么赵国基又站起来，又跟他上学？为什么不拿出舅舅的款来？……”这一场争论的结果，正如回目中所标明的那样“辱亲女愚妾争闲气”，赵姨娘不仅没多争来一两银子，还惹来一肚子气。

对于这场母女争论，人们读到此每每会感到疑惑不解：探春对自己的亲生母亲怎么会这么冷酷呢？探春为什么口口声声叫生母为姨娘，为什么不承认赵国基为舅舅而称为奴才呢？赵姨娘让探春拉扯拉扯赵家的要求合不合乎情理？赵姨娘指责探春只顾讨太太的好，只拣高枝儿飞是否有道理？要完全说清楚这些疑问并不容易。这里我们不妨从封建的宗法制度、探春的自尊心理和性格及赵姨娘的品行三个方面作些具体的分析。

在封建宗法制度中，妻妾、嫡庶都是有着十分严格的区分的。探春和贾环的生母赵姨娘是妾，她与王夫人的关系，绝不是一般理解中的大老婆与小老婆的区别，而是有主奴名分。妾一般出自主人的丫鬟，如贾赦送给贾琏做妾的秋桐；或是从外面买来的穷苦人家的女儿，如贾赦讨鸳鸯不成后，花了五百两银子买来的十七岁的嫣红。不管是自家的女奴还是从外面买来的，虽然做了妾，地位有所提高，但其身份并未发生根本的改变，充其量只能算“半个主子”。《红楼梦》第六十回，芳官与赵姨娘吵架，她就不客气地说：“姨奶奶犯不着来骂我，我又不是姨奶奶家买的，‘梅香拜把子——都是奴儿’呢！”在这位身份卑微的小戏子芳官的眼里，“姨奶奶”并不比她高贵多少。虽说姨娘的身份不过如此，但她生的孩子却是正经的主子。不过，她们生的孩子，即“庶出”的子女，一律以正式的妻子为合法的母亲，而生身之母只能为“庶母”。即是说，妾对于自己的亲生子女，由于他们之间有身份上的根本区别，她是不能够以“母亲”自居的，甚至连“教导”孩子的权力也没有。《红楼梦》第二十回，当赵姨娘在屋里教训贾环时，刚巧被凤姐在窗外听到，凤姐当即训斥赵姨娘：“凭他怎么去，还有太太、老爷管他呢，你就大口啐他！他现在是主子，不好了横竖有教导他的人，与你什么相干！”这里凤姐把贾环与赵姨娘的身份地位说得清清楚楚：贾环是主子，你赵姨娘是奴才，一个奴才怎么能来“教导”主子？这就是封建宗法制度的规定，这也正是探春理直气壮地指责生母赵姨娘“糊涂不知理”，口口声声称生母为姨娘、不承认赵国基为舅舅而称其为奴才的根据所在。

的确，封建宗法制度有悖于人伦常情，这不是探春的过错。但仅仅凭这些似乎还不能完全解释清楚探春何以对生母如此冷酷，一个现成的例子就是她的同母弟弟贾环与赵姨娘的关系，贾环并没有因其主子的身份而影响到与生母的感情。更何况，在上面提到的那场冲突中，赵姨娘只是希望探春能拉扯拉扯赵家，多赏一些银子，作为探春的亲生母亲，她的这一点要求也是自然的，并非不合乎情理。当时在一旁的李纨就曾劝说：“姨娘别生气。也怨不得姑娘，她满心里要拉扯，口里怎么说得出来。”尽管李纨的劝说遭到探春的驳斥：“大嫂子也糊涂了。我拉扯谁？谁家的姑娘们拉扯奴才了？”但从李纨的话中，我们仍能感觉到在她看来拉扯赵家并没有什么不可以，只是碍于府中的旧例和探春的身份不便说而已。后来平儿传达王熙凤话也说：“若照常例，只得二十两。如今请姑娘裁夺着，再添些也使得。”可见，在其他人看来，赵姨娘的要求不算过分，“拉扯”赵家也属人之常情，至少在丧葬费这种事情上是可以打破旧例通融的。但平儿转达凤姐的“好意”又遭到探春的严辞拒绝。探春对她的生母赵姨娘如此不留情面，使人感到太不近人情。究其深一层的原因，我们就会发现这与探春的自尊心理和好强性格有着重要的关系。

“才自精明志自高”的探春，是一位有才、有识、有志的姑娘，她曾毫不掩饰地说：“我但凡是个男人，可以出得去，我必早走了，立一番事业，那时自有我一番道理。”可见她的志向不凡。然而，她的自尊与好强，却与她的女儿之身与庶出的地位形成矛盾。小厮兴儿就说探春“可惜不是太太养的”。王熙凤也说：“好，好，好，好个三姑娘！我说她不错。只可惜她命薄，没托生在太太肚里。”一个主子小姐，正出庶出又有什么关系吗？平儿在听了凤姐的话就十分不解。凤姐向她解释说：“你哪里知道，虽然庶出一样，女儿却比不得男人，将来攀亲时，如今有一种轻狂人，先要打听姑娘是正出庶出，多有为庶出不要的。”可见，庶出的身份对这位自尊而好强的姑娘的命运是大有关系的。尽管她嘴上对宝玉说：“什么偏的庶的，我也不知道。”其实在内心里她是很知道很在乎的。她无法改变自己庶出的身份，可又不甘心受庶出命运的摆布。因而她公开宣称：“我只管认得老爷、太太两个人，别人我一概不管。”从而有意拉开与生母赵姨娘的距离，表示出与王夫人的亲切，讨王夫人的疼，就十分容易理解了。但探春的苦心和努力却引起她生母赵姨娘的不满。探春时刻要淡化她庶出的出身，赵姨娘却常常提醒探春别忘记是她“肠子里爬出来的”；探春坚决不承认与赵家有什么亲戚关系，赵姨娘却要常常提醒探春别忘记拉扯拉扯赵家。作为生母赵姨娘的要求原本无可厚非，却深深伤害着探春的自尊，“何苦来，谁不知道我是姨娘养的！必要过两三个月寻出由头来，彻底来翻腾一阵，生怕人不知道，故意的表白表白。”探春的话语中包含着多少痛苦和怨恨。更使探春伤心的是，赵姨娘的无“理”取闹，已影响到她与王夫人的关系，探春就曾说过：“太太不在家，姨娘安静些养神罢了，何苦只要操心？太太满心疼我，因姨娘每每生事，几次寒心。”探春所说从王熙凤那里得到了证实，一次王熙凤对平儿说：“太太又疼她，虽然面上淡淡的，皆因是赵姨娘那老东西闹的……”赵姨娘的“每每生事”，是探春的自尊心和好强的性格无法忍受的。

在谈到探春对生母赵姨娘不近人情的态度时，我们还不能忽略另一个因素——即赵姨娘不堪的品行。关于赵姨娘的为人，《红楼梦》中有不少具体的描写。如第二十五回“魇魔法叔嫂逢五鬼”中，赵姨娘与马道婆密谋欲利用巫术暗害王熙凤与贾宝玉。第六十回为“茉莉粉替去蔷薇硝”而与芳官等一群小戏子打架等。概括起来，她的品行，一是愚，二是心术不正，三是不知自尊。连探春都说她见识“阴微鄙贱”、“忒昏愦得不像了！”在赵姨娘与芳官等人打架后，探春不客气地指责她这位生母：“何苦自己不尊重，大吆小喝，失了体统！你瞧周姨娘，怎不见人欺他，他也不寻人去。我劝姨娘且回房去煞煞性儿，别听那些混账人的调唆，没的惹人笑话，自己呆白给人作粗活。”又说：“这么大年纪，行出来的事总不叫人敬服。这是什么意思，也值得吵一吵，并不留体统!”这哪像是女儿对母亲说的话，倒真像主子教训奴才或长辈教训小辈，厌恶和鄙视溢于言表。赵姨娘的确是一个卑微的小人，我们甚至不明白曹雪芹为什么把她写得如此不堪，以至人们疑惑正人君子如贾政者，怎么找了这样一个差劲的小老婆。

尽管探春对生母赵姨娘不近人情的态度，有若干可以解释的理由和原因，尽管我们对探春这朵带刺的“玫瑰花”十分喜爱和敬重，但我们还是不能不指出，探春对赵姨娘的态度确有值得指责的过分之处。当然探春对生母的冷漠和不近人情，除她本人的自尊心理、好强性格及赵姨娘的卑劣之外，更主要的是这一切均是由那个社会、那一套扭曲人的美好心灵、扭曲人与人之间纯洁关系的封建宗法制度造成的。正如蒋和森先生在那篇著名的《探春论》中所说：“一切不合理的社会制度，就是这样经常扭伤着人们之间的感情，即使是人间最天然的骨肉之情也不例外。”

这“芙蓉”不是那“芙蓉”

曹雪芹很善于运用以花拟人的艺术手法。《红楼梦》中的姑娘，大多都有一种花，或是表现她们的性格，或是隐寓人物的命运。比如用芙蓉喻林黛玉，晴雯死后封为主管芙蓉的花神，宝玉还为晴雯写了一篇感人至深的《芙蓉女儿诔》等，都给人们留下很深的印象。但如果要问，第六十三回黛玉擎着的签子上画的芙蓉是水芙蓉（即荷花）还是木芙蓉？第七十八回《芙蓉女儿诔》中的“芙蓉”是水芙蓉还是木芙蓉？黛玉的芙蓉喻晴雯的芙蓉是一种花还是两种花？却不是每个人都能回答出来的。

最近看到几篇谈《红楼梦》“芙蓉”的文章，有主水芙蓉说，有主木芙蓉说，见解截然相反。有趣的是，两种不同的说法都能从《红楼梦》中找到各自的根据。

认为黛玉、晴雯是木芙蓉的根据是：(1)“诔文”中清清楚楚地写到，晴雯死的时间是“蓉桂竞芳之月”，即是说秋天。荷花是夏季的应时花卉，桂花是秋季的应时花卉，哪有荷花鱼桂花同时“竟芳”的呢？因此这里的“蓉”只能是木芙蓉。还有，诔文中说晴雯是“白帝宫中抚司秋艳芙蓉女儿”，“白帝”为秋天的司时之神，而晴雯是在“白帝宫”中任职的，她所主管的“秋艳芙蓉”当然也只能是木芙蓉。(2)《芙蓉女儿诔》写好后，宝玉“将那诔文即挂于芙蓉枝上”。如果说这里的“芙蓉”是荷花，那宝玉怎么能将诔文挂到长在水里的荷花上呢？而能称“芙蓉枝”者必为木芙蓉。(3) 宝玉读完《芙蓉女儿诔》，突然发现有个人影（黛玉）“从芙蓉花里走出来”。黛玉怎么可能从长在水中的荷花里走出来呢？由此断定，《红楼梦》中的“芙蓉”只能是木芙蓉。

看来木芙蓉说是有相当的根据，问题似乎可以解决了，但事实上又并不这样简单。第七十八回，当宝玉问小丫头晴雯是做总花神去了，还是单管一样花的神，小丫头一时诌不出来，“恰好这是八月时节，园中池上芙蓉正开”，小丫头便见景生情，告诉宝玉晴雯是专管芙蓉花的。还有当宝玉从贾政处做完《姽婳词》回至园中，“猛然见池上芙蓉，想起小丫鬟说晴雯作了芙蓉之神”，遂写了《芙蓉女儿诔》。这里两次写到园中是“池上芙蓉”，似乎又是指水芙蓉了。如果说是木芙蓉，怎么会长到“池上”呢？或曰，“池上”是“池边”之误，但这要提出有力的根据，否则不能令人信服。

显而易见，《红楼梦》本身的描写是有矛盾的，八月时节，荷花早开过，而木芙蓉又不能开在“池上”。产生这种矛盾有两种可能，一是曹雪芹搞错了，将荷花和木芙蓉混为一谈；二是有意这样写。笔者认为，第一种可能性是不存在的，曹雪芹不至于疏忽到这种程度。第二种可能却是存在的，是《红楼梦》中惯用的笔法。

“芙蓉”即是荷花的别称，有时也指木芙蓉。在《红楼梦》中是怎样一种情况呢？有同志说，“大观园（乃至《红楼梦》全书）中，凡提到‘芙蓉’处皆为木芙蓉，只有在明确写为‘莲’、‘荷’、‘芰荷’时才指的是荷花。”实际情况并不这样。不错，《红楼梦》中大多数使用的都是“荷”、“莲”的叫法，特别是在第七回宝钗冷香丸的方子中，白芙蓉蕊与白荷花蕊分得很清楚。尽管如此，也不能说“芙蓉、荷花的概念从来就是极其分明的”，也有不“分明”的时候。第三十八回，藕香榭柱上挂的对子“芙蓉影破归兰桨，菱藕香深写竹桥”就是一例，这里的“芙蓉”无疑是指水芙蓉。这证明在《红楼梦》中芙蓉也是两指，我们应该具体分析，不能一概而论。

我们先来分析黛玉的芙蓉。第六十三回，黛玉“伸手取了一根，只见上面画着一枝芙蓉，题着‘风露清愁’四字，那面一句旧诗，道是‘莫怨东风当自嗟’。注云，‘自饮一杯，牡丹陪饮一杯。’众人笑说：‘这个好极。除了他，别人不配做芙蓉。’黛玉也自笑了。”这里并没说明芙蓉是指荷花还是指木芙蓉，但我认为，黛玉的芙蓉应该是指荷花。在我国古典诗词中，荷花常用来形容美貌的女子，荷花又被认为是“花、叶、香”三美的名花，有六月花神之称。用荷花比喻绛珠仙草转世的林黛玉，显然比木芙蓉更合适，荷花也完全有条件同牡丹比美，因此黛玉对自己掣着一枝芙蓉花是满意的。周敦颐著名的《爱莲说》中形容荷花“出淤泥而不染，濯清涟而不妖”，黛玉《葬花词》中则说，“质本洁来还洁去，强于污淖陷渠沟。”荷花“出淤泥而不染”不正是林黛玉高洁的写照吗？品格高尚和形象圣洁的荷花，确实也只有林黛玉配作。荷花喻黛玉，既是写她的高洁，又是写她性格的脆弱和隐寓结局的不幸。《红楼梦》第四十回就直接写到黛玉与荷花的关系，是很值得注意的。贾母等人游大观园，乘船时，宝玉道：“这些破荷叶可恨，怎么还不叫人来拢去。”林黛玉道：“我最不喜欢李义山的诗，只喜他这一句：‘留得残荷听雨声’，偏你们又不留着残荷了。”宝玉道：“果然好句，以后咱们就别叫人拢去了。”这一段描写得令人玩味，黛玉为什么单单喜欢这一句诗，残荷在这里是否也是黛玉不幸结局的某种隐寓呢？如果是，那么这也可以证明签上的芙蓉即是荷花了。

我们再来谈晴雯的芙蓉。首先我们不能认为黛玉是荷花，就断定晴雯主管的也是荷花，反之也一样。我认为黛玉和晴雯这样两个重要人物，不应该用一种花来比拟。黛玉的芙蓉是指荷花，而晴雯的芙蓉则是木芙蓉。何以见得？其一，把黛玉比喻芙蓉的时候，作者通过众人的嘴说得很清楚，“除了他，别人不配作芙蓉”。既然别人不配作芙蓉，晴雯也应该包括在这个“别人”之内。或者说，晴雯是黛玉的影子，但影子也仅是影子而已，晴雯不能取代林黛玉，林黛玉也不能取代晴雯，他们之间既有关系（影子），又有区别。其二，关于晴雯主管的芙蓉是木芙蓉，这在书中写得也很清楚，即“秋艳芙蓉”而不是“六月花神”。那么应该怎样来解释“池上芙蓉”这个问题呢？我们前面说过，出现这种矛盾是作者的故意为之。人们早就指出，晴雯是黛玉的影子，《芙蓉女儿诔》是诔黛玉。这话有道理，但有片面性。准确地说，诔文是诔晴雯，而“影”黛玉。晴雯死于秋天，此时木芙蓉正开，而荷花早谢，作者为了暗寓黛玉与诔文的关系，故意两次提到“池上芙蓉”，给人一种错觉，此处的芙蓉像是荷花又像是木芙蓉，是诔晴雯又是诔黛玉。正如陈其泰所说：“晴雯、黛玉，是一是二，正不必深别也。”这种真真假假，虚虚实实的写法，用意很深。出于整体的艺术构思需要，曹雪芹让晴雯做了主管木芙蓉的花神，既区别于黛玉的荷花，又“影”黛玉的芙蓉，隐寓“芙蓉诔是黛玉祭文”，这是十分巧妙的。

以上拙见，不知当否，祈请高明指正。

（原载《红楼梦学刊》1984年第4辑）

三次葬花

如果要问《红楼梦》中描写过几次葬花，人们通常都认为两次，即第二十三回“西厢记妙词通戏语，牡丹亭艳曲警芳心”中的宝玉黛玉葬花，还有第二十七回“滴翠亭杨妃戏彩蝶，埋香冢飞燕泣残红”中的黛玉葬花，也就是黛玉吟《葬花词》的那一次。其实，在这两次之后书中还有一次葬花却被人们所忽略了，这就是第六十二回“憨湘云醉眠芍药裀，呆香菱情解石榴裙”中的宝玉葬花。

第一次葬花发生在宝玉等搬进大观园后不久，时间是“三月中浣”，主角是宝玉黛玉，葬的是桃花。正如舒芜先生所说：“这次葬花，是浓郁的春光，纯洁的爱情，诗意的戏曲，三者的交织。”这一次葬花多少带有些喜剧的色彩，宝玉与黛玉虽有些小小的口角，却从《西厢记》的妙词戏语中得到了爱情的启示，相互间第一次大胆地表白了爱慕之情。而第二次葬花的情景与第一次则大不相同了。时间是“四月二十六日，原来这日未时交芒种节。尚古风俗：凡交芒种节的这日，都要设摆各色礼物，祭饯花神，言芒种一过，便是夏日了，众花皆卸，花神退位，须要饯行”。这一次是黛玉独自葬花，葬的落花不止一种，有“许多凤仙石榴等各色落花”。黛玉的一首悲伤欲绝的《葬花词》使得这一次葬花充满了悲剧的气氛，以致宝玉听到“侬今葬花人笑痴，他年葬侬知是谁”，“一朝春尽红颜老，花落人亡两不知”等句，不觉恸倒山坡之上。这种情景同第一次葬花那种“优美的爱情小喜剧”（舒芜语）形成了强烈的对比。两次葬花的描写，都有着深刻的隐寓，它不止是宝黛爱情悲剧及黛玉命运的不祥预兆，同时更是众多女儿命运悲剧的预兆，正如脂评所说：“《葬花吟》是大观园诸艳之归小引，故用在饯花日诸艳毕集之期。”

对这两次葬花人们都比较熟悉，或许是这两次葬花的描写太精彩了，特别是第二次葬花感人至深，以致人们一提到葬花就想到林黛玉，而很少提及《红楼梦》中的第三次葬花——宝玉葬花。

宝玉葬花恰恰发生在他过生日的这一天。这是清明节后不久的一天，同日过生日的还有宝琴、岫烟、平儿。事情的起因是，在红香圃宝玉与众多姑娘们划拳喝酒之后，香菱、芳官等一些人在园里斗草，这一个说：“我有观音柳。”那一个说：“我有罗汉松。”那一个又说：“我有君子竹。”这一个又说：“我有美人蕉。”这个又说：“我有星星翠。”那个又说：“我有月月红。”这个又说：“我有《牡丹亭》上的牡丹花。”那个又说：“我有《琵琶记》里的枇杷果。”芳官便说：“我有姐妹花。”众人没了，香菱便说：“我有夫妻蕙。”豆官说：“从没听见有个夫妻蕙。”香菱告诉她道：“一箭一花为兰，一箭数花为蕙。凡蕙有两枝，上下结花者为兄弟蕙，有并头结花者为夫妻蕙。我这枝并头的，怎么不是。”老实的香菱一番解释不仅没能说服芳官，倒惹来她一顿取笑：“依你说，若是这两枝一大一小，就是老子儿子蕙了。若两枝背面开的，就是仇人蕙了。你汉子去了大半年，你想夫妻了，便扯上蕙也有夫妻，好不害羞！”两人从斗嘴发展到滚到草地上打闹，并污湿了香菱的新裙子。后来宝玉拿了一枝并蒂菱来对香菱的夫妻蕙，见香菱裙子污湿了，又出主意让袭人拿来自己的新裙子给香菱换上。接着书中写道：

香菱见宝玉蹲在地下，将方才的夫妻蕙与并蒂菱用树枝儿抠了一个坑，先抓些落花来铺垫了，将这菱蕙安放好，又将些落花来埋了，方撮土掩埋平服。香菱拉他的手，笑道：“这又叫做什么？怪道人人说你惯会鬼鬼祟祟使人肉麻的事。你瞧瞧，你这手弄的泥污苔滑的，还不快洗去。”宝玉笑着，方起身走了去洗手，香菱也自走开。

值得一提的是，前两次葬花并没有描写如何“葬”，唯独这一次把葬花的过程写得十分具体。在这一次葬花中，不仅写出了香菱的“呆”，正是“呆香菱情解石榴裙”，而且又惟妙惟肖地写出了宝玉的“痴”。护花主人在此处评道：“宝玉埋夫妻蕙、并蒂莲及看平儿鸳鸯梳妆等事是描写‘意淫’二字。”这话说得不错。

然而宝玉葬花恐怕不仅仅是要写出“意淫”二字，如同前两次葬花一样，它同样有着很深的寓意。香菱斗草时拿的夫妻蕙与宝玉的并蒂菱正是一对，在紧挨着的第六十三回“寿怡红群芳开夜宴”里，香菱掣的花签上就是一枝并蒂花，上题着“联春绕瑞”，花签上的诗句是：“连理枝头花正开。”此句出自宋代朱淑贞《落花》诗：“连理枝头花正开，妒花风雨便相摧。愿教青帝长为主，莫遣纷纷落翠苔。”从全诗看，虽然香菱有“连理枝头”的喜事，但又是“妒花风雨便相摧”，正点出香菱在遭受妒妇夏金桂摧残下的悲惨命运。这同第五回香菱的判词中所说的“自从两地生孤木，致使香魂返故乡”是一致的。所以宝玉葬夫妻蕙、并蒂菱正暗寓了香菱最后的不幸结局。

令人感到意味深长的是，紧接着宝玉葬花的，就是“寿怡红群芳开夜宴”，这都发生在宝玉过生日的这一天里。正是在这一次夜宴上，在行酒令时每位姑娘掣花签，宝钗掣的是牡丹花、探春是杏花、李纨是老梅、黛玉是芙蓉、湘云是海棠、袭人是桃花、麝月是荼蘼花，而每一种花正隐喻了每个人的性格和命运。这一晚上姑娘们玩得十分尽兴，又是喝酒，又是唱歌，玩得出了“格”，忘了形，用袭人的话说：“连臊也忘了。”这真是大观园中从未有过的一个欢乐而自由的夜晚。但从此之后，大观园中再也见不到这种情景了，“寿怡红群芳开夜宴”竟成了大观园女儿们青春欢乐的绝响。从这个意义上讲，宝玉在自己生日的这一天“葬花”，所隐寓的又绝不仅仅是香菱一个人的命运。

（原载《漫说红楼》，人民文学出版社2000年5月第1版）

《红楼梦》的艺术价值

——读宋淇《红楼梦识要》

提到林以亮的名字，很多人都知道他那部很有名的著作《〈红楼梦〉西游记——细评〈红楼梦〉新译英》，但很多人却不知道林以亮就是香港著名红学家宋淇先生的笔名，我也是在很多年以后才把这两个名字联系在一起的。宋淇先生是红学前辈，早在上个世纪七十年代初，他就发表了一系列研究《红楼梦》的论文，如《新红学的发展方向》、《论大观园》、《论贾宝玉为诸艳之冠》等，每一篇文章都在《红楼梦》研究领域产生很大影响。据说余英时《红楼梦的两个世界》的基本观点，就来源于宋淇的《论大观园》一文。但宋淇的大部分文章都是发表在港、台的报刊上，内地的一般读者很难看到。此次中国书店出版社将宋淇历年来的红学论文结集出版，名曰《红楼梦识要》，我以为这是做了一件很有意义的事，是对红学事业发展的一个贡献。蔡义江先生在《红楼梦识要》一书的序中，称宋淇是“香港的俞平伯”，这自然是一个很高的评价，但我认为这个评价并不过分。宋淇先生在香港的学术界的确有很高的地位，特别是在《红楼梦》研究上成就十分突出。他一贯热心推动港、台和海外的红学研究，并为此做了很多工作。不过在研究《红楼梦》的思路上，宋淇与俞平伯并不完全相同，他似乎更推崇于另一位红学大家王国维。

人们通常把红学流派归纳为索隐派、考证派和文学批评派三大派，宋淇无疑是属于文学批评派。他研究《红楼梦》的一个基本出发点，就是认为《红楼梦》是一部文学作品，是小说，因此他十分注重对《红楼梦》的文学成就、艺术特色、人物形象及在世界文学史上的地位的研究。比如他论大观园，认为曹雪芹不论将大观园写得如何生动，如何精雕细琢，终究是空中楼阁、纸上园林，因为“作者利用大观园来迁就他创作的企图，包括他的理想，并衬托主要人物的性格，配合故事主线和主题的发展，而不是用大观园来记录作者曾见到过的园林”。他举例说，曹雪芹在大观园的栊翠庵中种了梅花，主要目的是用梅花来衬托妙玉的性格，甚至可以说用梅花来象征妙玉都无不可。至于梅花在南方或在北方，根本不在他考虑之中。根据同样的理由，林黛玉的潇湘馆、李纨的稻香村、薛宝钗的蘅芜院、探春的秋爽斋、宝玉的怡红院，无论是室外的环境还是室内的布置，也都是为了衬托人物的性格。至于说大观园写得那样的真实，使读者在阅读中仿佛自己也生活在这样的环境里，不能说他必有所本，只能说这是作者创作的成功，所以宋淇认为“天上人间诸景备”的大观园不在北方，也不在南方，而只存在于曹雪芹的方寸之间。这样的分析是令人信服的。

宋淇十分注意《红楼梦》的文学研究，但他并不否认《红楼梦》及其作者家世考证所取得的显著成就，比如他就十分注意运用脂批的资料。他还反对采取一百二十回程高本作为研究《红楼梦》的依据。《红楼梦》的考证的确澄清了许多问题。试想，如果没有前辈学者对曹雪芹及其家世和生活时代有那么深入的研究，我们就不可能对《红楼梦》有更深刻的认识。但宋淇认为，考证虽具有本身的价值，但仍不过是手段，“最终极的目标仍应该是探讨《红楼梦》的艺术价值和在世界文学史上所占据的地位”。他认为文学的批评更可以使人们认识《红楼梦》的伟大价值，特别是运用比较文学的研究方法，更能使《红楼梦》在世界文坛上堂堂正正地与任何伟大作家一生一世的心血结晶分庭抗礼。宋淇的观点是值得重视的。

现代红学已有百年的历史，但红学仍是一门充满了希望和魅力的学问。在新的世纪里，我们应该认真总结百年红学的经验和教训，让《红楼梦》研究沿着一条科学的道路前进。而宋淇先生的《红楼梦识要》一书，则会给我们许多有益的启示。

（原载2001年5月10日《光明日报》）

“香港的俞平伯”

——在“宋淇《红楼梦识要》出版座谈会”上的发言

各位先生、各位朋友：

今天，由中国艺术研究院红楼梦研究所、红楼梦学刊杂志社和中国书店在这里联合召开“宋淇《红楼梦识要》出版座谈会”，我认为这是一件十分有意义的事，在此，我谨代表主办单位对各位的光临表示热烈的欢迎。

宋淇先生是香港著名的红学家，是一位学识渊博令人尊敬的红学前辈。我们今天在座的各位有的与宋淇先生是多年的好朋友，有的则与宋淇先生并不相识或不很熟悉，但大家对宋淇的名字和他的一篇篇精彩的红学论文却不陌生。宋淇先生的许多文章都曾在《红楼梦》研究领域中产生很大影响。现在中国书店出版社将宋淇先生的红学论文结集出版，实在是做了一件大好事，是对红学事业的一个贡献。

蔡义江先生在《红楼梦识要》序中，称宋淇先生是“香港的俞平伯”，这自然是一个很高的评价，但我认为并不过分。宋淇先生在香港学术界有很高的地位，他更是发展香港红学事业的有力推动者之一，他一贯热心推动港、台和海外的红学研究，并为此做了很多工作。

宋淇先生在《红楼梦》研究上，成就是十分突出的。在《红楼梦识要》这部学术著作中，我们可以深深地感受到他具有丰富的知识、开阔的视野和严谨的治学态度。以往人们通常把红学研究中各个流派归纳为索隐派、考证派和文学批评派，宋淇先生无疑属于文学批评派，他始终坚持应该把《红楼梦》当作小说来读来研究。他认为考据虽具有本身的价值，仍不过是手段，红学研究的最终极的目的仍应该探讨《红楼梦》的艺术价值和在世界文学史上所占据的地位。因此，宋淇的研究十分注重对《红楼梦》的文学成就、人物形象、艺术特色及在世界文学史上的地位的研究，并给予了极高的评价。他认为纵观世界小说史、文学史，甚至艺术史，还从来没有一部未完成的作品能像《红楼梦》那样产生如此深远的影响，引起如此广泛的讨论，并占有如此重要、甚至不朽的地位。他认为《红楼梦》虽然只是一册未完成的小说，但本身的分量和品质足与像莎士比亚那样伟大作家一生一世的作品的总和相提并论。宋淇在研究中特别指出曹雪芹在创作中自觉地运用象征、对比、情景的突变、叙事观点的转移等特殊的艺术手法，认为这一切与现代西洋艺术看齐，因而走在了时代的前面。须知，宋淇先生这一系列认识和见解均发表在近三十年前，这是相当了不起的。我们不能不佩服宋淇先生的学术眼光。

在宋淇先生的文章中，我们还看到他十分强调用比较文学的观点研究和分析《红楼梦》的重要性。他认为熟读世界名著，包括20世纪一些著名作家的作品，有助于我们进一步认识《红楼梦》的真面目。认为唯有这样的比较研究才可以把《红楼梦》的地位正式确立，使《红楼梦》在世界文坛上堂堂正正地与任何大作家一生一世的心血结晶分庭抗礼。宋淇先生的这种见解对红学真正走向世界，让世界人民对《红楼梦》的伟大价值都能充分认识和理解，是极有意义的。

在上个世纪即将结束的时候，我们曾在这里召开过香港著名红学家梅节、马力两位先生的著作《红学耦耕集》的出版座谈会。今天在新世纪开始的时候，我们又召开宋淇先生学术著作的出版座谈，这不仅仅是表达对已故宋淇先生的怀念和敬意，而更是对新世纪红学发展方向的一种探讨，相信宋淇先生的治学精神和学术见解会给我们许多有益的启示。

再一次对大家的光临表示欢迎和感谢！

（原载《红楼梦学刊》2001年第2辑）

读《红楼采珠》漫笔

薛瑞生先生的新著《红楼采珠》，已由天津百花文艺出版社出版。这是一本比较全面、系统地研究《红楼梦》艺术成就的学术专著，是近年来《红楼梦》艺术研究的新收获。

《红楼梦》的产生的确是一个伟大的艺术奇迹，令后人们赞叹不已。但奇迹是怎样发生的？它在艺术上达到了怎样的成就？它在中国小说和世界小说发展史上占有怎样的地位？它对后来的小说产生了什么样的影响？它的艺术创作经验对今人又有哪些启示和借鉴？这些都是值得研究的课题，而以往则研究得很不够。早期旧红学评点派，几乎每一个人都对《红楼梦》的艺术性赞不绝口，但他们多是谈笔法、人物塑造，且零零碎碎，比较粗略，谈不上系统的理论总结。而后的红学家则侧重于考证和思想内容的研究，《红楼梦》艺术研究被忽略了。粉碎“四人帮”以后，情况发生了很大变化，特别是一九八一年在山东济南召开的全国《红楼梦》学术讨论会的倡导，《红楼梦》的艺术研究得到了重视，短短几年，就出现了一批有质量的研究论文和专著，《红楼采珠》就是这样的一部著作。

全面、系统是《红楼采珠》一书突出的特点。全书分别从《红楼梦》的创作方法、艺术结构、情节波澜、细节提炼、人物塑造、感情描写、写景艺术、诗词成就和语言艺术等十个方面，对《红楼梦》的艺术成就进行了探索研究。作者的笔触几乎涉及到《红楼梦》艺术成就的各方面，又不是泛泛而论，而对每一个方面都有扎扎实实的研究，有自己的见解。

《红楼梦》是思想性与艺术性结合得最好的一部作品，是我国古典小说的高峰。多少年来，人们众口一词都是这样评价《红楼梦》的。薛瑞生先生则认为，这样的评价是对的，却不够。他认为：

> 要充分估价《红楼梦》里程碑式的贡献，还应该把眼光再放远一点，再放宽一点，即不仅要看到它在中国文学史上的地位，还要看它在世界文学史上的地位；不仅要看到它对近代文学所产生的深远影响。这样一来，我们就可以发现，《红楼梦》的问世，是小说文学在现实主义轨道上发展到新的阶段的重要标志，是古典现实主义的终结，也是近代现实主义的开始。曹雪芹和欧洲批判现实主义大师狄更斯、巴尔扎克，托尔斯泰等人一样，都扮演了整个一个时代文学的天才总结者的角色，但他却比他们大约早一个世纪就登上了世界文学的高峰，不仅对中国文学起了承先启后的伟大作用，而且对世界文学做出了具有中国民族特点的杰出贡献。

这样的评价过分吗？毫不过分，这是同《红楼梦》的伟大成就相称的，曹雪芹当之无愧。我认为《红楼采珠》一书没有把眼光局限在中国小说的发展范围内，而是从世界文学的长河中确定《红楼梦》的历史地位，探索研究《红楼梦》的艺术成就，这就站得比较高，视野开阔，很有气势。值得指出的是，作者在这里提出了一个大胆的论点：《红楼梦》的出现，标志着古典现实主义的终结，近代现实主义的开始。这是贯穿《红楼采珠》一书的基本观点，也是这本书理论上一个突出特色。

说《红楼梦》为中国古典现实主义作了终结，为近代现实主义开了先河，到底有哪些具体标志呢？《红楼采珠》第一章《不依古法但横行——〈红楼梦〉与中国古典现实主义的终结》中，从四个方面作了很有说服力的论证。

第一个标志是小说取材的重大变化。在取材问题上，中国文学和世界文学的发展，似乎都经历了由写神鬼怪异到写英雄传奇最后到写普通人的日常生活的三大阶段，而写普通人的生活，就成了近代小说区别于古代小说的重要标志之一。《红楼梦》的作者正是从生活的真实感受出发，真实地再现生活，实现了小说取材上的重大突破。不仅如此，《红楼采珠》一书还认为，《红楼梦》比法国资产阶级作家欧仁·苏的小说《巴黎的秘密》大约早一百年，就开始写了普通人的“生活和命运、欢乐和痛苦”，这就是说，早在西方的批判现实主义还远未形成一个新的文学思潮和新的文学流派的时候，曹雪芹就在东方为这个文学思潮和流派作了披荆斩棘的开路工作。由此，薛瑞生先生认为，《红楼梦》产生的时期“正是世界近代小说的开创期，而《红楼梦》就是这一开创期的发轫之作”。

第二个标志是思想倾向的变化。薛瑞生先生认为，《红楼梦》对封建社会的批判是全面的，又是不彻底的，但“他的现实主义的真实描写揭示了封建社会走向崩溃的客观规律，打破了对现实关系的传统幻想，动摇了地主阶级的乐观主义，从而‘不可避免地引起了对于现存事物的永世长存的怀疑’，这就完成了他批判封建社会的历史使命，为近代小说的批判现实主义开了先河。”这种评价或许会引起一些不同的看法，因为批判现实主义是十九世纪在欧洲兴起的资产阶级文艺思潮和文学流派，如今把《红楼梦》也视为现实主义的，并是其发轫之作，这又如何理解呢?《红楼采珠》对此也作出了回答，认为批判现实主义，是现实主义在自身发展过程中的一个阶段，所以冠之以“批判”者，是因为其思想倾向明显地表现出不满于现实的批判精神，我们大可不必让资产阶级独霸其专利，而不容其他阶级的作家去染指。薛瑞生先生还认为，只要我们从实际出发，而不是从概念出发，就可以发现《红楼梦》在思想、描写内容和艺术手段等方面，都与后来的近代批判现实主义小说存在着许多共同之处，并为其开了先河的。

第三个标志是小说结构的突破。关于《红楼梦》的艺术结构，人们说法比较多，但随着研究的深入，人们发现无论是单线发展结构还是复线发展结合，都不符合《红楼梦》的实际。近年来有人提出“网状”式结构，这比较形象，比较符合《红楼梦》的实际情况。在《红楼采珠》一书中，薛瑞生先生则进一步提出了一种新的说法，他认为《红楼梦》是多层次向前推进的“织绵”式结构，我以为这是更形象准确地道出《红楼梦》结构的奥秘，《红楼梦》也确实是曹雪芹倾注了全部心血，用生活的彩线织成的一幅伟大的艺术巨锦。

第四个标志是人物塑造从类型化到典型化的重大变化。薛瑞生先生在《红楼采珠》中分析了中国几部古典名著在人物塑造上的发展轨迹，认为《三国》、《水浒》创造了许多栩栩如生的人物形象，但都没有突破类型化的束缚，显得不够丰富与饱满，立体感不强。直到《金瓶梅》的出现，才结束了类型化在小说史上的历程，但《金瓶梅》还没有最后完成从类型化到典型化的飞跃，严重的自然主义倾向，像一层浓厚的云翳一样，遮障了作家有胆有识的艺术眼光，致使许许多多很有生气的人物，由于没有经过艺术提炼，而留下还不够完全典型的缺憾。薛瑞生认为，《红楼梦》彻底摆脱了类型化的影响，给小说作家树立了典型化的圭臬，真正再现了典型环境中的典型性格。并认为贾宝玉、林黛玉、王熙凤、薛宝钗、史湘云，贾探春等，都是世界上第一流的艺术形象。

《红楼梦》的出现是一个伟大的艺术奇迹，但奇迹是怎样产生的？当然不是偶然的，更不是从天上掉下来的。奇迹的产生有其诸多因素。从小说发展和艺术创作经验来讲，《金瓶梅》对《红楼梦》的影响是巨大的直接的，对于这一点，《红楼采珠》一书给予了相当的评价。认为《金瓶梅》给《红楼梦》提供了全面的、系统的艺术借鉴。“《金瓶梅》是《红楼梦》出现之前，小说文学向现实主义深化的极其重要的一步”。《红楼梦》正是继承并发展了这种现实主义传统，从《金瓶梅》那儿吸取了真实地再现现实生活的艺术营养，又突破了它那庸俗污秽的自然主义外壳，把现实主义发展到了更高级的阶段。这种分析是符合事实的，有助于人们去认识《红楼梦》的艺术成就。

读《红楼采珠》，我感到第一章像是全书的总纲，提纲挈领，观点鲜明，逻辑性强，写得十分精彩。除这一篇外，其他九篇也各具特点，对《红楼梦》艺术成就的各个方面，分析得十分细腻深刻，其中第二章谈结构，第四章谈细节，第八章谈写景艺术更为出色精彩。

说到结构，我认为第二章《佳作结构类天成——论〈红楼梦〉的艺术结构》，是全书中最富有创造性的篇章，因而值得在这里重点介绍一下。前面我们曾谈到作者用“织绵”来形象地比喻《红楼梦》的艺术结构，而在这一章中，薛瑞生先生则详细地分析了这种“织绵”式结构的艺术特点。他认为《红楼梦》“织绵”式艺术结构的第一个显著特色，是用结构主线结成结构网眼，开展情节。就像晴雯补裘一样，先用结构主线分出经纬，“界出地子”，形成许多网眼，然后再用生活的彩线来回织补，最后才织成了这幅五彩斑斓的艺术巨锦。第二个特色，就是始终以人物性格为出发点，去组织生活和安排情节，第三个特色，就是前呼后应，击首动尾。作者把这种特色比作苏绣，它那富有立体感的艺术图案，是用好多种彩线相互交织构成的。其中每一根彩线都与其他彩线前重后叠，忽隐忽现，要找出它的来龙去脉，就要拆开整个构图。这种形象的描绘和比喻，使深奥的理论问题得到了通俗形象的解释，使“织锦”式结构的观点更具体化了，真是深入浅出，饶有趣味。

作者对结构的研究，没有停留在一般的论述上，还进一步探讨了最令人们费解的前五回的结构。认为《红楼梦》前五回在全书地位特殊，它是绾毂全书的枢纽，主要人物命运和情节、事件都在这里埋下了根苗。它的突出特点是把人物和环境的概括介绍寓于情节的进展之中：说它是讲故事，却明明是在介绍人物和环境；说它是在介绍人物和环境，却明明是在讲故事。而且还把理想与现实巧妙地结合起来。这样的结构方法是奇特的，是曹雪芹的伟大独创。当然，这样的结构也存在由作家的世界观的矛盾而带来的局限性和消极因素，薛瑞生先生对此也作了客观的实事求是的分析。薛瑞生先生还是具体剖析了每一回在全书结构中的地位和作用，认为第一回在结构上的意义，无异于一篇“《红楼梦》读法”，是打开这部杰作的总钥匙。而第五回可作全书的结构提纲来读。至于全书的结构，薛瑞生同志认为从第六回起，全书可以分为四大部分。第六回至三十四回为第一大部分，这是宝黛爱情的春天，也是贾府的春天。从三十五回到五十五回，是全书的第二部分，这是宝黛爱情的发展成熟时期，也是贾府安富尊荣的时期。第三部分从五十六回到八十二三回或稍后一点，这一部分开头的探春理家，显然是曹雪芹企图“补天”的尝试，认为探春远嫁应是这一部分的结束。薛瑞生先生认为《红楼梦》的第四部分原稿已失，结构框架大体是元妃死后，贾府失去了政治靠山，遂因政治原因、经济原因和凤姐、宝玉所干的“丑事”而被抄家。

限于文章的篇幅，我们不可能对《红楼采珠》每一章都作介绍和评价，这里我想再提一提第四章《骊龙选珠颗颗明——论〈红楼梦〉的细节提炼》。我非常欣赏这一章，认为它同第一章、第二章同样精彩。在中国古典小说的发展长河中，细节描写自然不始于《红楼梦》，但无疑属《红楼梦》写得最为真实、自然。薛瑞生先生将《红楼梦》的细节描写同《三国》《水浒》等名著作了比较，分析得十分细腻深刻。书中举了《三国》“青梅煮酒论英雄”一节，又举了《水浒》中的“花和尚大闹野猪林”一节，这些细节描写都是很精彩的，将人物性格写得栩栩如生。但仔细分析，我们就可以发现这种细节描写都有些离奇和夸张，因而薛瑞生认为，这种夸张的艺术表现方法只适宜于表现人物性格的单纯性与鲜明性，却不适宜于表现人物性格的丰富性与复杂性。因为夸张的艺术本身就是一种剪裁，突出了事物的某一方面，而忽略了事物的其他方面。认为用夸张的手法写出的艺术细节，一般来说笔下藏锋不多，缺乏含蓄耐嚼的艺术魅力。比较起来，《红楼梦》的细节描写就大不相同，曹雪芹在细节描写中一般不事夸饰，只是老老实实地按照事物本来的样子把它描绘出来，不像《三国》、《水浒》那样，使人有一种离奇和夸张的感觉。正因为更真实更自然的描写，才使《红楼梦》有更强烈的艺术感染力。我以为《红楼采珠》对《红楼梦》细节的分析是十分有道理的，给人以很大的启发。

（原载《红楼梦学刊》1988年第3辑）

纪念《红楼梦》新校注本出版25周年

今天我们在这里举行一个简朴而隆重的座谈会，纪念由中国艺术研究院红楼梦研究所主持校勘注释、由人民文学出版社出版的《红楼梦》校注本出版25周年。首先，我谨代表中国艺术研究院、代表王文章院长，向参与《红楼梦》新校注本工作的各位专家学者表示崇高的敬意，向前来参加本次座谈会的各位领导、各位嘉宾表示热烈的欢迎和衷心的感谢！

在人类历史的长河中，25年不过是弹指一瞬间，然而在红学发展的百年历程中，这25年却非同寻常，这是红学新时期的25年，是红学史上取得成果最丰富的25年。而《红楼梦》新校注本正是红学新时期最重要的学术成果之一。

32年前，以袁水拍、冯其庸、李希凡为首的一批著名的学者启动了《红楼梦》校注的工作，这是自《红楼梦》产生以来，第一次以脂评本为底本对《红楼梦》版本进行的大规模的校勘整理和注释，这在《红楼梦》传播史上无疑有着非常重要的意义。在《红楼梦》新校注本出版之前，社会上广泛流传的都是以程本为底本整理的本子，特别是以程乙本为底本整理的本子居多。但随着各种早期脂本的发现，人们越来越认识到脂本更接近于曹雪芹原著的面貌，具有更高的价值，因而怎样给广大的读者和研究者提供一个更好的更接近于曹雪芹原著面貌的本子，就历史性地提到了人们的面前。新校注本选择以庚辰为底本，后四十回取程甲本，都是严肃的审慎的选择。新校注本在校勘的过程中还参校了已有的十一种脂本及程甲程乙本等，所以新校注本的整理是建立在严谨的学术研究的基础之上，是一个重大的学术成果。当然作为一个普及本，新校注本充分地注意到它的阅读对象，因此新校注本作了大量的注释，这些注释包含了各个方面的内容，并力求准确和简明易懂，并注意到学术研究中存在的争论，以供读者参考。可以说新校本既有学术性又有普及性，因而《红楼梦》新校注本自1982年第一版问世以来，即赢得了广大读者和研究者的认可和赞誉，它是目前国内发行量最大、普及范围最广、最为广大读者所接受的《红楼梦》版本。《红楼梦》新校注本满足了广大读者的阅读欣赏需求，为《红楼梦》在更大范围内的推广普及做出了难以估量的巨大贡献。新校注本开创了《红楼梦》传播一个新的时代。

新校注本的工作从1975年开始，到1982年出版，历经七年，参加这项工作的先后有二十多位专家学者，他们是：冯其庸、李希凡、吕启祥、蔡义江、林冠夫、胡文彬、张锦池、刘梦溪、孙逊、沈天佑、沈彭年、应必诚、周雷、曾扬华、顾平旦、陶建基、徐贻庭、朱彤、祝肇年、丁维忠等，冯其庸先生是校注工作的总负责人。新校注本的顾问是吴世昌、吴恩裕、吴组缃、周汝昌、启功等五位先生。叶圣陶和叶至善先生为新校注本提了不少的意见，新校注本的前半部分叶圣老还亲自标点和修改过。对新校注本提出意见和撰写过条目以及给予帮助的还有许多先生和单位。整个校注工作一共写了6000多条校记，选入书中的有1033条；作了3500多条注释，书中收入了2318条。新校注本确实凝聚着众多《红楼梦》研究者和出版工作者的心血和智慧。新校注本25年的长销不衰既体现了《红楼梦》本身的巨大魅力，更充分反映了专家们为此付出的辛勤劳动得到的肯定。无论是参加校注的专家学者，还是人民文学出版社的同志，特别是王思宇先生，他们严谨的治学态度是令人由衷地敬佩的。没有严谨的治学精神和深厚的学术功底，就不可能取得《红楼梦》新校注本这样的巨大成就。而这种严谨的治学精神对我们今天来说是非常需要倡导的。面对着当下浮躁的学术环境和盛行的虚假学风，我们更要学习和倡导搞新校注本的那种治学精神。从这个意义上来讲，今天的座谈会就不仅仅是对以往的回顾，而更是对实事求是学风的呼吁。

25年前，在《红楼梦》新校本出版的时候，就曾在中国艺术研究院举行过一次出版座谈会，也是由人民文学出版社和中国艺术研究院共同主办的，我有幸参加了那次的座谈会，今天在坐的许多先生都参加了那次座谈会。当时的座谈会是由中国艺术研究院的老院长苏一平同志主持的，参加座谈会的有曾涛、赵守一、林默涵、严文井、张庚、郭汉城、白鹰、叶圣陶、吴世昌、张毕来、周汝昌、端木蕻良、王利器、郭预衡、廖仲安、蒋和森、邓魁英及所有参加了新校注本工作的专家学者和人民文学出版社的同志等等，那真是一次盛会，令人难以忘怀。我还清楚地记得当时诸多学术前辈对新校注本出版表达出的高兴和祝贺，与会者给予新校注本以充分的肯定和鼓励。25年后的今天，当我们再举行纪念《红楼梦》新校本出版座谈会的时候，除了有对以往的回顾、感慨和对老前辈们的怀念以外，我们还有一种历史的责任感和对红学健康发展的坚定信念。21世纪的红学事业一定会有更大的发展。

谢谢大家！

（原载《红楼梦学刊》2007年第2辑）

影印《脂砚斋重评石头记》己卯本前言

人们通常把甲戌本、己卯本、庚辰本称之为《红楼梦》三大早期抄本。其实甲戌本仅存十六回，己卯本也只存四十一回又两个半回，只有庚辰本存七十八回。说“三大抄本”，并不是指它们现存的多少，而是指这三个本子具有的重要价值。的确，在《红楼梦》早期抄本中，这三个本子占有极其重要的位置。

我们说“己卯本”，这是简称，书名原题《脂砚斋重评石头记》，因书中第三十一至第四十回的总目上有“己卯冬月定本”题记，故得名。“己卯”即乾隆二十四年（公元1759年），如果说曹雪芹卒于乾隆壬午除夕（公元1763年），或卒于乾隆癸未除夕（公元1764年），“己卯”距曹雪芹逝世仅四年左右时间。而在《红楼梦》早期抄本中，属脂砚斋“四阅评过”的本子，也只有“己卯本”和“庚辰本”两个本子，那么这个“己卯冬月定本”就极可能是曹雪芹生前的最后定本。所以这个本子对于研究《红楼梦》创作、《红楼梦》版本流传、《红楼梦》成书过程都是极有价值的。当然，现存的己卯本不是曹雪芹的原稿本，而只是过录本，即便如此，对于我们来说己卯本也是弥足珍贵的了。

己卯本原本八十回，现存四十一回又两个半回，其中第一至第二十回、第三十一至第四十回、第六十一至七十回[①]共三十八回藏国家图书馆；第

① 原缺第六十四、第六十七回，今存这两回系武裕庵按“乾隆年间抄本”补抄。

五十五回后半回、第五十六至第五十八回、第五十九回前半回共三回又两个半回藏国家博物馆。现在据以影印的底本中的第二十一至三十回，系陶洙据庚辰本补抄。

关于己卯本的流传，像《红楼梦》其他的早期抄本一样，现在已经很难说清楚了。我们只知道己卯本在二百多年的流传中曾经过三个人的收藏，即武裕庵、董康和陶洙。对武裕庵我们可以说是一无所知，己卯本第六十七回回末有记载："石头记第六十七回终按乾隆年间抄本武裕庵补抄。"由此人们推测武裕庵当为清嘉道间人。而我们今天看到的己卯本，在民国年间则由董康和陶洙收藏过。但关于董康收藏己卯本，目前为止也没有发现直接的文献记载。在董康的东游日记中有两段有关"脂砚斋四阅评本"的记载：

> 1934年1月13日
>
> ……若红楼一书，评者皆扬林抑薛，且指薛为柔奸。余尝阅脂砚斋主人第四次定本，注中言林薛属一人。脂砚斋主人即雪芹之号，实怡红公子之代名。卷中写薛之美如天仙化人，令人不忍狎视，写其情不脱闺娃态度，纯用虚笔出之。设置二人于此，吾知倾倒宝儿者必多于颦卿也。……（《书舶庸谭》卷七）
>
> 1935年5月13日
>
> ……归途至佐佐木书店，购紫式部《源氏物语》一部。此书纪宫闱琐事，俨然吾国之《红楼梦》，……心如耽于红学，曾见脂砚斋第四次改本，著《脂砚余闻》一篇，始知是书为雪芹写家门之荣苑，通行本评语乃隔靴搔痒耳。（《书舶庸谭》卷八下）

在日记中，董康两次提到"脂砚斋主人第四次定本"、"脂砚斋第四次改本"，有的研究者认为可能即指己卯本。但综合当年的情况，董康所说也可能指庚辰本。因为庚辰本1932年为徐星署购得，1933年1月22日胡适写有长跋，董康写这两段日记之前或许有机会读到庚辰本。据周汝昌先生回忆，1949年1月19日陶心如见访时告诉他："……及二十三年（1934年）间见徐藏本石头记八册……"[①]可见董康"尝阅"、陶洙"曾见"的更可能是《庚辰本》。接下来的问题是《己卯本》出现在什么时间？朱淡文先生推测可能在1929年[②]，梅节先生认为董康购得己卯本的时间在"二十年代末至三十年代初"[③]，然而，这还都是推测。目前我们已不可能知道己卯本出现的确切时间了。但陶洙在书中写下的若干校书记录、题记，可以间接地告诉我们，至迟在1936年3月，他已在用庚辰本对应的各回校己卯本了。

最早记录己卯本为董康收藏的是一粟编的《红楼梦书录》："此本董康旧藏，后归陶洙，现归文化部。"[④]我们知道《红楼梦书录》编著者之一的周绍良先生，在上世纪四五十年代即与陶洙有交往，己卯本"董康旧藏"应来自陶洙并被一粟采纳后编入《红楼梦书录》。另据吴恩裕先生回忆："董康死后，现存己卯本才到了陶洙手里，并由他加以装裱。据陶洙告诉我，董康死后到他手之前，也有部分散失的可能性。"[⑤]由此可知，陶洙是从董康那里得到己卯本，应该没有疑问。只是董康如何得到、何时何地得到己卯本的，我们就不得而知了。

在对己卯本的研究中，人们关注比较多的主要集中在这样几个问题上：己卯本与董康和陶洙的关系、武裕庵的抄补校改情况、己卯本原来的面貌、己卯本与怡亲王府的关系、己卯本与庚辰本的关系，等等。其中己卯本与怡亲王府的关系、己卯本与庚辰本的关系是人们最为关心也是最重要的两个问题。

1975年3月24日《光明日报》发表了吴恩裕、冯其庸先生《己卯本〈石头

---

① 《红楼梦新证》，人民文学出版社1976年版。

② 见《红楼梦论源·己卯本和庚辰本》，江苏古籍出版社1992年版。

③ 《红学耦耕集·论己卯本〈石头记〉》，文化艺术出版社。

④ 《红楼梦书录》，上海古籍出版社1981年版。

⑤ 《曹雪芹丛考》，上海古籍出版社1980年版。

记〉散失部分的发现及其意义》一文，两位先生发现并论证中国历史博物馆收藏的三回又两个半回的《红楼梦》早期残抄本竟是己卯本的散失部分，并根据己卯本（包括散失部分），都存在着避讳“玄”、“祥”、“晓”等字的情况，对照《怡府书目》，得出己卯本是乾隆时怡亲王弘晓家的原抄本的重要结论。吴恩裕、冯其庸先生的发现无疑是对己卯本研究的重大突破。己卯本与怡亲王府关系的论证，意义重大。因为怡亲王府与曹家的关系比较密切，如果现存的己卯本确实是怡亲王府的原抄本，那么怡亲王府抄录的己卯本的底本直接来自曹家的可能性就很大。对吴、冯两位先生的这个论点，许多学者有不同的意见，他们根据现存的己卯本对“玄”、“祥”、“晓”等字避讳并不彻底等种种现象的分析，更倾向认为现存己卯本不是怡亲王府的原抄本，而是过录本。这个问题无疑值得人们深入地去研究。不管现存己卯本是怡亲王府的原抄本还是过录本，己卯本与怡亲王府的密切关系则是确定无疑的。己卯本与怡亲王府关系的发现与论证，对研究《红楼梦》创作及成书过程无疑有重要意义。

在《红楼梦》早期抄本中，己卯本和庚辰本有特殊密切的关系，最早论证己卯本与庚辰本关系的是冯其庸先生，他在《论庚辰本》的专著中，第一次对这两个本子的关系作了全面深入的分析。冯先生发现己卯本与庚辰本有许多方面都是一样的：（一）两本抄写的款式一致；（二）两本四十个回目一字不差；（三）两本的墨批完全相同；（四）两本抄写上一些特征相同；（五）两本均出现缺笔的“祥”字，避允祥讳；（六）两本部分书页笔迹相同。冯先生由此得出“庚辰本是据己卯本过录的”结论。但随着对己卯本和庚辰本研究的深入，人们发现，己卯本与庚辰本不仅有许多的“同”，也有不少的“异”。“同”表明己卯本与庚辰本的密切关系，而“异”则排出了庚辰本直接据己卯本过录的可能。因此林冠夫、梅节等先生提出了另一种观点：庚辰本不是据己卯本过录的，他们最初有一个共同的祖本。在现存的己卯本和庚辰本这两个过录本上，“己卯冬月定本”字样，在己卯本的第四分册上，而“庚辰秋月定本”字样却在庚辰本第五到第八分册上，林冠夫先生认为，这种现象透露出一个重要的信息，“己卯庚辰本”是一个跨年度完成的定稿本，到己卯年的冬月，完成第一至第四十回的定稿。到第二年的秋天，又完成了第四十一至第八十回。因此“己卯庚辰本”，是一个从己卯到庚辰完成的定稿本。[①]这就是说，“己卯冬月定本”和“庚辰秋月定本”，是脂砚斋四阅评过定本的前后两个部分，而不是两个本子。林冠夫先生称之为“己卯庚辰本”。冯其庸先生后来在总结他对《红楼梦》版本研究的成果时也认为这种观点是有道理的。

现存己卯本原来的面貌是一个墨本，现在己卯本上的校改和朱笔多是武裕庵和陶洙等后人的改笔，因此人们在研究己卯本时一定要将这些改笔与原过录本上的文字区别开来。此次人民文学出版社本着严禁的治学态度完整影印己卯本，推出普及版，可以让广大的读者、研究者更好地阅读和研究这个珍贵抄本，这对于深入地研究《红楼梦》是非常有意义的。

（原载《红楼梦学刊》2010年第3辑）

① 《红楼梦版本论》，文化艺术出版社2007年1月版。

甲戌本与半亩园

甲戌本是大兴人刘铨福所藏，这是众所周知的。但现存甲戌本上不仅有刘铨福的印记和批语，还有青士、椿余的批语以及孙桐生的批语，其中青士、椿余的批语注明“同观于半亩园并识，乙丑孟秋”。因而十分引人注意。青士即濮文暹，江苏溧水人，椿余是他的弟弟文昶。半亩园是崇实家的园子，青士椿余兄弟俩曾被聘为半亩园的西宾，并于同治四年分别考中三甲十二名进士和五十九名进士。周汝昌先生在《红楼梦新证》中附有《青士椿余考》，所说甚详，恕不赘述。

这里要说的是甲戌本与半亩园的关系。甲戌本明明为刘铨福收藏，濮氏兄弟怎么是在崇朴山家的半亩园中“同观”并写下批语的呢？这无疑是一个令人感兴趣的问题。周汝昌先生在考证了青士椿余之后，也发出了这样的疑问：“甲戌本究竟是崇实家原藏而持赠刘子重？还是刘子重所收而携往半亩园令崇实及濮氏兄弟同观？尚不可知。”[①]。我认为甲戌本由崇实家持赠刘铨福，这种可能性是极小的。根据是甲戌本上有多处刘铨福藏书的印记，而却不见一处崇实家藏书的印记，如经崇实家收藏过而持赠刘铨福，不可能不留下一点痕迹，这是其一。其二，刘铨福收藏这部甲戌本，至少是在同治二年，这有“癸亥春日白云吟客笔”一批为证，“白云

① 《红楼梦新证》(增订本)970页，人民文学出版社1976年4月版。

吟客”即刘铨福。周汝昌先生在考证了《翠微拾黛图》和甲戌本卷首“髣眉”一印后，甚至认为甲戌本归于刘铨福不会晚于咸丰十年（1860）[①]而青士椿余“同观于半亩园”则是在同治四年，这证明甲戌本确早为刘铨福收藏。这样只剩下周先生所说的另一种可能性，即“刘子重所收而携往半亩园令崇实及濮氏兄弟同观”的。最近笔者在息柯居士的《袍遗草堂集》中发现了二则与半亩园有关的材料，也许有助于解释甲戌本与半亩园的这种关系。

息柯居士杨翰，字伯飞，号海琴，宛平人，曾于咸同年间在湖南四川做过多年地方官，与刘铨福之父刘宽夫交往很深，是一个在当时有些名气的人。在《袍遗草堂集·息柯杂著》卷五有跋两则，都与半亩园有关，现抄录如下：

崇朴山斋额跋

朴山同年，居半亩园，为贾胶侯故宅，湖上李笠翁客贾幕手葺，在当时结构已精，今又加之恢阔，亭林池馆，甲于城东。忆昔？集名流，尝于此倚裳联襼。今隐居浯上，时念旧游，为书“湖上草堂”四字，寄颜斋楣。昔范希文身居廊庙，心在江湖，想朴翁当与古大臣同兹怀抱也。

嵩犊山斋额跋

同治己巳，重至都门，犊山太史留住半亩园中，作书数日。回忆道光癸卯，幸联谱谊于此间，文酒流连。自宦游后，当年俦侣已稀，不胜感慨。濒行，犊山以《鸿雪因缘记》见贻，书事纪游，足与《水经注》竝重。因念数十年两代契好，今得重践旧游，有似飞鸿踏雪，又添会合因缘也。乃书“鸿雪”二字，奉颜高斋。

---

① 《红楼梦新证》（增订本）1120页—1121页，人民文学出版社1976年4月版。

这两则材料并没有直接说出甲戌本与半亩园的关系，但却透露出当年半亩园的一些情景。原来，这里是文人长聚的地方，“集名流”“文酒流连”，十分热闹。常来这里的人有着共同的嗜好，都喜欢金石书画。半亩园的上一辈老主人麟庆就喜欢金石书画，喜欢搜寻名人遗踪，还喜欢藏书。其长子崇实比起老子有过之而无不及，不仅收藏金石书画，还“专讲金石之学”。刘宽夫刘铨福父子则是咸同时都中无人能比的大收藏家，因而也就成为半亩园中的常客。他们来半亩园不光是喝酒吟诗作画，还常将各自的收藏的精品带来互相交流观赏。这样说是有根据的，在息柯居士杨翰的《归石轩画谈》卷一有这样一段记载：

> 昔年在京，何子贞丈招饮，同坐者叶东卿、刘燕庭、苗仙露、张石舟、刘宽甫、乔鹤侪与余，宾主八人皆一时硕彦名流，各携所著书所藏画相与观其所赏……而今已矣，惟余独存，年已六十有七，往事真不堪追忆也。

在这八个人中，何子贞是著名的书法家和金石家，同刘宽夫父子关系很深，乔鹤侪是刘铨福的姊丈或妹夫，他们也都是半亩园的常客。虽然这次所聚的地方是何子贞的家，而不是半亩园，但半亩园中“集名流”“各携所著书所藏画相与观其所赏”的情景，却可从中窥见一斑。另据刘铨福的朋友冯志沂在《竹楼藏书记》中所说，刘铨福不仅好藏书，还“喜借人观”，因而朋友们游书肆，如见到好书异本，而又买不起的，都愿意告诉刘铨福，“谓书入他人家，不若在君家为得所也。以故，君藏书日以富。人亦多君不吝，故借书无不归且速也。”[①]这条资料对了解刘铨福的为人性格是十分重要的。刘铨福

① 徐恭时《〈红楼梦〉版本有关人物札记》，载南京师范学院中文系资料室编《红楼梦版本论丛》。

是这么一个痛快的人，因而青士椿余兄弟在半亩园中“同观”甲戌本就十分好理解了。甲戌本或是刘铨福带到半亩园，或是借给青士兄弟的，他不也曾将妙复轩评本借给了孙桐生了吗？

半亩园是一个充满了文化气息和艺术气息的宅院，它坐落在紫禁城东北隅弓弦胡同内，原为贾复住宅，由李渔设计建造。李渔以叠石精巧名于清初京都。道光二十一年（1841）半亩园归麟庆，他命大儿子崇实“倩良工修复，绘图荡样”，在原有的基础上又“加以恢阔，亭林池馆，甲于城东”。整修一新的半亩园有云荫堂、拜石轩、曝画廊、金光阁、退思斋、赏春亭、凝香室。此外还有嫏嬛妙境、海棠吟社、玲珑池馆、潇湘小影、云容石态、罨秀山房等。其中拜石轩不仅有当年李渔叠造的山石，还有麟庆命大儿子崇实四处添觅的各种佳石，有一虎双笥，据说“颇具形似”。还有灵璧、英德、太湖、锦州诸盆玩，并滇黔朱砂、水银、铜、铅各矿石，轩中以文石架叠石经、石刻、壁悬石笛、石箫。有一木假石，高九尺，洞窍玲珑。一大理石屏，高七尺，九峰嶙峋。这里真是一个石头的世界。

嫏嬛妙境是半亩园中藏书的地方，它建在半亩园最后处，“垒石为山，顶建小亭，其南横板作桥，下通人行，西仿琅嬛山势，开石洞二……”崇实家收藏极富，统计八万五千余卷，盖六、七世之收藏，数十年所贻赠。其中有经书、史书、子书，甚至还有十三种日本书，难怪麟庆得意地“喜示二儿”曰：“琅嬛古福地，梦到惟张华。藏书千万卷，便是神仙家。”正因为如此，半亩园才能成为当时一些文人常聚的地方。息柯居士杨翰远在湖南、四川做官，每次来北京，半亩园是必去的，甚至住上一些日子，这绝不仅仅是主人的热情，半亩园那种幽雅的环境和富有艺术意境的建筑，也是吸引一时硕彦名流的重要原因。

最后需要再说一点，在息柯居士杨翰的《息柯白笺》中，不仅有给刘铨福的信，还有给孙桐生的信。刘铨福藏有甲戌本，孙桐生刻了妙复轩评本，而这位息柯居士又是《红楼梦抉隐》的作者洪秋蕃的朋友，他们正好形成了一个文学同人的圈子，这种种关系对了解和研究《红楼梦》的流传是十分有价值的。

（原载《红楼梦学刊》1991年第4辑）

下编　序跋与致辞

任重而道远

——在《红楼梦学刊》创刊20周年学术研讨会上的发言

现在我向各位汇报《红楼梦学刊》编辑部的工作情况，特别是自1994年以来我协助冯其庸先生、李希凡先生具体负责《红楼梦学刊》工作的情况。在正式汇报之前，我受冯其庸先生的委托，并代表《红楼梦学刊》杂志社，对1997年北京国际红楼梦学术研讨会以来，不幸去世的著名红学家王利器先生、徐恭时先生、邓云乡先生表示深深的怀念。

自1979年5月20日在北京召开《红楼梦学刊》编辑委员会成立大会至今，《红楼梦学刊》已经走过了整整20年艰难而辉煌的历程。在历史的长河中，20年不过是弹指一挥间，但在百年红学中，这20年却是不同寻常的。因为这20年是红学事业发展最快，学术成果最为显著的时期，而作为至今仍公开出版的唯一红学研究专刊，《红楼梦学刊》为推动新时期红学的繁荣与发展发挥了积极作用，做出了自己应有的贡献。

《红楼梦学刊》自创刊伊始，就十分明确自己的办刊目的，这就是为专业和业余的《红楼梦》研究者提供一个园地，通过彼此交流，互相切磋，共同探讨，提高《红楼梦》研究的学术水平《红楼梦学刊》坚持以马列主义、毛泽东思想的完整体系为指导思想的理论基础，坚定不移地贯彻党的百花齐放、百家争鸣的方针，提倡创造性的科学研究，提倡实事求是的学风，提倡不同学派观点展开论争。20年来，《红楼梦学刊》从未违背这样的办刊宗旨，我们可能在许多方面做得还不够好，但我们始终在努力实践这样的办刊宗旨。《红楼梦学刊》始终坚持自己的学术品格，坚持高标准高品位，坚持严谨、科学的治学态度，坚持实事求是的精神，我们不随波逐流，不赶时髦，以向社会负责、向广大红学研究者和爱好者负责的态度出好每一辑学刊。正是因为这样，《红楼梦学刊》才得到了广大《红楼梦》研究者、爱好者的信赖和欢迎。

在当前的市场经济情况下，像《红楼梦学刊》这样的专门性学术刊物能坚持下来，发行量不仅没有下降，而且每年都能有所提高，这是十分不容易的。迄今为止，《红楼梦学刊》已出正刊80辑，增刊1辑，发表各方面的研究论文近1700余篇，各种信息资料等短文900余篇，总字数达2130余万字，总印数超过100万册这一系列数字，可以从一个方面反映《红楼梦学刊》所做的工作和20年来红学发展的历程。

《红楼梦学刊》能够坚持下来。能不断地扩大影响，首先得益于《红楼梦》具有的无穷魅力和红学的影响，也得益于各方面领导和广大《红楼梦》研究者和爱好者的关心支持。当然，这也与编辑部的同志们认真负责努力工作分不开的。冯其庸先生从学刊创刊时就担任执行主编，20年来，他为《红楼梦学刊》的生存与发展倾注了大量的心血，他对编辑部的工作十分重视，要求很严格，特别是对学刊的学术质量抓得很紧。当学刊面临经费紧张的困难时刻，他千方百计想办法解决，甚至表示要拍卖自己的书画作品来解决学刊的困难。在我之前主持《红楼梦学刊》编辑部日常工作的两位老领导邓庆佑、杜景华先生，也为学刊的发展做出了重要贡献。当年邓庆佑、杜景华两位先生几乎承担了编辑部全部的编务和编辑工作，从初审稿到给读者复信，从校对到下厂核红，真是全身心地投入到编辑工作中去。后来编辑部陆续来了一些年轻同志，其中石静莲同志在编辑部工作时间最长，目前担任编辑部主任工作，仍发挥着十分重要的作用。孙玉明同志作为编辑部的业务骨干，从研究生毕业分到《红楼梦学刊》来，至今也干了整整十年的编辑了。现在编辑部的同志多数都比较年轻，张云、许莉、谭风环三位年轻的女将，都能独当一面，都干得比较出色。要办好一个刊物，必须有一支好的编辑队伍，我十分感谢冯其庸先生对我的信任和指导。十分感谢邓庆佑、杜景华等老同事为学刊奠定了坚实的基础。也十分感谢编辑部年轻的同志为编辑部的建设所做的努力。

在实际工作中，我们深深体会到，要办好一个刊物，一个十分重要的条件就是办出刊物的特色，保持刊物的学术水准。我们知道作文、说话最忌讳一般化。办学术刊物也是一样，一个没有特色的学术刊物，不可能有生命力，也就不可能有竞争力。可以说，越具特色的刊物，就越能生存，正如邹韬奋先生所说："没有个性或特色的刊物，生存已成问题，发展更没有希望了。"这是经验之谈。《红楼梦学刊》能坚持并发展，这与它的特色突出有密切关系。众所周知，红学与甲骨文研究、敦煌学并称当代三大显学。但甲骨文研究与敦煌学专业性太强，真正能进入这二个研究领域中的人是相当少的，而红学则不同，它既有很强的专业性，又有比较广泛的群众基础。因此《红楼梦学刊》就有了两部分读者，一是各高校各研究机构从事古典文学和中国古典小说研究的专家学者，二是有一定古典文学知识基础又酷爱《红楼梦》的"红楼迷"，后一部分的读者人数远远超过前一部分。这种情况在其他专业性刊物中是很少见的。我们办刊时不能不考虑这一特点。《红楼梦学刊》在选稿及设计栏目上，我们尽量做到既能适合专业研究者的需要，又能适合一般爱好者的需要。比如尽量多发短文，适当选发一些知识性的文章等，这样做不等于降低学术标准。由于《红楼梦学刊》是由中国艺术研究院红楼梦研究所主办，因此在许多读者的心目中，这是一个红学权威性刊物。读者对学刊的要求和期望都很高，他们读学刊，不是一般读读了事，而是渴望获取知识，渴望获取更多的学术信息，以便于自己更好的从事教学和科研工作。这就要求我们在办刊时，必须十分注重刊物的学术质量，真正树立刊物的权威性。我们选择稿件的标准只有一个，这就是学术水准。具体来说，对考据性文章的要求，必须有材料有依据，结论应建立在坚实的资料基础之上，不能是天马行空，任凭主观猜测驰骋；对阐述性、议论性的文章，则应做到合情合理，不能漫无边际，异想天开。各种学派各种学术观点的文章我们都欢迎，但都应该达到一定的学术水准才行。

不断扩大研究领域，开阔视野，深入探讨新的课题，关注研究热点，开展积极健康的学术争鸣，这些都是我们编辑部十分注意和努力做的工作。这些年来，我们比较注意一些新的或有待于深入的研究课题，诸如《红楼梦》与外国名著的比较研究、《红楼梦》与其他中国古典名著的比较研究、《红楼梦》与现代、当代文学作品关系的研究、《红楼梦》文化意蕴和哲学意蕴的研究、《红楼梦》文化现象的研究红学未来发展方向的研究，等等。虽说有的话题谈得还不够深入，有些观点还不够成熟。但这些有益的学术探讨，确实为红学研究带来一些新的气象，开阔了人们的眼界，使红学研究更具有多层次、多元化全方位的特点，对推动红学的深入发展是十分有利的。考证作者及其家世，考证版本真伪及其相互关系，探讨《红楼梦》的成书过程以及对脂批、后四十回等内容的研究，仍是十分重要的，这是红学研究的基础，但我们现在更应该注重新材料的发现，而不是炒冷饭，更不能离《红楼梦》研究太远。说到底，红学的研究还是要以文本为中心，以深入了解科学认识《红楼梦》为目的。我们应建立一种以文献、文本、文化融为一体的合理的研究格局，以丰富和发展红学的内容开展积极、健康的学术争鸣，是学术发展的动力，是学术气氛活跃的体现。多年来，《红楼梦学刊》参与和组织了许多次学术讨论，比如《红楼梦》作者问题的讨论、版本与脂批问题的讨论、曹雪芹家世及其祖籍问题的讨论，等等，这些讨论对扩大《红楼梦学刊》的影响，推动《红楼梦》研究的深入起了积极作用。但我们认为，开展学术争鸣应遵循一定的原则，要有利于《红楼梦》研究的深入，有利于红学界的团结。作为一个学术专刊，当然应该有容纳百川的胸怀，应该反映各种不同的学术观点，但又不等于什么观点什么样的文章都可以发。这取舍的唯一原则就是实事求是。有些文章达不到学术水准，或学风不正，或言之无据，自然就要被舍弃掉。有人说不是要百家争鸣吗？我这一“说”为什么就不发表，这里我们要强调的是，不是任何一种说法都能成为学术意义上的一家之言，你的文章无根无据，只有大胆的猜测，而无严谨的考证，发表这样的文章无疑是编辑的失职，是一种对读者不负责的行为。一个严肃的学术刊物，任何时候都要坚持学术水准，坚持自己的学术品格，坚持一种好的学风和科学的治学态度。在学术争鸣中，还要做到相互尊重，不意气用事，不伤害对方，言语尽量平和，只有这样，争鸣才有意义，才能达到推动学术发展的目的。应当指出，在红学界以往的论争中，确实存在一些令人担忧的现象。如无原则的吹捧言语中伤他人、无实事求是之意存哗众取宠之心，等等，都在一定程度上对红学的发展带来了负面影响。因此，在积极倡导学术争鸣的同时，也要倡导好的学风，抵制批评不良学风。

《红楼梦学刊》这些年来还十分注重培养年轻的作者队伍，鼓励、扶持中青年红学研究者。可以说，今天许多著名的学者是从《红楼梦学刊》起步，或者与《红楼梦学刊》有着密切的关系。从七十年代末到整个八十年代，一批卓有成就的老专家和中年学者创造了一个红学最为繁荣的时期，如今许多老专家已离我们而去，当年的中年学者多数也年过花甲，前辈学者为红学发展做出的巨大贡献，我们是永远也不会忘记的。红学要发展，就必须后继有人，因此学刊编辑部十分注意发现新的年轻的作者，为年轻的学者创造条件。年轻人有朝气，有闯劲，他们的文章可能还不那么成熟，但往往会提出新见解、新观点，为红学研究带来活力。为此，我们设计了“新人新作”、“研究生论坛”等栏目，从而吸引了一批年轻的学者，北京大学、复旦大学、北京师范大学等著名高校的博士生、研究生和本科生都写来文章，有些文章发表后产生不错的影响。我们今后在这方面要为年轻人创造更多的条件，希望有更多的年轻学者走进红学队伍中来。

20年来，《红楼梦学刊》作为红学研究的重要园地，的确起到了一定的作用，做出了一定的成绩。但也应该看到，我们还有许许多多不足和失误。特别是由于我的经验不够和学识能力有限，一些原本该做好的工作而没有做好，比如在发表的文章中，有些学术质量不够，学刊编校也存在一些问题，栏目设计还不够丰富多样等。在参与和组织学术争鸣中，也还有待于进一步提高。还应该尽可能多地发表各种不同意见的文章，包括批评我们自己的文章。我们诚恳地希望与会的各位专家学者及全国的广大读者多提宝贵意见，以帮助我们改进工作，把《红楼梦学刊》办得更好。

对于今后的工作，我们有一些初步的设想。目前从稿源情况看，自然来稿较多，而有计划的约稿不够，这在很大程度上影响稿源的质量。今后我们要加强组稿工作，有针对性、有计划性地组来高质量的文章。可以通过多种形式加强编辑部与作者的联系，比如组织地区性的约稿会，在重点地区和大学组织学术座谈，主动地向作者提供学术信息、交换意见等。在栏目设计上，除继续办好“红楼一角”、“红注集锦”、“红学动态”、“红学书窗”、“新人新作”、“研究生论坛”、“留学生园地”、“编者与读者”等栏目外，拟增加专家访谈、专题访谈、红学书简、红学文摘、资料索引，等等，要加强对红学著作的介绍和评论，要多发有创见的文章；多发短文，多发年轻学者的文章。

如今我们已经走到新世纪的门槛前，认真总结百年红学的经验教训，开创21世纪红学发展的新局面，是我们这一代《红楼梦》研究者义不容辞的责任。作为《红楼梦学刊》编辑部的工作人员，我们深感责任重大。我们有责任引导广大《红楼梦》爱好者对中华民族优秀传统文化有更深入的认识，有责任为红学研究者提供一个理想的学术园地，有责任为21世纪的红学发展做出更多更大的贡献，正是任重而道远。《红楼梦》有广大的读者群，红学是一门充满希望和魅力的学科，我们衷心希望全国红学界加强团结，共同努力把红学事业推向新阶段，让红学在21世纪再现辉煌。

（原载《红楼梦学刊》1999年第3辑）

扬州国际《红楼梦》学术研讨会闭幕词

由中国艺术研究院、扬州市人民政府、中国红楼梦学会共同主办的“2004扬州国际《红楼梦》学术研讨会”今天就要圆满地闭幕了。在金秋十月，在素有“绿杨城廓”之称的淮左名城扬州，在曹雪芹及其祖辈、父辈留下许多足迹的扬州，我们在这里又一次成功地举办了国际红楼梦学术研讨会。三天来，在扬州市外办丁章华主任和她的同事们的精心安排下，我们度过了一段美好而愉快的时光。我们不仅进行了热烈而认真的学术研讨，考察了与曹雪芹家世有关的历史遗迹，还品尝了精美无比的扬州红楼宴，欣赏了具有浓郁地方色彩的文艺演出。毫无疑问，我们举行了一次非常成功的学术会议，取得了丰硕的学术成果，留下了一段难忘的记忆。我相信，二十一世纪第一次国际性的红学盛会必将在红学史上留下浓重的一笔，必将对未来的红学发展产生积极而重要的影响。

扬州与曹雪芹、与《红楼梦》有着不解之缘。曹雪芹一家长期生活在南京、扬州。如同南京一样，扬州记载着曹家的荣辱兴衰。曹雪芹的祖父曹寅曾四次在这里接驾，而292年前，曹寅在扬州病逝，则是曹家由盛而衰的转折。曹家在扬州的经历和荣辱，无疑在曹雪芹的心中留下一段刻骨铭心的记忆，以至于在《红楼梦》中他让笔下最重要的人物姑苏姑娘林黛玉从扬州“抛父进京都”、走进贾府，从而演绎出这“怀金悼玉的《红楼梦》”。

扬州与曹雪芹与《红楼梦》有着不解之缘，也与红学有着不解之缘。扬州是举办《红楼梦》学术活动最多的城市之一，自上个世纪八十年代以来，在扬州举办的国际性和全国性红学活动有七次之多。今天在座的大多数专家学者都参加了十二年前在扬州举行的国际《红楼梦》学术研讨会，那次盛会的情景至今还历历在目。本次会议是在扬州举办的第二次国际《红楼梦》学术研讨会，也是本世纪在中国举办的第一次国际《红楼梦》学术研讨会。为本次学术会议的筹备和举办，扬州市委市政府十分重视，给予了大力的支持和帮助。扬州外办具体承办会议事务，做了大量工作，付出了很多心血。丁章华主任为了筹备这次会议光是北京就跑了四五趟。正是由于他们的辛勤工作和艰苦努力，才保证了本次会议的圆满成功。扬州人为红学事业的发展所做出的贡献，我们是永远不会忘记的。在此，我谨代表中国艺术研究院、代表中国红楼梦学会、代表与会的所有专家学者，向扬州市委市政府的领导、向扬州市外办、向丁章华主任、向为本次会议做出贡献的有关单位和朋友表示崇高的敬意和衷心的感谢！

在本次学术研讨会期间，我们还举行了中国红楼梦学会会员代表大会，改选了中国红楼梦学会组织机构，通过了修改后的中国红楼梦学会章程，这也是本次学术会议的一项重要成果。中国红楼梦学会于1980年7月30日在哈尔滨首届全国《红楼梦》学术研讨会上成立，二十四年来，中国红楼梦学会为推动红学事业的发展做了大量的工作，发挥了十分重要的作用。中国红楼梦学会的第一任会长是吴组缃先生，第二任会长是冯其庸先生，他们都是德高望重的长者和学术大家，他们都为红学事业的发展做出了不可磨灭的贡献。特别是冯其庸先生，他把毕生精力都献给了红学事业，他是当代最具代表性的红学家之一，他对当代红学事业的发展所做出的贡献是有目共睹的，他在中国红楼梦学会中的作用是不可替代的。但由于年龄的原因，冯其庸先生不再担任会长职务，本次会议一致推选他担任中国红楼梦学会的名誉会长，这是众望所归，这是对冯其庸先生多年来为红学事业发展所做贡献的充分肯定。由于同样的原因，李希凡先生、陈毓罴先生、刘世德先生也不再担任副会长职务。本次会议一致推选三位先生与邓绍基、吴新雷、袁世硕、郭豫适、梅节等先生为中国红楼梦学会的顾问，这也是对以上各位先生多年来为红学事业发展所做贡献的充分肯定。在此，我谨代表新一届中国红楼梦学会理事会、代表与会的专家学者，向冯其庸先生、向为红学事业发展做出重要贡献的所有老先生们表示崇高的敬意！新一届中国红楼梦学会理事会增加了一些中青年学者，这是红学发展的需要。红学事业的发展有赖于一代又一代学人的不懈努力，作为中青年学者，我们深知责任重大。我们决不会辜负前辈学者对我们的期望，我们一定要加倍的努力，为红学大厦的建造做出我们应有的贡献。

具有真正学科意义上的红学，至今已有百年历史。百年来的红学事业颇有发展，也有曲折。自上个世纪八十年代以来，红学发展进入了一个新的时期，也是学术成果最为丰硕的时期，以至于红学成为当代的“显学”，成为最有希望、最有魅力的学问，有着广泛的社会影响。尽管如此，我们也应该清醒地看到，红学发展还面临着许多困难，红学要有新的更大的发展，寄希望于红学界的团结，寄希望于有一个良好的学术氛围，寄希望于大家的共同努力。红学要有学术的品格，因此我们要坚持百花齐放，百家争鸣的方针，要提倡实事求是、严肃科学的治学精神。我们的目的只有一个，那就是更科学地认识《红楼梦》，更深入地了解曹雪芹，弘扬优秀传统文化。我相信二十一世纪红学事业一定会有更大的发展。

我们的学术研讨会就要闭幕了，我们该说“再见”了。“再见”是告别，也是相约，也是期待。在即将告别之时，我谨代表中国红楼梦学会，代表大会组委会，代表所有工作人员，向不远万里而来的海外学者们，向来自香港、台湾的学者们，向来自中国大陆各地的学者们致以崇高的敬意和衷心的祝福，我们相约再一次的相见，我们期待着下一次红学盛会时再会！

十二年前，著名红学家、作家端木蕻良先生曾为那次扬州国际《红楼梦》学术研讨会写了一首诗，我想用来作为我的闭幕词的结束语：

二十四桥明月楼，葬花埋玉春又秋。

人间不尽痴情者，追魂摄魄到扬州。

正是：“维扬盛会相聚恨短，红楼一梦地久天长。”

2004年10月12日

原载《红楼梦学刊》2004年第4辑

大同国际红楼梦学术研讨会开幕词

由中国红楼梦学会、中共大同市委、大同市人民政府共同主办，中共大同市委办公厅、大同市人民政府办公厅、中共大同市委宣传部、大同市红楼梦学会、中国艺术研究院红楼梦研究所共同承办的“2006中国大同国际红楼梦学术研讨会”今天在这里隆重举行，首先我谨代表主办单位并代表中国艺术研究院，对各位领导嘉宾和来自海内外的专家学者们出席本次学术研讨会，表示最热烈的欢迎和衷心的感谢！向为筹备本次学术研讨会作了大量工作的诸多朋友、向大同市委市政府的领导、特别是向积极推动本次学术研讨会成功举办的大同红楼梦学会表示崇高的敬意和衷心的感谢！

在大同举办《红楼梦》国际学术研讨会是非常有意义的。大同是我国著名的历史文化名城，这里不仅有举世闻名的云冈石窟，同时它还是曹雪芹祖先生活过的地方。曹家的发迹是从曹雪芹的高祖曹振彦开始的。曹振彦随多尔衮入关立有战功，在顺治七年以“贡士”的身份出任平阳府吉州知州，两年后又出任大同府知府。如果说曹雪芹的祖先在东北的辽阳成为满清贵族的包衣而决定了曹家百年的命运，那么曹雪芹的高祖曹振彦在大同的经历则是曹家命运的一次重要的转折。而曹家百年兴衰的历史无疑对曹雪芹创作《红楼梦》产生了重要的影响。因此，在大同举办国际红楼梦学术研讨会，如同在北京、南京、扬州、辽阳举办《红楼梦》学术活动一样，有着特殊的意义。大同也与曹雪芹和《红楼梦》有缘。

毫无疑问，《红楼梦》是中华民族最伟大的一部古典文学作品，整个中华民族都为我们有曹雪芹这样的伟大作家、有《红楼梦》这样的伟大小说而感到骄傲自豪。而对一部文学作品进行研究并成为一门专学，历经百年长盛不衰，这也是一个奇迹，综观中国文学史乃至世界文学史都是绝无仅有的。或许有人会发出疑问，对一部作品的研究，能成为一门专学吗？红学百年的历史进程以及红学对中国现当代学术和文化的重要影响已经明白无误地回答了这个问题。人们一提到“红学”这个词，总要提到百年前那个带有调侃和开玩笑的故事，似乎红学的产生就是从开玩笑开始的。这当然是一种错误的认识。开玩笑是娱乐不是学术，学术是严肃的学问。红学是一门具有着无穷魅力的学问，是充满了希望而值得敬重的学问。而一门“学”的形成与建立并不容易，不是谁想搞一个什么“学”就能成为学问，如果“学”那么容易就能建立，那真是开玩笑了。现代红学经历了百年的历史，一代一代的学者为之不懈的努力，红学正是以其丰富的学术成果和对学术的重要影响而奠定了它在中国现当代学术史上的重要地位。

百年红学经历了风风雨雨、坎坎坷坷，形成了几大学术流派，但百年红学的历史和学术实践告诉我们，要真正认识和解读《红楼梦》，必须坚持正确的研究方向，掌握科学的研究方法，这是十分重要的。学术实践证明，旧的索隐的方法和观点不能正确地认识和解读《红楼梦》，自传说的观点也不能正确地认识和解读《红楼梦》，把“新索隐”与“自传说”合流而出现的“新自传说”同样不能正确地认识和解读《红楼梦》。当然，旧的索隐派红学与胡适的考证派新红学还是有本质的区别，他们不是“一丘之貉”。胡适的自传说是不正确的，但他对《红楼梦》作者曹雪芹及其家世的考证、对《红楼梦》版本的考证则是科学的，正是有了新红学对作者、家世和版本考证的丰富成果，奠定了现代红学发展的基础，从而使《红楼梦》研究向前大大前进了一步。

《红楼梦》不是作者曹雪芹的自叙传，更不是“清宫秘史”或是别的什么“秘史”，它不是供人们破译的密电码，而是一部伟大的文学作品。世界上还没有一部伟大文学作品是用密码组成的。《红楼梦》是一部深刻生动反映封建家庭生活的书，是深刻揭示人生的书，是深刻表现人的情感的书。它具有丰富的生活内容、博大深邃的思想内涵和精湛的艺术成就。它对我们深刻地了解封建社会、体味人生都具有着重要的认识价值。而它在艺术上取得的伟大成就更是一座取之不尽的艺术宝库。《红楼梦》是一部文学作品，是一部伟大的文学作品，我们只有把《红楼梦》当作文学作品，用文学的眼光来读、来研究，才能真正认识《红楼梦》的思想和艺术价值。

当然，真正认识《红楼梦》并不容易，需要大家的研究讨论，因此有不同的学术观点，有学术上的争论是很正常的。百花齐放，百家争鸣，是我们始终坚持的方针。可以说，没有学术上的争鸣，就没有学术的进步，学术争鸣是学术发展的动力。今天我们国家的政治生活为我们的学术研究创造了前所未有的自由空间，人们尽可以发挥自己的智慧，在学术的天地里驰骋翱翔。学术是自由的，但学术研究必须遵守学术规范，这不是什么限制、压制，而是为了保证学术能够健康地发展。学术规范不是哪一个人定的，也不是哪一个学会定的，而是一种学术的自律行为。我们的学术前辈把是否遵守学术规范看作一个人“德”还是不“德”的标准之一，这是值得我们重视和深思的。我们呼唤在学术研究中遵守学术规范，就是呼唤学术良知，就是对学术负责任。什么是学术规范，简而言之就是实事求是。如果一个想搞学术研究的人，无实事求是之意，存哗众取宠之心，他就不是一个正直的学者，他的所谓研究也不可能有什么值得人们尊敬的成就。在当前的社会里，在市场经济大潮的猛烈冲击下，呼唤学术良知，坚持实事求是的治学态度，对于净化我们的学术环境，发展学术事业有着极为重要的现实意义。

我们在国内第一次举办国际红楼梦学术研讨会是1986年，从1986年到2006年，整整二十年间，我们先后举办了五次国际红楼梦学术研讨会，这就是1986年的哈尔滨国际红楼梦学术研讨会、1992年的扬州国际红楼梦学术研讨会、1997年的北京国际红楼梦学术研讨会、2004年的扬州国际红楼梦学术研讨会和2006年大同国际红楼梦学术研讨会。可以说已经举行过的国际红楼梦学术研讨会都是《红楼梦》研究历程中的重大盛事，都对红学的发展产生了重要而深远的影响。而这二十年正是《红楼梦》研究取得重大发展的新时期，使红学成为当代的“显学”，相信本次大同国际红楼梦学术研讨会也必将成为21世纪红学的重大盛事，而载入百年红学的史册上。

最后衷心地预祝本次学术研讨会取得圆满成功!

祝各位专家学者健康愉快!

谢谢大家!

2006年8月5日

（原载《红楼梦学刊》2006年第5辑）

蓬莱国际红楼梦学术研讨会开幕词

在中华人民共和国成立六十周年的前夕，在充满了神话和传奇色彩的蓬莱，我们来自国内外的专家学者聚集一堂，举办2009蓬莱国际红楼梦学术研讨会，这是红学界的一大盛事。首先，我谨代表中国红楼梦学会，向来自韩国、日本、新加坡、马来西亚以及中国大陆各省市自治区和香港的专家学者们表示热烈的欢迎。向山东省文化厅、烟台市委市政府、蓬莱市委市政府各有关领导，向蓬莱八仙过海旅游有限公司李海峰董事长以及所有为本次学术会议的筹备给予帮助和支持的朋友们表示衷心的感谢。

在说了上面的祝贺和感谢的话之后，在今天这个场合我特别想谈一谈三十年前的一件往事。在来蓬莱之前，我刚刚看了冯其庸先生转给我的一份材料，这就是1979年第二期的“红楼梦学刊通讯”。这一期的通讯只有一个内容，就是“红楼梦学刊编委成立大会在京举行”的报道以及与会的许多老先生的发言。红楼梦学刊编委会成立大会是1979年5月21日在北京举行的，参加大会的有茅盾、王昆仑、贺敬之、林默涵、俞平伯、叶圣陶、杨宪益、戴乃迭、吴组缃、顾颉刚、王利器、启功、周绍良、张毕来、吴世昌、吴恩裕、冯其庸、周汝昌、李希凡、蓝翎、端木蕻良、戴不凡等，今天在座的刘世德先生、蔡义江先生、胡文彬先生、吕启祥先生、张锦池先生等也都是那次盛会的参与者。看看这一些令人敬仰的大师大家们的名字，这真正是一次群贤毕集的红学盛会，是一次令我们今天许多人看来难以置信的红学盛会。看了这样的材料不能不使我们感慨万千。我是1979年7月到中国艺术研究院红楼梦研究所工作的，晚了两个月，没有机会参加这次大会，真是终生遗憾。在今天这个隆重的国际学术研讨会的开幕式上，我之所以重提三十年前的这段往事，不只是要抒发心中的感慨，更不是要把我们今天的研讨会与三十年前的那次盛会作什么比较，而是要说三十年前的这次大会是百年红学史上的一个里程碑，是红学新时期的重要标志，对新时期红学的发展有着重要的影响。甚至可以说，没有那一次的红楼梦学刊编委会成立大会，就不会有后来的中国红楼梦学会的成立。我更想说的是：我们已经处在一个红学新时期，新时期红学已经三十年。

红学新时期是伴随着中国改革开放的伟大实践开始的，经历了正本清源、拨乱反正的历史阶段，正是有了前辈学者们的筚路蓝缕，后学们的不懈努力，才有了新时期红学的迅猛发展。在百年红学史上，这三十年是不同寻常的三十年，也是学术成果最为丰富的三十年。无论是版本家世的研究，还是对文本思想艺术的研究，这三十年均取得了超越前贤前辈们的显著成就。当然，毋庸讳言，在新时期红学的发展中，危机、挑战也与之并存。以庸俗化、公案化、揭秘、制造噱头为能事的所谓“研究”，也时时地干扰着红学健康地发展。坚持正确的研究方向，坚持科学的研究方法，坚持百家争鸣的学术方针，坚持红学界的团结，倡导良好的学术风气，仍是我们不可推卸的职责，这也是推动学术发展的重要保证。

《红楼梦》是产生于二百多年前的一部伟大的小说，它深深地植根于中华民族传统文化的土壤之中，曹雪芹以其不可思议的才华，实现了不可思议的伟大创造，它以画卷的形式镌刻了一部民族的心灵史。《红楼梦》毫无疑问是属于中国的，同时也是属于世界的，是人类文明的瑰宝，是世界文学史上的一座伟大的丰碑。我们希望通过国际学术研讨会，促进国际间的学术交流，使《红楼梦》为更多的人们所了解和认识。

三十年前，一批学术大师、学术前辈们开创了红学的新时代，今天我们是站在巨人们和前辈们的肩上，与时代对话。与时俱进，是发展的必然要求，为新时期红学事业的更大发展，我们必须更加地努力。我们寄希望于中青年的学者们，寄希望于新时期红学的未来。

最后预祝本次大会圆满成功!

祝各位代表、各位专家学者健康愉快!

谢谢大家!

（原载《红楼梦学刊》2009年第5辑）

纪念中国红楼梦学会成立三十周年暨全国红楼梦学术研讨会开幕词

今天我们在这里隆重举行纪念中国红楼梦学会成立三十周年暨全国红楼梦学术研讨会。我们高兴地看到，三十年前参加中国红楼梦学会成立大会的许多前辈、老师都来了，还有许多中青年学者、甚至有不到三十岁的学者也来了。今天真正是群贤毕至，少长咸集，是一个值得庆贺的红学盛会。在此，我谨代表中国红楼梦学会对出席本次大会的各位代表、各位专家学者和嘉宾朋友们表示最热烈的欢迎和衷心的感谢！

我们这次大会得到辽阳市委市政府和杨立宪副书记的大力支持，得到辽阳厚德昌文化产业有限公司董事长温荣源先生、辽阳厚德昌女娲石有限公司董事长温权先生以及我们的老朋友林正义先生的大力支持，文化部恭王府管理中心孙旭光主任、总参林建超将军、北京市海淀区街道管委会赤飞书记、北京植物园曹雪芹纪念馆李铭新馆长等也给予我们有力的帮助，在此我谨向辽阳市委市政府、向杨立宪书记、温荣源董事长、温权董事长、林正义先生、孙旭光主任、林建超将军、赤飞书记、李铭新馆长等以及所有为本次大会筹备给予帮助和支持的朋友们表示最衷心的感谢！

在历史的长河中，三十年可谓弹指一挥间。但在人生的旅程中，三十年则是一个不短的时间。而在百年红学史上，这三十年更是非同寻常，这是红学新时期的三十年，是红学大发展的三十年。

1980年7月21日至30日，由哈尔滨师范大学中文系、《北方论丛》编委会、中国艺术研究院红楼梦研究所、红楼梦学刊编委会、中国社科院文学所红楼梦研究集刊编委会联合发起的全国红楼梦学术研讨会，在美丽的冰城哈尔滨举行。这是百年红学史上举办的第一次全国红楼梦学术研讨会。根据大会代表的提议，在许多前辈学者的积极推动下，大会的最后两天就中国红楼梦学会的成立进行了讨论，并在7月30日大会的闭幕式上通过了中国红楼梦学会章程，宣布中国红楼梦学会的成立。1980年7月30日这一天在哈尔滨发生的事情，对以后三十年红学事业的发展有着非同寻常的影响，是中国红学事业发展的里程碑。中国红楼梦学会的成立与红楼梦学刊、红楼梦研究集刊创刊共同成为红学新时期的重要标志。

在三十年后的今天，我们回忆往事，深切地怀念为中国红楼梦学会的成立、为中国红学事业发展而做出重要贡献的已经谢世的前辈们，他们是：中国红楼梦学会第一任名誉会长茅盾、王昆仑先生；第一届顾问中的俞平伯、顾颉刚、吴世昌、杨宪益、王朝闻、启功先生；第一任会长吴组缃先生；第一届副会长中的张毕来先生；第一届常务理事中的周绍良、蒋和森、蓝翎先生。除以上第一届中国红楼梦学会领导机构中仙逝的先生们外，还有一些为中国红楼梦学会成立和红学事业发展做出贡献的已经谢世的前辈学者们。对中国红楼梦学会成立以来已经谢世的红学家们，我们永远怀有深深的悼念和崇高的敬意。

中国红楼梦学会不是一个权力机构，不是文化主管部门，甚至与文联、作协都不一样，它完全是一个自愿结合的全国性的群众性学术团体，其宗旨是：团结和组织全国《红楼梦》研究者、爱好者，积极开展学术研究和对外学术交流活动，为推动我国《红楼梦》研究事业的发展而努力。三十年来，中国红楼梦学会始终坚持这个宗旨，积极鼓励和支持广大的《红楼梦》研究者和爱好者，根据“百花齐放、百家争鸣”的方针，开展健康的学术研究，活跃学术思想，提倡实事求是的学风，营造良好的学术氛围。

三十年来，中国红楼梦学会组织或参与组织了七次全国红楼梦学术研讨会，四次全国中青年学者学术研讨会，两次海峡两岸中青年学术研讨会，七次国际红楼梦学术研讨会。这些重要的学术活动分别是：1981年10月在济南与山东大学联合举办的第二次全国红楼梦学术研讨会，这次大会的主题是《红楼梦》的艺术成就。1982年10月在上海与上海师范学院联合举办的第三次全国红楼梦学术研讨会，这次会议围绕《红楼梦》的思想艺术、文物版本、研究方法、家世生平和移植改编等五个专题进行了讨论。1983年11月在南京举办的第四次全国红楼梦学术研讨会暨纪念曹雪芹逝世220周年学术研讨会，这次大会与会代表有230多人，研讨内容涉及曹雪芹家世生平、《红楼梦》思想与艺术及戏曲、电视剧改编《红楼梦》等。在这次大会上，第一历史档案馆公布了新发现的曹家档案史料，还有学者演示了运用电脑检索和研究《红楼梦》的新成果。1985年10月在贵阳举办的第五次全国红楼梦学术研讨会，大会的中心议题是《红楼梦》人物论。1988年5月在芜湖与安徽师范大学联合举办的第六届全国红楼梦学术研讨会，这次会议的主题是“《红楼梦》与中国传统文化”。1994年8月在莱阳举办的第七次全国红楼梦学术研讨会。1996年9月在辽阳举行的第八次全国红楼梦学术研讨会。1998年与天津师范大学联合举办的全国中青年红学研讨会。1999年与浙江师范大学联合举办的全国中青年红学研讨会。2005年与河南教育学院联合举办的全国中青年红学研讨会。2007年与黄冈师范学院联合举办的全国中青年红学研讨会。1999年5月在北京举办了“《红楼梦学刊》创刊20周年庆祝大会暨学术研讨会”。2001年8月与天津师范大学联合举办的新世纪海峡两岸中青年学者红楼梦学术研讨会，及2003年10月在北京举行的“纪念曹雪芹逝世240周年”大会。举办的国际红楼梦学术研讨会有：1986年哈尔滨国际红楼梦学术研讨会，1992年扬州国际红楼梦学术研讨会，1997年北京国际红楼梦学术研讨会，2004年扬州国际红楼梦学术研讨会，2006年大同国际红楼梦学术研讨会，2008年马来西亚国际红楼梦学术研讨会，2009年山东蓬莱国际红楼梦学术研讨会等。我之所以不厌其烦地罗列着我们举办的学术活动，意在回顾我们三十年来走过的历程。我们从以上的活动中可以清楚地看到三十年来中国红学事业的发展脉络，中国红楼梦学会确确实实在团结、组织全国《红楼梦》研究者、爱好者，积极开展学术研究，为推动我国《红楼梦》研究事业的发展做出了不可磨灭的贡献。

中国红楼梦学会的成立、红楼梦学刊和红楼梦研究集刊的创刊，揭开了红学新时期的篇章。而在百年红学史上，红学新时期的三十年，是学术成果最为丰富的时期。其突出的特征是学术研究的多元化，学术思想非常活跃，无论是在作者、家世、版本、脂批的研究，还是在《红楼梦》思想艺术成就的研究，都取得了前所未有的显著成就。当然，毋庸讳言，在红学事业的发展中，一些非学术的因素时时在干扰着红学事业的健康发展。庸俗化、制造噱头的所谓“研究”，还大有市场。作为一个严肃的学术团体，必须坚持学会的宗旨，坚持学术的良知，坚持正确的学术研究方向，坚持实事求是的治学精神，坚持红学界的团结，为推动红学事业的健康发展，为弘扬中华民族优秀传统文化做出我们的贡献。

本次大会一个重要的任务，就是改选中国红楼梦学会的领导机构。上一次改选是在2004年扬州会议上，至今已经过去六年了。根据国家民政部有关规定，超过70岁就不能担任学会的领导职务，这样我们的一些前辈学者将在本次大会之后就不再担任学会的领导职务。学术事业的发展是靠一代一代学人来完成的。当年创立中国红楼梦学会的前辈学者们当时大多都在四五十岁的年纪，个别的学者还不到四十岁。而今天我们一批卓有成就的中青年学者也恰好大多数都在四五十岁的年龄段。我衷心地希望本次大会能顺利地完成学会领导机构的换届改选，希望中青年学者像我们的前辈学者学习，勇担重任，为红学事业的发展做出新贡献。这既是前辈学者的期待，也是红学事业的期待。

三十年前，前辈学者们开创了红学新时期。今天，我们隆重纪念中国红楼梦学会成立三十周年，就是要认真总结三十年来红学事业发展中的经验和教训，进一步推动红学事业有更大的发展。《红楼梦》具有着永恒的魅力，红学也是充满了希望和魅力。我相信，在我们的共同努力下，红学事业一定会取得更大的成就。

最后，借此机会衷心地祝愿我们的前辈学者健康长寿！祝中青学者健康幸福、学术有成！祝本次大会圆满成功！

（原载《红楼梦学刊》2010年第5辑）

在“铁岭市红楼梦学会成立暨纪念高鹗诞辰250周年研讨会”上的致辞

我非常荣幸应邀来铁岭出席“铁岭市红楼梦学会成立暨纪念高鹗诞辰250周年研讨会”，我认为无论是铁岭市红楼梦学会的成立，还是在铁岭举办纪念高鹗诞辰250周年研讨会，都是非常有意义的值得庆贺的事，在这里我谨代表中国红楼梦学会，对铁岭市红楼梦学会的成立和纪念高鹗诞辰250周年研讨会的召开表示热烈的祝贺。

铁岭是与《红楼梦》有缘的，这个“缘”是因为铁岭出了一个高鹗。毋庸讳言，关于高鹗，多少年来在《红楼梦》研究中是一个颇有争议的人物，他是《红楼梦》后四十回的续作者还是《红楼梦》的整理者，他对于《红楼梦》及其传播是有功还是有过，可谓众说纷纭，争论不已，至今争论也没有停止过。不过“平心论高鹗”这个词语似乎越来越被人们所接受。今天我要说我们不仅要“平心”论高鹗，更要“公正”论高鹗，要给高鹗以历史的公正的评价。近些年来，随着人们对高鹗的研究越来越深入，绝大多数的学者认为高鹗不是《红楼梦》后四十回的续作者，而是《红楼梦》的整理者，高鹗当年没有说假话。高鹗即使不是《红楼梦》后四十回的作者，是整理者，他对《红楼梦》的整理及其传播也是有功的，也是非常了不起的。高鹗不是破坏《红楼梦》的罪人，而是有大贡献的人。因此，今天我们在铁岭举办纪念高鹗诞辰250周年研讨会，就更具有不同一般的意义。当然，人们关于高鹗尽可以继续争论下去，不同观点的讨论，有利于研究的深入，但这种讨论和争论，应该是学术的、实事求是的、客观公正的。不管人们持有什么样的观点，有一点则是不争的事实，那就是《红楼梦》一百二十回刻本面世及其广为传播，与高鹗有着极大的关系，仅此一点就足以确定高鹗的历史地位。高鹗毫无疑问是铁岭的历史文化名人，是中国的历史文化名人。我们应该纪念他、研究他。

铁岭市的领导十分重视文化建设，重视红学文化，这是很有战略眼光的。我们每一个人都有自己的样子，或者叫作形象，我们都很在意自己的形象。一个人的形象不在于他长的什么样子，而更在于他的内在气质和文化修养。一个城市的形象也是这样。城市的形象也不在于它盖了多少高楼大厦，修了多少宽敞的道路，这当然是非常重要的。一个城市形象更在于它的历史和文化底蕴，在于它的文化发展。一个没有文化的城市是没有品位和灵魂的。正如胡锦涛总书记所说："当今时代，文化越来越成为民族凝聚力和创造力的重要源泉，越来越成为综合国力的重要因素。"又说："中华民族伟大复兴必然伴随着中华文化繁荣兴盛。"铁岭有着悠久的历史，有深厚的文化底蕴，有高其佩、有高鹗、有端木蕻良，他们都是铁岭的骄傲。而今天的红楼文化可以成为铁岭的名片之一，可以大大提升铁岭的文化品位和影响，并促进铁岭的文化建设乃至社会的发展。

《红楼梦》是中国最伟大的古典小说，它已经成为令中华民族为之骄傲的文化象征。研究《红楼梦》能成为一门专学——红学，这是由《红楼梦》的伟大艺术成就和文化价值所决定的。研究《红楼梦》不仅可以丰富我们的人生，提高我们的审美情趣，更能为弘扬中华民族优秀传统文化，增强民族自信心和自豪感发挥积极的作用。

我衷心地希望铁岭市红楼梦学会能成为联系广大《红楼梦》研究者和爱好者的纽带，坚持正确的研究方向，倡导实事求是的学风，为推动铁岭红楼文化的发展乃至对全国红学事业发展做出积极的贡献。

最后再一次对铁岭市红楼梦学会的成立表示衷心祝贺，并预祝本次纪念高鹗诞辰250周年研讨会圆满成功！

谢谢大家！

在“铁岭高鹗与《红楼梦》学术研讨会”上的致辞

非常荣幸应邀出席“铁岭高鹗与《红楼梦》学术研讨会”。在高鹗的家乡，举办“高鹗与《红楼梦》”的学术研讨会，无论是对红学，还是对铁岭的文化建设，都具有重要意义。在此，我谨代表中国红楼梦学会对本次学术研讨会的举办表示衷心的祝贺。

前不久，即2014年10月15日，习近平总书记亲自主持召开了文艺座谈会，并发表了重要讲话。在这次重要讲话中，他指出，中华优秀传统文化是中华民族的精神命脉，是涵养社会主义核心价值观的重要源泉，也是我们在世界文化激荡中站稳脚跟的坚实基础。他要求我们结合新的时代条件传承和弘扬中华优秀传统文化，传承和弘扬中华美学精神。

我们都知道，习近平总书记一直非常重视对中华优秀传统文化的继承和弘扬，对《红楼梦》也是情有独钟。早在三十多年前他在担任河北省正定县委负责人的时候，就积极争取把正定作为拍摄电视连续剧《红楼梦》的外景地，并在正定主持建设了《红楼梦》荣宁二府。今年他出访法国，在参观里昂中法大学旧址时，还特别会见了法文《红楼梦》全译本译者李治华先生。李治华先生和夫人用了二十七年的时间，翻译了一百二十回本《红楼梦》，成为把中国最伟大的文学作品《红楼梦》介绍到法国的第一人。习近平总书记对李治华先生说，《红楼梦》是鸿篇巨制，把《红楼梦》准确贴切地翻译成法文难上加难。他对李治华先生的执着精神和学术才华，表示由衷的钦佩。

对于中国人来说，《红楼梦》不仅仅是一部伟大的文学作品，它早已成为中华民族的文化符号，这就如同莎士比亚之于英国，普希金、托尔斯泰之于俄国一样，《红楼梦》是中华民族的象征、骄傲，是中华民族优秀传统文化的杰出代表。

说到《红楼梦》，离不开两个人：曹雪芹、高鹗。以前多少年我们出版一百二十回本《红楼梦》，封面一定印上“曹雪芹、高鹗著”。近年有些变化，如人民文学出版社出版的由中国艺术研究院红楼梦研究所校注的《红楼梦》，已经改为“曹雪芹著，无名氏续，程伟元、高鹗整理”，这反映了人们学术观点的变化。但不管你认为高鹗是《红楼梦》后四十回的续作者，还是整理者，出版《红楼梦》你都要写上高鹗的名字，高鹗的名字已经与《红楼梦》不可分离，这是一个不争的事实。

我有一种感觉，就是铁岭的朋友特别希望专家学者们认定高鹗是后四十回的续作者，认为这样高鹗的历史地位就高了，铁岭研究高鹗就更加名正言顺了。其实并不尽然。我倒觉得高鹗即使不是续作者而是整理者，他的历史地位一点也不会低，甚至更高。以往影响对高鹗评价的原因，就在于对后四十回的评价上，以致有人对高鹗极为仇恨，认为高鹗破坏了《红楼梦》，这种“全盘否定高鹗”的极端观点，虽然只是少数人或者说个别人的观点，但影响还是很大的。虽然绝大多数学者还是能够“平心论高鹗”，但由于对《红楼梦》后四十回评价的是是非非，也影响到对高鹗的评价。其实无论你认为高鹗是后四十回的续作者，还是认为高鹗是《红楼梦》的整理者，都不能否认高鹗为《红楼梦》的传播所做出的巨大贡献。作为《红楼梦》传播史上第一位校勘整理者，他和程伟元是功德无量的。正是他们俩结束了《红楼梦》“无定本”“无全璧”的状况，为《红楼梦》的广泛传播做出了不可磨灭的历史贡献。说高鹗是《红楼梦》传播普及“第一人”，毫不为过。这个“第一人”的含义，即是说高鹗是校勘整理《红楼梦》的第一个人，也包含着他是《红楼梦》传播史上贡献最大的一个人。从这个意义上来讲，我们对高鹗的研究和评价还是很不够的。今天我们不仅要“平心”论高鹗，更要公正论高鹗，充分肯定和评价高鹗的历史贡献。

我注意到本次学术研讨会的议题包括：1．高鹗家世、生平研究；2．高鹗续补《红楼梦》后四十回研究；3．高鹗整理、编辑、出版、传播《红楼梦》的贡献研究；4．高鹗文学成就及文学思想研究。这些议题的设计非常专业，也很有包容性，充分考虑到了有关高鹗与后四十回研究的状况。当然，如果再增加一个议题就更好了，这就是高鹗与程伟元关系及其合作的研究，毕竟《红楼梦》“全璧”的问世，是他们两个人合作的结果。

我还注意到，本次学术研讨会的主办单位是中共铁岭市委、铁岭市人民政府，承办单位是铁岭市委宣传部、铁岭市文广新局，这充分表明市委市政府对本次学术研讨会的高度重视。这些年来，我对铁岭市委市政府对文化建设的重视、对《红楼梦》研究的重视印象十分深刻。一个地区、一个城市的文化建设，关系到这个地区、这个城市的文化形象，关系到这个地区、这个城市的全面发展。在铁岭，重视高鹗研究，把高鹗与《红楼梦》作为铁岭的文化名片，将会进一步提升铁岭的知名度，提升铁岭的文化品位，促进铁岭的全面发展。

研究高鹗与《红楼梦》的关系，是红学中的大题目，是红学的重要组成部分，它涉及到后四十回的续作者问题，涉及到后四十回的评价问题，涉及到对高鹗、程伟元历史贡献的评价问题，等等。关于高鹗与《红楼梦》的关系，研究的空间还很大，比如程甲本是第一个校勘本，当年高鹗到底是以哪个早期抄本为底本，到底参校了多少个本子，程甲本与现存早期抄本的异文到底是高鹗的改笔还是有所依据，以及后四十回所依据的抄本问题等等。这些方面的深入研究，一定会对红学的发展产生重要的作用。我衷心地希望铁岭能够成为研究高鹗与《红楼梦》的重镇，为中国的红学事业发展，为弘扬中华民族优秀传统文化，也为铁岭的文化建设做出积极的贡献。

最后，预祝本次学术研讨会取得圆满成功！

2014年12月9日

端木蕻良与《红楼梦》的一世情缘

——纪念端木蕻良先生诞辰百年

今天我们在现代文学馆隆重纪念端木蕻良先生诞辰一百周年，这是非常合适非常有意义的事情，是文化上的一件大事。因为端木蕻良先生是跨越现当代文坛的重要作家，是值得人们纪念的大作家。

今天早上，在我准备来现代文学馆的时候，冯其庸先生给我打电话，说他也非常想参加纪念端木蕻良先生的座谈会，但因人民大学有一重要活动需要他出席，他只能委托我转达他对端木老的深深怀念和敬重之情，并祝座谈会圆满成功。

我在多年前有幸认识端木老，而且有着比较密切的关系，这缘于《红楼梦》。端木老给我留下最深刻的印象，是他的为人太好了，他总是那样和蔼，他是知识渊博的师长，是德高望重的前辈。记得1991年10月15日，在北京金朗大酒店举办红楼梦学刊创刊五十辑暨编委会，那时端木老已身患重病，双腿麻木，行动极为不便，是我和红楼梦学刊编辑部几位年轻的朋友，用宾馆里的沙发椅，把端木老抬进了会议室。端木老当时的得意之态、乐观之情，历历在目。他在会上还兴致勃勃地说到被抬上楼的情境，并风趣地说希望《红楼梦学刊》继续办下去，等到百期纪念的时候还要来。端木老的乐观精神深深地感染了我们，他的不屈不挠的进取精神也一直激励着我们。

毫无疑问，端木蕻良先生是现代文学史上东北作家群中最有影响最有成就的作家之一，也是现代文学史上中国作家中最有影响最有成就的作家之一。很遗憾多年来对端木蕻良的研究是很不够的，对他在现当代文学史上的成就与地位评价得也很不够。

端木蕻良是一个知识渊博、情感丰富、性格鲜明的大作家，他的创作无论是数量还是鲜明的艺术风格和文学成就，都在现当代文学史上占有重要的位置。他在21岁就完成了他的第一部长篇小说《科尔沁旗草原》，成为中国现代文学史上最有影响的代表作之一。东北的沦陷，年轻的端木蕻良成为流亡作家，对日寇的仇恨，对家乡的思念，激发了他的创作热情，他创作了《鴜鹭湖的忧郁》、《大地的海》、《遥远的风沙》、《浑河的激流》等脍炙人口的小说，至今不少人还能背诵他的《土地的誓言》，至今背诵起来仍然会让人们心潮澎湃，那种对家乡、对故土、对祖国的炽热之情，无不令人感动。他以一系列充满了民族情感、浓郁的乡土气息和独特的艺术风格的作品，成为中国现代文学史上最重要的作家之一，他在三十多岁就奠定了他在现代文学史上的重要地位。他的一生都是同中华民族的命运、同伟大时代的使命紧紧地联系在一起。

端木老对《红楼梦》一往情深，在中国作家当中是绝无仅有的。因此，研究端木蕻良，都不能忽略他与《红楼梦》这份情缘，这是研究端木蕻良的一个重要方面。端木蕻良先生在孩童时代就偷偷地看《红楼梦》，他的第一部长篇小说《科尔沁旗草原》明显地受到《红楼梦》的影响，特别是在人物塑造上。他是现代文学史上最早提出向《红楼梦》学习描写人物的作家之一。他曾把《红楼梦》改编成话剧。他写过许多研究《红楼梦》的学术论文，尤其特别重视对《红楼梦》创作经验的总结。他直到生命的最后阶段，还在创作长篇巨制《曹雪芹》。《红楼梦》的情缘伴随了他一生，贯穿了他一生。

端木蕻良先生对《红楼梦》有着极为高度的评价，有着独特的看法。早在1941年，端木蕻良先生在《论忏悔贵族》一文中说："也许我对《红楼梦》的掌故并没有别人那么深，但我的深不在这里，而在'一往情深'之深。可有人曾听见过和书发生过爱情的吗？我就是这样的。"1942年，端木老又说过："《红楼梦》和我有血统关系，在古今中外的一切小说中，我最钟爱《红楼梦》。"（《向〈红楼梦〉学习描写人物》）他认为"《红楼梦》的创作方法是最接近现代长篇小说的手法的”“《红楼梦》是写心灵世界的第一部作品”“我国第一部诉诸视觉的长篇小说，是《红楼梦》”。(以上均见《我看红楼梦》)他还说过：“如果说老子发现了第一自然，用五千言《道德经》来解释他的‘天道观’；孔子发现第二自然，用《论语》来说明孔子的‘人世观’；那么，第三个自然，也就是‘情欲观’，应该推由曹雪芹发现得最为全面，他用《红楼梦》来表现它。”“曹雪芹敢于为警幻仙姑称之为‘天下第一淫人’的贾宝玉立传，没有涵天盖地的胆量，能做到吗？”(《曹雪芹的情欲观》)这些认识看法都反映出端木蕻良先生不是一般地喜欢《红楼梦》，而是对《红楼梦》有深刻的见解。

端木蕻良先生反对过度解读《红楼梦》，他是把《红楼梦》当成小说当成文学作品来读，因此他提倡“不求甚解”的读法。他说：“有人好意把我列到《红楼梦》学者之林，其实，我一直还是一个Amateur(业余的)。但是，我很服膺陶潜‘不求甚解’的读书法，我对‘不求甚解’四字有自己的看法，并不像学者们那样，认为陶潜读书，满足于不甚了了。陶潜恰恰相反，这是对汉儒的繁琐主义的反动。比如，对《关雎》这首诗，汉儒说是歌颂后妃之德就是明显的例证。陶潜亮出‘不求甚解’这个读书标准，以心领神会为最大满足。我受陶潜影响，读《红楼梦》时，既不想与人同，更不想人同我。”(《我看红楼梦》)这个见解我是很赞同的。端木蕻良先生的“不求甚解”，是强调文学的审美阅读，是强调“心领神会”，是强调对文学经典的人生领悟，而不是把《红楼梦》神圣化、神秘化、密码化。端木蕻良先生列举的《诗经·关雎》篇的汉儒解读确实很说明问题。比如说，“关关雎鸠，在河之洲。窈窕淑女，君子好逑。”《诗经》的《关雎》篇，你要是说那是讲男女情爱的，那人就会说“太没有文化了”，明明是讲后妃之德，你怎么会看不到呢？所以晚年的俞平伯先生也说，读《红楼梦》“求深反浅”“求深反惑”。端木先生和俞平老讲的意思差不多。因为端木先生是真正的作家，他懂得创作的规律，小说是靠描写情节、塑造人物来表现的，要有艺术虚构。如果谁在创作的时候，都把人物、情节等等编成了密电码，看起来是男女情爱，实际上我那是要告诉人们“宫廷秘史”，那我想这个人再是天才，他的小说也好不了。所以端木老明确地说："在创作实践中，我总是希望排除'影射'这个玩意儿。因为影射不是艺术，它只会削足适履，而且还不仅仅是削足适履。"（《不是前言的前言》）

端木蕻良先生在《红楼梦》研究上的重要贡献，还在于他非常重视对《红楼梦》创作经验的总结。过去人们在总结《红楼梦》的创作经验时，总喜欢用一些现成的文艺理论套，你说《红楼梦》是现实主义的，他就说是浪漫主义的，或者说主要是现实主义创作，但又有浪漫主义成分等。端木蕻良先生则有不同的看法，他说"我不愿用什么新鲜词儿来概括《红楼梦》的创作，我认为最主要的，是《红楼梦》的创作方法。"他还说："我一直不认为《红楼梦》纯粹是写实手法，我对它的艺术有我自己的看法，无以名之，试名之曰意象手法。""我看《红楼梦》，总是琢磨它的艺术处理，我虽然看了几十年，但绝没有别家读得那么熟。我只想捕捉住它在重要情节里，怎么会造成那么浓郁的气氛来。别的书只会刻画细节，只会交代情节，只会卖弄关节，唯独《红楼梦》却把精力贯注到这个方面来。在《三国演义》中，也许只有水镜先生出场那一段，在《水浒》中也许只有林冲夜走瓦砾场，烘染出适宜的气氛来，但在《红楼梦》里，却是随处可见，而且恰到好处。使读者好像置身在全景的电影中一般，但又不是刻板的真实，而是从人物的情绪中散发出来的主客交流的气氛，会使读者摄魂动魄地接受，而且，使读者也走进书中去了，它是以意象征服了读者的心。"把《红楼梦》的创作归结为"意象手法"，的确是端木蕻良先生的独特见解。作为作家，他有切身感受。他一辈子都在自觉地学习《红楼梦》的创作手法，特别是人物刻画。如果说他早期的一些作品学习《红楼梦》意象手法，还有一些模仿的痕迹的话，他的创作越到后期越显纯熟。在他的最后一部长篇小说《曹雪芹》的创作中得到完美的体现。

端木蕻良先生晚年最重要的工作就是创作长篇小说《曹雪芹》。续写《红楼梦》和创作长篇小说《曹雪芹》，可以说是端木老一辈子的心愿。在钟耀群老师的帮助下，他决定先写《曹雪芹》，他知道因为身体和年龄的原因，他很可能不能最终完成这个心愿，但他还是义无反顾，带着病弱的身躯，去完成自己的心愿。端木蕻良先生一再说，他是在创作小说，而不是写曹雪芹的传记，因此他充分运用高超的艺术手段，精心刻画了曹雪芹的形象。端木老在创作《曹雪芹》时，有意识地把曹家的兴衰与清王朝的政治动荡与社会矛盾联系在一起，《曹雪芹》的上卷和中卷，主要描写曹家将败落那段时期，他的描写上至宫廷皇帝，下至市井草民，展现出一幅生动的社会生活画卷，令人感叹。他不管专家学者们对曹雪芹的生卒年有多少争论，他有意识把曹雪芹的生年放在1715年，这样与曹寅的时代多少近一些，在南京生活时间也多一些，好刻画人物。否则，让曹雪芹五六岁就离开南京到北京，那么江南曹家就不好写了，再怎么写曹雪芹也是一个五六岁的小孩。人们或许感到，端木蕻良先生的小说《曹雪芹》中的曹霑，似乎和《红楼梦》中的贾宝玉有些相似，的确，我也有这样的感觉。但端木老笔下的曹霑，不是贾宝玉的简单模仿，而是与《红楼梦》中的贾宝玉既相似又有区别的一个栩栩如生的形象，尤其曹霑这个形象的生活内容和社会交往，都大为拓展了。

还有李芸这个人物的塑造，也是很巧妙的。李芸是出于表现江南三织造之间关系的需要而虚构的人物，这个人物的塑造既丰富了对曹雪芹形象的生活描写，又解决了江宁曹寅、苏州李煦和杭州孙文成关系的描写。因为在曹家的历史上，江南三织造彼此的关系非同寻常，也是一荣俱荣、一损俱损，特别李煦是不能不提的人物。但写《曹雪芹》，又不能过于枝蔓。所以李芸的刻画就解决了这个问题，李芸也就成了江南三织造兴衰的历史见证人。我想，这也是端木老从《红楼梦》中学到的处理四大家族的手法。

在长篇小说《曹雪芹》中，端木蕻良先生对市井生活的描写也是非常生动非常精彩的。总之，端木蕻良先生最后虽然没有完成《曹雪芹》的创作，但《曹雪芹》上、中卷，洋洋洒洒60万字，特别上卷出版的时候轰动一时，毫无疑问是我国当代文学中的重要收获。

今天是端木老百年诞辰，端木老离开我们也有十六年了，我们非常怀念他老人家。当然今天的纪念，不仅仅是表达思念和敬仰，而是要学习端木蕻良先生高尚的品质，执着的敬业精神，继承他留给我们的丰富遗产。端木蕻良先生留给我们的不仅仅是那么多作品，还有他的精神和高风亮节。他对《红楼梦》的一往情深，不仅仅是美谈和佳话，更是一种品位和对“真情”的心灵呼唤。

（本文是2012年9月21日，在中国作家协会举办的“端木蕻良百年诞辰纪念座谈会”的发言）

纪念伟大作家曹雪芹逝世250周年大会暨学术研讨会开幕词

今天我们在这里隆重举行“纪念伟大作家曹雪芹逝世250周年大会暨学术研讨会”，本次大会是由中国红楼梦学会、文化部恭王府管理中心、北京曹雪芹学会、新绎集团共同主办的。在此，我谨代表中国红楼梦学会，对来自全国各地的专家学者、各位代表和与会的嘉宾朋友们，表示热烈的欢迎和衷心的感谢！

在今年举办纪念曹雪芹逝世250周年的活动，是全国红学界专家学者们的愿望，是许许多多《红楼梦》研究者和爱好者的愿望。今年以来，全国各地都有各种纪念曹雪芹逝世250周年活动，特别是前不久在北京西山由北京曹雪芹学会等单位主办的“曹雪芹艺术节”活动，使得纪念曹雪芹逝世250周年活动达到了高潮。

说到纪念曹雪芹，想起一件往事。2001年，著名红学家蔡义江先生曾在当年的全国政协九届四次会议上有过一个发言，他说：“曹雪芹是我国最伟大的文学家之一。他在世界文学史上的地位与成就，比之于莎士比亚、歌德、巴尔扎克、普希金、托尔斯泰都毫不逊色。但令人遗憾的是，到目前为止，我们还没有一座国家级的曹雪芹纪念馆或博物馆，这与曹雪芹的崇高地位和他对中华文明做出的巨大贡献是极不相称的。前年，我国曾为俄国大诗人普希金举行过盛大而隆重的纪念活动，许多学者在赞叹之余，又不免感慨：我们自己的文学巨匠曹雪芹何时也能享受如此隆重的礼遇？”据说，蔡先生在这次政协会议上还写了提案，希望能够建立一座国家级的曹雪芹纪念馆或博物馆。这当然是蔡先生的美好愿望，也是众多《红楼梦》研究者和爱好者的愿望。但遗憾的是，十几年过去了，已经是曹雪芹逝世250周年的时候了，我们的曹雪芹还是没有享受到普希金那样的礼遇，我们的学者还是只有感慨而已。

当然，认真说起来，曹雪芹也并非没有享受到国家级的隆重礼遇，但那已经是五十年前的往事了。1963年，为纪念曹雪芹逝世200周年，在敬爱的周恩来总理的关心和指导下，我国举办了一系列学术和文化活动，并由文化部、全国文联、中国作协和故宫博物院联合筹办了“曹雪芹逝世200周年纪念展览会”。据说，当时也有计划召开“伟大作家曹雪芹逝世200周年纪念大会”，但因种种原因没有开成。

周恩来总理十分关心纪念曹雪芹逝世200周年的活动，因工作太忙，一直没有时间去看“曹雪芹逝世200周年纪念展览会”的预展，后来他专门委派陈毅副总理去看展览。1963年8月11日下午，受周恩来总理的委托，陈毅副总理到故宫文华殿，参观了“曹雪芹逝世200周年纪念展览会”预展，并与有关同志座谈，对展览会的筹备工作予以充分肯定。在陈毅副总理参观预展之前，有多位中央领导同志都来看过预展，据说胡乔木同志至少来看过三次。在陈毅副总理参观“曹雪芹逝世200周年纪念展览会”预展的第二天，即8月12日晚，周恩来总理在人民大会堂小礼堂观看了昆剧《晴雯》的彩排，看完演出后与剧作者王昆仑、王金陵父女进行了长谈。在陈毅副总理参观“曹雪芹逝世200周年纪念展览会”预展一周后，即1963年8月17日，“曹雪芹逝世200周年纪念展览会”在故宫文华殿正式开幕，纪念展览会至11月17日结束，成为轰动一时的文化盛事。如今虽然五十年过去了，但往事并不如烟，五十年前“曹雪芹逝世200周年纪念展览会”的轰动场面，在许多老先生那里仍是历历在目，令人难以忘怀。

毫无疑问，曹雪芹是中国最伟大的作家，他值得中国人民缅怀、纪念。因为他是《红楼梦》的作者，是中华民族文化的象征。

曹雪芹的一生历经坎坷，他从一个贵族子弟而沦落为“举家食粥酒常赊”的落魄文人，特别是他的晚年在经历了失去独子的悲伤后，不过数月即撒手人寰，正是“平生遭际实堪伤”。曹雪芹只在世上度过了四十年或四十多年的生活，他的人生是不幸的，正因他经历了人生的不幸，从而对社会、对人生有了深刻的认识。他的不幸的人生经历加上他的天才，也从而造就了旷世奇书《红楼梦》。从这个意义上讲，曹雪芹的不幸而成就了中华民族的万幸。难以想象，如果我们没有曹雪芹和《红楼梦》，中华民族将蒙受多大的损失。正是因为有了曹雪芹和《红楼梦》，中国人面对着莎士比亚、巴尔扎克、普希金、托尔斯泰等等世界文学巨匠，而不会不好意思。因为曹雪芹的《红楼梦》以其深邃的思想、精湛的艺术和永恒的魅力，可以与世界上任何一部文学经典相媲美而毫不逊色，它永远矗立在世界文学的珠穆朗玛峰上，是中华民族的骄傲。

我们今天纪念曹雪芹，当然是因为他是《红楼梦》的作者。在纪念这位伟大作家的隆重场合，我们还要谈《红楼梦》作者是不是曹雪芹，不免令人感到遗憾和无奈。我们提倡学术上百家争鸣，尊重任何一位学者在学术探讨上的追求。但学术争鸣要在学术的范围内进行，要有严谨的治学态度和实事求是的精神，一句话，论证《红楼梦》著作权要靠材料说话，而不是靠“猜想”立论。曹雪芹是《红楼梦》的作者，这是一个不争的事实。需要特别指出的是：在《红楼梦》产生的时候，《红楼梦》最初在亲朋好友中传阅评点的时候，《红楼梦》作者不存在问题，《红楼梦》作者就是曹雪芹，这有《红楼梦》书中记载的证明，有脂砚斋批语的证明，有曹雪芹同时代的亲朋好友圈子里的人记载的证明。这些材料的可靠性是毋庸置疑的。曹雪芹的著作权不可动摇！任何否定曹雪芹著作权的人都必须把《红楼梦》书中的记载、把脂砚斋的批语的铁证、把明义永忠记载的证明等等都否定了才行。

我们今天纪念曹雪芹，不仅仅是为了表达我们的崇敬与缅怀，更是为了进一步推动红学的发展。《红楼梦》研究能成为一门专学，这本身就证明了《红楼梦》的价值。或许有人对《红楼梦》研究能成为一门专学表示不解，或者对红学的“学”产生质疑。但红学的发展历程及其成就，无可争辩地证明红学存在的合理性及其价值。任何文学大师和文学经典，都不是谁的恩赐和命名的，而是一个历史的自然形成过程，又是一个接受、阐释、发现文学经典价值的过程。而决定性的因素是文学经典的价值，是文学经典提供的对社会、对人生、对人的认识价值和审美价值。曹雪芹和《红楼梦》就是这样的能经得起历史检验的文学大师和文学经典。红学学术史的过程，也就是《红楼梦》经典化的过程，也可以说对一部小说《红楼梦》的研究能成为一门专学，这是由《红楼梦》价值决定的，而《红楼梦》研究的过程即红学史的历程，就是《红楼梦》的价值不断被发现的过程。《红楼梦》作为文学经典，正是在一代一代读者的阅读、阐释和价值发现中形成并逐渐完善的。红学充满了希望和魅力。

二百多年来，《红楼梦》研究取得了世人瞩目的成就，产生了广泛而深远的社会影响。《红楼梦》研究需要做的事情还有很多，诸如对作者曹雪芹及其家世的研究、对《红楼梦》版本的研究、对脂砚斋批语的研究，我们既期待新的材料的发现，也寄希望于对已有材料的深入挖掘与研究。这方面仍有着研究的空间，尤其是注重科学的研究方法，注重已有材料的互证，注重对材料的去伪存真的探讨，这些都是红学的重要组成部分。我们不了解作者及其家世，不了解作者创作《红楼梦》的时代背景，不懂得《红楼梦》的版本，你就不可能对《红楼梦》有更深入的认知。当然，《红楼梦》毕竟是一部文学作品，阐释和发现《红楼梦》对社会、对人、对人生的认识价值与审美价值，是我们研究《红楼梦》的终极目的。因此，对《红楼梦》的研究，不是回归文本的问题，而是立足文本的问题。立足文本，深入认识《红楼梦》的思想艺术价值，是红学的主要任务与方向。

《红楼梦》已经成为中华民族的文化符号，成为中华民族的文化象征。我们今天纪念曹雪芹当然是对大师的缅怀，而更是为了传诵经典，为了继承和弘扬中华民族的优秀文化，树立民族文化的自信，是为了今天的文化发展和明天的文化追求。因此，在中国社会发展的转型时期，在中国经历了改革开放的历史巨变之后，我们这个社会、我们这个时代更需要大师和经典。因为我们这个社会太缺少传统气息了，太缺少古典意蕴了，太缺少对历史和传统的敬重、敬畏了。而影响中华民族文化进程的文学大师及其经典如曹雪芹与《红楼梦》，对于我们今人、今天，就如同我们拥有了一座取之不尽的文化宝库，它对我们民族文化的发展具有不可估量的作用，具有着不可替代的认识价值和审美价值。因此，纪念曹雪芹，在今天更具有重要的意义。

十年前，中国红楼梦学会曾举办过纪念曹雪芹逝世240周年活动，我记得冯其庸先生写过一篇《伟大作家曹雪芹逝世240周年祭》，他是这样说的："曹雪芹所深沉叹息的'谁解其中味'的'味'，这就是我们现在能够探索到的，我深信，这也就是曹雪芹最希望人们能理解到的。对未来社会的全新理想，对人类的伟大的爱"，他还说："我们怀着虔敬的心情，谨以此点，作为香花之荐，祭告于伟大作家曹雪芹在天之灵！《红楼梦》是中华传统文化的瑰宝和新的升华！《红楼梦》永远和未来的时代在一起！"冯老十年前的祭告，也说出了我们每一个人的心声：缅怀大师，传诵经典，文化自信，梦圆中华！

最后，我要借此机会特别感谢文化部恭王府管理中心、感谢北京曹雪芹学会、感谢新绎集团。举办此次纪念伟大作家曹雪芹逝世250周年大会暨学术研讨会，是由中国红楼梦学会发起的，准备了很长时间，得到了其他三家主办单位的鼎力支持。如果没有他们的支持，我们是不可能搞起来的。我提议各位专家学者和与会代表们，用用热烈的掌声向他们表示衷心的感谢。

我要特别感谢文化部恭王府管理中心展览部冯令刚主任和他的工作团队。从开始筹备纪念活动，他们就积极参与，并为本次会议的筹备特别是会议的各项细致的设计制作和展览的设计、布展等等，做了大量的精心细致的工作。

我要非常感谢新绎集团的鼎力相助，我要当着王玉锁主席的面，表扬一下你的部下，表扬一下新绎爱特艺术发展有限公司，特别是两位热情而能干的女将张杏兰总经理和张利娜副总经理以及他们的工作团队，在筹备工作中，他们表现出的热情、真挚、敬业、认真、干练，都给我留下了深刻的印象。

我提议，用掌声向冯令刚主任和他的工作团队，向张杏兰、张利娜两位总经理及其他们的工作团队表示衷心的感谢！

尊敬的各位，此时此刻，在即将结束我的致辞的时候，我最想说的话就是：伟大的曹雪芹，不朽的《红楼梦》！

谢谢大家！

2013年11月23日

（原载《红楼梦学刊》2014年第1辑）

在巴中市红楼梦学会成立大会上的致辞

当我听孙伟科秘书长介绍巴中要成立红楼梦学会的时候，我的感觉，第一是很吃惊，第二是很兴奋。吃惊的是远在川东北的巴中也成立红楼梦学会了！感到高兴的是我这回可以有正当的理由去巴中看看了。那么根据我们一般的经验是，某一个地方要成立红楼梦学会，那里肯定是有几个超级“红迷”，所以孙伟科秘书长向我特别介绍了向前先生。

我收到向前先生的信，我真的感觉他对《红楼梦》非常熟悉，非常热爱，特别是字写得很漂亮，是书法家的水平。但除此之处我对他一无所知。他是巴中市一个部门的主要负责人，我是昨天才知道的。但我知道，就是因为有了向前先生这种超级“红迷”，有他的引领，巴中才能团结一批“红迷”，才能成立红楼梦学会。

我觉得在巴中成立红楼梦学会确实是件很有意义的事情。当然可能会有人说，巴中市为什么成立红楼梦学会？巴中和《红楼梦》有什么关系？按照人们一般的思维方式，你这里又不是曹雪芹出生的地方，也不是他的祖先所在地，更不是曹雪芹创作《红楼梦》的地方，那么你为什么要成立红楼梦学会，《红楼梦》跟你有关系吗？

由此我想到这样一个问题，就是说怎么看待《红楼梦》和我们中国人的关系，《红楼梦》和我们今天的关系。昨天我接受采访的时候，我突然想到这样一句话，英国人谈到莎士比亚的时候，他们说，莎士比亚在我们英国人心中，仅次于圣经，那地位是很高很高的。由此我还想到，我们中国有一位非常著名的红学家蒋和森先生，在座的喜欢《红楼梦》的应该知道他，蒋和森先生已经去世了。他在上个世纪五十年代的时候，写过一本非常有名的研究《红楼梦》的学术著作《红楼梦论稿》，我认为他是红学史上是第一个把论文写得像散文一样那么漂亮的人。我没有赶上那个时代，据说当时很多少男少女读了蒋先生的书都很着迷。比如说他论林黛玉，一开头是“你是眼泪的化身，你是多愁的别名”，富有诗情画意，一下子就把人们的心抓住了。就是这个蒋先生，他曾经说过这样的话，他说：“英国人说宁可丢掉东印度，也不能失去莎士比亚。”东印度当时是英国的殖民地。蒋先生又说我要借用这句话说：“中国宁可不造万里长城，也不能没有《红楼梦》。”当我听说蒋先生说这个话的时候，认为蒋先生是极而言之，不外乎是要强调《红楼梦》在他心目中是多么的了不起多么的伟大。中国当然不可能不要万里长城，万里长城也是中华民族的象征，是祖先留给我们的伟大遗产。后来我看到蒋先生这个讲话的全部内容的时候我震惊了，他是这样讲的，他说：“英国人以莎士比亚自豪，说宁可失去东印度，也不可失去莎士比亚。那么，我以为也可以这样说，中国宁可不造万里长城，但不能没有《红楼梦》。”蒋先生认为，因为万里长城是封建专制的产物，以至于产生了孟姜女哭长城那样悲惨的故事。而《红楼梦》不是，“《红楼梦》是一个伟大艺术心灵的呼唤”，是面对人间的“啼痕”和“辛酸”而造就出的一项伟大的工程。由此我想到，中国虽然没有《圣经》，我们没有那样的一句话来比喻对《红楼梦》的崇敬，但《红楼梦》在中国人民的心目中的地位，就像莎士比亚在英国人心目中的地位一样崇高。《红楼梦》是属于每一个中国人的，《红楼梦》是与我们每个中国人息息相关的。

前不久，我们刚刚在北京附近的廊坊市举办了“纪念伟大作家曹雪芹逝世250周年大会暨学术研讨会”，在那次研讨会上，我有一个开幕词，我说了这样一段话，我说：“难以想象，如果我们没有曹雪芹和《红楼梦》，中华民族将蒙受多大的损失。正是因为中国有了曹雪芹的《红楼梦》，中国人面对莎士比亚、巴尔扎克、普希金、托尔斯泰等等世界文学巨匠，而不会不好意思。因为曹雪芹的《红楼梦》以其深邃的思想、精湛的艺术和永恒的魅力，可以与世界上任何一部伟大文学经典相媲美而毫不逊色，它永远矗立在世界文学的珠穆朗玛峰上，是中华民族的骄傲。”

所以我觉得，大家要成立红楼梦学会，是因为喜爱《红楼梦》，表达出了我们对民族文化、民族经典的一种深厚的感情。《红楼梦》与我们每一个人都有密切的关系，《红楼梦》确确实实让我们中国人感到骄傲，《红楼梦》可以增强我们的民族自信心和自豪感。特别是在今天，在中国经历了改革开放三十多年的今天，中国的社会发生了天翻地覆的变化，中国的GDP上去了，中国人有钱了，但是中国在发展过程当中，越来越感觉到中国传统气息少了，中国的古典意蕴少了，我们的问题也多了。这个时候，我们很期待着弘扬中华民族优秀传统文化，能使我们这个民族更具有一种文化的气质。我记得1997年我们在北京举办国际红楼梦学术研讨会的时候，著名红学家冯其庸先生提过这样一个观点，他说应该把了解不了解、熟悉不熟悉、认识不认识《红楼梦》，作为衡量中国人人文素质的标志之一。我认为这是非常有道理的。如果一个英国人不知道莎士比亚，俄国人不知道普希金和托尔斯泰，他能算是合格的英国人、俄国人吗？特别是在今天，在我们这个时代，我们这个社会，更需要李白、杜甫、曹雪芹这样的文学艺术大师，需要《红楼梦》这样的文学经典。因为它带给我们的不仅仅是一部小说所提供的对历史文化的认识，它远远超出了文学的范畴。所以我们常常说《红楼梦》在中国是一个非常伟大的文化符号、文化象征。

我曾经和学生讲，你可以通过《红楼梦》了解封建社会，认识人生，这是没有问题的。《红楼梦》不是一部通常所理解的仅仅是谈恋爱的书，甚至宝黛爱情都不是《红楼梦》的主要内容。《红楼梦》是一本什么书呢？就是讲社会、讲人生、讲人性的书。你看贾宝玉，谈得最多的是什么？是死！他最想干的事是什么？逃离大观园。所以《红楼梦》表现出对生活、对人生的探讨，这是永恒的。当然宝黛爱情那种感天动地也是永恒的。除此之外，《红楼梦》所提供给我们的那种精神上的力量，文化上的内涵，有的时候是很难用语言来诠释的。我想今天我们研究《红楼梦》，我们对《红楼梦》有一些认识，那么一百年以后，一千年以后，我们的后人看《红楼梦》也会随着他们的人生阅历，随着时代的变化，会对《红楼梦》有些新的解读，有些新的认识。《红楼梦》对于我们具有永恒的认识价值和审美价值。

伟大的文学经典，它所提供给我们的财富是无穷无尽的。《红楼梦》是曹雪芹留给中国人的一部伟大的文学宝库，这文学宝库里面藏了很多很多珍贵的遗产，取之不尽，用之不竭。巴中市成立红楼梦学会是一件好事，对于我们国家文化学术的发展是有好处的，对我们地方的文化发展同样也是有好处的。它可以唤起更多人对伟大文学经典的热爱，提高人们的人文素养，增加人们对人生对社会的认知。

因此我寄希望于巴中市红楼梦学会的成立，希望向前先生和巴中市红楼梦学会，能够带动更多的人喜爱《红楼梦》，读《红楼梦》，带动更多的人关心我们国家的文化建设，使我们伟大的祖国真正站在中华民族优秀传统文化的根基上，走向新时代。再次对巴中市红楼梦学会成立表示衷心的祝贺！并祝各位“红迷”们，不管是“深红”还是“浅红”，希望大家多读一遍《红楼梦》。并祝你们健康，幸福。

谢谢大家！

2013年11月29日

呼吁建立国家级曹雪芹纪念馆

在北京建一座曹雪芹纪念馆，是周恩来总理于上个世纪六十年代初提出的，这也是广大《红楼梦》研究者和爱好者多年的愿望。但至今，在北京乃至中国的任何一个地方还没有一座国家级的曹雪芹纪念馆。我认为，现在该是实现周恩来总理遗愿，建立一座国家级曹雪芹纪念馆或博物馆的时候了。

我们常说中华民族有着几千年的灿烂的文化，并以此自豪于世界民族之林。而要说到中华民族优秀的传统文化，就不能不提到曹雪芹和他的《红楼梦》，因为曹雪芹和他的不朽杰作《红楼梦》毫无疑问是中华文化最优秀的代表之一，是中华民族对人类文明的巨大贡献，是中华民族的骄傲。这样的评价，对曹雪芹和《红楼梦》来说并不过誉。无论是从《红楼梦》所取得的思想和艺术成就看，还是它在中国文学史乃至世界文学史上的地位，《红楼梦》和它的作者曹雪芹都称得起“伟大”。我们可以毫不夸张地说，古往今来，纵观世界小说史、文学史，还从来没有一部未完成的作品能像《红楼梦》那样，产生了如此广泛而深远的影响，引起了那么多人的浓厚兴趣和热烈讨论，取得如此不朽的地位，这充分显示了《红楼梦》所具有的巨大魅力和不朽价值。因此我们有充分的理由要求为曹雪芹这位令中国人民为之骄傲的伟大文豪安一个“家”。

国家级的曹雪芹纪念馆建在哪里为好？我个人认为南京、北京都合适，而北京更应该、更有条件。曹雪芹出生在南京，但他很小就回到了北京，他的一生大多时间是在北京度过的，在北京创作了《红楼梦》，最后亦埋骨在北京。曹雪芹是北京人，北京是曹雪芹的故乡。而且北京如今是首都，是我国的政治、文化中心，所以在北京建国家级的曹雪芹纪念馆或博物馆是非常应该、是非常合适的。

在北京建国家级的曹雪芹纪念馆或博物馆，有两处地址可以考虑：一是崇文门外蒜市口大街；一是香山卧佛寺、樱桃沟附近的北京植物园内。崇文门外蒜市口大街十七间半地方，是曹雪芹随祖母回北京后第一个落脚处，这有文献记载可证。但如今那一带因扩建道路，原有老建筑不复存在。预留的计划恢复“十七间半”的地方面积较小，建国家级的曹雪芹纪念馆或博物馆显然不够，周围的环境也不协调。我非常赞成在北京植物园内建一座国家级的曹雪芹纪念馆或博物馆，这是最为理想的。

我们从曹雪芹的朋友敦诚、敦敏、张宜泉所写的有关曹雪芹的诗中，确知曹雪芹的晚年生活在北京的西山一带，他们的诗中多次提到“西郊”、“西山”、“黄叶村”，而且对曹雪芹的居住环境也有一些描写。如敦诚和他的哥哥敦敏去西郊访晤曹雪芹后写的《赠曹雪芹》诗中说：“满径蓬蒿老不华，举家食粥酒常赊”、“何人肯与猪肝食？日望西山餐暮霞”。敦敏在《赠芹圃》一诗中说：“碧水青山曲径遐，薜萝门巷足烟霞。寻诗人去留僧舍，卖画钱来付酒家。”在另一首《西郊同人游眺兼有所吊》诗中有句：“秋色招人上古墩，西风瑟瑟敞平原。遥山千叠白云径，清磬一声黄叶村。”张宜泉《和曹雪芹西郊信步憩废寺原韵》中写道：“君诗曾未等闲吟，破刹今游寄兴深。”“寂寞西郊人到罕，有谁曳杖过烟林？”在《题芹溪居士》诗中张宜泉写道：“爱将笔墨逞风流，庐结西郊别样幽。门外山川供绘画。堂前花鸟入吟讴。”虽然‘西郊”“西山”的范围很大，但根据曹雪芹这几位朋友诗中的描写和香山一带民间有关曹雪芹的传说，许多红学家认为曹雪芹晚年生活的地方应该是在如今的卧佛寺、樱桃沟附近。北京植物园内正白旗村附近就有清代遗留的“古墩”，有乾隆时期的“河墙”，樱桃沟内有五华寺、广泉寺、普济寺遗址，这些都与敦诚、郭敏、张宜泉等人诗中的描写相符。我并不认为正白旗38号老宅就是曹雪芹居住的地方，但这里应该与曹雪芹居住生活的地方不远。更何况早在

1984年北京植物园就在原正白旗村建立了我国第一家曹雪芹纪念馆，有一定的基础和条件，具有一定的影响。因此在北京植物园黄叶村曹雪芹纪念馆的基础上，建国家级的曹雪芹纪念馆或博物馆是非常合适，也非常可行的。

鉴于以上的理由，我认为在北京植物园内建国家级的曹雪芹纪念馆或博物馆一定会得到各个方面的关心和支持。现有的曹雪芹纪念馆虽然规模不大，但经北京植物园的同志们多年努力，办得还是不错的。江泽民同志曾参观视察了黄叶村曹雪芹纪念馆，充分肯定了这个纪念馆在弘扬中华民族优秀文化、振奋民族精神方面起到了好的作用。贾庆林同志在北京市任职期间，也给予了这个曹雪芹纪念馆很多关心和帮助，杨尚昆、李瑞环、吴邦国、李岚清等党和国家领导人都参观过曹雪芹纪念馆。这里每年接待来自国内外的游客和《红楼梦》研究者、爱好者更是数不胜数。但这里毕竟还不是一个国家级的曹雪芹纪念馆，还有待于提高和发展。北京和中国应该为曹雪芹建一个与他的地位、影响相称的像样的“家”。

我非常赞成刘世德等先生的意见，建国家级的曹雪芹纪念馆或博物馆，既是为了纪念曹雪芹，为人们提供一个凭吊、瞻仰这位伟大作家的地方，同时也要着眼于文化建设和学术研究，这里不仅应该有丰富的展品、丰富的收藏，还应该成为一个曹雪芹和《红楼梦》研究资料中心，从而赋予纪念馆或博物馆更丰富的内容，发挥更好的作用。毫无疑问，这样的纪念馆或博物馆应该成为学习和弘扬中华民族优秀传统文化的基地，成为青少年爱国主义教育的基地。这对于坚持中国先进文化的发展方向是具有积极意义的。

但愿这个企盼不是一个梦，但愿2008年奥运会在北京举办的时候，这个企盼已经实现。

（原载《红楼梦学刊》2004年第3辑）

《楝亭集笺注》序

胡绍棠先生积历年之功完成《楝亭集笺注》，这实在是一件值得庆贺的成就，因为到目前为止《楝亭集》尚无注本问世，绍棠先生的笺注本则是第一本。这项工作不好做，但对《红楼梦》研究来说又非常需要。古人说："知人论世"，我们要真正地了解和认识《红楼梦》，就不能不更多地了解它的作者曹雪芹，当然也包括他的家世。而在曹雪芹家世中，曹雪芹的祖父曹寅是一个至关重要的人物。研究曹寅，研究他最主要的作品《楝亭集》，这对我们了解《红楼梦》创作的历史和社会背景，了解曹寅及其曹家由盛而衰的巨大变故对《红楼梦》创作的影响，了解曹雪芹的创作动机和思想性格，都是十分有意义的。

我们知道，任何一部成功的作品无不是作家人生体验和感悟的结晶，《红楼梦》更是这样。《红楼梦》不是曹雪芹的自叙传，但根据以往的研究成果我们可以清楚地看到曹雪芹的家世与《红楼梦》的创作有着密切的联系，《红楼梦》中的许多素材就直接来源于曹家的生活，比如元妃省亲，就是从康熙南巡化出来的。《红楼梦》第十六回写到贾府忙着修建大观园，准备迎接大小姐元春回来省亲，赵嬷嬷回忆当年"太祖南巡"，说贾府："只预备接驾一次，把银子花的淌海水似的"。又说独江南甄家"接驾四次"，"别讲银子成了粪土，凭是世上有的，没有不是堆山积海的。'罪过可惜'四个字竟顾不得了。"这里说的"江南甄家"无疑是"江南曹家"的影子，而正是在曹寅担任江宁织造的时候接驾了四次。曹家在曹寅的时代达到了鼎盛时期，曹寅四次接驾康熙皇帝，使曹家享受了无比的荣耀，正如《红楼梦》中描写元春省亲时的情景一样，可谓“烈火烹油，鲜花着锦”之盛。然而，好便是了，也正是因为曹寅四次接驾，造成了巨大的经济亏空，从而埋下了衰败的祸根。真是兴也曹寅，败也曹寅。过去关于曹家败落原因的研究，有政治原因说、经济原因说及骚扰驿站说三种观点的讨论，其实单纯地说曹家败落是因政治原因、经济原因或骚扰驿站，都很难解释清楚曹家败落的因由。应该说既有政治的原因，也有经济的原因。曹寅因接驾造成的亏空，无论是康熙皇帝还是曹寅本身，早就感到是一个不可忽视的大问题。虽然康熙十分清楚曹寅亏空的真正原因，但还是不止一次地提醒曹寅要千万小心，曹寅也深知关系重大，至死也因亏空事而不能瞑目。但在康熙一朝，因有康熙皇帝的庇护，曹家并没有出事。当康熙去世，雍正上台，失去了靠山的曹家，亏空的危机就凸现出来了。在政治上雍正并不信任继任曹寅、曹颙担任江宁织造的曹頫，对他没什么好印象，说曹頫“向来混账风俗惯了”“原不成器”，甚至怀疑他“乱跑门路”“坏朕名声”。所以曹家败落的原因不能排除政治的因素，改朝换代对曹家的影响是显而易见的。不过亏空则是导致曹家败落的主要原因。雍正上台，大刀阔斧地整治吏治，其中清查钱粮、清理亏空是重要的方面。雍正虽然对曹頫没什么好看法，但并没有像对待李煦那样很快就查抄流放，而是要他如数补足亏空，给了曹頫一个机会。直到雍正五年出了骚扰驿站的事情，才查封了曹家的财产。但曹家比李煦家幸运得多，在北京崇文门外蒜市口还拨给了十七间半房子，让曹家在北京还有个地方住。看来雍正对曹家是手下留情了。曹家虽说在曹頫身上彻底败落了，但根子在曹寅的时代就埋下了，问题还是出在亏空上，骚扰驿站不过是一个导火索或是由头。研究曹家兴衰的命运，曹寅是个关键。曹家兴衰的巨大变故毫无疑问对曹雪芹有着重要的影响，因此研究曹寅对了解曹雪芹的思想和《红楼梦》的创作是很重要的。

曹寅对曹雪芹到底有多大的影响？学者们的关注不仅仅是因为曹寅在曹家兴衰变故中的重要作用，还有的就是曹寅本身的才华、喜好、交游和思想。曹寅是一个很有才华的人，可谓多才多艺，文武双全。他不仅诗文在清代有一定的地位，而且熟知经史，精通理学，对禅宗道家也深有理解。曹寅还是一位剧作家，创作有传奇《续琵琶》、《虎口余生》及杂剧《太平乐事》、《北红拂记》等。他的绘画书法也很有造诣。几年前曾有一位年轻的收藏家到红楼梦学刊编辑部来，给我看过他收藏的曹寅画的册页，一共六幅，画的都是山水，我感觉画得不错。据一些专家鉴定认为是真品。曹寅还是一位藏书家，据《楝亭书目》著录，曹寅藏书共有3287种，其中说部就有469种，这只是著录在册的，他的友人张伯行说他“经史子集，藏书万卷”，这是可信的。曹寅甚至还能粉墨登场，其友人张大受《赠曹荔轩司农》诗中说：“多才魏公子，援笔诗立成。有时自粉墨，拍袒舞纵横。”看来，曹寅不止是一个官僚、文人，还是一个才华横溢、兴趣广泛的人，他这些方面会不会对他的孙子曹雪芹产生了很大影响呢？我们读《红楼梦》常常被作者的才学知识所震撼，常常感叹曹雪芹怎么什么都懂啊！无论是建筑、诗词、服饰、饮食，还是医药等等无不精通。俞平伯先生晚年曾不无感慨地说，《红楼梦》怎么能是一个人创作的呢？一个人怎么能创作出一部《红楼梦》呢！俞老的意思当然不是说《红楼梦》不可能是曹雪芹一个人创作的，而是对曹雪芹多方面的才华感到不可思议和由衷的敬佩。曹雪芹当然是一个天才，但天才并不是天生的，天才除了本人的天分之外，后天的学习努力则是不可缺少的，而家学的渊源也是一个重要的因素。曹寅去世时，曹雪芹还没有出生，但有这样一位祖父，对曹雪芹产生影响是不奇怪的。

曹寅在思想上、精神上是否对曹雪芹有过什么直接的影响呢？这是人们更为感兴趣的问题。湖南师范大学教授刘上生先生在《〈楝亭集〉与〈红楼梦〉》一文就探讨了这个问题，他认为《楝亭集》与《红楼梦》的关系有重要的研究价值，“因为它们是祖孙二人的精神载体。认识曹雪芹对乃祖思想性格和精神文化遗产的继承和扬弃，有助于对《红楼梦》内在意蕴的深层把握。”[1]在这篇文章中刘上生先生首先就注意到了曹寅、曹雪芹祖孙二人一脉相承的爱石情结和石头意象在他们各自书中的突出地位，并分析了曹寅诗中表现出的自由心性、不材之愤和反奴意识及其对曹雪芹的影响。对刘先生的具体观点人们可能会有不同的见解，但我认为这样的研究是很有价值的。绍棠先生的《楝亭集笺注》同样对曹寅诗中反映出的思想人格予以了极大的关注，正如他在前言中所说：“《楝亭集》中的许多诗文是曹寅生活和思想的直接反映。从《楝亭集》我们可以了解曹寅的思想、为人和生活的方方面面：有作侍卫时奉差奔劳的艰辛与感慨，有欲建功业而又科第无门的抑郁，有宦途受挫时的委屈与恐惧。从《楝亭集》中我们可以看到曹寅独特的身世经历，独特的身份地位使他形成的独特的处世态度，他的上升、腾达，以及晚年对于身后的败落与萧条的隐约预感。”曹寅这些生活的感受和人生体验，是否影响和启迪了他的孙子曹雪芹的心志，从而加深了曹雪芹对社会和人生的认识呢？这确实是一个非常令人感兴趣和值得深入研究的问题。

绍棠先生的《楝亭集笺注》不仅是一般的古代诗文集的注本，或是说是一本红学资料书，而且是一本有很高学术含量的书。绍棠先生除了注重诗词文意的注解诠释之外，还特别注重与曹寅经历交游有关内容的挖掘与阐释，还解决了不少有关曹家家世和曹寅生平经历中以往研究尚未提到或尚未解决的问题，如关于顾景星与曹寅的舅甥关系、关于曹寅的弟弟曹宣生年的问题、关于曹寅丧妻及续娶的时间问题、关于曹玺故后曹家所遭遇的政治挫折问题等等，绍棠先生或有新材料的发现，或有新的认知，表现出深厚的学术功底和实事求是的治学精神。

研究曹雪芹家世，是红学的重要内容之一。自胡适开创新红学以来，有关曹雪芹家世的研究涌现出许多重要的成果，特别是在红学新时期，对曹雪芹家世的研究成果更多也更为深入，从而奠定了研究《红楼梦》的重要基

① 载《红楼梦学刊》1998年第3辑。

础。绍棠先生的《楝亭集笺注》毫无疑问是红学的重要成果，我们期盼能有更多的这样的学术成果的出现，从而使我们对曹雪芹和他的《红楼梦》有进一步的认识。

是为序。

2007年5月2日于江苏丰县

《四松堂集》付刻底本影印本跋

祥夫兄从大同打电话告我，大同市红楼梦学会与北京图书馆出版社合作，拟影印出版《四松堂集》的付刻底本，玉义部长嘱我写跋。这个消息令我非常高兴。对于研究曹雪芹生平事迹来说，敦诚的《四松堂集》是极为珍贵的第一手资料，具有重要的学术价值。据我所知，虽然研究《红楼梦》的许多人对《四松堂集》都不陌生，然而真正看到《四松堂集》付刻底本的人并不多，甚至是极少数的人才能看到，所以《四松堂集》付刻底本的影印出版，真是一件值得庆贺的事，它的出版为大同国际红楼梦学术研讨会的召开送上了一份厚礼。

胡适之先生是第一个对《四松堂集》予以关注并积极寻找的人。他在写《红楼梦考证》（初稿）的时候，还不知道敦诚的《四松堂集》，当时有关曹雪芹生平事迹的材料几乎没有，所以胡适在《红楼梦考证》的初稿中说："曹雪芹的事实，除了《随园诗话》一条之外，别无他种可靠的材料。"当时胡适只能根据袁枚《随园诗话》卷二中的记载："其子雪芹撰《红楼梦》一书，备记风月繁华之盛。其中所谓大观园者，即余之随园也。"并得出几条重要结论：（1）乾隆时的文人承认《红楼梦》是曹雪芹做的；（2）曹雪芹是曹楝亭的儿子；（3）此条说大观园是后来的随园。虽然得出这样的结论，但治学严谨的胡适深感有关曹雪芹资料的缺乏，他在完成《红楼梦考证》的初稿后，还到处积极搜寻各种曹家有关的资料，也委托他的学生顾颉刚帮助查找。他在1921年4月2日给顾颉刚的信中说："近作《红楼梦考证》，甚盼你为我一校读。

如有遗漏的材料，请为我笺出。”顾颉刚先生在《古史辨·自序》也说到当时的情景：“胡适之先生是第一个从曹家的事实上断定这书是作者的自述……他感到搜集的史实的不足，嘱我补充一点。那时正在无期的罢课之中，我便天天上京师图书馆，从各种志书及清初人诗文集里寻觅曹家的故事。果然，从我的设计之下检得了许多材料。把这许多材料联贯起来，曹家的情形更清楚了。”1921年5月的一天，胡适在图书馆里翻阅《楝亭书目》，一位叫张中孚的先生得知他在搜求曹雪芹家材料，就告诉胡适他在杨钟羲的《雪桥诗话》里见到有关曹雪芹的事迹。第二天张中孚先生给胡适写信，特别提到敦敏敦诚兄弟，告诉胡适：“敦诚字敬亭，别号松堂，亦有诗集。”这引起胡适极大的重视，不久他就找到了《雪桥诗话》和《雪桥诗话》续集，知道了敦诚有《四松堂集》，并开始积极搜寻，可是直到他完成《红楼梦考证》的改定稿，胡适和他的学生顾颉刚也没有找到《四松堂集》。尽管如此，胡适对《雪桥诗话》中有关曹雪芹事迹的记载还是深信不疑，因为这些记载都是依据《四松堂集》而来的。胡适正是依据这些记载在《红楼梦考证》改定稿中明确了三个要点：（一）曹雪芹名霑；（二）曹雪芹不是曹寅的儿子，是他的孙子；（三）清宗室敦诚的诗文集内必有关于曹雪芹的材料。这里面最重要的一点是纠正了袁枚关于曹雪芹是曹寅儿子的记载错误。

治学一向严谨的胡适当然不满足依据第二手材料考证作者曹雪芹，他更期盼着能从敦诚的《四松堂集》中找到更多的关于曹雪芹的材料，所以他从未放弃寻找《四松堂集》的努力。他曾回忆说：“我那时在各处搜求敦诚的《四松堂集》，因为我知道《四松堂集》里一定有关于曹雪芹的材料。我虽然承认杨钟羲先生（《雪桥诗话》）确是根据《四松堂集》的，但我总觉得《雪桥诗话》是‘转手的证据’，不是‘原手的证据’。”（《跋红楼梦考证》）胡适不懈的努力搜求终于得到了满意的回报。当他一天（1922年4月19日）从学校回家，看到桌上“摆着一部褪了色的蓝布套书，一张斑驳的旧书笺上题着‘四松堂集’四个字”的时候，简直不敢相信自己的眼睛，他说：“我这时候的高兴，比我前年寻着吴敬梓的《文木三房集》时的高兴，还要加好几倍了！”（《跋〈红楼梦考证〉》）他在这一天的日记里说："此为近来最得意的事情……书店若敲我的竹杠，我既记下了这些材料，也就不怕他了！他若讨价不贵，我也不妨买了他，因为这本子确可宝贵。"胡适之先生高兴之余不失风趣，得意之情溢于言表。

非常巧的是，就在胡适得到《四松堂集》钞本后的两天，蔡元培先生又送来了他从晚清簃（徐世昌的诗社）借来的《四松堂集》刻本。蔡元培先生在给胡适的信中说："先生如一读此集，或更有所发见。"这当然让胡适更为高兴，他在当天的日记中写道："三日之中，两本都到我手里，岂非大奇。"他在《跋〈红楼梦考证〉》一文中又提到此事，说："蔡先生对此书的热情，我是很感谢的。最有趣的是蔡先生借得刻本之日，差不多正是我得着底本之日。我寻此书近一年多了，忽然三日之内两个本子一齐到我手里！这真是'踏破铁鞋无觅处，得来全不费工夫'了。"胡适将两个本子比较后发现，钞本是当时付刻的底本，上面有付刻时的校改，删削的记号。他又发现"最重要的是这本子里有许多不曾收入刻本的诗文"。因此他认为付刻底本是非常可贵的，所以当天他把刻本还给了蔡元培先生。其实，蔡元培先生借给胡适的《四松堂集》刻本与付刻底本都是十分珍贵的，虽然付刻底本中的许多诗文没被收入刻本中，同样刻本中有的诗文付刻底本中也没有，刻本与付刻底本都具有重要的学术价值。胡适之先生得到了付刻底本可能是太高兴了，而忽略了刻本与付刻底本的不同及其价值。我们知道胡适和蔡元培先生在学术上有着激烈的论争，胡适在文章中毫不客气地批评蔡元培的索隐是"猜笨谜"，他们二人都坚持自己的学术观点，但学术上的论争却没有使他们失去相互的尊重和友谊，两位先生的君子之风和大家气度传唱出百年红学史上一段令人津津乐道的佳话。

以上我们讲到的胡适搜求《四松堂集》的经过，以及他依据发现的可靠材料而不断修正自己的学术观点，从中可见胡适治学的严谨。从1921年至1933年，胡适在十二年中先后发表了五篇考证《红楼梦》的文章，就是《红楼梦考证》（改定稿）、《跋〈红楼梦考证〉》、《考证〈红楼梦〉的新材料》、《重印乾隆壬子本〈红楼梦〉序》、《跋乾隆庚辰本〈脂砚斋重评石头记〉钞本》等，都是围绕“著者”与“本子”两个话题。胡适作考证的文章十分强调材料，有一分材料说一分话，有三分材料就说三分话。他坚决反对“附会的红学”、“猜笨谜”的“红学”，决不做没有证据的主观臆测。他说：“所谓‘证据’，单指那些可以考定作者、时代、版本的证据；并不是那些‘红学家’随便引来穿凿附会的证据。”（《跋〈红楼梦考证〉》）又说：“科学的精神在于寻求事实，寻求真理。科学态度在于撇开成见，搁起感情只认得事实，只跟着证据走。科学方法只是‘大胆的假设，小心的求证’十个字。没有证据，只可悬而不断；证据不够，只可假设，不可武断；必须等到证实之后，方可奉为定论。”（《介绍我的思想》）今天我们重温胡适这些精辟的见解，仍有重要的意义。

前些年曾有过一种观点，认为胡适的“自传说”与索隐派没有什么本质的区别，你看“自传说”是说《红楼梦》是讲的“自己”的事，而索隐派的观点不过是说《红楼梦》是讲“他人”的事，最终“自传说”与索隐派殊途同归，甚至是一丘之貉。听起来似乎挺有道理，在一段时间里我也接受了这种说法。现在看来，这种观点有很大的问题，它混淆了科学的考证与主观臆测的索隐猜谜之间的本质区别，抹杀了建立在考证基础上的新红学的历史贡献。科学的考证与索隐猜谜有着本质的不同。尽管我们今天可以批评胡适在《红楼梦》研究中的一些失误和错误，特别是他的“自传说”并不符合《红楼梦》的实际，他对《红楼梦》思想艺术价值的评价也是很错误的。但任何人都无法否认胡适为红学的发展做出的巨大贡献，正是胡适的“考证”奠定了新红学的基础，拨开索隐“猜笨谜”的迷雾，将《红楼梦》研究向前大大地推进了一步。正如冯其庸先生所说：“《红楼梦》研究中的曹雪芹家世考证和《石头记》钞本考证，都是从胡适开始的。胡适确实是‘曹学’的创始人和奠基者。”（《曹学叙论》）

1951年，当胡适看到仍有人还是用他三十年前批评过的索隐“猜笨谜”的方法研究《红楼梦》的时候，不无感慨地说：“我自愧费了多年考证的工夫，原来还是白费了心血，原来还没有打倒这种牵强附会的猜谜的‘红学’！”

（《答臧启芳书》）胡适之先生恐怕更不会想到，在他的《红楼梦考证》发表了八十年之后，不仅“猜笨谜的红学”仍然没有被打倒，而且有人把他的“自传说”发展到极致，形成了“新自传说”，并大有与“索隐”合流之势，胡适之先生如果地下有知又不知该怎样地自愧和感慨了。

《红楼梦与扬州》序

一时说不清楚近十几年来到过扬州有多少次，但有一点是清楚的，就是我每一次去扬州都是与《红楼梦》有关。扬州是一座与《红楼梦》有缘的历史文化名城，我则是因《红楼梦》与扬州结缘。

扬州确实与《红楼梦》有缘。曹雪芹的祖父曹寅在扬州接驾过康熙皇帝，在这里刻过《全唐诗》和《佩文韵府》，还在这里担任过两淮巡盐御史并最后去世在扬州。可以说曹家的兴衰都与扬州有着密切的关系。曹雪芹出生在南京，小的时候是否去过扬州，我想他去过扬州是极有可能的，曹家在扬州的许多事情肯定会对曹雪芹产生影响，以至在《红楼梦》中我们看到了许多与扬州有关的故事。比如，如果你要问《红楼梦》中的林黛玉是哪里人，我敢说有一部分人会认为林黛玉是扬州姑娘，回答当然错了。林黛玉是姑苏人即苏州姑娘，为什么有人会把林黛玉当作扬州姑娘呢？原因很简单，这就是因为林黛玉在《红楼梦》中第一次出现就是在扬州，她的父亲林如海钦点为巡盐御史，正好是在扬州任职。《红楼梦》第二回的回目是："贾夫人仙逝扬州城，冷子兴演说荣国府"，作为苏州姑娘的林黛玉确是在扬州生活过，她不仅在这里失去了母亲，也是从这里"抛父进京都"，走进了荣国府，走进了大观园，因此扬州在林黛玉的身上打上了深深的烙印，以至于有人把林黛玉当成了扬州姑娘了。

扬州不仅是与《红楼梦》有着历史的"缘"，也有着今世的"缘"。这里不仅有名扬天下的红楼宴，而且还是红学新时期以来举办《红楼梦》学术活动最多的城市之一。近二十年来，我们先后举办过五次国际红楼梦学术研讨会，在扬州就举办过两次，这就是1992年的扬州国际红楼梦学术研讨会和2004年的扬州国际红楼梦学术研讨会。扬州之所以能承续历史的渊源而与《红楼梦》解下“今世缘”，是因为有个丁章华，有一个以她为首的痴迷于《红楼梦》的团队——扬州市外办。在全国各地举办《红楼梦》的学术活动，一般都是由高校或是学术研究机构或文化宣传部门来承办组织，唯有在扬州是由外办组织的，而且他们组织得非常好，这是十分令人敬佩的。扬州有个丁章华，就把扬州红楼宴搞得红红火火，把《红楼梦》学术活动搞得红红火火，把红楼文化做成了扬州的“名片”“品牌”，他们不仅对扬州的文化建设，更对新时期红学事业的发展做出了重要的贡献。

十四年前即1992年10月，我参加了在扬州举行的国际红楼梦学术研讨会，这是我平生第一次到扬州。在人生的旅程中我们会有许许多多的“第一次”，而“第一次”又往往会给你留下深刻的印象。第一次到扬州，给我留下深刻印象的不只是瘦西湖、平山堂，印象更深的是扬州外办的许多朋友。那时丁章华是扬州外办的主任，是大会的主要组织者，而我只是大会秘书处一个普通的工作人员，丁主任自然不会对我这个“普通工作人员”有什么印象，但她却给我和所有与会的专家学者们留下了深刻的印象。她的精干、热情、组织能力，都令大家十分佩服，尤其是她对《红楼梦》的熟悉和痴迷，特别是讲起《红楼梦》中的饮食，以及介绍扬州红楼宴，如数家珍，非常专业又充满了感情。正是参加了这次学术研讨会，我第一次品尝到了扬州的红楼宴。给我留下深刻印象的还有时任西园大酒店总经理的金林和副总经理黄霞、迎宾馆的总经理王嘉钧，还有市外办的副主任左为民及朱家华、徐飞等同志。在那之后，我又多次去过扬州，除丁章华主任外，联系多的就是左为民、朱家华、徐飞等诸位朋友。这是一个令人尊敬和羡慕的团队，他们共同的特点就是喜欢《红楼梦》，并把研制红楼宴和推动红学活动作为一个事业来做，锲而不舍，二十多年痴心不改，因而才有了今天这样的成就。

从1992年的扬州国际红楼梦学术研讨会之后，我真是因《红楼梦》与扬州有了不解之缘。据说，由于我在这次会议的工作中表现得不错，给冯老留下了很好的印象，第二年我就被任命为中国艺术研究院红楼梦研究所的副所长，协助冯老工作。十二年后的2004年，又是在扬州举行国际红楼梦学术研讨会，这是二十一世纪举行的第一次国际红楼梦学术研讨会，在会议期间进行了中国红楼梦学会组织机构的换届改选，我被选为会长。我与扬州确实有缘。

对扬州红楼宴我说不出太多的话，我没有什么研究，就是觉得好，是一个精致高雅的饮食文化品牌，是对红楼文化的发展。在这方面最有发言权的是冯其庸先生、丁章华主任和朱家华先生等，就红楼宴来说，他们是真正的专家。冯老一直对扬州的红楼宴给予指导和关注。丁主任从担任西园大酒店总经理开始，就带领一批人认真地研制，直到今天她还是抓住研制工作不放松。而从理论研究到资料的搜集整理，朱家华先生则是用力最多。如今，红楼宴已经成为绚丽多彩的中国饮食文化中的一个响亮的品牌，我们真是应该好好地感谢扬州的朋友们为此做出的贡献。

扬州红楼宴研制的二十多年，正是伴随着新时期红学发展的历程。这二十多年，红学的发展和取得的丰硕成果是有目共睹的，这主要表现在《红楼梦》研究更为全面和深入，无论是在作者、家世、脂批、版本等方面资料挖掘整理和研究上，还是在《红楼梦》文本思想艺术的研究上，都有了很多的学术成果，是百年红学史上成果最丰富的时期。总结回顾百年红学的历史，我们深切地感到要发展红学事业，一是要坚持正确的研究方向，坚持科学的研究方法；二是营造良好的和谐的学术氛围；三是要有一批致力于红学研究的人。红学当然是一门严肃的学问，我们当然要严肃地对待，不能把粗俗的娱乐化的东西搅在严肃的学术研究中。即使像红楼宴这样带有文化创意的研制，都是建立在严肃认真的学术研究基础之上，而不是随心所欲想怎么搞就怎么搞，否则他们不会搞出这样有文化品位、有档次的红楼宴来。丁章华主任主编的这本《红楼梦与扬州》一书，既是二十多年来他们研制红楼宴和从事红学活动的回顾总结，也是他们呕心沥血取得的成果的重要展示。而他们严谨科学的工作态度和不懈追求的精神是值得我们学习的。

《红楼茶事》序

收到彭从凯先生的《红楼茶事》书稿，感到十分高兴。去年11月底我去巴中参加“巴中市红楼梦学会成立大会”的时候，见到从凯先生，他与我谈起计划写一本关于《红楼梦》与茶的书，记得当时还只是一个写作提纲。不想，不到一年的时间厚厚的一本《红楼茶事》就已经完稿，真是令人钦佩不已。

2013年11月底，我平生第一次的巴中之行，令我大开眼界，收获颇丰。过去知道巴中，也仅仅限于这里地处川东北，曾是川陕革命根据地，除此之外，所知不多。当孙伟科同志告诉我巴中市要成立红楼梦学会的消息，我感到很吃惊——那么遥远的川东北也有许多人搞《红楼梦》研究，还要成立红楼梦学会？当我到了巴中，我很是为自己的孤陋寡闻感到惭愧，巴中真是一个了不起的地方，用“地杰人灵”形容恰如其分。

的确，巴中是一片神奇而美丽的土地。巴中的山水之美令我感叹，光雾山、诺水河、恩阳古镇都非同寻常。而巴中人的“灵”更使我感叹不已。据说巴山秀才群在四川很是有影响的，到了巴中你会感到此言不虚，巴中有才华有本事的人比比皆是，向前的书法、阳云的散文、彭从凯的茶文化研究，都非常有成就，很了不起，他们都是令我感慨的“巴中能人”。

在巴中，我见到了那么多喜欢《红楼梦》、研究《红楼梦》的朋友，当然这其中有“深红”，也有“浅红”，这是我到巴中来听到的最有趣的称呼。“深红”当然是指那些痴迷于《红楼梦》而又有一定的研究的人，而“浅红”就不用说了。彭从凯先生自然是属于“深红”，他对《红楼梦》的喜爱，对《红楼梦》与茶的研究，已经达到了很高的水平。

彭从凯先生是四川知名的作家和摄影家，著述很多，但他似乎对“茶”情有独钟，他著有《中国古代茶法概述》，洋洋洒洒50余万字，堪称国内研究中国古代“茶法”的重要著作，甚至被茶文化学者称之为“填补了茶法体系研究中的一处空白”，可见分量之重。正因为他在茶文化研究上具有深厚的学术功底，他的新作《红楼茶事》一书也就非同寻常，他的研究涉及到了《红楼梦》中的茶品、茶具、泡茶之水、茶俗等等许多方面，乃至《红楼梦》中有关茶的描写对塑造人物性格、揭示人物命运、推动故事情节、展示社会风貌等等方面发挥的作用，都作了细致深入的分析。可以说彭从凯先生的《红楼茶事》是当下关于《红楼梦》与茶的研究中，最全面、最具专业性和学术性的成果，是红学的新收获。

彭从凯先生能写出厚重的《红楼茶事》，这与他的学术功底和审美情趣自然有着密切的关系，同时也离不开巴中浓厚的《红楼梦》研究氛围。巴中有一个红楼梦学会，它虽然是在去年底成立的，但却是四川第一个红楼梦学会，而且以向前为首的“深红”们，早就形成了一个阅读和研究《红楼梦》的群体。说到这里我自然想到了在巴中有一处与《红楼梦》也与茶有关系的地方——雪涛尚茶坊。作为“茶坊”，地方不算大，但十分雅致，最值得一提的是茶坊的门旁还有一块牌子——“巴中红学沙龙”，这里正是巴中红楼梦学会经常活动的地点。我不知道其他地方是否还有这样的“红学沙龙”，在我看来，这差不多应该是中国第一块红学沙龙的牌子了。——这里的主人雪涛、陈春自然是“深红”了。我真佩服巴中人的雅致，在这样一处高雅的地方，品茗“论红”，真是再合适不过了。

是为序！

2014年12月3日于北京惠新北里

《梦影红楼——旅顺博物馆藏全本〈红楼梦〉图》序

上海古籍出版社要出版清代孙温绘全本《红楼梦》图，我认为是一件非常有意义的事情。这套珍贵的全本《红楼梦》图，现藏旅顺博物馆，但早先却是由上海文物部门收藏的。据说1959年7月为了支持旅顺博物馆的建设，上海市文物保管委员会将这套画册拨给了旅顺博物馆。至于当年上海市文物保管委员会是如何收藏到这套画册，为什么把这套画册拨给旅顺博物馆，这套画册的流传经过，现在都说不清楚了。上海文物保管委员会的大方，使得我的家乡旅顺博物馆得到了这套珍贵的画册，这真是幸运。现在上海古籍出版社要出版孙温绘全本《红楼梦》图，并请我这个曾在上海读过书又研究《红楼梦》的大连人作序，的确很有意思。

孙温绘全本《红楼梦》图是值得好好出版的，也值得好好说一说。因为无论是在《红楼梦》题材的绘画史上，还是在《红楼梦》传播史上，孙温绘全本《红楼梦》图，都具有十分重要的价值和地位。

从1959年到2004年，四十多年时间里，很少有人知道旅顺博物馆收藏有这套珍贵的画册，更不知道孙温是何许人，直到2004年旅顺博物馆第一次赴国家博物馆展出这套珍贵的画册，才为世人瞩目。记得我是在2004年的一次《红楼梦》学术研讨会上，从著名红学家胡文彬先生那里知道旅顺博物馆藏有一套珍贵的《红楼梦》画册这个消息的。胡先生在大会上向大家披露这个消息时，特别强调孙温这套全本《红楼梦》图非常壮观，而且有二百三十幅之多，是大幅绢本工笔彩绘，当时与会者都十分感兴趣。尽管有了胡先生的

“预告”，但当我见到孙温的全本《红楼梦》图的时候，还是震惊了，我没有想到这套画册是那样的壮观、精美，堪称巨制，令人赞叹不已，这在《红楼梦》题材绘画史上是极为罕见的。

为小说配插图，在明代就已经很普遍了，而且在艺术上取得了很高的成就。明代的小说插图，主要是以简洁的白描形式描绘人物和故事情节，这种艺术风格对清代的小说“绣像”影响很大。《红楼梦》题材的绘画史是从1791年伴随着程甲本《红楼梦》出版而开始的。程甲本的封面题有“绣像红楼梦”，有绣像人物贾宝玉等24页，前图后赞。程甲本的“绣像”承续了明代小说插图的艺术风格，具有较高的艺术水平，以后各种清代刻本大都是这样的风格和形式，只是“绣像”的数量不同。在清代的《红楼梦》人物画中，要数改琦最负盛名。改琦的《红楼梦人物图》，图48幅，计55个人物。他笔下的《红楼梦》人物气韵高雅，线条简洁，特点突出，堪称清代《红楼梦》绣像的代表作。

不同于以往小说插图以白描绣像单色勾线的传统画法，也不同于一般小说的“绣像”，孙温则是重彩工笔绢本画的形式，而且篇幅之大，涵盖故事情节之丰富，人物之众多，场面之宏伟，笔法之精细，都是《红楼梦》题材绘画史上所没有的。读孙温的全本《红楼梦》图，你就仿佛置身于那情景交融的生活画卷之中，栩栩如生的人物和优美动人的故事，乃至音容笑貌、服饰打扮、生活情趣、建筑园林、民俗礼仪，更加直观地展现在你的眼前，帮助你对《红楼梦》有着更为深刻的认识。

现在人们经常用一个词“红楼热”，形容人们对《红楼梦》及其研究的广泛关注和热情。其实，在清代的不同时期就已经出现了“红楼热”，“开谈不说《红楼梦》，读尽诗书也枉然”，清代竹枝词所说的，正是“红楼热”在清代的情景。人们喜欢读《红楼梦》，为之着迷。贾宝玉、林黛玉、薛宝钗、王熙凤等等，一个个栩栩如生的人物和那许多优美动人的故事：宝钗扑蝶、晴雯撕扇、黛玉葬花、湘云醉卧……，每一个读者的心中脑海中都有着这些心仪的人物和故事。这样小说的插图就应运而生，据说各种《红楼梦》题材的创作，在清代是很多的，它与《红楼梦》小说融为一体，成为人们阅读《红楼梦》不可或缺的部分。这种情景不仅影响了众多文人的雅趣，甚至影响到达官贵人和皇宫王府中，故宫长春宫中的《红楼梦》壁画，颐和园长廊上的《红楼梦》彩绘故事，都反映这种情景。由此，我们对产生孙温这样规模的全本《红楼梦》图，就不会感到奇怪了。

美术研究方面的专家把孙温定位为“民间艺术家”，或称之为“民间画家”。目前，我们对这位令美术界震撼的民间画家所知甚少。据有关学者考证，孙温是河北丰润人，字润斋，号浭阳居士，生于1826年，孙温绘《红楼梦》图，始于清同治丁卯（1867）至光绪癸卯（1903），历经三十六载完成创作，这是怎样的坚持和执着，真是令人敬佩。也有研究者认为，这部画册的八十回后是孙小洲画的，他也是丰润人，是孙温的晚辈，名气则要比孙温大得多。这些《红楼梦》图到底是孙温一人所画还是出自两个人之笔，需要进一步研究。但人们一般认为全本《红楼梦》图均由孙温构思，大部分都是他画的，孙小洲或许参与了部分创作，但主体还是孙温的创作成果，所以至今人们还是习惯称之为孙温绘全本《红楼梦》图。

现在上海古籍出版社要出版孙温这套精美的全本《红楼梦》，原本属于上海文物保管委员会的这套画册，在离开上海56年之后，又要在上海出版，颇有点“回家”的感觉。有趣的是，当代《红楼梦》题材的创作中，上海是成就最为显赫的地方，最著名的《红楼梦》人物画家几乎都在上海，程十发、刘旦宅、戴敦邦的《红楼梦》人物创作名满天下，上海真是一个钟情于《红楼梦》的地方。

《红楼梦》是令中华民族感到骄傲的不朽之作，孙温的全本《红楼梦》图，则是一位民间艺术家以毕生的精力和精细的画笔对《红楼梦》的形象而传神的解读，孙温也因全本《红楼梦》图而不朽。

是为序。

2015年6月30日于北京惠新北里

《〈红楼梦〉与满族文化》序

红学已经走过了百年历程，如果把脂砚斋看作是第一位红学家，那么红学已经有了二百多年的历史了。红学被人们称之为当代的显学，历来被人们所关注，其学术成果在所有的古典小说研究当中无疑是最为丰富的了。红学涉及到许许多多方面，但我们发现从满族文化的视角研究《红楼梦》的成果却比较少见。赵志忠教授的大作《〈红楼梦〉与满族文化》一书毫无疑问是这方面研究的最新成果，令人瞩目。在大作即将出版之际，嘱我作序，实不敢辞，略叙数言，以表贺意。

我和赵志忠教授是在2012年“纪念端木蕻良诞辰一百周年研讨会”上认识的，他当时的发言题目是《端木蕻良与红学》。后来，2013年我们又在中国社会科学院《民族文学研究》编辑部、中国红楼梦学会、中国艺术研究院红楼梦学刊杂志社联合主办的“《红楼梦》与满族历史文化学术座谈会”上见了面。这次学术座谈会是很有点“历史意义”的，因为这是第一次由满学界、民族学界和红学界共同组织召开的专门研究“《红楼梦》与满族历史文化”的学术会议。这个“第一次”很不容易，它反映出人们对“《红楼梦》与满族历史文化”关系的认识有了很大的提高。在这次学术座谈会上赵志忠教授就曹雪芹民族身份问题谈了自己的看法。两次会议，两次发言，赵志忠教授给我留下了深刻的印象，他有着深厚的学术功底和开阔的学术视野，有着鲜明的学术观点，他毫不回避与诸位红学家们观点上的不同，但彼此间的坦诚交流和尊重，表现出一个正直学者的素养和水平。赵志忠教授虽然不是专门研究《红楼梦》的，但他在研究满族文学时十分关注《红楼梦》，并且写出了《曹雪芹·文康·老舍：京味小说溯源》、《曹雪芹民族身份辨析》、《〈红楼梦〉与满族习俗》等论文，阐述了一些自己独到的见解。他近些年出版的《满族文化概论》、《满族萨满神歌研究》、《满学论稿》、《北京的王府与文化》等著作，更体现了他满族文化研究方面的成果，也为本书的写作打下了坚实的基础。

曹雪芹是满族作家吗？这是从满族文化的角度研究《红楼梦》一个绕不过去的话题，也是以往争论比较多的话题。赵志忠教授在《〈红楼梦〉与满族文化》一书中，运用大量的史料证明曹家与满族的关系，认为“不论是从曹雪芹的家族史看，还是从《红楼梦》所反映的内容来看，曹雪芹无疑是满族一员。据《八旗满洲氏族通谱》记载，曹家远祖曹锡远早年加入满洲正白旗，到曹雪芹已是第六代，曹家在满族这一民族共同体中生活已经有120多年。入关后的曹家已经是‘八旗的世家’（胡适语）”。最后，他甚至认定“曹家不仅属于满族，而且还是满洲贵族、皇亲国戚”。曹雪芹之所以能够写出这样一部旷世名著，是与他满族贵族的生活体验，满族的文化氛围，以及他身边的满洲文人脂砚斋、敦诚、敦敏、永忠、明义、裕瑞、高鹗等分不开的。

为了进一步证明《红楼梦》与满族文化的关系，赵志忠教授还极为详细地阅读了各种版本的《红楼梦》，从中筛选、认定出一系列的满族文化。书中对《红楼梦》中的满族骑射文化、服饰文化、饮食文化、礼俗文化、祭祀文化等，都进行了很好的阐释，有理有据。如对贾宝玉“有一块落草时衔下来的宝玉（第八回）”中，对满族习俗“落草”的解释，认为“落草”是满族的一个很重要的生育习俗。由于满族是一个马背民族，不论男女都要骑马射猎。怀孕的妇女，也要四处奔波，什么时候生产没有定数，只有走到哪儿生在哪儿。在荒山野外，满族妇女生育时也只能以草为垫，故称生孩子为“落草”。同时，他还引用老舍在《正红旗下》中，也用“落草”来喻自己出生的例子，来进一步验证这一习俗。通过这一系列有关《红楼梦》中满族习俗的论述，我们对《红楼梦》有了新的理解。也就是说，清代旗人曹雪芹笔下的

《红楼梦》，不仅有汉族文化的印迹，而且还有满族文化的影子。亦满亦汉，满汉合璧，满汉文化结晶，才是《红楼梦》的特点，才是《红楼梦》产生的根源。

我完全赞成赵志忠教授这些见解。但在曹雪芹是不是满族作家的问题上，我还是认为曹雪芹家族是属于正白旗包衣汉军旗籍，他们是旗人，但不能算作是满族人。不过正如赵教授所论证的曹雪芹生活的圈子几乎都是满族人，他对满族的生活习俗是相当熟悉的，说《红楼梦》是满汉文化的结晶是非常正确的。从这个意义上讲，不懂得满族文化，就不能更好地解读《红楼梦》。

"都云作者痴，谁解其中味？"曹雪芹留给后人的这一悬念，至今人们还在努力地"解味"，拜读了赵志忠教授的大作，可以帮助我们从"旗人味"与"满族味"角度来解读，这对我们理解和认识《红楼梦》是非常有意义的。当然，"《红楼梦》与满族文化"是一个大题目，还有待深入研究，专家学者们的观点也可以见智见仁。但这个话题的提出自有一定的道理，应该引起红学界的高度重视。也许，这正是一把解开《红楼梦》之谜的新钥匙。我期待着，也希望赵志忠教授不久能有新作问世。我也期盼着有更多的学者关注《红楼梦》与满族文化的研究。

是为序。

2015年6月30日于北京惠新北里

《刘心武“红学”之疑》序

在我准备为郑铁生先生的新作《刘心武“红学”之疑》写序时，手头正好有一本《刘心武揭秘〈红楼梦〉》的第二部，看到这本印刷精美的书的封面上的两行字，我有些犹豫了，这两行醒目的字是：

刘心武：讨论《红楼梦》请不要以专家身份压人

刘心武：上央视是我决不放弃的公民权利

看到这样的“宣言”，我很震惊也迷惑不解。我不知刘先生此话从何而来，对谁而发？有谁能以“专家身份”压刘心武这位知名作家，有谁有那么大的本事能剥夺刘心武上央视的权利！有这样的事吗？在一部发表自己“秦学”的书上，却赫然写上如此与“学”毫无关联的话语，不知是什么意思。在这样的“宣言”面前，你还敢与刘心武先生讨论问题吗？你还敢提出不同意见吗？所以我真的犹豫了。讨论《红楼梦》，讨论刘心武先生的“秦学”，这原本是学术范畴的事，如今刘心武先生竟扯上了“压人”，甚至要捍卫“公民权利”，这样的讨论还有什么学术意义？当然，“压人”的事是根本不存在的。据我所知，自上个世纪九十年代初，刘心武先生提出他的“秦学”观点以来，十几年了，红学界并没有人对他的观点提出任何批评。2005年4月2日中央电视台“百家讲坛”开始播出刘心武的“揭秘”后，半年多的时间里也没有一位红学家对刘心武先生的“秦学”提出什么批评，刘先生何尝受到了

"压制"？他在中国最高的最有影响的媒体——中央电视台上大讲他的"秦学"，而且一讲就是10讲、20讲；他的书在国家级的出版社出版，而且一出就是10万、20万册；他如今受到各种媒体的高度关注，其知名度甚至超过了他发表小说《班主任》的时候。请问，在当今的中国有几个学者教授能得到如此高的待遇？既然刘心武先生已经在公开的媒体上发表了自己的观点，无论是平民百姓还是专家学者都有权利提出不同的意见，都可以进行批评。讨论学术问题大家都是平等的。刘心武先生不应该拒绝批评，动辄把正常的学术批评说成是"以专家身份压人"，不是一种正确的和正常的心态。说到上不上央视，那是中央电视台与刘心武先生之间的事，不要说一个普通的专家学者，就是中国红楼梦学会也无权干涉。至于放弃还是不放弃，那真是个人的公民权利，大可不必写在书的封面上，因为这不利于开展正常的学术讨论。

在各种新闻媒体的炒作下，刘心武先生的"揭秘"《红楼梦》引发的讨论竟成了"2005年度中国十大学术热点"评选的热门候选项目，甚至有人把它与"超级女生"的轰动相媲美。但这种"热"似乎与真正意义上的学术没有多少关系。人们似乎对刘心武先生揭秘出的离奇故事、刘心武先生"开创"的"平民红学"以及如何打破红学"垄断"更感兴趣，而忽略了红学家们对刘心武"秦学"批评的学术意义。刘心武先生是"平民红学家"吗？当然不是，他并不具备"平民"的身份，一位曾担任过重要领导职务的知名作家，给自己戴上"平民"的头衔，未免不太合适。红学就是红学，学术就是学术，怎么还能有"平民"与"贵族"的区别。搞学术研究与身份没有关系。说红学"垄断"更是不符合事实。看看围绕"秦学"的热烈讨论，看看刘心武先生在中央电视台的演讲和他的书一本一本的出版的事实，"垄断"的说法显然是站不住脚的。至于说"围殴"刘心武，同样不符合事实，到目前为止也仅有三五位红学家发表了批评刘心武的意见，这比起"挺刘"的庞大阵容，你还能说红学家"围殴"吗？我们是否应该摈弃这些非学术的炒作，把讨论放在学术的范围内，认真地研究研究刘先生的"秦学"。我们是否应该提出这样的问题：刘心武先生说秦可卿是废太子的女儿有根据吗？研究《红楼梦》中的一个人物秦可卿能成为一门“学”吗?《红楼梦》是一部小说还是曹雪芹的自传或是一部隐去的“秘史”?我们应该怎样解读《红楼梦》?我们应该用什么样的态度来对待中华民族引之为骄傲的伟大文学名著?我以为这样的讨论才有学术上的意义。

一些人对几位红学家的批评文字颇有微词。其实红学家们对刘心武先生的批评概括地说只有两点:(一)指出刘心武说秦可卿出身不寒微,是康熙的废太子的女儿毫无根据,是杜撰,刘心武的“秦学”是新索隐;(二)呼吁做学术研究要遵守学术规范,指出刘心武先生的“秦学”没有遵守起码的学术规范,存在生编硬造、歪曲文本、牵强附会等严重的学风问题。红学家们的批评对吗?应该不应该?回答是肯定的。

刘心武先生的“秦学”是新索隐,他自称是“探佚学中考证派”,但遗憾的是刘先生无论是“探佚”还是所谓的“考证”,他都拿不出一条资料和证据。“秦学”一个最基本的论点就是——秦可卿这个人物的生活原型是康熙朝的废太子的女儿,而历史上根本就没有这么一个人,废太子根本就没有这么一个女儿,这完全是刘心武先生杜撰出来的人物。那么,建立在这个基点之上的“秦学”还能靠得住吗?用索隐的方法解读《红楼梦》并不是刘心武的创造,是古已有之。清末民初的王梦元和沈瓶庵在《红楼梦索隐》一书中说,《红楼梦》写的是清世祖顺治与董鄂妃的故事;大教育家蔡元培在《石头记索隐》中则说,《红楼梦》是清康熙朝政治小说,书中本事在吊清之亡,揭清之实;自清末以来,索隐的观点代有人出,说法五花八门。前几年有一本《红楼解梦》干脆说,《红楼梦》写的是曹雪芹和他的情人竺香玉谋杀雍正的事,其故事之离奇毫不逊色于刘心武的“秦可卿之死”。索隐派的根本失误在于他们根本不把《红楼梦》当作文学作品来读,而是牵强附会地索隐书中的微言大义,什么拆字、比附等等手法都拿来用,完全是主观的臆测。从这一点来说新旧索隐派都是一样的。他们的区别在于,旧索隐派虽然牵强附会,但他们索隐的人和事历史上都有,只是与《红楼梦》毫无关系。而新索隐则没有任何的材料,完全是猜测和编造。刘心武先生的“秦学”正是这样。这样来解读《红楼梦》能行吗？刘心武的“秦学”主要来自于周汝昌先生的自传说，进而大加发挥，是在自传说基础上的索隐。在刘心武的解读下，《红楼梦》中充满了阴谋、两个司令部的斗争，乃至乱伦。把《红楼梦》解读成了这样真是令人担忧。《红楼梦》是小说，是伟大的文学作品，《红楼梦》不是“红楼秘史”或“清宫秘史”。把《红楼梦》这样伟大的文学作品解读成了“秘史”，并不能提高它的思想艺术价值，只会贬低《红楼梦》。我们只有把《红楼梦》当作文学作品来读，才能挖掘出它的伟大价值，才能感受到它的深邃思想内涵和迷人的艺术魅力。

做学术研究要遵守学术规范，这是红学家们在与刘心武先生讨论时讲的最多的一句话。学术规范不是哪一个学会或者哪一个人制定的，这是在长期的学术研究历程中形成的学术准则，是每一个治学的人必须遵守的，是一种自律的学术行为。什么是学术规范，简单地说就是实事求是。胡适先生说：“科学的方法，说来其实很简单，只不过‘尊重事实，尊重证据’。”[①]又说：“有几分证据，说几分话。有一分证据只可说一分话。有三分证据，然后可说三分话。治史者可以作大胆的假设，然而决不可以作无证据的概论也。”[②]梁启超先生在《清代学术概论》中讲到学风问题更是列了十条之多，第一条就是“凡立一义，必凭证据。无证据而以臆度者，在所必摈”。遗憾的是创建了“秦学”的刘心武先生并没有遵守这些学术准则。立一义尚要“必凭证据”，而立一“学”没有一点证据怎么行？提出这样的要求决不是苛求和为难刘先生，而是任何一个治学的人都必须这样做。这些年来，鉴于学术界存在的学风不正的严重情况，许多著名的学者一再呼吁要坚持学术规范，每一个正直而有学术良知的学者，都不会容忍无根无据的乱说。对不讲学术规范的行为的批评是应该的、必须的。刘先生表示决不放弃上央视的公民权利，但

① 见《胡适文存》第3集第2卷《治学的方法与材料》。

② 见罗尔纲《师门辱教记》，1944年6月桂林建设书店出版。

当你站在“百家讲坛”上面对着成千上万观众发表你的学术观点的时候，是否应该表现出严谨的治学态度，是否应该有一种责任感。

任何学术问题都可以自由讨论，学术争鸣是推动学术发展的动力，但学术研讨应该而必须坚持学术规范，只有这样才能使我们的学术环境不受污染，才能使学术健康地发展。

借此机会我还想澄清一个事实：中国红楼梦学会不是什么“官方”，它既不是文化艺术的行政主管部门，也不是刘心武先生所在的中国作家协会那样的组织，它只是一个松散的民间学术团体。中国红楼梦学会的会员中，有研究员、教授，也有青年学生、工人、农民，学会只是为《红楼梦》研究者和爱好者服务。因此这样的学术组织不可能也不会去“垄断”红学，也“垄断”不了。《刘心武揭秘〈红楼梦〉》的出版和刘心武先生在中央电视台演讲，都证明了所谓的“垄断”是不存在的。

《红楼梦》是中国最伟大的文学作品，是一座装满宝藏的艺术宫殿。研究《红楼梦》的终极目的是要真正认识它的思想、艺术和文化价值。红学的发展历程早就证明索隐的方法不可能正确地解读《红楼梦》，那确实是一条走不通的路。郑铁生先生是一位卓有成就的学者，对中国古典小说深有研究，我相信大家读了他的这本书后，一定会对刘心武先生的“秦学”有一个正确的看法，对如何解读《红楼梦》有进一步的认识。

（《刘心武“红学”之疑》，郑铁生著，新华出版社2006年1月第1版）

《〈红楼梦〉一百二十回抄本初探》序

夏薇博士的大作《〈红楼梦〉一百二十回抄本初探》即将出版，嘱我写序，作为大连老乡，我自然不好推辞。但写的时候却让我十分为难，因为夏薇研究的课题对我来说是很陌生的，我以往没有关注到这方面的研究，这也是几乎被红学界“遗忘”的领域。夏薇给自己选择了一个“难题”，老乡情谊也让我糊里糊涂地揽上了一件麻烦的差事。但这个“难题”确确实实是《红楼梦》研究中极具挑战性极具学术价值的课题，做好了具有填补学术空白的意义。正因为如此，我勉为其难，还是要为夏薇博士的研究说几句话。

夏薇这些年来在刘世德先生的指导下，集中力量调查研究《红楼梦》一百二十回抄本。说到《红楼梦》版本，人们通常认为有两大版本系统，即脂本系统和程刻本系统，以往的研究也大都集中在这两个方面。当然也有学者对这样划分《红楼梦》版本系统有不同的见解，著名红学家林冠夫先生就认为这样的划分不妥当，因为程甲本的底本也是来自脂本，所以他提出称之为早期抄本和后期梓印本比较好。香港著名红学家梅节先生则从另一个角度对《红楼梦》版本系统提出不同的意见，他认为把《红楼梦》版本分为脂本和程本两个系统，并不能反映版本流传的真实情况，正确的应区分为《石头记》和《红楼梦》两个系统。这个见解也得到许多学者的赞同。林先生、梅先生都是我国研究《红楼梦》版本的著名学者，他们的学术观点有很大的影响。但他们所说的《红楼梦》版本系统的区分和夏薇博士研究的课题不同，夏薇研究的是《红楼梦》一百二十回抄本问题。据我所知，除少数专家在

《红楼梦》版本的研究中提到后四十回抄本问题外，以往的《红楼梦》版本研究大都集中在脂本研究（前八十回）和刻本研究上，还没有人比较系统地研究一百二十回的抄本问题。这确实是一个全新的研究领域，夏薇的研究具有重要的学术价值。

夏薇认为，《红楼梦》版本系统除八十回脂本系统和一百二十回刻本系统之外，还有一个被忽略的版本系统存在——一百二十回的抄本系统存在。这无疑是一个极为大胆的观点。夏薇的观点能够成立么？夏薇面临着很大的挑战，她必须论证在程刻本之前确实有一百二十回抄本的存在，必须论证一百二十回抄本至今还有存在。

从现有的文献记载看，在《红楼梦》程刻本出版之前，就有完整的一百二十回本的存在。周春《阅读红楼梦随笔》中记载："乾隆庚戌秋，杨畹耕语余云，雁隅以重价购钞本两部：一为《石头记》八十回，一为《红楼梦》一百二十回，微有异同，爱不释手，监临省试，必携带入闱，闽中传为佳话。"周春的这条记载非常重要，它明确告诉人们在程刻本出现之前，《红楼梦》抄本就有两种，一为八十回本，名字《石头记》；一为一百二十回本，名字《红楼梦》。"乾隆庚戌秋"，即乾隆五十五年（公元1790年），而程甲本刻本则是在乾隆五十六年（辛亥，1791年）才出版的。写于乾隆五十四年的舒元炜序，也证明有一百二十回抄本的存在。舒元炜在序中说："惜乎《红楼梦》之观止于八十回也。全册未窥，怅神龙之无尾；阙疑不少，隐斑豹之全身。核全函于斯部，数尚缺夫秦关；漫云用十而至五，业已有二于三分。从此合丰城之剑，完美无难；其探赤水之珠，虚无莫叩。"舒序本虽然只有八十回，但舒元炜在序中说得十分明确，《红楼梦》是一百二十回，他虽然只有八十回，占全书的三分之二，但他很有把握地说"合丰城之剑，完美无难"，即是说搞成全本没有问题。从这些记载看，在程刻本出现之前，确实有一百二十回抄本在流传。问题是在程伟元、高鹗整理程甲本的时候，他们似乎并不是依据一个完整的一百二十回抄本为底本，程伟元在程甲本序中说："《红楼梦》小说本名《石头记》，然原目一百廿卷，今所传只把八十卷，殊非全本，爰为竭力搜罗，自藏书家甚至故纸堆中无不留心，数年以来，仅积有廿余卷。一日偶于鼓担上得十余卷，遂重价购之，欣然翻阅，见其前后起伏，尚属接榫，然漶漫不可收拾。乃同有人细加厘剔，截长补短，抄成全部，复为镌版，以公同好，《红楼梦》全书始至是告成矣。”程伟元在程乙本《引言》中又说：“书中后四十回，系就历年所得，集腋成裘，更无他本可考，惟按其前后关照者，略为修辑，使其有应接而无矛盾。至其原文，未敢臆改。”程伟元说得很清楚，在他们整理《红楼梦》的时候，先搞到手的是八十回本，后四十回是“历年所得，集腋成裘”，这包括“一日偶于鼓担上得十余卷”。一百二十回钞本的存在看来是没有问题的，问题在于是否存在一个“一百二十回抄本系统”。有趣的是周春说有一个一百二十回抄本，但显然他没有见过，仅是听说的。舒元炜也说有一百二十回本存在，可他也是没有见到。程伟元虽然刊刻了一百二十回本，但他同样没有看到一个完整的一百二十回本。一百二十回抄本在哪里？这就成了问题的关键。

夏薇这些年几乎倾其全力寻找一百二十回抄本。从2005年开始，不知跑了多少家图书馆，六年时间里她找到了五种一百二十回抄本，并逐个本子进行深入细致的研究，这就是这本书的主要成果。夏薇发现这些一百二十回抄本，都有一个共同的特点，与程甲本、程乙本相较都有很明显很关键的异文，表明他们显然不是抄自程甲本或程乙本，而是各自另有底本。这种情况不仅出现在后四十回，也大量地存在于前八十回，这确实值得深入研究。当年林冠夫先生在谈到《杨本》的时候，就指出过：“杨本是个一百二十回的‘全本’。它的后四十回一部分（共二十一回）大体上同程乙本；而另一部分（十九回）与程甲、程乙本都有较大的差异，总的倾向是比较简略。这种简略的情况，究竟是怎样形成，尚有待于作进一步研究。”至今，这方面的研究仍然很薄弱。从这个意义上讲，夏薇的研究确实开拓了一个新的领域。当然，要论证一百二十回抄本系统的存在，夏薇仍然面临着巨大的挑战和考验，还有许多更为艰苦的奔波和苦恼伴随着。在我看来，一百二十回抄本的复杂性甚至超过早期脂本，如何科学合理地解读这些复杂的情况，是夏薇学术论点成立的关键所在。

夏薇书的出版，毫无疑问是红学的最新收获，是开拓性的收获，人们可能会对夏薇的一些具体观点提出不同的见解，如果有这样的讨论，必将会有力地推动《红楼梦》版本的研究，我期待着夏薇书的出版能引起人们对一百二十回抄本研究的关注，红学的发展和突破寄希望于年轻的学者。

是为序！

（2012年6月13日于北京惠新北里）

《〈红楼梦〉人物性别角色研究》序

富鹏同志的新著《〈红楼梦〉人物性别角色研究》即将出版，这是一本值得期待值得重视的红学著作，是近些年来《红楼梦》研究的重要成果。

性别角色研究是近几十年来国内外心理学研究的一个热点，其研究成果也已经开始被应用到许多不同的领域。不过到目前为止这一研究成果还很少被运用于国内的文学研究当中，而运用到《红楼梦》研究中就更少了。据我所知，富鹏同志是红学界中最早运用性别角色理论研究《红楼梦》的学者之一。《红楼梦学刊》一九九九年第二辑发表的《一种特殊的性格类型——论贾宝玉的双性化性格特征》，是富鹏同志有关这类研究的第一篇文章，也是红学领域有关这类研究最早的文章之一。此后，富鹏同志陆续发表了一系列研究文章，如《人类未来文化模式的思考：论曹雪芹的文化理想》、《论明清时期新思潮与贾宝玉的女性气质》、《论传统文化的阴柔性因素对贾宝玉气质的影响》等等。可以说，富鹏同志是十几年来运用角色性别理论研究《红楼梦》的第一人，是这方面成果最突出的学者。

虽然富鹏同志等一些学者为此付出很大努力，但在《红楼梦》研究中，很多人仍然对性别角色理论研究关注不够。其实性别角色理论与文学创作还是有密切关系的，如作家的创作心理、作品中的人物形象、作品的情感表现等，都有可能涉及这类问题。作家的性别角色，以及传统文化和时代文化对男女性别角色特征的规定，有可能通过作品中的人物形象或作者的情感表达曲折地表现出来。作品及作品中的人物所流露出的心理性别、情感模式等有可能关涉到作家的创作意图、对人物的定位、作品的立意。另外，戏曲文学中角色的心理性别与演员本身的心理性别的关系等也值得研究。由此可见，性别角色理论在文学研究领域中的应用有着非常广阔的空间。

《红楼梦》中有关性别角色的内容非常丰富。有些人物的性别角色符合文化的规定，有些人物的心理性别则发生了“错位”。宝玉、凤姐、探春、湘云、秦钟等就存在着性别“错位”的现象。这种“错位”，其实就是人物的性别角色与人们刻板的或传统文化所规定的性别角色发生了一定程度的矛盾。作者为某些女性人物代拟的诗词不但包含着一定的女性意识，而且也呈现出作者的女性意识和性别角色的一些信息。《红楼梦》中性别角色这一问题牵涉到中国文化的许多方面。通过这类现象的研究可以观察到传统文化的某些特征、作品产生的那个时代的某些特点和作家不同于他人的心理特点和文化理想。因此，对《红楼梦》人物的性别角色这一问题的研究有着重要的意义。

我记得自上个世纪九十年代以后，在红学界人们说的最多的话之一就是“红学的突破”，人们似乎对红学的研究现状不是很满意，因而特别期待着“突破”。但许多人的期待似乎寄托在“发现”上，期待着有关曹雪芹和《红楼梦》的文献有“震惊人类的发现”，以为这样才能“突破”。当然，如果真有这样的发现自然是大家非常高兴的，但遗憾的是这样的“发现”至今也没有见到。《红楼梦》毕竟是一部伟大的文学作品，研究《红楼梦》的文本才是最主要的，研究《红楼梦》的终极目的，还是认识这部伟大作品。一部伟大文学经典的价值所在就在于它的认识价值和审美价值上。所以我特别期待有更多的学者多在《红楼梦》的文本研究上下功夫。富鹏同志的大作是以性别角色的理论研究《红楼梦》的人物，这确实是一个新视野、新途径，是一个非常有意义的探索，这对于我们从一个新的视角分析《红楼梦》中的人物，确实有重要的学术价值。

富鹏同志从一九九九年在《红楼梦学刊》上发表第一篇以性别角色理论研究《红楼梦》开始，至今已过去十三年。研究一个课题长达十三年，其间不间断参阅相关资料，以严谨的治学态度推敲其中的一些观点，这样的执着治学，真是令人敬佩，也是今天极其难得的学术精神。现在《〈红楼梦〉人物性别角色研究》一书，已经摆到了我们面前，这既是富鹏同志十三年执着追求的学术结晶，也是《红楼梦》研究的最新收获，我希望它能引起人们对这方面研究更多关注，推动红学的健康发展。

是为序！

2012年5月30日于北京

《红楼梦评点中的人物批评》序

胡晴的《红楼梦评点中的人物批评》，是对红楼梦评点进行研究的又一新收获。

对小说进行评点，可以说古已有之。而明清之际李卓吾、金圣叹的《水浒传》评点，毛宗岗对《三国演义》的评点，张竹坡对《金瓶梅》的评点，从内容到其体例形式，均可称为较为完善的、有相当规模的典范之作。

红楼梦评点可以说是伴随着《红楼梦》创作而同时产生的。从个别脂评所透露的信息，在《红楼梦》创作过程中，也同时进行着评点，第一个红楼梦评点家就是脂砚斋。现在，我们把附于《红楼梦》早期钞本的脂砚斋等人批语，统称脂评。而到了嘉道间评点派诸家蜂起，各种评本纷纷问世，红楼梦评点更其蔚为大观。

从形式上讲，红楼梦评点固然是中国传统小说批评的继承和发展。但由于作品本身的独特性，即其题材内容、情节结构的独特性，以及高超的艺术水平，评点者群体的独特性，红楼梦评点都达到了前所未有的新高度。

《红楼梦》评点一般被分为两部分，一是极具特殊性的脂批，一是被统称为评点派的各家《红楼梦》评点。由于脂批者大多与小说作者关系比较特殊，它不仅有较高的文学理论价值，还具有独特的史料价值，红学家们一般把脂评单列单论，作为独立的研究课题，对于脂批的研究相对比较丰富，甚至有“脂学”之称。胡适先生在《考证〈红楼梦〉的新材料》等文章中就已经开始对脂批者和脂本问题发表看法，甚至从一定意义上讲，新红学的发端，亦与脂批密切相关。其后，关于脂批的各方面研究一直比较繁荣，产生了不少有影响的著作，如吴世昌的《红楼梦探源》，周汝昌的《红楼梦新证》，赵冈、陈钟毅的《红楼梦新探》，潘重规的《红楼梦新辨》，冯其庸的《石头记脂本研究》，孙逊的《红楼梦脂批初探》等，相关的单篇学术论文亦数量颇为庞大，不胜枚举。

相对来说，对于评点派的各家评点，目前的工作大多局限在一般的研究和资料搜集的整理，缺少系统深入的研究。《红楼梦》评点派的相关记载首见于吴克岐的《忏玉楼丛书提要》，其后一粟编著的《红楼梦书录》又有新的增补。上世纪80年代以来，《红楼梦》评点派的著作逐渐引起研究者的重视，评点研究也有所发展。冯其庸先生提倡对评点派再认识，认为“应该给评点派红学以应有的历史地位，应该重新评议评点派的红学，应该让我们的先人们创造的非常有效的评点派的文学批评方式得到继承和发扬”，他还亲自把以王希廉、张新之、姚燮为代表的八位《红楼梦》评点家的评点文字整理校订编纂成《八家评批红楼梦》。同时，一些红学家也在介绍和研究各位《红楼梦》评点家生平经历、评点内容和资料的钩稽整理等方面都做了大量工作。在本世纪，已开始有关注《红楼梦》评点的专著，但局面还需要进一步拓展，这方面的研究还大有深入之必要。

胡晴的《红楼梦评点中的人物批评》，将诸家有关《红楼梦》人物形象的批语进行专题研究，既抓住了作为小说的《红楼梦》研究的重点，也抓住了作为小说批评理论研究的重心。茅盾先生说过“人物的塑造，是作品的中心问题。一部作品的主题思想，不是由作者用抽象的说教的方式来表白，而必须是通过人物的活动，运用形象思维来表现，使读者从中理解作品的主题思想”。而《红楼梦》则是以描写人物见长的古典杰作。《红楼梦》中的人物描写已经具备了高超的艺术水准。从《三国演义》到《水浒传》、《西游记》再到《金瓶梅》，中国古典白话小说逐渐从讲述扣人心弦的传奇故事转向描摹平凡琐细的日常生活，从重视情节的引人入胜转向关注人物形象的塑造，人物性格由单一走向丰富，由千人一面走向个性突出，人物塑造的手法从简单趋向复杂细腻，因而《红楼梦》诸家评点都很注重对书中人物的品评，因而对《红楼梦》的人物塑造经验进行理论总结就更显得重要。

《红楼梦评点中的人物批评》在对诸家有关《红楼梦》人物形象的批语进行解读、剖析时，既注重发掘其史料内涵，更注重于艺术理论的总结概括。比如由于有的脂批作者关系密切，“以省亲事写南巡，出脱心中多少忆昔感今！”之类的批语，显然与作者家世有关；而“凤姐点戏，脂砚执笔”、“的有是人”、“的有是事”之类，显然更多涉及了原形和人物、素材和作品、生活真实与艺术真实的关系问题。而《脂批篇》第四章第二节和第三节总结的“春秋笔法”、“忙中写闲”、“特犯不犯”和《评点篇》第二章第三节《刻画人物的艺术手法》所概括的“白描”、“对比与衬托”、“侧面烘托”、“命名的谐音和隐喻”、“诗词韵文的影射作用”、“不写之写和春秋笔法”等对相关批语的诠释解读，都更加注重对人物塑造理论的提炼和对批评者美学追求的揭橥。

《红楼梦评点中的人物批评》在对诸家有关《红楼梦》人物形象的批语进行解读、剖析时，还特别注意了许多批语对戏曲、绘画、诗文等相关艺术理论的借鉴、吸纳和融汇。这不仅说明了评点者具备丰富的多方面的文化艺术修养，和他们对小说创作、人物塑造理论的丰富与延伸；同时还揭示了相关艺术的共同规律和中华民族共有的传统文化精神。

《红楼梦评点中的人物批评》既是对红楼梦评点的研究，也可以说是古代小说理论研究的一部分。而这种研究，对于深入认识《红楼梦》，认识中国古代小说批评理论的发展，都是非常有意义的。

胡晴是位很年轻的学者，早在读研究生的时候，就对红楼梦评点很有兴趣，现在她的专著即将出版，我很为她感到高兴。红学之路正长，任重道远，需要一代一代学人不懈努力，尤其是年轻人要努力！

2010年5月13日于北京

《红楼梦十二金钗评传》序

继《红楼梦东观阁本研究》之后，立波又将出版她的一部新的学术专著《红楼十二钗评传》。在紧张的教学工作之余，她还能挤时间潜心著述，我为其不断取得的学术成果而感到高兴。现在这部二十余万字的书稿，将由清华大学出版社刊印发行，立波向我索序，尽管我对《红楼梦》人物少有研究，并不是为这部书写序的最合适的人选，我却很难拒绝。

三年前，立波的博士论文《红楼梦东观阁本研究》出版，这部侧重于版本考证与评点研究的著作一问世，未曾谋面的许多读者曾以为其作者应该是一位男子。的确，立波的博士论文，从科学态度、学术勇气到探索精神，都洋溢着巾帼不压须眉的气韵。她的博士导师，北京师范大学张俊教授曾在序言中说："我相信，凭她的勤奋，凭她的灵气，她还会取得更大的成绩。"诚然，立波的不懈努力无愧于导师的期待。这部新书的出版，既体现了她的勤奋、她的灵气，同时也彰显了她的才情。

这是一部《红楼梦》人物专论。全书论述了《红楼梦》中的16位人物，包括第五回判词中写到的金陵十二钗正册12人、副册1人、又副册2人，加上贾宝玉。在写作体例上，依次交代了每位人物的身份、相貌、才情和结局。文本梳理细致，资料引证丰富，分析论述深入。在《红楼梦》研究中，论述人物的著作、论文很多，在二十世纪四十年代王昆仑先生的《红楼梦人物论》产生了很大的影响。而到五十年代蒋和森先生评论宝玉、黛玉、宝钗、晴雯的文章更是风靡一时，"你是眼泪的化身，你是多愁的别名。”“爱情，成了你生活中的太阳。它给你幽暗的内心带来了光和热。——可是，又有什么比爱情给你带来更多的不幸和痛苦！”（《〈红楼梦〉人物赞 · 林黛玉》）蒋先生充满了感情而精彩的论述不知打动了多少青年男女们的心弦。到八十年代张锦池先生的《红楼十二论》，还有刘敬圻老师、吕启祥老师等前辈学者论述《红楼梦》人物的文章都给我留下极为深刻的印象。这些书（文章）或以细腻入微的分析取胜，或以论辩见长，读后都能给你许多启迪，加深了对《红楼梦》的理解和认识。曹立波的《红楼十二钗评传》在悉心学习前辈学者的基础上，从一位年轻女性学者的视点和悟性出发，对《红楼梦》主要人物作了精微的分析评述，多有创见，十分精彩，这是十分可喜的收获。

这是一部融感性和理性于一体的著作。感性的描述，如关于林黛玉的体貌情态，文稿中归纳了黛玉的体貌富有“娇弱、袅娜、风流、标致”的特点，认为林黛玉的气质和情态“集仙女的神韵、西施的病容，以及淑女的气派于一身”。理性的论证，如关于秦可卿的病因，文稿中概括了秦氏这位“第一个得意之人”的失意之处。文章认为，“秦可卿的忧虑，恰恰是因为她不能安享眼前的荣华富贵，偏偏有深谋远虑，她的多思导致了多病，以致积郁成疾，不可救药。小说集中反映了可卿两个方面的失落：其一，幻境之女‘意淫’理想的失落;其二，寒门之女‘要强之心’的失落。”还有对某些判词的解释，融入了她对古典诗文的理解。如贾元春的四句判词，她从逻辑顺序推论，“第一句写了年岁，第二句写了季节，第三句是月份，从由大到小的顺序看第四句应该是日期或时辰。”因此，认为，“‘虎兔相逢’：指时辰，寅时和卯时相交的时候元春从娘家回到宫中。‘大梦归’：指梦醒时分回宫。元春游大观园，宛如《牡丹亭》中‘游园’的春梦，而她的离去恰似‘惊梦’，是红楼一梦的结束。元妃正月十五省亲的场景，可以借用辛弃疾的词《青玉案 · 元夕》来表现其游园时的繁华和热闹，以及回宫后的寂寥和冷落。”这些分析不乏新意。

曹雪芹“十年辛苦”创作《红楼梦》，其目的之一，是要“用假语村言，敷演出一段故事来，亦可使闺阁昭传”，曹立波的《红楼十二钗评传》，将笔触聚焦于小说中的主要女子，也可以说是为“闺阁昭传”而做出的新贡献。

是为序。

2007年4月12日于北京

《红楼梦疑难问题探索》序

常有人向我提出这样的问题，为什么对《红楼梦》一部小说的研究能够成为一门专学乃至显学？为什么《红楼梦》能够有那么大的魅力、能吸引那么多读者和研究者？要回答好这样两个问题并不容易。红学能成为一门专学，是有诸多原因的，而要说清楚《红楼梦》的魅力，更是红学的大课题。当然不是不能回答，我认为《红楼梦》研究之所以能够成为一门专学，《红楼梦》之所以能够有那么大的魅力，简单地说主要有两条：一是《红楼梦》写得太好了，二是《红楼梦》的“谜”太多了。

说《红楼梦》写得太好了，这容易理解。的确，《红楼梦》是中国最伟大的文学作品，具有极为深刻的思想内涵和丰富的文化意蕴，在艺术上取得的成就更是无与伦比。用王蒙先生的话说，“《红楼梦》是一本最经得住读，经得住分析，经得住折腾的书。”只有这样的书才能经得住研究。从这个意义上说，在中国文学史上还没有一部文学作品能与《红楼梦》相媲美。这也正是产生红学的最重要的原因。但仅仅这样回答还是不够的，对《红楼梦》的研究之所以能成为一门专学——红学，还有其他的原因，《红楼梦》的“谜”或说“疑案”、“疑难问题”太多就是重要的原因之一。诸如：《红楼梦》作者之谜，八十回后续书之谜、版本之谜、脂批之谜、《红楼梦》成书之谜等，这些“谜”都是研究《红楼梦》最重要的基础，是红学非常重要的方面，也是对读者和研究者最有吸引力的一些问题。

自红学产生以来，人们就不断地探索《红楼梦》的疑难问题，破解《红楼梦》之谜，但所用的方法不同，有的用考证的方法，有的用索隐的方法，有的用文学分析的方法，而本书的作者彭昆仑先生则是用计算机作为工具，用自然科学与社会科学交叉的研究方法探索《红楼梦》的疑难问题。

据我所知，最早运用计算机作为辅助手段研究《红楼梦》的是美国华裔学者陈炳藻先生，他参加1980年6月在美国威斯康辛大学举行的国际《红楼梦》研讨会，向大会提交的论文是《从字汇上的统计讨论红楼梦的作者问题》他选取前80回与后40回中的若干词汇进行统计比较，探索前80回与后40回的作者是一人还是二人，结论为作者是一个人。20多年前计算机本身就是个新鲜东西，用计算机研究《红楼梦》就更新鲜了，所以陈炳藻先生的研究引起大家极大兴趣，甚至有人称之“红学进入了电子时代”，但也有许多人表示怀疑。正是这件事影响了彭昆仑先生，也正是从那以后他开始了以计算机为工具探索《红楼梦》疑难问题的研究。他是我国最早用系统论、计算机来研究《红楼梦》的学者，也是最有成就的一位学者。

自1983年以来，彭昆仑先生和他的同事、朋友共同努力，不仅完成了“红楼梦数据库”，他本人还就黛玉进府的年龄，“怡红夜宴”时的人物座次、《红楼梦》有关故事年序等疑难问题进行了创造性的探索，取得了令人瞩目的成就。《红楼梦》中的诸多疑难问题多年来争论不休，比如“怡红夜宴”时的人物座次，以往研究人数与酒令点数总是对不上，而彭昆仑先生用系统论的方法，以计算机为手段，经过严密的计算得出的结论很是令人信服，这是非常了不起的。

当然，电脑只是一个工具，我们不能迷信电脑，不能指望电脑解决一切《红楼梦》中的疑难问题。重要的是掌握一种科学的方法，关键是掌握电脑的人要对《红楼梦》很熟悉，对《红楼梦》有较深入的研究，否则你拥有再先进的电脑也没有用。彭昆仑先生是工程技术和科技管理的专家，对计算机应用方面有自己的独特的见解。但他同时又是一位对中国古典文学特别是对《红楼梦》深有研究的学者，从本书中我们可以看到他渊博的知识和严谨的治学态度，否则他不会取得今天这样的成果。

当年我认识彭昆仑先生的时候，对电脑还一无所知，如果说当年人们对用电脑研究《红楼梦》更多的是持怀疑的态度，那么在电脑广为普及的今天，人们不会再怀疑电脑的作用。今天电脑已经成为大家普遍使用的工具，甚至是不能离开的工具，电脑在人们的学习、研究和日常工作中发挥的作用越来越大。伴随着科学技术的发展与普及，我相信电脑不仅在文学和艺术的基础数据、资料整理和查询等方面具有不可代替的作用，在解决学术疑难问题上同样的会大有作为，自然科学与社会科学的交叉研究有着广阔的空间。我衷心希望这项具有开拓性的工作能有更大的发展，不仅为《红楼梦》研究，更为我国的文化艺术和社会科学研究做出新的贡献。

是为序。

2004年6月19日 于北京

《红楼梦与明清美学》序

摆在我面前的是一部厚厚的书稿校样，这是静轩先生的近著《红楼梦与明清美学》。这部洋洋50多万字的《红楼梦》研究新作，一定会给今天的红学领域，带来一些新奇和惊喜。这部专著凝聚了静轩先生十年的心血，他以传统美学的角度审视《红楼梦》，以明清哲学思想和美学为背景，全面系统地分析论述《红楼梦》中的有关传统书法、绘画、诗歌、建筑、服饰、戏剧、饮食和民俗文化。尽管多年来，《红楼梦》研究以文化学、美学角度研究的文章不胜枚举，但是，从美学、文化学的角度引申对《红楼梦》文化意义上系统的剖析和阐释，目前并不多见。

我与静轩先生相识交往已近十年。他对《红楼梦》的研究，多关注于文化学、美学方面，而这部以明清文化和美学为基石的《红楼梦》研究著作，正体现出作者东北人执着的治学精神，体现出东北人的豪爽奔放的性格和充沛旺盛的精力，体现出东北人对传统文化的钟爱和博学广识。我拜读来自东北家乡的红学专著，感到格外的亲切。

十年前，静轩先生以美术家的身份来到北京恭王府的“天香庭院”，来到红楼梦研究所拜访。他发表在《红楼梦学刊》上的《红楼梦中的传统绘画与书法》一文，开启了他红学的初创之路。随后几年他又陆续在学刊上发表了《红楼梦中的插图艺术》、《明清美学对〈红楼梦〉的影响》，以及《红楼梦中的东北风神》等论文。这些论文奠定了他以美学研究的大视角，切入对《红楼梦》文化艺术方面研究的基础，它为红学又增添了一个新的窗口。静轩先生是职业的美术师，他每次来京办展览都要抽时间到编辑部拜会畅谈，从中结识了不少红学界的朋友。在东北，当时已经有黑龙江省和辽宁省两个红楼梦学会，唯独吉林省还没有建立红学会。记得1996年他回到长春，联络吉林省许多有识之士，经过近两年的努力，终于在1998年6月成立了吉林省红楼梦学会。学会成立后，他多方联络，积极奔走，努力推进吉林省红学事业的发展之路。作为省红学会的副秘书长，静轩先生更是不遗余力地投入到《红楼梦》研究之中，除发表各类研红论文之外，还出版了谈艺专集《静轩艺稿》和散文集《如是我闻 · 静轩随笔》，其中以红学角度出现的论文近20万字之多。值得称道的是，他早在青年时代就对《红楼梦》情有独钟，多年来研究《红楼梦》的文章不断在学术报刊上发表，成绩斐然，成为红学队伍中勇于探索的生力军。由于他的长学独擅，特别是美术师的慧眼灼珠，他在当前红学的道路上，能独辟蹊径，扬其所长，定位在对《红楼梦》的研究以美学、文化学研究为始发基点。就是在红楼文化研究领域，他也不蹈袭前人，而是尽量研究利用前人成果，去粗取精，为己所用。因此，他许多文章的论点切题新颖，立论公允，频出新意，力求恢复历史的本来面目。

这部以明清文化和美学为大背景对《红楼梦》研究的专著，基本上以美术家锐利的目光和审美角度，从历史文化的大视野审视《红楼梦》、审视明清文化、审视中国传统的古典美学，对《红楼梦》展开了多角度、多方位、多层面研究，探索其美学的内涵和外延，并以美学、艺术学的方法论为开山斧，使这部专著具有许多独特而鲜明的美学色彩，形成了该著作独立不倚的文化个性。

阅读全书，作者开阔的视野、新颖的角度和鲜明的观点，都给我许多启发，留下深刻印象。譬如，全书第一章“明清绘画书法对《红楼梦》创作的影响”。作者以美术专业人士的敏锐目光，追寻脂砚斋在抄本上提示的《红楼梦》创作中，曹雪芹在“写人叙事，也往往默运画学神髓，融入丹青技法”。据此，作者进行了深入细致的挖掘、探寻、拓展、研究，他把独特而新颖的美术学中创作的方法论，运用到对《红楼梦》文本（包括对全书人物性格塑造、结构框架的布局等）方面的研究中去，提出了首先是画家的曹雪芹他在小说《红楼梦》创作中所运用的“画家笔意”的立论，并指出其创作的基础是源自中国绘画史上的“六法论”。然后以此为挈点，详细地将“六法论”中“气韵生动”、“骨法用笔”、“应物象形”、“随类赋彩”、“经营位置”、“传移模写”，逐一结合《红楼梦》文本内容，加以阐释剖析，说明曹雪芹在创作《红楼梦》中，正是依照“六法论”的框架原则。在《红楼梦》总体神韵上、人物塑造上、景物描述上、整体和局部色彩渲染上，对故事气氛的烘托上，对作品整体把握和局部处理上，以及借鉴前人创作成果和艺术风格上所独具的匠心，这一精彩论述，使读者有茅塞顿开和备觉清新之感。

本书第二章，作者所讨论的是《红楼梦》里的诗词曲赋、灯谜、对联匾额等，作者所着意的并不是这些红楼诗词对联本身的文化内容，更没有着力去诠释考据这些文字的内容和意义，而是由表及里地挖掘、探寻、讨论这些诗文曲赋、联匾灯谜所蕴含的不同寻常的文化意义，以及这些作品对曹雪芹塑造人物，渲染典型环境，烘托气氛，揭示主题的特殊作用和意义，并由此钩沉出这些作品所反映出来的曹雪芹自身的文学素养和美学渊源，这也是读者阅读时需要关注的亮点。

本书在选题上一个显著的特点是，选题宏大，切入点新颖，立意明确，内容广博。其书给人的第一感觉就是气势雄浑。明清美学本身就是一个涵盖宽泛的研究命题，作者选择这一大题目做研红文章，胸中必要有揽月捉鳖的气概和魄力。这样，方可任心驰骋、纵横捭阖。在如此宏大的选题下，其50多万字所表现出来的就是博大气势、广阔视野，读罢此书会感到内容广博、层次丰富、涉描奇谲。如此宏大的选题，作者又是如何把握，以何为纲切入的呢？

对于明清美学与《红楼梦》的阐释，作者选择了一个切入点，找出一条明晰的线索，那就是当代著名美学大师宗白华的一段精彩论述：“中国各门类传统艺术（诗文、绘画、戏剧、音乐、书法、建筑）不但有自己的独特的体系，而且各部门传统艺术之间往往互相影响，甚至互相包含（例如诗文、绘画是可以找到园林建筑艺术所给予的美感或园林建筑需要的美，而园林建筑又受诗歌绘画的影响，具有诗情画意）。因此，各门艺术在美感特殊性方面，在审美观方面，往往可以找到许多相通之处。”作者以此为纲，纲举目张，在深刻领悟了美学大师纲领性的美学观念后，又向社会文化各层面引申，诸如服饰、饮食、戏剧文化等等，构成了全书一个绪论四个章节，经过匠心独运、分门别类由浅入深地系统展示，诠释了《红楼梦》与明清美学的血缘关系，并紧紧围绕《红楼梦》文本，展开了对《红楼梦》在文化和美学等方面的考论。书中各章依其特殊性各自成篇，依其相关性又互相勾联，互相印证。内中除美学、文化学研究外，还大量涉及到明清两代政治经济形态，哲学思想和道德理念，宗教意识和民俗民风，甚至哲学思潮和艺术流派，等等。

这部论及明清美学与《红楼梦》血缘关系的专著，在论证上选择了比较式和考据式两个方法，使全书观点明清，立论清晰，层次分明，语言流畅。譬如，书中第一章用了众多笔墨讨论《红楼梦》与《金瓶梅》两书“传移模写”的承继关系。作者以尊重历史的客观态度，对两书的主题、人物形象、叙事、人物语言、价值、文本等进行了层层比较，一一对照，其中尤以对潘金莲与王熙凤这两个人物全方位的比较，写得栩栩如生，引人入胜。在第三章对明清建筑园林与大观园的比较研究中，除对江南私家园林和京师皇家园林重点介绍之外，以这些园林的各自特点及在审美上的意蕴，来探求与《红楼梦》中大观园的美学渊源。特别在此章的最后部分，探索“中国古典园林建筑对西方审美的影响”中，作者对东西方园林进行了层层比较，突出了东方园林的自然之美和西方园林人工之美的差异，再次让读者开阔了眼界。在论及饮食文化上，作者极尽搜罗，以红楼宴和饮食文化为基点，列出了李渔《闲情偶寄》中的“饮馔部”和袁枚的《随园食单》，列出了《金瓶梅》西门庆的三个食单和专家总结出的两个《金瓶梅》宴席单，还有曹雪芹生活时代乾隆帝一年四季的御膳单，乾隆帝设千叟宴菜单，以及《扬州画舫录》中李斗开列的江南版满汉全席菜单等。这些菜单的陈列对比鲜明地彰显出自《红楼梦》以来，中国饮食文化的博大和丰姿丰采，读来令人叫绝。

最后，我感到全书在考据方面，引证了大量红学家研究的丰硕成果，使全书在资料方面翔实和丰富。以书后开列“主要参考书目”的180多部文献而言，足可见作者潜心治学，深入研究明清文化和《红楼梦》所下功夫之一斑。限于篇幅，更多的例证也就不多谈了。

自1997年“北京国际红楼梦学术研讨会”之后，以文化、文本研究为主旨的《红楼梦》研究，经老中青三代红学家、红学爱好者共同努力，使今天的《红楼梦》研究，不仅蓬勃日上，而且大有不可遏制之势。红学的专著在改革开放的大好环境下，百花争艳，新著频频出版。谨此，我衷心祝贺静轩先生研究《红楼梦》的专著出版。预祝所有对《红楼梦》情有独钟的专家学者有更新更好的红学专著问世。

是为序。

（原载《红楼梦学刊》2006年第1辑）

《音乐家眼中的〈红楼梦〉》序

三年前我就知道了孟凡玉这个名字，而且印象很深，虽然我那时并没有见过他。我是从我的朋友孙伟科那里知道孟凡玉的，他对我说他们有个同学是学音乐学的博士，对《红楼梦》非常熟悉，不仅是喜欢《红楼梦》，而且在写一本从音乐的角度研究《红楼梦》的书。这自然引起我的兴趣，也记住了这个名字。果然，三年后的今天他拿出了一本不同寻常的书——《音乐家眼中的〈红楼梦〉》。

当我看到孟凡玉的书稿《音乐家眼中的〈红楼梦〉》的时候，想起了一件往事。大约十年前，斯洛伐克汉学家卡尔诺古斯卡娅·玛丽纳来中国艺术研究院访问，我接待了她。她是真正的“红楼迷”，对《红楼梦》十分喜爱。她用了整整十年的时间将《红楼梦》一百二十回翻译成斯洛伐克文。她对《红楼梦》的评价非常高，有自己的独特见解。她对我说，《红楼梦》不是一般的小说，是一部非常了不起的伟大作品，内容太丰富了。她在《红楼梦》中不仅看到了一个优美的故事，还听到了音乐，看到了绘画、诗歌和建筑艺术，特别是通过《红楼梦》进一步了解了中国的哲学思想。卡尔诺古斯卡娅·玛丽纳女士能从《红楼梦》中感受到音乐的旋律，令我感到惊奇，但当时我对这方面并没有太多的体会。毫无疑问，《红楼梦》是中国最伟大的古典小说，它有着博大精深的思想文化内涵，有着无与伦比的艺术成就，确实内容太丰富了。100多年来，在“红学”这个博大的园地里，人们从各自的研究视角和兴趣，对《红楼梦》作出各种各样的解读，文学、园林、建筑、饮食、民俗、服饰、绘画、戏曲等等各方面的研究成果争奇斗艳。然而，从音乐的角度研究《红楼梦》的却不多，所以当我看到了孟凡玉的书，感到十分高兴。

红学的发展离不开多重方法的介入，离不开多学科的写作。即使在一般读者中《红楼梦》也是常读常新的，更不用说在不同学科的视野中呈现出的不同艺术风貌了！这可以说明《红楼梦》的确具有无可比拟的永恒艺术魅力。多学科、多角度、多侧面的立体研究，是深入理解和全面解读《红楼梦》的重要途径，也是推动红学向纵深发展的必由之路。《红楼梦》千门万户，它的不同侧面需要有不同领域的专家介入，借助于不同领域专家的分工合作和协同，才能对《红楼梦》博大精深的内容和丰富的意蕴做进一步的开掘。作为一位音乐学者，孟凡玉多年来孜孜不倦、锲而不舍地探索《红楼梦》与音乐文化的关系问题，发表了多篇有一定影响的论文，勇于开拓的探索精神实在是难能可贵的，其成功可以成为人们在更高层次认识《红楼梦》的阶梯，弥补传统红学中音乐研究的不足，使那些陌生的音乐字眼不再陌生，使小说中音乐描写的文化含义得到阐释和凸显。他的新作《音乐家眼中的〈红楼梦〉》一书从音乐审美、乐人、歌唱文化、器乐文化、仪式音乐、音乐传承、音乐术语和典故、作者的音乐修养及对作品创作的影响、《红楼梦》对中国音乐文化的诸多相关问题，是较为深入系统地对《红楼梦》音乐文化现象的研究。本书作为他的探索成果，可以说是红学研究音乐方面的重要收获。

众所周知，中国文化向来以"礼乐文化"著称。古往今来，音乐活动在上至王室宫廷，下至民间寻常百姓的日常生活中都扮演了非常重要的角色，发挥了重要的作用。《红楼梦》这部以清代世家大族为中心、广泛涉及到社会各个阶层生活的文学巨著，其细腻的描写笔触，深入到了社会生活的方方面面，当然也不可避免地涉及到了丰富多姿的社会音乐生活，并有十分生动、细致的描写，音乐成为《红楼梦》中非常重要的文化现象之一。因此，音乐学角度的《红楼梦》研究理所当然应该在红学大家庭里占有一席之地。孟凡玉博士这部横跨音乐学与红学的著作，是第一部系统研究《红楼梦》与音乐文化的专著。

孟凡玉的研究工作是很有意义的，希望有更多方面的专家来到《红楼梦》研究的领地，为红学的繁荣与发展做出贡献，为满足新时代读者的阅读需求在知识、文化、美学、文学欣赏等层面添砖加瓦、奉献智慧。

值此孟著付梓之际，应孟凡玉博士盛情邀约，草拟短文，专此为序，并致祝贺！

《红学管窥》序

继《红楼梦续书研究》之后，赵建忠又将出版他的第二部学术著作《红学管窥》。在繁忙的教学之余，他还能拿出这么多的学术成果，我很是感到高兴。我向来认为如果一本书需要序最好是自己来写，因为谁也没有自己更了解自己的书和研究过程。但建忠希望我来为他的书写序，我却很难拒绝。其一，建忠是我们中国艺术研究院红楼梦研究所第一批明清小说与《红楼梦》研究专业的研究生，师从著名红学家吕启祥先生，毕业后虽到天津师范大学工作多年，但与红楼梦研究所始终保持着密切的联系，在感情上我们也一直把他看成是中国艺术研究院和红楼梦研究所的一员；其二，这些年来建忠在学术上的进步可以说我非常了解，他的许多文字都是经我手发表在《红楼梦学刊》上；其三，近年来，中国红楼梦学会和《红楼梦学刊》多次举办中青年学者红楼梦学术研讨会，建忠是主要的参与者和推动者之一，为团结全国的中青年学者做了大量工作，对我的帮助很大。这些或许就是建忠希望我来为他的书写序的原因吧。

建忠是一位治学十分勤奋刻苦的青年学者，有很扎实的学术功底，善于思考。《红楼梦续书研究》是他多年来刻苦研究取得的一项比较重要的学术成果。以往人们对各种《红楼梦》续书往往不屑一顾，或用“狗尾续貂”一概论之。而建忠则能摒弃偏见，对数十种续书进行了比较系统的分析研究，对续书这种文化现象做了较为客观公正的评价，有许多独到见解，且发现了不少新材料，仅著录的《红楼梦》续书就多达100种。建忠在续书研究上所取得的成绩得到红学界大部分同仁特别是徐恭时、胡文彬等红学前辈的肯定和好评。而本书“续书·仿作研究”部分也正是他在这方面研究的深入，其中第十章《新发现的铁峰夫人续书〈红楼觉梦〉及张船山有关资料叙录》、第十一章《未著录的清人周百於〈六续红楼梦〉新材料之考释》等，在《红楼梦》续书研究上又有新发现新收获。

从《红楼梦续书研究》到《红学管窥》，建忠在学术研究的道路上又前进了一大步。在《红学管窥》一书中，我们不仅看到他有对续书、仿作的研究，还有对程刻本的考辨、贾宝玉与林黛玉两个重要人物的考论以及对二十世纪红学流派的研究，其研究视野更为开阔，学术见解更为成熟，尤其他对二十世纪红学史的研究，表现出一种可贵的勇于探索的精神，独抒已见，给我留下很深刻的印象。

谈到红学史，人们都是从脂砚斋评批《红楼梦》算起，这自然是不错的。但红学作为一门独立学科的形成并取得重大发展，则是二十世纪以来的事，这就是人们常说的百年红学。毫无疑问，二十世纪铸造了红学的辉煌，涌现出王国维、胡适、俞平伯等诸多令人敬仰的红学大家，取得了令世人瞩目的显赫成就，并形成了索隐派、考证派、文学批评派等三大红学流派，以至于红学被称之为当代的显学。但不可否认的是，二十世纪红学又充满了太多的矛盾和分歧，这其中既有学术之争，也有非学术因素的干扰，有经验也有教训，甚至是惨痛的教训。因此科学地总结二十世纪红学史，是摆在红学家们面前一项最为紧迫和重要的工作。也可以说这是开辟新世纪红学之路必须要走的一步，没有这一步，新世纪红学的发展就无从谈起。

自1997年参加北京国际红楼梦学术研讨会以来，建忠对红学史研究投入了很大的精力，在《红学管窥》一书中，他将“红学史论”部分列为前三章，可见他对红学史研究的重视。在探讨“新世纪红学范式选择”这一课题时，他提出了研究中要重视处理“史料还原”与“思辨索原”的关系，这无论是提法还是思路，都很有新意。他认为“红学回归文本也好，注重文献也好，乃至于倡导文献、文本、文化三者之间的融通，如果从治学思路上逆流溯源考察，不过是中国传统学术中‘汉学’、‘宋学’之争在红学中的反映而已”。并认为，“红学研究中文本与文献或文化之间的相互关系问题，究根探底，一言以蔽之，也就是红学研究中如和‘史料还原’与‘思辨索原’的问题。”毫无疑问，无论是从红学形成和发展的过程来看，还是从解读认识《红楼梦》的需要来看，史料和文献的考证都是必不可少的，说它是现代红学的基础并不过分。但考证并不是红学的目的，所以建忠认为，红学中的“史料还原”应该指的是对红学研究有实际价值的版本校勘、作者考证及相关材料的钩沉、梳理性质的工作，它应该是服务于解读《红楼梦》而不是远离文本轴心。而“思辨索原”也并不是指单纯对曹雪芹或《红楼梦》思想价值的评判，而是为了追求“有思想的学术”和“有学术的思想”的真正统一。这当然是建忠的一家之言，这样的归纳是否科学，人们自然可以进一步讨论，但建忠的见解还是很有意义的，至少对我很有启发。

如果说建忠对“史料还原”与“思辨索原”关系的论述过于原则的话，那么他在《二十世纪红学流派的冲突对垒与磨合重构——兼论新世纪红学流派的发展态势》一章中，对文献、文本、文化三者之间关系的分析就更为明确和具体了。他认为二十世纪的百年红学，主要是索隐、考证、批评这三派之间的冲突对垒与磨合重构。这个提法也颇有新意，说三大红学流派的“冲突对垒”这好理解，但如何“磨合重构”呢？建忠是从“史”的角度，考察了索隐、考证、批评三派产生的原因及其嬗变，认为红学流派的产生都与一定时期的文化思潮相呼应，都有着深刻的历史底蕴，而且又是随着时代的前进而不断翻新的，故单纯的线性描述或简单的肯定与否定都不能解释复杂的红学现象。任何事物的产生与发展都是一个过程，红学也不例外。三大红学流派作为一种历史的存在也都有其存在的理由和合理性，即使被新红学考证派摧垮的索隐派，也不能全盘否定。因此他认为二十世纪的红学范式应该尽量站在当代科学的制高点上，尽量吸收二十世纪一百年来几个红学流派的长处与优点，使多视点的研究具有其互推互补性。并认为红学中文献、文本、文化三者之间的融通与创新，是近年来红学流派发展态势的必然逻辑归宿，是新世纪红学的较佳范式，也是当代中青年红学研究者对老一辈红学家研究路径深刻反思后的思维亮点。这些见解都是平实而可贵的，是一个青年学者对百年红学史深入研究之后得出的结论，也是对新世纪红学发展的美好展望。

期盼新世纪红学能有新发展，这是所有红学研究者的共同心愿。我想除了认真总结百年红学史，寻找一种科学的研究方法之外，红学队伍的建设也是一个不可忽略的重要因素。而中青年学者责无旁贷应承担起新世纪红学发展的重任。近几年来，中国红楼梦学会、中国艺术研究院红楼梦研究所、《红楼梦学刊》杂志社多次与天津师范大学、浙江师范大学合作，举办中青年学者红楼梦学术研讨会，其目的也正在团结和扶持中青年学者，以期建立起一支适应新世纪红学发展需要的研究队伍。1998年在天津举办的首届中青年红楼梦学术研究会、2001年在天津和北戴河举办的“新世纪海峡两岸中青年学者红楼梦学术研讨会”，建忠都是主要发起人和组织者，天津师范大学文学院孟昭毅和林骅教授以及天津学术界的朋友们，则给予了极大的支持。在《红学管窥》一书附录的几篇述评中，具体反映了几次研讨会的情况，在诸多中青年学者的共同努力下，研讨会取得了丰硕的学术成果。在这些学术活动中，建忠都发挥了很大作用，功不可没。由于近些年在红学研究及红学活动两方面的积极贡献，他在全国中青年红学研究者中有较好的影响。

建忠在红学研究中已经取得了可喜的成就，但学无止境。新世纪的红学事业任重道远。我衷心希望建忠在学术的道路上更扎实地前进。我更希望有许许多多的中青年学者不断开拓进取，勇攀红学事业的高峰，为新世纪的红学发展做出应有的贡献。新世纪的红学希望在于中青年一代。

是为序。

2002年2月22日于北京恭王府

原载《红楼梦学刊》2002年第2辑

《红楼梦艺术与文化》序

这些年来，因编辑《红楼梦学刊》，并与有关单位合作筹办了几次全国中青年学者《红楼梦》学术研讨会，因而结识了许多从事中国古典小说研究尤其是从事《红楼梦》研究的中青年学者，这些学者有的还成了朋友，永良就是其中的一位。

记得最早是胡文彬先生向我推荐永良的，那时他还在内蒙古民族师范学院（今创办为内蒙古民族大学）任教。文彬先生对永良的人品学问都有很高的评价，这自然引起了我对他的关注。后来永良常给《红楼梦学刊》寄稿，我们也常有书信来往，多是探讨《红楼梦》研究的一些问题。但直到1998年10月在天津师范大学召开的首届全国中青年学者《红楼梦》学术研讨会上，我和永良才第一次见面。在这一次会议上，我们彼此之间有了进一步的了解。认识永良真是一种幸运，正如文彬先生所评价的那样，永良的确是一个值得相交、值得信赖的朋友。永良为人十分忠厚、谦虚，而在学问上却十分认真，有一种执着的追求精神，这些都给我留下了很深的印象。

在明清小说研究领域中，永良是很有成就的中青年学者，他不只是《红楼梦》研究的文章写得好，在《三国演义》研究上，也卓有建树，出版过《三国演义艺术新论》，后来又在海外再版发行。永良在《红楼梦》研究上，比较侧重艺术与文化方面，他的文章具有选题新颖、立论独到、议论翔实和分析透辟的特点。诸如《红楼梦》中的生日描写、笑话与玩笑以及王熙凤的“恭维术”等，虽然前人偶或也有谈及，但是像永良那样分析精细还是十分少见的。他对有些人物和情节的分析更是极为深细，可谓鞭辟入里，深入浅出，表现出很高的艺术鉴赏能力。如“林黛玉听曲”，这是大家都十分熟悉的情节，但是在永良笔下，林黛玉复杂多变的心理，经过逐层剖析，一一展现在读者面前，并且他还联想到韩愈的《听颖师弹琴》和白居易的《琵琶行》两首著名的诗篇，两相比较，更显《红楼梦》描写的具体、细腻、深刻和内涵的丰富。而这样的分析文章，更能够帮助读者加深对小说故事情节和林黛玉性格及命运的理解。

永良作文不尚空谈，不管是大题目，还是小问题，他都严谨对待，不说则已，说则说透，条分缕析，多方挖掘。如对刘姥姥性格的分析，他既能够从刘姥姥的眼中看红楼众生，又从诸多人物的视角透视刘姥姥，从而对刘姥姥的人物形象和性格特点作出淋漓尽致的分析，也使人们对刘姥姥这个人物的“性格映衬作用”看得更为清晰。再如，谈《红楼梦》的回目，他既从音韵、字词、句式、修辞等多方面充分肯定《红楼梦》回目的语言之美，又从回目与正文不尽和谐、对仗略嫌不够稳妥，追求形式而忽略了内容等方面，实事求是地指出《红楼梦》某些回目的“瑕疵”，并揭示出现这些问题的原因，分析得相当有道理。而做到这样不仅需要学识，更需要勇气。这种治学精神是令人敬佩的。

永良的研究视野十分开阔，在这部《红楼梦艺术与文化》的专著中，我们看到他的研究涉及到很多方面，既有对人物形象、语言风格、情节描写的分析，又有《红楼梦》与唐宋诗词、《红楼梦》与中国古典戏曲、《红楼梦》与《金瓶梅》、俞平伯与鲁迅评红等方面的研究，这一切无不表现出作者具有广博的知识、严谨的治学态度和深厚的学术功底。

永良在《红楼梦》艺术与文化的研究中，取得了显著的成绩，作为朋友，我为之感到由衷的高兴。我认为永良的研究路子是正确的，《红楼梦》毕竟是一部伟大的文学作品，我们应该重视对《红楼梦》的艺术价值和文化内涵的研究，从而真正认识《红楼梦》的伟大。近些年来，“回归文本”的呼声很高，尽管“回归”的提法并不一定准确，但是强调《红楼梦》研究应该以文本研究为中心则无疑是正确的。我们非常赞成梅新林教授提出的以文献研究为基础，以文本研究为轴心，以文化研究为指归的构想。正确地摆好三者之间的关系，认真地总结百年红学的经验和教训，红学才会有新的发展。新世纪红学发展寄希望于《红楼梦》文本研究上的有所突破，寄希望于《红楼梦》艺术价值和文化精神上探讨的不断开拓。

2001年12月1日于北京恭王府

附录

宝岛归来话红楼

——红楼梦文化艺术展策划及内容介绍

从台湾回来已有一些日子了，但每回想起红楼梦文化艺术展轰动台北的热烈场面和动人情景，仍令人激动不已。红楼梦文化艺术展能取得巨大成功，是海峡两岸有关人士共同努力的结果，当然在一定程度上也得益于题目选得好。

《红楼梦》是一部旷世奇书，是中华民族优秀传统文化最杰出的代表之一，它如同万里长城、四大发明及唐诗、宋词、元曲一样，凝聚着我们民族的智慧，是中华民族对人类文明发展的巨大贡献，每一位炎黄子孙无不为中华民族能产生这样伟大的文学巨著而感到骄傲和自豪。因此，选择红楼梦文化艺术展这个题目，充分展示百年红学的丰硕成果和红楼梦文化的无穷魅力，对弘扬中华民族优秀传统文化，促进海峡两岸文化交流，加强民族文化认同感，无疑具有着十分重要的意义。

这次展览是应台湾财人法团沈春池文教基金会的邀请，由中国艺术研究院筹办，中国艺术研究院红楼梦研究所具体承办。展览于1998年9月12日至10月11日，在台北市国父纪念馆中山画廊隆重举行。这是一次盛大的红学活动，也是近年来海峡两岸之间规模较大的一次文化交流。中国艺术研究院组成了以著名红学家、中国红楼梦学会会长冯其庸为顾问，文化部办公厅主任尹志良为团长、中国艺术研究院副院长薛若琳为副团长的随展代表团。代表团其他成员有：吕启祥、林冠夫、胡文彬、张庆善、方群、唐传杰、王路、涂雄、黄润华、何志华、许家立等。著名影视演员邓婕应台方特别邀请也随团同行。香港著名红学家梅节先生也赴台参加了红楼梦文化艺术展的相关活动。展览长达一个月的时间，丰富多彩的展览内容，吸引着大批观众，每天展馆内观众络绎不绝，参观人数逾10万人次，盛况空前，轰动台北。红楼梦文化艺术展的巨大成功，充分反映了台湾人民对中华民族伟大的古典名著《红楼梦》的喜爱，以及对红学的关注和兴趣。

要搞好红楼梦文化艺术展，搞好策划是非常重要的。就是说题目选好了，如何把文章做好，如何把《红楼梦》这样的文学名著及其研究成果转变成形象可视的展览，策划设计就显得十分重要了。说起来红楼梦文化艺术展在国内外已经举办过多次，其中规模和影响比较大的有：1963年在北京故宫文华殿举办的“曹雪芹逝世二百周年纪念展览会”，1964年在日本东京、大阪、北九州等城市举办的红楼梦文化艺术展，1988年新加坡红楼梦文化艺术展，1993年香港红楼梦文化艺术展及1996年在北京炎黄艺术馆举办的红楼梦文化艺术展，这些展览都为我们策划设计赴台红楼梦文化艺术展提供了成功的经验，特别是1996年6月在北京炎黄艺术馆举办的那次红楼梦文化艺术展，原本就是赴台红楼梦文化艺术展的一次预展。由于种种原因，应该当年赴台举办的红楼梦文化艺术展未能成行。

北京炎黄艺术馆那次红楼梦文化艺术展，是由我和院外事处处长奚志茹老师具体策划的。1997年底当赴台红楼梦文化艺术展筹备工作重新启动后，我们在北京炎黄艺术馆展览的基础上，重新设计了新的展览方案，新的展览方案是由胡文彬先生、方群先生和我具体策划设计的，并得到冯其庸先生的指导。著名红学家吕启祥先生和油画家唐传杰先生也提供不少宝贵的意见。

遵照文化部港澳台司领导和我院领导一定要把赴台红楼梦文化艺术展办成精品展览的要求，我们在策划设计展览时十分注重展览的文化品位，突出学术性和知识性，同时又兼顾可观性，做到雅俗共赏。为了达到展览的最佳效果，我们根据展品内容和展馆条件，将本次展览分为两大部分（两大展厅）：第一展厅的主题是曹雪芹及其家世与《红楼梦》，侧重于学术内容，包括五个部分：（一）包衣世家——清王朝的兴起与曹家的发迹；（二）秦淮旧梦——曹家的兴衰与曹雪芹的诞生；(三) 燕市悲歌——曹家的北迁与曹雪芹的坎坷人生；(四) 旷世奇书——《红楼梦》的产生与版本；(五) 皕年红学——《红楼梦》研究历程与丰硕成果。第二展厅的主题是《红楼梦》对其他艺术门类的影响，侧重于红楼梦文化方面的内容，包括六个部分：即 (一)《红楼梦》与书画艺术；(二)《红楼梦》与戏曲影视；(三)《红楼梦》与园林艺术；(四)《红楼梦》与工艺美术；(五)《红楼梦》与饮食文化；(六)《红楼梦》与服饰文化。两大展厅共展出千余件展品，既有各种图片、文献、档案、版本等，又有大观园模型、绢人、泥塑、红楼艺术服饰等，内容丰富多彩，琳琅满目。而两大展厅的不同展出内容，既满足了"内行看门道"，又适合"外行看热闹"，可谓相得益彰。原先我们估计第一展厅学术性较强，参观人数可能会少一些，但在展览期间，两个展厅参观者相差无几，且人们看得十分认真，说明"内行""外行"对这样的展览设计都感兴趣。现在我们可以说本次展览从策划设计到展厅布置都是非常成功的。

一个伟大的天才作家的出现，决不是偶然的，既有其深刻的社会历史背景，又与其个人的生活经历和努力分不开的。而曹雪芹独特的家世与他本人坎坷的人生，确实对其创作《红楼梦》产生了重要的影响。曹雪芹的一生经历了清王朝康熙、雍正、乾隆三个时代，他的家世则可以追溯到明末清初那个动荡的岁月。我们的展览也正是从这段历史开始的，这就是第一展厅的第一部分：包衣世家——清王朝的兴起与曹家的发迹。在这一部分中我们展出了二十多幅图片和各种文献档案，图片有努尔哈赤即汗位的后金国都城赫图阿拉城、萨尔浒古战场、辽阳三碑、明故孺人曹氏圹记、千山、普渡寺、福佑寺等，展出的实物有：《上元县志·曹玺传》、《八旗满洲氏族通谱》、《吉县志》、《大同府志》、《山西通志》、诰命等。另有从龙入关示意图、曹家世系简表。我们知道曹家的发迹与清王朝的兴起几乎是同步的，曹雪芹的先祖曹锡远、高祖曹振彦大约在天命六年 (公元1621年，明天启元年) 的沈辽战役中归附后金，先是在佟养性属下的汉军旗中任职，后改隶多尔衮掌管的满洲正白旗，成为满洲贵族的包衣。在清王朝开国的战争中，曹雪芹的高祖曹振彦跟随多尔衮转战南北、从龙入关，立下战功，并先后担任过山西吉州知州、阳和府知府等文官职务，为曹家的发达奠定了基础。后来曹雪芹的曾祖母孙氏被选为康熙皇帝的保姆，从此曹家与满清王朝的最高统治者建立了非同寻常的关系，这是曹家得以兴旺发达的关键。

康熙二年，曹雪芹高祖曹玺出任江宁织造，从此曹家从北京移居江南，直到雍正六年被遣返北京，曹雪芹一家三代四人先后出任江宁织造，在江南生活长达近六十余年。特别是在曹雪芹的祖父曹寅任职期间，康熙皇帝六次南巡，曹寅接驾四次，曹家经历了烈火烹油、鲜花着锦之盛，这个时期可以说是曹家最兴盛的时期。然而，好便是了，正因为接驾给曹家造成了巨大的经济亏空，为日后的败落埋下了祸根。随着康熙皇帝的去世，失去了政治庇护的曹家开始走向了没落，并终于导致抄家，曹家败落了。可以说曹家兴在江南，也败在江南，而曹雪芹正出生在这“末世”之时，江南曹家的兴衰，无疑会在曹雪芹的心中留下了一段不堪回首的“秦淮旧梦”。第一展厅的第二部分：秦淮旧梦——曹家的兴衰与曹雪芹的诞生，所要展示的正是这一段史实。在这一部分中我们展出了四十余幅图片，其中有《康熙南巡图》、石头城遗址、江宁织造府遗址、嬉翁墨迹、治隆唐宋碑等及曹家江南大事年表。特别一提的是收藏在吉林博物馆的楝亭夜话图及跋文的全幅图片，是十分珍贵的。展出的实物有曹寅、李煦、曹頫等人的奏折。北京图书馆珍藏的《楝亭图》共有四卷十图，此次在台湾展出了其中的第二卷。十多米长的《楝亭图》不仅是考察曹寅的事迹、交游的重要历史物证，而且还有极高的艺术价值。在这一部分展出的另一件重要文物是现藏北京植物园黄叶村曹雪芹纪念馆的曹頫题陶柳村画的海棠册页，据有关专家考证，这是现存世极少的曹家旧物之一，有很高的史料价值。

曹家于雍正六年春夏之交迁回北京，风月繁华的江南生活已经成为过眼烟云，从此曹雪芹在北京度过了三十余年的坎坷人生。第一展厅的第三部分：燕市悲歌——曹家的北迁与曹雪芹的坎坷人生，重点展示了曹雪芹在北京的生活及与敦诚、敦敏、张宜泉之间的交游。展出的图片有平均王府、福彭墨迹、右翼宗学旧址、曹雪芹生平事迹图等。在这部分展出的一件重要文物是红楼梦研究所王湜华先生收藏的永忠小像，这位康熙十四子胤祯的孙子，虽贵为宗室，但同样不得意，他通过敦诚、敦敏的叔父墨香读到《红楼梦》早期抄本，并写下了《因墨香得观红楼梦小说吊雪芹三绝句姓曹》的有名诗作，其中“传神文笔足千秋，不是情人不泪流。可恨同时不相识，几回掩卷哭曹侯。”一诗更是广为流传。

第一展厅第四部分：旷世奇书——《红楼梦》的产生与版本，着重展示各种《红楼梦》版本。北京图书馆珍藏的已卯本、甲辰本难得一见，这两种版本的展出引起了广大参观者尤其是台湾《红楼梦》研究者的极大关注。北京市农工民主党《红楼梦》研究小组杜春耕先生提供了多种《红楼梦》清代刻本，特别是张新之在台湾完成的《妙复轩评本绣像石头记红楼梦》，同样引起了参观者的浓厚兴趣。

第一展厅第五部分：皕年红学——《红楼梦》研究历程和丰硕成果，着重介绍红学史和重大的红学活动。《红楼梦》得以广泛流传，其影响之大令任何一部文学作品都无法相比。究其原因，除《红楼梦》本身所具有的巨大艺术魅力外，还与红学的丰硕成果有着密切的关系。人们可能注意到，这部分的标题是“皕年红学”，而不是人们习惯所说的“百年红学”。我们在策划时是这样考虑的，从广义上来说，红学可以说是与《红楼梦》的创作同时起步的，它已经有了二百多年的历史，而第一位红学家就是脂砚斋。之后，各种杂说、随笔、题咏等，都为红学的发展做出了贡献，所以说“皕年红学”更能反映红学的历程。当然，从严格的意义上说，红学成为一门系统的专学，是本世纪以来的事，这就是人们常说“百年红学”的来由。因此在这一部分中，除介绍脂砚斋及早期红学人物外，我们重点介绍了六位红学家，他们是王国维、蔡元培、胡适、俞平伯、周汝昌、冯其庸。

如何评价胡适、俞平伯，这是相当一部分台湾参观者十分注意的内容。对胡适，我们是这样评价的：“胡适……中国现代史上最有影响的学者之一，其对文化的贡献具有开风气之先的意义，所涉足的学术领域十分广泛，包括中国哲学史、中国思想史、中国小说史、《水经注》等。他是‘新红学’的开创者和奠基人，其最重要的红学论著是发表于二十年代初的《红楼梦考证》，以实证的方法廓清了‘索隐’的迷障，考得了《红楼梦》作者为曹雪芹及其家世，认为小说是一部隐去真事的自叙。他对甲戌本等《石头记》早期钞本的发现和研究亦有开创之功。胡适新红学成果的影响不限于红学本身，兼有方法论的意义。……”对俞平伯的评价是：“现代著名学者、诗人、散文家。……1921年起开始研究《红楼梦》，1923年出版《红楼梦辨》一书，与胡适的《红楼梦考证》一起，成为新红学的奠基之作。不同于胡适的历史考证，俞平伯重在文学的考证，从作品本身出发，辨析前八十回与后四十回的差异与矛盾，评论小说的风格和韵味，当然也有明显的自传说的印记。1925年发表《〈红楼梦辨〉的修正》，对史传和小说作了明确的区别，认为‘说《红楼梦》是自叙传的文学或小说则可，说是作者的自叙传或小史则不可’。在经历了五六十年代的风雨沧桑之后，俞平伯晚年所发表的《索隐与自传闲评》等十余篇文章，具有更为明确深远的目光，‘索隐逆入，自传顺流’，方法不同，误会则一。他洞察新红学的危机，对于把《红楼梦》真正作为一部文学作品来研究，期望甚殷并且身体力行。”这样的评价，反映了近十几年来大陆红学界的主流看法，比较客观公正，也得到众多参观者和台湾红学研究者的认可，加深了台湾人民对大陆红学现状的认识和了解。

如果说第一展厅像是《红楼梦》一书的“导读”，那么第二展厅则充满了艺术气氛。

《红楼梦》自问世以来，其影响几乎遍及所有的文学艺术领域，书画、戏曲、影视、工艺美术、饮食、建筑、服饰等，无处不看到《红楼梦》的身影，以至形成了一种红楼文化现象。这也正是第二展厅所要极力表现的内容。

第二展厅第一部分：《红楼梦》与书画艺术。红楼书画在清代就十分流行，于乾隆五十六年刊行的程甲本的“绣像”，可谓是最早的红楼书画艺术作品，其艺术水平很高。其后相沿成习，蔚为大观，几乎所有《红楼梦》本子都附有插图。继而又陆续出有各种图咏，如改琦的《红楼梦图咏》、王钊的

《红楼梦写真》、吴有如的《红楼梦人物图》等等，更是集诗、书、画为一体，这些都是红楼书画的珍品。在当代红楼书画作品中举不胜举，其中要数上海著名画家戴敦邦、刘旦宅的《红楼梦》人物画最负盛名。在这一部分展览中，我们展出了戴敦邦先生的两幅作品，李湘女士的金陵十二衩，著名红学家冯其庸先生的书法作品、已故著名学者顾廷龙先生的书法作品、著名作家端木蕻良先生的书法作品，以及于植元、邓云乡、林正义、石东华等书法作品，都为本次展览增色不少。

第二展厅第二部分：《红楼梦》与戏曲影视。《红楼梦》与戏曲影视有着不解之缘。据统计，《红楼梦》中写到的戏曲曲目多达四十余种。当然，《红楼梦》中每每写到演戏看戏并非游戏笔墨，而是大有深意，或是情节发展的需要，或是隐寓人物的命运结局。但令作者始料不及的是，自《红楼梦》诞生以来，以《红楼梦》为题材的戏曲层出不穷，至今不衰。清乾隆五十七年(1792)，仲振奎写《葬花》一折，是《红楼梦》产生以来的第一出红楼戏。近年以来，以《红楼梦》为题材的京剧、越剧、话剧、舞剧、龙江剧、黄梅戏等及影视《红楼梦》改编竟多达百余种，真是蔚为大观。在这部分中，我们展出了著名京剧大师梅兰芳早在1916年就演出的《黛玉葬花》、《晴雯撕扇》等珍贵剧照，以及徐玉兰、王文娟主演的越剧《红楼梦》剧照，欧阳奋强、陈晓旭、邓婕、刘晓庆等主演的电视剧、电影剧照，台湾云门舞剧《红楼梦》剧照等，都引起参观者的极大兴趣。同时在展览场外每天放映由大陆拍摄的电视剧、电影《红楼梦》，吸引了许多观众。

第二展厅第二部分：《红楼梦》与园林艺术。说到《红楼梦》与园林艺术这个话题，人们自然会想到“天上人间诸景备”的大观园，这座为元春归省而修建的省亲别墅，是《红楼梦》主要人物活动的中心舞台，许多动人的故事和重要事件都发生在这里。大观园实在是写得太美了，以至于到今天还有许多人在问大观园在哪里？在北京还在南京？甚至有人在苦苦地寻找大观园的遗址。人们寻找大观园的心情是完全可以理解的。早在清代，大观园就是绘画和工艺表现的重点题材，近代以来又出现了各种材料制作的大观园模型，北京、上海还仿建了大观园，以供人们参观游览。本次展览中我们除了展示了清代以来各种大观园图及北京大观园、上海大观园的图片外，还展出了由许家立先生设计制作的三组大观园模型。

第二展厅第四部分：《红楼梦》与工艺美术。《红楼梦》中有许多工艺美术的描写，这当然也是为刻画人物、推动情节发展服务的。而各种红楼题材工艺品的出现，大大丰富了红楼文化。在这一部分中，我们展出的工艺美术品有天津著名泥塑家逯彤先生的彩色《红楼梦》人物泥塑五十余件以及绢人、面人、景泰蓝人物、羽画、杨柳青年画、剪纸、内画壶、刻瓷、微雕、烟标，等等，栩栩如生的人物造型，巧夺天工的精美制作，无不散发出浓郁的生活气息，给人以强烈的艺术感染力。

第二展厅第五部分：《红楼梦》与饮食文化。在中国古典小说中写饮食活动之多之细，无过于《红楼梦》。贾府的太太、奶奶、小姐们特别会吃会玩，数不清多少种珍肴佳馔，数不清多少次宴会游戏，既揭示了贵族家庭的豪华奢侈，又反映了那个时代的饮食风貌。但在今天，红楼饮食已不再是贵族所独享的专利，扬州西苑大酒店、北京来今雨轩，北京大观园所创制的红楼宴，实实在在摆在了人们的面前。这次展览中，我们通过许多图片展示了以上三家的各种红楼菜，同时还展示了四川宜宾红楼梦酒厂的金陵十二钗系列酒以及各种红楼菜谱、餐具，使人们大饱眼福。

第二展厅第六部分：《红楼梦》与服饰文化。《红楼梦》中的服饰描写，历来被人们所称道。细心的读者会注意到，《红楼梦》中男男女女的穿戴，并不是清代的满族服饰，而是满汉、明清服饰的融合，是曹雪芹为了突出人物身份、性格所精心设计的全新服饰，是曹雪芹的天才的艺术创造，它不仅增加了小说的美学价值，丰富了人物的形象，又为中国的民族服饰增添了一个新的典范。在这次展览中，我们有意识地展出了一部分天津民间服饰收藏家何志华先生提供的十几套各种清代服饰，同时还展出了一部分《红楼梦》艺术服饰，这些艺术服饰都是忠实地根据《红楼梦》中的具体描写而精心设计制作的，展出效果极佳。

历时一个月的红楼梦文化艺术展已经圆满地结束了。我们筹办这样一个展览在台北举行，目的是为了弘扬中华民族优秀传统文化，促进海峡两岸文化交流。此时此刻，我们不禁想起一百五十年前的清代评点家张新之，他花费了二十年的心血评点《红楼梦》，最后是在台北的都署完成了一百二十回评点，他不仅为世人留下了一部颇具影响的《妙复轩评本石头记红楼梦》，更在红学史上留下了一段“石头渡海”的佳话。我们希望本次红楼梦文化艺术展能给台湾人民留下美好的记忆，为“石头渡海”的佳话增添新的美谈。正如我们在本次展览的结束语中所说：“《红楼梦》是一部震古铄今的文学名著，是人类文化发展上的奇迹。二百多年来，它以其深邃的内涵、独特的东方神韵和不可抗拒的艺术魅力，超越今古时空，穿透不同时代读者的心灵，倾倒了一代又一代人。纵观世界小说史、文学史，从来还没有一部未完成的作品能像《红楼梦》那样，产生如此广泛而深远的影响，引起那么多人的浓厚兴趣和热烈讨论，取得了如此显赫的地位。它如同不朽的万里长城一样，是中华民族智慧的结晶，是中华民族的骄傲。‘世事从来假复真，大千俱是梦中人’，但愿每位走出本次展览的朋友，能够从此走进《红楼梦》这个异彩纷呈的艺术世界中去，尽情地领略生活的情趣，更深地体验无穷的人生。愿《红楼梦》成为联系海峡两岸人民的桥梁，愿中华民族优秀传统文化更加发扬光大。”

（原载《红楼梦学刊》1999年第1辑）

爱深情切话红楼

——访中国红学会会长张庆善

记得我看过两部不同的以曹雪芹为题材的电视连续剧。第一部在八十年代末或是九十年代初，它趁着“87版”电视剧《红楼梦》的炙手可热拍就。主人公曹雪芹已然年过半百，身处晚年，虽百遭贫寒的折磨，一副落魄潦倒之态，但每每拿起笔来，他凝眉沉思的样子却顿时令人触动至深；在黑暗的思维之境里，曹雪芹躬腰驼背，但他还是卓然而立，与自己创造的那些风流千古人物开始严肃与深沉地对话。由于事隔数十年，所以只在脑海中留下了关于《曹雪芹》的一点光影，这光影色调沉郁，又出奇地带着沉甸甸的分量。看第二部电视剧《曹雪芹》是在几年前，主人公曹雪芹“变小”了，来到了他的青年时代，他一时间陷入旷古少有的奇特人生里，蹊跷事一桩接着一桩在他身上上演，细想那些事儿又都能在《红楼梦》里找出源头来。这留下的光影可谓艳丽，可谓光怪陆离，但曹雪芹的形象却是模糊的，与不少人心目中曹雪芹的形象是有差距的，它丝毫没能走进我的内心。

对于《红楼梦》作者曹雪芹的构想和理解，从一个侧面反映了不同时代对于《红楼梦》的认知和理解；而这种认知与理解，又将会镜鉴出这个时代对于中国经典名著，对于中国传统文化的态度和素养。今天当我们将重拍电视剧《红楼梦》提上日程，当热热闹闹的“红楼选秀”将《红楼梦》带进民众的街头巷议，带进千千万万年轻人梦幻之中的时候，那些对《红楼梦》爱之深，对于中国古典文化情之切的人们，不由得悬起了一颗心。由此，《艺术评论》找到中国红楼梦学会会长，中国艺术研究院副院长张庆善先生，想听听红学家们如何评断与预测此次关于《红楼梦》的一次热潮。

记者：近来关于《红楼梦》的话题又热闹起来。红学界近来有什么新的动向和大的成果吗？

张庆善（以下简称张）：红学虽说被许多人称之为显学，但既然是学术研究，就不可能时时有轰动性的成果。只能说当下的红学研究成果不少，问题也不少，误解、误读得也比较多。

记者：对于重拍电视剧版《红楼梦》，您如何看待？您认为它是件可取的事情吗？

张：我是积极支持重拍电视剧《红楼梦》的。因为每个历史时期有着每个时期的文化背景，人们会以自己的方式认知经典作品。经典作品对人们的诱惑力很大，那种钦慕和需求简直无力拒绝。古今中外经典名著被重拍的很多。像列夫·托尔斯泰的《战争与和平》有很多版本，莎士比亚的《哈姆雷特》也常拍常新。

记者：针对“红楼梦中人”选秀活动，有不少人提出了批评，有人觉得把经典名著给娱乐化了。您怎么看待这场热闹的活动呢？

张：我认为这个活动总的来说还是不错的，影响很大。通过“选秀”活动达到了几个方面的效果：第一，扩大了《红楼梦》的影响力；第二，“选秀”再次在普通百姓之中普及了《红楼梦》；第三，活动可以为电视剧选择不少条件很好的演员，涌现出不少新面孔。当然还有一个收获，那就是这样选出的演员，更能被广大的电视观众认可和接受。现在“海选”来PK去，“选秀”确实过多，从超级女声，到加油好男儿，此起彼伏，简直选“乱”了、选“疯”了。“红楼梦中人”选秀活动应该说还是具有文化层次的。在活动之初，我就向组织者建议，要把“选秀”搞成一次有意义的文化活动，要让每个参与活动的人都有收获，都能增加对《红楼梦》的了解和认识，增加对中华民族优秀传统文化的了解和认识，提高人们的文化素质。能参加这样难得而有意义的活动，那么不管他（或她）是否进入总决赛，都不是失败者。

记者：很多人都没有料想到《红楼梦》能够在社会中再次掀起如此大的热潮。那么多人参与和关注“选秀”活动，更多的人参与到《红楼梦》的讨论与研读。

张：关于这一点，我是早就想到了。能够因一部书而成为专门的学科，古今中外，唯此一部。英国有专门研究莎士比亚一个人的学科，俄国有探讨托尔斯泰作品的学科，但他们都不止有一部作品。可《红楼梦》只是一本未完成的书。现在我们看到的《红楼梦》，前80回是曹雪芹写的，后40回还不知道是谁写的。《红楼梦》确实是一部不可思议的伟大文学作品，有着不可抗拒的艺术魅力，古今中外没有超出其右者。正是“说不尽的红楼梦”。

记者：想必一千个人心中有一千个宝哥哥、林妹妹，为《红楼梦》“梦魇”的人能说出一千条爱它的理由。您如何解读《红楼梦》魅力的源泉呢?

张：这个问题回答起来很难，恐怕一篇大论文、一本书都难以说尽。简单讲，原因有两个。第一《红楼梦》写得太好了。它的结构、语言、细节描写、人物塑造、心理刻画，包括其深刻的文化内涵，对社会、人生、情感的深刻反映……几乎方方面面都达到了文学的顶峰。和众多的中国古典文学作品相比，《红楼梦》有种特殊的美，虽然它的故事情节并非波澜壮阔、惊天动地，只是在描写家庭生活，可是大家却都着迷于《红楼梦》，仿佛它有种不可抗拒的力量，《红楼梦》在艺术上达到的成就独步千古。我可以说前无古人，也难以奢望在文学艺术上有超越它的书出现。王蒙先生评点了一部《红楼梦》，还写了一篇序言，他在序言中说《红楼梦》是讲人生的书。这是很深刻的见解。200多年前宝黛那段艰难的情爱，那种最纯洁率真的情感及悲剧，对我们的冲击力、影响力是永恒的，在任何时候都不会过时。它是人类共同的心灵呼唤。第二，围绕《红楼梦》留下了太多的谜。《红楼梦》是一部未完的书，它整体的面貌如何？作者与主人公的关系是怎样的？我们对曹雪芹还了解不多，他的生卒年在何时？生父是谁？关于《红楼梦》创作和作者曹雪芹，留下的可资研究的文献资料还是太少了。

记者：今天我们在解读《红楼梦》的时候，肯定要带着这个时代的特征，这种特征也会反映出时代对于经典著作的态度。

张：对。每个时代都有自己的对于经典的认知。人们的生活方式和生活观念，随着时代、社会而改变，人们肯定会结合自己的生活认知形成对经典的新认知，把对人生的新理解融入对经典的理解。就像鲁迅的杂文，不浮浅，每读便有新的感觉，《红楼梦》也是经得起读，经得起研究的。我们今天是站在前人研究的肩膀上，我们对名著的认识可以越发接近于真理。但问题是今天干扰太多，误解、乱解得太多。社会习气中泛滥着的急功近利和低俗的东西，严重影响到了对名著的解读。

记者：有人在网上扬言，要拍Q版《红楼梦》，当然这是个极端的例子。从大众跟随着一些人的解读，对于《论语》、《三国志》等燃起巨大的热情，能够看出我们对于经典著作的解读的确已然泛通俗化，甚至粗俗化了。

张：今天我们对于中国古典文学，对于中国经典著作的认知，必须坚持科学的方法与正确方向，不能粗俗化。打个不恰当的比方，《诗经》、唐诗等在“五四”运动以后，都曾经尝试过翻成白话，但都失败了，没有一篇能留下来的。当一种艺术形式变成另一种艺术形式，味道就变了。要知道经典原著的载体一定是其最佳的表现形态。

记者：您刚才提到这个时代“误解”、“乱解”得太多，那与粗俗化又不一样，似乎问题更严重些。

张：我要说的是，对经典的误解乱解是可怕的。有人说，我虽然误解乱解，但我普及了经典，扩大了它的影响。但这影响越大就越坏。向人们传达知识，一定要严肃，作为学术讨论“误解”还可容忍，但作为传达知识就不行。因为当人无知的时候可以再学习；但产生了误解，便会产生坏的影响。像刘心武先生，把《红楼梦》解读得粗俗不堪，乱七八糟，它完全改变了人们心目中《红楼梦》的形象，破坏了人们对它的敬仰！敬仰本身，可以产生一种无法解读的力量，这种力量是非常积极的；破坏了敬仰，其影响是负面的、可怕的。

记者：近些时日，“恶搞”又成了某些人热衷的形式。我想所谓“恶搞”，只是粗俗化发展到极端的形式，这是谁也拦不住的。但当这些人成为历史一页的时候，后人肯定觉得“你们太可笑了”，一定充满了嘲笑和不屑。

张：任何时代都有属于它本身的东西。中国的改革开放发展了经济，取得了成功，但也不可避免地出现了一些利欲熏心的人。以前说是“玩”，后来流行“戏说”，将来不知要叫什么。总之把经典弄得猥琐、邪恶、粗俗不堪。据说有人新拍了一个奇怪的《西游记》，唐僧搞一夜情，孙悟空与菩萨接吻！他们不知道“恶搞”的结果，就是人最终彻底丧失精神依托……我们应该为此感到羞愧！恶俗化经典决不是我们要发展的方向，也决不能容忍。这是我要大声疾呼的：我们要像保护生命一样保护《红楼梦》等伟大的名著不被玷污，保护中华民族文化经典的严肃性。

记者：您认为改编《红楼梦》的作者应当是什么样的人比较合适呢?

张：他必须熟悉中国古典文化，有深厚的文化积淀。这是基本条件。另外他要有好的创造才能，在两种艺术样式之间完成从阅读到直观的转变，需要创造，需要才华，这是门学问。电视剧《亮剑》的改编就值得研究和借鉴。我是看了电视剧以后才看的小说。小说《亮剑》是一部非常优秀的作品，在当下并不多见。但我感觉小说的结构还不够紧凑，但电视剧的改编结构更紧凑、线索更清晰，人物表现栩栩如生。由此联系到《红楼梦》的改编，似乎可以从电视剧《亮剑》的改编中借鉴到一些成功的经验。《红楼梦》

是一部内容丰富、内涵深厚的伟大文学经典，它即为改编电视剧提供了一个非常好的“底本”，同时也提出了挑战。改编文学经典，忠实原著是最可靠的，也是最省事的路子。当然，不是小说《红楼梦》照搬到电视剧中，要符合电视连续剧创作的规律，符合电视连续剧的艺术结构，包括叙述故事及其语言表达。

记者：如果说，原著的载体是其最佳的表现形态，那么把《红楼梦》从小说变成电视剧一定也会减损它的一部分魅力。

张：小说变成电视剧是很困难的一项工作。现代科技手段为再现生活提供了方便，黛玉葬花，宝钗扑蝶，诗社活动都可以活灵活现。但这种改变有两面性。原著有“不着一字，尽得风流”的境界，电视剧很难把握表现的方式和尺度。比如塑造黛玉的时候，也难为87版的扮演者陈晓旭了。黛玉很美，但她有自己的缺点，小心眼儿，说话尖刻，演不好就成了小肚鸡肠，令人讨厌。看电视电影不像读小说，想象空间少，如果不到位，会破坏心目中的认知。我很后悔走了两个地方：一个是绍兴的沈园；一个是杭州西湖的断桥。因为看了太多的关于沈园、断桥的描写、故事，它们在我们的心目中有了太多的想象。《钗头凤》写得那样凄美，可谓千古绝唱；到西湖断桥就以为可以寻找到许仙与白娘子那动人的爱情故事了。但到了沈园、断桥一看，感到那样的不满足，不，更是失落，心中的美感完全破坏掉了。

记者：当时在拍摄87版电视剧《红楼梦》的时候，红学界有不少人担任了顾问，那时候对于改编问题，比如后40回的情节有没有论争？今天我们还会为此而论争吗？

张：拍摄87版《红楼梦》的时候就在思考这个问题。是按照现有的120回本子编下去，还是重新编写？对于现在的后40回，学术界有不同的观点。多数学者认为总体不错，但很多方面与前面伏笔有矛盾，不符合曹雪芹创作的原意，艺术水平也远远赶不上前80回。87版改编的时候，许多人倾向于重新编写，经过专家研究，根据前80回伏笔和脂砚斋评语，设计了黛玉之死、湘云下落、王熙凤命运等情节，编写成了后6集，那6集有些情节还是很感人的。这一次新版电视剧的改编，决定使用120回本，主要是考虑我们需要充分尊重《红楼梦》流传的历史。在《红楼梦》流传的200多年中，广大的读者看的都是120回本，熟悉其中的许多情节。但后四十回没有完全忠实于原著中的人物性格，存在很多的不合理之处。譬如“黛死钗嫁”情节，很多人感觉很感人，但随着研究的深入，人们发现了它的不合理。宝钗那样的性格，在黛玉死的时候怎么会与宝玉结婚呢？若那样就不是曹雪芹笔下的薛宝钗了。宝黛的爱情，全府都是知道的，而且王熙凤在前八十回积极支持宝黛二人的婚事，她怎么会去设计“掉包计”呢？还有宝玉怎么会舍弃黛玉而与宝钗结婚呢，后40回只好让宝玉傻了，这显然也是不合理的。因此后40回的改编难度很大，改编的时候，应该把不符合曹雪芹原意的改掉，要尊重原著，对后40回的改编更需要慎重，加大改编力度，使人物性格和故事情节尽可能前后相合。

记者：87版的电视剧《红楼梦》有哪些地方可以在重拍之时弥补缺憾，又有哪些是新版电视剧需要注意追赶的呢？

张：87版的电视剧《红楼梦》是比较成功的，可以说是古典名著改编的经典之作。但那毕竟是20年前的作品，可以改进提高的地方很多。但有几点超越起来很难。

第一是“87”版的作曲很难超越。“87版”的主题曲《枉凝眉》那么感人，致使人们一听到《枉凝眉》这首曲子就能与《红楼梦》连起来，作曲家王立平是下了大功夫的。今天人们必须想出更高明的方法，创作出更好的、更有魅力和特点的曲子才行。第二，贾宝玉这个演员很难选，也很难超越“87版”的贾宝玉。虽说欧阳奋强表演技巧不是很成熟，但难得的是，他的整个形象一下子就得到了人们的认可。贾宝玉的模样：他是个小伙子，又有点女孩子的脂粉气，但他又是非常可爱的小伙子。把这两个方面结合得好很不容易。弄不好要成娘娘腔，不可爱了。可是欧阳奋强扮演的贾宝玉的形象太精彩了。上天为欧阳奋强创造了很好的模样。选贾宝玉角色的演员恐怕需要努力，不容易找到。第三，87版的王熙凤演员演得非常好，也很难超越。当然王熙凤性格外向，表演起来难度不像演贾宝玉、林黛玉的难度那么大，但她在《红楼梦》中戏份很重，邓婕塑造的王熙凤精彩之极，真是撑起了87版电视剧的“半边天”，使得不是以情节见长的《红楼梦》搬到电视上也能好看。

另外，王扶林先生是一位非常了不起的大导演，非常敬业，87版本拍得还是很感人的，王扶林导演是下了功夫的。不过它也有许多不足，比如整体的风格《红楼梦》好像一首诗，一幅画，充满诗情画意，但87版本似乎缺少了点诗情画意。有很多诗社活动都没有表现，很多情节也不够细腻，整体风格流于平淡，在挖掘作品的文化内涵和对生活反映的深度上也有所不够。

我希望新版电视剧《红楼梦》，能在整体风格、色彩、格调上有大的进步，在心理刻画的细腻度、情感表达的深度上都能有所突破。另外80年代那时候还不够富裕，据说王扶林导演拍了36集才花了几百万。今天经济条件好得多了，服装化妆道具等各方面可以很精致，大观园可以重修，真正成为“天上人间诸景备”的“芳园”。但还是一句话，首先要有一个好的本子，一定要尊重原著。

（原载《艺术评论》2007年04期，采访记者贾舒颖）

从“红学热”看当今《红楼梦》研究

——访中国红楼梦学会会长张庆善

目前，因新版电视剧及电影《红楼梦》的重拍，又掀起了一阵《红楼梦》讨论的新热潮。这对红学研究的发展究竟会产生什么样的影响，是大家所共同关注的问题，带着这样的疑问，记者采访了中国红楼梦学会会长、中国艺术研究院副院长、中国非物质文化保护中心常务副主任张庆善研究员。

记者：目前，新版电视连续剧《红楼梦》正在拍摄，电影版《红楼梦》系列故事也已经启动，“红学热”这一名词再次进入人们视野，您是如何看待这些的？

张庆善：不管是新拍电视连续剧也好，重拍电影也好，都是很有意义的。从世界电影史上来看，对文学经典的重拍不乏其例，如莎士比亚和托尔斯泰的作品就多次重拍过。像《红楼梦》这样伟大的文学作品，人们总想不断认识和解读它，而现代化生活使人们更容易通过影视来接受它，这是很好的形式。就电视剧版《红楼梦》来说，1987版到现在20多年了，那时候还是拍的不错的，但也有些遗憾。今天我们要重拍它，只要忠实于原著，坚持精益求精的创作态度，拍出精品来，就会受到广大观众的欢迎。不管是把《红楼梦》改编成电影还是改编成电视连续剧，要改编好，最重要的原则是忠实原著，不要去戏说；从艺术创作的角度来讲，要精益求精，演员也好，表演也好，服饰也好，各个方面都应该达到一定的水平。

从前几年围绕刘心武先生所谓“秦学”展开的讨论到这两年围绕着新版电视剧的重拍，都引起了人们对《红楼梦》及其研究的广泛关注。其实自《红楼梦》产生以来，“红楼热”就没有中断过，清代经学家郝懿行说：“余以乾隆嘉庆间入都，见人家案头必有一本《红楼梦》。”清代《京都竹枝词》更有“开谈不说红楼梦，读尽诗书也枉然”之说，都反映了当时《红楼梦》风靡传诵的情况。在中国，恐怕再也找不出一部小说能像《红楼梦》那样，具有这么大的魅力和影响力。究其根由，还是《红楼梦》本身的艺术魅力所造成的。“红学热”好不好，要从两方面来看。大家都关注《红楼梦》及其研究，对扩大《红楼梦》的影响，加深人们对《红楼梦》的认知当然是好事，但是盲目地都去研究《红楼梦》，也未必是好事。

《红楼梦》研究存在着一些令人忧虑的倾向，部分研究者并没有把《红楼梦》真正当作一部文学作品来研读。有人说，红学研究应该“百花齐放、百家争鸣”，这当然是对的，但前提是：学术。学术上不同观点的争论可以推动学术的发展，但如果离开了学术的层面，不讲学术规范，不实事求是，想怎么说就怎么说，就是不负责任的行为了。这样不仅不能推动学术的发展，而且还会造成学术上的混乱，更严重的是把严肃的学术研究搞得粗俗不堪。古人曾把做学问讲不讲根据、是不是遵守学术规范，与做人“德”还是“不德”联系在一起，这是值得我们深思的。

记者：红学研究已经有两百多年的历史了，其中产生了许多的流派，您是如何看待这些流派的？以史为鉴，您觉得怎样的研究方向才是正确的？

张庆善：从最早的本事说到后来的评点派、索隐派、新红学考据，以及上个世纪50年代以后的社会学批评倾向，形成了不同时代的红学，应该说在每个阶段都推动了红学的发展。但不管是以蔡元培为代表的索隐派也好，胡适的自传说也好，还是1954年以后的社会学研究也好，都存在一个问题，就是他们都没有从本质上将《红楼梦》作为一个审美对象，将《红楼梦》作为一部文学作品去研究。艺术创作是在生活素材的基础上提炼、升华的结果，而艺术创作最主要的特征是可以虚构的，所以一部伟大的文学作品对生活的反映可以更集中、更高、更典型，其中融入了作者对生活的认知和体悟，而不是对生活的简单复制。

前两年关于刘心武的“秦学”的讨论，很多人都忽略了一个问题，那就是这种讨论究竟为了什么？我认为这不是为了彰显某种学术观点，而是为了坚持一个正确的学术方向，坚持一个学术规范。我们应该把《红楼梦》作为一部文学作品，去深刻认识它本身的价值，去深刻认识《红楼梦》对社会生活的感悟，从而加深我们对人生的体验。就我个人的观点来看，《红楼梦》从本质上来说是讲人生的，它是通过一个封建贵族家庭的衰落过程，以贾宝玉、林黛玉、薛宝钗等一群青年男女的人生悲剧、爱情悲剧，深刻地反映了一个时代的生活。只有这样去认识《红楼梦》，才能把握住《红楼梦》的真谛。

记者：《红楼梦》研究在中国是一个值得关注的文化现象，结合当前中国的文化发展，应该怎样来看待《红楼梦》的研究？

张庆善：《红楼梦》研究在中国的确是一个值得研究和关注的文化现象，为什么《红楼梦》的研究能够经久不衰？为什么能有这样大的魅力与影响？这是值得我们深入探讨的问题。我们对伟大文学经典要有敬畏之心，就像对待长城、故宫等伟大文明的尊重和爱护一样，不要去糟蹋它，否则将成为一件悲哀的事情。

《红楼梦》的产生的确是一个奇迹，中国能有这样伟大的文学作品是我们民族的骄傲，也是中华民族对人类文明的巨大贡献。对《红楼梦》的研究，不仅可以加深我们对社会和生活的认识，同时可以增强民族自信心和自豪感。《红楼梦》无疑是一座蕴藏丰富的宝藏，对我们具有永远的审美和认识价值。

（原载2008年9月13日《中国文化报》，采访记者李海琪）

《红楼梦》走向世界

2014年3月25日，国家主席习近平访问法国期间，在参观法国里昂中法大学旧址时，他见了一位老人——李治华先生，这件事令世人关注。习主席见李治华先生为什么会引人关注呢？这不仅仅因为李治华先生是中法大学最优秀的毕业生，也不仅仅因为他的高龄——99岁了，而是因为他做了一件在中法文化交流中具有里程碑意义的事情，这就是他和夫人雅歌历时27年翻译了一百二十回本《红楼梦》法文本，成为向法国介绍《红楼梦》的第一人，成为中法文化交流的杰出使者。习近平主席对李治华先生说，《红楼梦》是一部鸿篇巨著，把它准确贴切地翻译成法文难上加难。习主席对李治华先生的执着精神和学术才华表示十分敬佩。

今年是伟大文学家《红楼梦》作者曹雪芹诞辰300周年。《红楼梦》是中国文学的一座高峰，是不朽的文学经典，是中华民族的文化瑰宝。几百年来，《红楼梦》的艺术魅力倾倒了一代又一代的中国读者。在中外文化交流日益兴盛的今天，《红楼梦》走向世界的脚步正在加快。《红楼梦》在世界上有怎样的影响？在世界文学中的地位如何？本报记者就此采访了中国红楼梦学会会长张庆善。

《红楼梦》是宇宙性杰作

张庆善首先对今年纪念曹雪芹诞辰300周年的说法进行了解释。他说，早在去年，有关方面就有在2015年举办纪念曹雪芹诞辰300周年活动的意向。为什么要在今年举办纪念曹雪芹诞辰300周年的活动呢？这与中国红楼梦学会2013年举办的“纪念伟大作家曹雪芹逝世250周年”的活动有直接的关系。

2013年11月我们在新绎集团和文化部恭王府的支持下，在廊坊成功地举办了“纪念伟大作家曹雪芹逝世250周年大会暨学术研讨会”，在全国产生了很大的影响。那以后不断有人提出，为什么不举办纪念曹雪芹诞辰多少年，而要举办纪念他逝世多少年的活动呢？这对搞《红楼梦》研究的大多数专家学者来讲，是一个常识性的问题。很简单，就是因为我们还无法确定曹雪芹的生年。虽说卒年也有争论，也有不同的说法，但无论是认为曹雪芹逝世于“壬午除夕”（1763年2月12日）还是“癸未除夕”（1764年2月1日），实际仅差一年。而有关曹雪芹的生年的不同观点则相差近10年之多。

关于曹雪芹的生年主要也是有两种说法，即乙未说（1715年）和甲辰说（1724年）。乙未说，主要依据曹頫在康熙五十四年乙未三月初七日的《代母陈情折》，曹頫在给康熙皇帝的奏折中报告其亡兄曹顒的遗孀马氏“现怀妊孕以及七月”。而曹雪芹的一个朋友张宜泉在《伤芹溪居士》一诗的中则说：“其人素性放达，好饮，又善诗画，年未五旬而卒。”如果说曹雪芹卒于壬午除夕（1763年），那么上推至1715年乙未，正好是49岁（虚岁），由此不少专家推断乙未年七月曹顒的妻子马氏快要出生的孩子就是曹雪芹；甲辰说则是根据曹雪芹另一位好友敦诚《挽曹雪芹》一诗中的“四十年华付渺冥”、“四十萧然太瘦生”句，依据曹雪芹卒于乾隆癸未（1764年）计，上推四十年，故有曹雪芹生于雍正二年（1724年甲辰）之说。一个说“年未五旬”，一个说“四十年华”，相差近10年，到底哪个是可靠的记载，现在无法论定。这些年来，还有一些说法，但遗憾的是无论哪一种说法，似乎都缺少有力的证据支持，这也是多年来无法确定曹雪芹生年的原因。所以，1963年8月在周恩来总理的关心下，北京举办了纪念曹雪芹逝世200周年的活动。这就是过去没有搞纪念曹雪芹诞辰而是纪念曹雪芹逝世的原因。

当然，人们希望举办纪念伟大文学家曹雪芹诞辰300周年的愿望是可以理解的。从目前看，无论怎样讨论，在没有新的可靠材料发现的情况下，曹雪芹的生年仍然是无法确定的。在这种情况下，依据乙未说（1715年），选择今年纪念曹雪芹诞辰300周年，也是可以理解的。我们今年纪念曹雪芹诞辰300周年，并不影响在学术研究中关于曹雪芹生卒年的讨论。我本人在曹雪芹生卒年问题上没有专门的研究，我对各种观点都表示尊重。我们无论是纪念曹雪芹的诞辰还是逝世，都是为了缅怀这位为中华民族争得世界声誉的伟大作家，都是为了更好地研究《红楼梦》，都是为了推动红学事业的发展，因此是有意义的。

目前，《红楼梦》已被翻译成多少种文字？张庆善说，对这个问题，我没有专门研究，据我的一位年轻的朋友、西南交通大学外语学院唐均博士的统计，到目前为止，《红楼梦》已被翻译成三十多种语言，有一百多个译本，其中全译本有26个。《红楼梦》已被翻译的语言有：英文、俄文、德文、蒙古文、日文、法文、泰文、荷兰文、韩文、芬兰文、意大利文、匈牙利文、越南文、希腊文、阿尔巴尼亚文、西班牙文、罗马尼亚文、捷克文、斯洛伐克文、缅甸文、丹麦文、挪威文、瑞典文、冰岛文、阿拉伯文、世界语等。马来文已经翻译完成，尚未出版。希伯来语尚未翻译完成。我们国内的一些出版社也有维吾尔语、哈萨克语、藏语、朝鲜语、锡伯语等语种的翻译。

《红楼梦》最早流传到海外是在乾隆五十八年（1793），据有关史料记载，1793年11月23日，南京王开泰的一艘商船“寅贰号船”由浙江的乍浦港出港，于12月9日到达日本的长崎港。这艘船上载有中国的各种图书67种，其中就有“《红楼梦》，9部18套”。这是《红楼梦》流传到海外的最早记载了，距今已经是222年。要知道，当时《红楼梦》刚刚开始刻本流传的时代，程甲本问世不过两年，程乙本问世则一年多一点，《红楼梦》刚刚刻印出来这么快就卖到了日本。中日两国一衣带水，文化联系真是十分紧密。

最早的《红楼梦》全译本是韩文本，这就是学术界称之的“乐善斋全译《红楼梦》”。据韩国学者研究，汉城昌德宫乐善斋建成于朝鲜宪宗十三年（1847年），原下赐后宫金氏居住，稍后兼用王妃图书馆，其中就收藏有《红楼梦》全译本，及几种《红楼梦》续书，如《后红楼梦》、《红楼复梦》等，因此称之为“乐善斋全译《红楼梦》”。翻译的时间大约在朝鲜高宗二十一年（清光绪十年，1884）前后。“乐善斋全译《红楼梦》”，原有一百二十册，现存一百一十七册。这个译本与世界上其他文字的译本都不一样，它是一部中韩对译注音的《红楼梦》抄本，原书的正文用朱笔抄录于译本的上段，和译文上下对照看，而且每个汉字的左旁再加上韩文字母所造的当时汉语的拼音文字，所以形成了一个独特的译本，它不仅可以供人们阅读欣赏，还成为当时学习汉语的教科书。这个译本生动地反映出当时中韩文化交流的情景。“乐善斋全译《红楼梦》”现藏于韩国精神文化研究院。从那以后，各种韩文本的《红楼梦》节译本有不少。直到2009年，由高丽大学崔溶澈教授、翰林大学高旼喜教授翻译了一百二十回本《红楼梦》韩文本出版，这在红学史上、在中韩文化交流史上都是极有意义的一件大事，为中韩文化交流谱写了新的篇章。

近几十年来，《红楼梦》在世界的传播发生很大变化，其标志就是出现了几个在世界翻译史上有重大影响的译本，第一个是霍克思和闵福德的英文全译本（1973—1986年出版）。霍克思原为英国牛津大学讲座教授，据说他为了翻译《红楼梦》，把牛津大学教授的职务都辞掉了。霍克思翻译了《红楼梦》前八十回，他的女婿闵福德完成了《红楼梦》后四十回的翻译。霍克思《红楼梦》译本的出版，在英语世界产生了很大的影响，甚至有专家把它与李约瑟博士的《中国科技史》相提并论，认为《红楼梦》英文全译本和李约瑟博士的《中国科技史》一样，是中英文化交流史上的大事情。

第二个就是我国著名翻译家杨宪益、戴乃迭夫妇的英文全译本（1978年—1980年出版），这是世界上第一个英文全译本。杨、戴译本在英语世界的影响也很大，杨先生不仅是著名的翻译家，又是一位博学的大学者，他的夫人戴乃迭先生则是英国人，这样的结合使杨、戴译本取得了巨大的成就。如果说霍译本更适合外国人的阅读习惯，外国人更容易理解。那么杨、戴译本则更忠实原著，在版本取舍上下了很大功夫。

1958年巴纳秀克的俄文全译本《红楼梦》出版，这是在欧洲出版的第一个《红楼梦》全译本，这个译本的贡献就是第一个把《红楼梦》的全貌展现在欧洲人面前，而在这之前，虽然在欧洲已有了好几种翻译本，但都是节选本，而欧洲的多数译本又是从库恩德译本转译的。

说到《红楼梦》在欧洲的传播，不能不提到弗兰茨·库恩的德译本，这个译本分别在1932、1948、1951、1957、1974年再版了五次，可见库恩译本在欧洲受到欢迎的程度。库恩是一位非常了不起的翻译家，对中国传统文化非常热爱，可以说他一辈子都在翻译中国小说，并由此获得西德的最高荣誉奖。库恩翻译完《红楼梦》后，于1932年写了一篇非常有影响的译本后记，他说："欧洲一直重视每一种行将衰落的文化的每一个无足轻重的证明，不惜工本和不辞辛劳地从荒漠中发掘每一具恐龙的骨架、每一个残存的废墟、每一枚彩色的陶片、每一根涂画过的木头。这样一个关心精神文明的欧洲，怎么可能把《红楼梦》这样一部保持完整的巨大艺术品、这样一座文化丰碑忽视和遗忘了一百年之久呢？"库恩很自豪地宣布，他是第一个登上《红楼梦》高峰的欧洲人。

说到翻译《红楼梦》后的自豪，张庆善说他想到了斯洛伐克汉学家黑山女士，她曾用10年时间翻译了斯洛伐克文《红楼梦》120回本，十几年前，黑山女士在北京见到张庆善说的第一句话就是：中国人怎么搞的，为什么不为曹雪芹申报诺贝尔文学奖？黑山女士当然知道诺贝尔文学奖的评审规则，她只不过是用一种幽默表达对《红楼梦》的喜爱和高度评价，她说全世界最有资格获得诺贝尔文学奖的就是曹雪芹。

除了两个英文全译本和库恩德译本外，李治华和夫人雅歌的法文全译本《红楼梦》同样在法国、在欧洲产生了很大的影响。1981年一百二十回法文本《红楼梦》出版，立即轰动法国文学界，当年就被评为法国文学界一件大事。第一版印了15000套，很快销售一空。随即又加印了几千套。一部中国的古典小说在法国这样的十分重视文化艺术传统的国家出版，有这样的影响，真是不同寻常。为什么会这样，就是因为《红楼梦》不是一部寻常的小说，它是中华民族最伟大的文学经典。法国《快报》周刊于1981年12月31日发表评论说："全文译出中国五部古典名著中最华美、最动人的这一巨著，无疑是1981年法国文学界的一件大事"，"现在出版这部巨著的完整译本，从而填补了长达两个世纪令人痛心的空白。这样一来，人们就好像突然发现了塞万提斯和莎士比亚。我们似乎发现，法国古典作家普鲁斯特、马里沃和司汤达，由于厌倦于各自苦心运笔，因而决定合力创作，完成了这样一部天才的鸿篇巨著。"他们评价《红楼梦》是"宇宙性的杰作"，说"曹雪芹具有普鲁斯特的敏锐目光，托尔斯泰的同情心，缪西尔的才智和幽默，有巴尔扎克的洞察和再现整个社会自下而上的各阶层的能力"。法国评论家们的评语，并非过誉之词，曹雪芹和《红楼梦》是当之无愧的。

随着我国经济和文化的发展，随着我国国际地位的不断提升，《红楼梦》近年来不断被西方国家的学者接受，前不久张庆善在徐州参加由中国矿业大学学报编辑部和河南教育学院学报编辑部联合举办的"纪念曹雪芹诞辰300周年学术研讨会"时，见到一位德国朋友吴漠汀，他的名片上写着好几个职务，其中一个是"欧洲《红楼梦》研究协会会长"。他是一位很出色的汉学家、红学家，他和史华慈共同翻译了德文《红楼梦》全译本，于2006出版，这是第一个德文全译本。吴漠汀先生告诉我，他很希望能在欧洲举办一次研究《红楼梦》的国际学术会议。

文化差异妨碍外国人对《红楼梦》的理解

在张庆善看来，比较中国人对欧美文学经典的了解程度看，西方人对中国的文化经典、特别是像《红楼梦》这样的古代经典了解得很不够，近几十年发生了一些变化，这首先与中国社会、经济发展和政治、文化影响有关。文化的传播与国家的地位有关。

西方国家对《红楼梦》了解得不够，翻译是一个大问题。翻译《红楼梦》非常难，其中包括语言的障碍，文化观念的障碍，表现形式的特殊性的障碍，等等。我们的汉字毫无疑问是中华民族对人类文明的伟大贡献，但对许多西方人来讲，中国的“方块字”是一个巨大的障碍，难读难写更难理解。就说“红楼梦”这三个字吧，怎么翻译？大多数的译本都翻译成“红楼之梦”或“梦在红楼”。据说当年霍克思为了翻译《红楼梦》这个书名，苦苦思考了二年，霍克思认为如果把《红楼梦》翻译成“一个睡在红色房子里做的梦”或者翻译成“少女们在闺房中做的梦”，虽然充满了魅力和神秘，但显然不符合中文的原意，所以经过长时间的苦思冥想，霍克思放弃了《红楼梦》这个名字，而翻译成“石头的故事”。因为《红楼梦》还有另外一个名字《石头记》，文化内涵虽然差了许多，但总比“一个睡在红色房子里做的梦”好得多。不仅翻译《红楼梦》书名遇到巨大的障碍，可以说小说处处都是难题，名字怎么翻译，双关语怎么翻译，诗词怎么翻译？霍克思把宝玉、黛玉等主要人物的名字用音译，而把一些丫鬟的名字用意译，如袭人译成“香气”，平儿译成“忍耐”，真是难能可贵了。

说到文化背景的不同，而对《红楼梦》的理解造成的障碍，张庆善说北京大学著名教授吴组缃先生，是中国红楼梦学会第一任会长，他曾听到吴组缃先生讲了这样一个故事：上个世界八十年代，一个外国留学生在北京大学中文系学习，很用功，学习很好，吴先生很是喜欢这个学生。可当这个外国留学生学习结束离开北大时，曾向吴先生请教了一个问题。他问吴先生：“贾宝玉和林黛玉这么相爱，他们俩为什么不私奔呢？”吴先生说，看来他们还是没有读懂《红楼梦》，这就是文化的差异。在西方人看来男女青年相爱，家长们反对就私奔这很正常，但在东方儒家文化的背景下这是行不通，贾宝玉和林黛玉如果私奔了，还会有《红楼梦》吗？

张庆善说，《西游记》、《三国演义》等小说翻译成外文，由于故事性比较强，好翻译也好理解，因此这些小说在国外比《红楼梦》有影响。《红楼梦》不是以情节见长的书，翻译过去不那么好理解。比如外国人对宝黛爱情也感动，但也纳闷，他们觉得既然宝黛那么相爱，怎么他们生气、哭泣和矛盾比相互倾诉爱情还多，往往理解不了。更何况，《红楼梦》不仅仅是谈爱情，还有深刻的文化内涵和悲剧意识，连许多中国读者都不是那么理解，外国人就更难理解了。《红楼梦》最大的悲剧不在林黛玉而是贾宝玉，他的人生理想一件都没实现，他亲眼看到姐妹们一个个走向人生的悲剧，而他却无能为力，正如鲁迅所说："悲凉之雾，遍被华林，然呼吸而领会之者，独宝玉而已。"作者在贾宝玉身上体现的对人生、对生活那种感伤不是常人能理解的。曹雪芹正是通过这一人物表达了对生活的向往、追求以及苦闷，最后走向毁灭，这是真正的悲剧。作者对人生、对生命的体验，西方人理解很难，就连东方的日本、韩国人翻译时要准确贴切地体现出贾宝玉的思想、感受、悲剧意识也很难。这是中外文化交流的一大障碍。当然，随着中外文化交流的加强，彼此理解加深，翻译水平也越来越高，理解会越来越准确。

《红楼梦》在对外文化交流中扮演重要角色

张庆善说，在中外文化交流中，一些伟大的文学经典的传播起到的作用是其他的教科书无法起到的。我们从托尔斯泰、歌德、莎士比亚、巴尔扎克等文学大师的作品认识了西方，中国孩子几乎没有人不知道安徒生童话，都知道《卖火柴的小女孩》，因为我们从小就读到了许多欧美的文学经典，相比之下，外国人对中国的经典名著了解不够。

张庆善认为，《红楼梦》在对外文化交流中扮演重要角色，尽管传播有很多困难，但能促进不同文化的人互相了解和进步。通过翻译介绍，通过彼此学习交流让伟大的文学经典成为中外文化交流的桥梁。应该把《红楼梦》的阅读与研究放在世界文学的背景下，不是一般意义上的比较文学研究，而是放在更宽阔的背景下，我们能更清楚地看到《红楼梦》在世界文学中到底是什么水平，什么地位，这样也能使我们开阔视野，同时也让外国人更了解我们的《红楼梦》在世界文学中的地位，这是很重要的。

张庆善指出，《红楼梦》研究在国外还不够。现在西方的文学研究对《红楼梦》有很高的评价，这是进步，但毕竟有隔膜，了解的层次不够。在海外的《红楼梦》研究者多数是华人。李治华、杨宪益的夫人都是外国人，他们夫妻配合翻译《红楼梦》是绝配。因为文化语境、深层文化背景、对生活、对人生、对悲剧的理解不同，通过不同文化背景的学者共同译介、研究，能加深彼此的了解和认识，有利于经典的传播。

张庆善相信，《红楼梦》这样的作品肯定越来越被西方人所了解。人类文明有些价值观是共同的，比如生，死，爱，对美的追求，西方有罗密欧与朱丽叶，中国有贾宝玉林黛玉，对爱的痴情和追求、为爱不惜牺牲，是人类永恒的主题，追求真善美是人类文明共同的价值观。他说，中外文学经典表达的东西有惊人的一致性，对生命、对人生的关切、对爱情的忠诚，对真善美的追求，这是古今中外文学经典共同表述的东西。不同民族的作品表现形式也许不同，只要我们传播得好，研究得好，都能够得到理解。

有人说莎士比亚改变了英国形象，的确，一部伟大的文学经典可以使一个民族感到骄傲和自豪，可以增强民族的自信心和自豪感，可以塑造一个民族的形象。著名红学家蒋和森曾说，英国人说宁可丢掉东印度，也不能丢掉莎士比亚。他说借用这句话，中国宁可不要万里长城，也不能没有《红楼梦》。他认为长城是封建专制的产物，而《红楼梦》则是一个伟大心灵的呼唤。张庆善说，蒋先生的表述是极而言之，表达他对《红楼梦》的喜爱和高度评价。万里长城也是中华民族对人类文明的巨大贡献，而《红楼梦》如同一座巍峨的文化长城，它是我们民族的精神建设和文化发展的不竭源泉，是取之不竭用之不尽的宝库。对《红楼梦》这样伟大文学经典的阅读与研究，不仅可以加深对《红楼梦》的认识与理解，更可以丰富我们的人生，因为伟大的文学经典对于我们有着永恒的认识价值和审美价值。

（原载2015年5月8日《人民日报海外版》15版，发表时因版面的限制，只采用了采访稿的一半的内容，本篇是采访的全稿。采访记者杨鸥）

“乱弹”经典，不止于《红楼梦》

——专访中国红楼梦学会会长张庆善

东方早报：您第一次读《红楼梦》是什么时候？

张庆善：我虽然搞《红楼梦》研究，但正式读《红楼梦》很晚，要到大学后才开始读《红楼梦》的。小学二年级的时候就接触过古典小说，如《说岳全传》、《东周列国志》等，但厚厚的书其实看不懂。那个时候看得更多的是连环画，男孩子都比较喜欢看打仗的书，如《三国演义》、《水浒传》、《西游记》等。小的时候看连环画是非常愉快的事情，至今还记得当时的情景。有的时候在地摊上看，有的时候在书屋里看，手里有个三五分钱，就能看上小半天。一分钱租一本小人书，小朋友们可以偷偷地换着看。其实租书的大人都是看在眼里的，一般不管。

上大学之后，在老师的指导下开始读《红楼梦》，一开始很难读进去。因为《红楼梦》和其他古代小说有很大不同，它并非以情节见长，而是讲细节、讲感情的。《三国演义》里那么多场战争，《西游记》里那么多妖魔鬼怪要靠孙悟空去战胜，《水浒传》的故事性也非常强，有“武十回”、“鲁林十回”等，故事情节都很引人入胜。但《红楼梦》不同，它没有什么了不起的大场面、大故事，整部书的大场面就两个：一是秦可卿大出丧，二是抄检大观园，其他的都是家长里短，今天你来看我，明天我去看看你。而且它的线索、结构非常复杂。

刚开始读《红楼梦》的人，可能连其中的人物关系都搞不清楚。我在阅读过程中有一个认识，就是读《红楼梦》的感受，是随着你人生阅历的变化而变化的，随着你经历、认识的丰富，对书的描写内容以及其包含的文化意蕴就会有着更深入的感受。很多人认为《红楼梦》是一部谈情说爱的书。宝黛故事确实是书中最动人的故事，但它并不是主要内容，而只是一个方面。《红楼梦》不只是讲爱情的，它更是一部讲人生、讲人性、讲人和社会关系的书。通过贾宝玉与林黛玉的爱情悲剧，通过一群青年男女的爱情悲剧、婚姻悲剧、人生悲剧，以及家族的衰落，《红楼梦》深刻地生动地反映了那个时代的人的生活和社会现实。

东方早报：您最近一次读《红楼梦》是什么时候？

张庆善：现在读《红楼梦》跟以前不一样，原来是兴趣使然，现在变成一种习惯。以前都是从头读起，现在是我来这里开会，床头也会放一本，随便翻到哪页就可以开始读了。另外一种读法，就是做研究写文章需要时，就会翻出来再细细看。

东方早报：您有比较推荐的《红楼梦》的本子吗？

张庆善：《红楼梦》的版本是比较复杂的问题，对一般读者来说，我还是推荐由中国艺术研究院红楼梦研究所校勘注释的由人民文学出版社出版的《红楼梦》，我们通常称之为《红楼梦》新校本。这个本子是由许多专家学者历时多年校勘整理的，是目前我们国家发行量最大的《红楼梦》通行本。多数专家学者认为，《红楼梦》的早期抄本更接近于曹雪芹原著的面貌，因此现在的一些比较重要的本子都是主要依据《红楼梦》的早期抄本校勘整理的。校勘整理古典小说，主要有两种方法，一是以一个底本为主，参考其他的本子。校勘整理的原则是底本通的就用底本，不通的再参校其他本子；二是“择优录取”或称之为“择善而从”。就是说校勘整理者不是固定一个本子为底本，而是以多种本子汇交，择善而从。采取这种方式，校勘整理者的眼光、学术水平就是决定性的。这两种整理的方法应该说各有特点，各有利弊。红楼梦研究所的新校本是采取的第一种校勘整理的方法，以庚辰本为底本，参照十几个早期抄本，多名专家历经7年时间完成。《红楼梦》的版本有两大系统，一是程高本系统，是刻本；二是脂本系统，主要是抄本。在红楼梦研究所的新校本之前，社会上通行的都是一百二十回程高本。

一般读者可能不大关注《红楼梦》两个系统版本的差别，但对研究者来说，差别非常大。举一个例子，《红楼梦》第八回的回目是“比通灵金莺微露意　探宝钗黛玉半含酸”，这一回有这样一个细节，宝玉到梨香院看宝钗，正当宝玉、宝钗“比通灵”时，林黛玉也来看宝钗了，——我们读《红楼梦》的时候注意，在第四十五回前（这一回的回目是：金兰契互剖金兰语　风雨夕闷制风雨词），往往是宝玉宝钗在一起时黛玉来了，宝玉黛玉在一起时宝钗又出现了，由此演绎出许多有趣的故事，这其实是作者曹雪芹有意设计的“戏剧冲突”，一种写作技巧——我们还是接着说宝玉、宝钗“比通灵”时，林黛玉来了书中的描写。程高本是：“一语未了，忽听外面人说：‘林姑娘来了。’话犹未了，林黛玉已摇摇摆摆的走了进来。”在早期抄本发现之前，人们从来没有怀疑这一段话中有什么问题。但当早期脂本发现后，人们大吃一惊，原来脂本上是：“一语未了，忽听外面人说：‘林姑娘来了。’话犹未了，林黛玉已摇摇的走了进来。”一个是“摇摇摆摆的走了进来”，一个是“摇摇的走了进来”，程高本仅比脂本多了两个字，其艺术境界却有天壤之别：林黛玉“摇摇的走了进来”，会令人想到黛玉的风姿绰约、飘飘欲仙，或许会联想到黛玉的身体弱不禁风。但如果林黛玉是“摇摇摆摆的走了进来”，一个美丽的贵族小姐走路“摇摇摆摆”那成了什么样，一点美感也没有了。只有大老爷们喝醉了酒才会“摇摇摆摆”地走路。你看，这就是版本上的差别。总体说早起抄本更接近于曹雪芹原著的面貌，当然程高本也有它的特点和价值，它的底本也是有脂砚斋批语的本子，有些地方也是好的。

东方早报：您提到最初自己很难读进《红楼梦》，现在《红楼梦》也被列为死活读不下去的书的榜首，您有一些如何读进《红楼梦》的经验介绍吗？

张庆善：你所说的《红楼梦》被列为死活读不下去的书的榜首这件事，

已经成为当下大家热议的话题之一。半年前，即2013年6月24日，广西师范大学出版社发布了一份“死活读不下去排行榜”，第一名就是《红楼梦》；第二名《百年孤独》；第三名《三国演义》；第四名《追忆逝水年华》；第五名《瓦尔登湖》；第六名《水浒传》；第七名《不能承受的生命之轻》；第八名《西游记》；第九名《钢铁是怎样炼成的》；第十名是《尤利西斯》。据说这个排行榜是根据对三千人的问卷调查而形成的。很不幸，在前十名中，中国的四大古典名著均列其中，名次还蛮靠前，《红楼梦》竟名列第一。我认为我所说的《红楼梦》很难读进去，与这个排行榜所说的“死活读不下去”不是一种情况。虽然我们小的时候没有读《红楼梦》，但那时我们还是喜欢读杂书的，尤其喜欢读小说。而现在的年轻人很少读书、不爱读书，情况不一样了。开始读《红楼梦》读不进去，是因为小说的气质、内容跟我那时的阅读习惯不大一样，我喜欢看故事情节曲折的书，我还记得当年看《基督山恩仇记》的时候简直入了迷，连续读了两天两夜，而开始读《红楼梦》确实没有一口气读下来的冲动。但当你真正读进去了，《红楼梦》却会让你着迷，甚至是“迷”一辈子，这就是《红楼梦》不可抗拒的魅力。

至于说上面提到的那个“排行榜”，我是这样看的。第一，这个排行榜不具备权威性，因为只调查了三千人，还不知道调查的对象是些什么人，说明不了什么问题。对有些人来说，不光《红楼梦》他“死活读不下去”，他可能是什么书都“死活读不下去”，因为他是什么书都不读的；第二，不可否认，我们的时代已经发生很大变化，我们的生活方式发生了很大变化，人们接受信息，学习知识，了解世界，有了更多的手段和方式。再加上我们这些年来太注重“以经济建设为中心”了，一切往钱看，忽略了人文素养的培育，我们的教育和宣传都存在问题，才造成了今天人们不爱读书，特别是现在的年轻人不爱读书的情况。现在的许多年轻人不仅不读《红楼梦》，也不读《基督山恩仇记》，再好看的小说也不读了，这是和时代变化，生活方式、生活压力、社会氛围的变化有关系。我在地铁上公交上看到的年轻人很少有读书的，要不玩手机，要不睡觉。但也可以感到他们真的很累很辛苦，站着都能睡着。在这样一个快节奏、高压力、站着都能睡着的时代里，并不是教你一个阅读办法，你就爱读《红楼梦》了。读书是一种兴趣，我们只能培养、引导兴趣，比如做一些通俗易懂的阐释、普及型的工作，让人容易理解，引导他们走进《红楼梦》的世界。但更重要的还是营造读书的社会氛围，提高全社会的人文素养，让大家把读书看作轻松愉快、提高修养的事情。

东方早报：开会时许多学者批评了目前市场上许多“歪解”《红楼梦》的情况，但这是不是存在另一种理解：在学术成果进入大众的过程中，因为红学会这样的学术机构没有提供丰富的文化产品，市场需求得不到满足所以催生了这样的结果？

张庆善：把现在出现的一些“歪解”“乱弹”《红楼梦》的情况，说成是“因为红学会这样的学术机构没有提供丰富的文化产品，市场需求得不到满足所以催生了这样的结果”，是没有道理的，是不符合事实的。“歪解”《红楼梦》与中国红楼梦学会毫无关系。造成这些“歪解”的情况有复杂的原因。

人们对中国红楼梦学会有一定误解。中国红学会不是一个政府机构，不是文化主管部门，也不同于文联和作协。它没有任何行政权力，它只是一个专家学者们自愿发起成立的民间社团。它与《西游记》学会、《水浒传》研究会、《金瓶梅》学会等一样，是纯粹的学术团体。它的任务就是联系和团结全国的《红楼梦》研究者、爱好者，共同为推动《红楼梦》研究做贡献。它的性质决定了中国红学会每一位会员都是平等的，彼此之间没有领导与被领导的关系，每个人都有着从事学术研究的自由。

当然，从另一方面来讲，中国红楼梦学会和红学家们，应该承担起学术的责任。我们生活在社会当中，不可能隔绝社会，面对社会存在的文化需求，我们也应该从学术角度提供理论支持、艺术指导，做一些讲座之类的普及工作。譬如《红楼梦》要改编戏曲影视作品、搞美术创作，甚至做成动漫作品都是宣传《红楼梦》，解读《红楼梦》，作为专家学者有责任提供学术上的帮助。现在社会上各种思想鱼龙混杂，很多人不是那么严肃地做学问，而是追逐名利，沽名钓誉。作为严肃的学者有责任对这些现象进行批评，弘扬正气，营造良好的学术环境。

其实，对经典的“歪解”“乱弹”，不止是《红楼梦》，在其他文学经典的解读上也同样存在这些问题。我们所能做的只是通过学术研究，来影响社会舆论，影响做这些文化产品的人，让他们引起重视，我们希望尽可能多地传达正能量，这是我们的责任。但他们重不重视，我们实在无可奈何。经典要走向当代，不可回避的就是如何传播的问题，这需要好好研究。现在人们接受文学经典的渠道很多，不仅看书，还可以通过电视、动漫、多媒体等渠道。我小时候看《大闹天宫》的动画片，觉得太棒了，尽管未必能深化我对《西游记》的了解，但让我对美猴王留下了终身难忘的印象。这种精神上的影响可能是一辈子的，所以我们应该鼓励文化经典的改编和再创造，让我们民族的文学经典走进新时代，走近年轻人。我希望对文学经典的解读和改编，要严肃认真，要忠实于原著，要创作出精品。一句话，对伟大的文学经典要敬畏敬重。

东方早报：但在公众感觉中，红学会并不“无可奈何”，反而一直打压一些“民间红学”的观点。

张庆善：我刚才已经说过了，中国红楼梦学会不是一个权力机构，也不是一个学术评判机构，它没有任何能力和权力去打压谁。对社会上这些“误解”，我真是无可奈何。我反复说过，中国红学会是个松散的学术团体，跟作协不是一回事，跟文联不是一回事，跟文化主办部门更不一样。作为一个民间社团，我们没有拨款，没有编制，入会退会也非常方便，你有学术成果，交个申请书就可以了。只要你喜欢《红楼梦》、研究《红楼梦》，并有一定的成果就可以入会。任何学者的研究都是自由的，都是个人行为。在中国红楼梦学会的成员中，就有各种各样的观点，而且我们是欢迎各种各样观点展开学术争鸣的。作为一个民间社团，它不会干涉也无法干涉别人的学术研究，不会也无法压制别人的学术自由。有人在中央电视台百讲坛家的栏目中讲《红楼梦》，成年累月地讲。他的书在中国最高的出版社出版，一出就是几十万册，何曾受到什么打压呀。被打压能是这样的吗？我看目前所有的著名红学家都没有享受到如此的“高规格”的待遇。

一个普通网民不了解情况说一说，无所谓了。但有的人明明知道红学会没有那样的权力，他还要这么说，就让人感到奇怪了。比如说刘心武先生也这样说，但最支持他的周汝昌先生，就是中国红学会的顾问，这怎么说呀。至于说刘心武先生的观点受到一些专家学者的批评，这是正常的学术讨论。你能批评别人，别人怎么就不能批评你呢！任何一位红学家发表文章，不管是赞美谁，还是批评谁，都只代表他自己的学术观点。

我觉得现在缺少正常学术讨论的氛围，这有着复杂的社会原因，当然个人的学术素养不高也是一个问题。我们呼吁营造一种正常的学术氛围，鼓励学术争鸣，在学术争鸣中要互相尊重，要遵守学术规范，要倡导实事求是的治学态度。专家学者们强调要遵守学术规范，这是学术研究中任何一个人都要遵守的，不是要压迫谁。

东方早报：这种误会是不是因学界与公众间的壁垒而起，有没有考虑怎么破解?

张庆善：我觉得这并不是一个什么结，解开就好了，而是由很多复杂的因素造成的。我们的社会已经丢掉了很多好的传统，失去了诚信等优秀品质，许多人失去了道德底线。过去不是这样，学术有规范，做人讲道德，而且是普遍遵守的。做坏事大家都觉得伤天害理，学术上不要说造假材料，出一个硬伤都会觉得是奇耻大辱。以前也有造假，但最多是以次充好，现在是工业酒精直接兑水，喝死了人他还振振有词。在这种情况下，这个结怎么解？我们的社会要重视人文素养的培育，营造良好的社会人文环境，营造良好的学术研究氛围。

东方早报：外界对红学界的批评，还包括浪费国家投入做一些在大众看来过于琐碎的研究。

张庆善：这种说法可能不了解学术研究的特性，有的专家一辈子研究版本问题、作者问题，这是他的学术兴趣，理应得到尊重，任何人没有权力去干涉人家该研究什么不研究什么。专家学者的研究成果及其价值，不是凭某些人的兴趣来决定的。至于说浪费国家投入云云，根本不存在这个问题。我自己搞研究、写文章，达到发表水平就发表，不存在国家投入的问题。其他学者也是这样。我担任中国红楼梦学会会长，从来没有拿过一分钱，在学会工作的同志也从来没有拿过一分钱，都是兼职。我不知道"浪费国家投入"这种"莫须有"是怎么来的。

大众对《红楼梦》研究的需求，可能更渴望得到普及性的阐释，帮助他们去理解认识《红楼梦》。事实上这方面的文章是最多的。但这样的文章写得再好，媒体也不会去炒作。诸如"《红楼梦》手稿回归祖国了"这样胡编乱造的东西，媒体却表现出极大的兴趣，媒体一宣传，就造成了红学家们都在干这些事一样的错觉，实际上与红学家、红学界毫无关系。

东方早报：外界对红学界的不信任可能还基于一定的观察方式，比如并没有一些优秀的中青年红学家为其所知。

张庆善：事实上，中青年红学家里还是有很多优秀人才的，但他们没有老先生那么有名，这可能有两个原因：一是老先生们在他们的学术发展阶段，往往会由一些历史机遇造就，比如胡适在1921年写了《红楼梦考证》，李希凡和蓝翎在1954年发表了批评俞平伯先生的文章，都造成了很大的学术影响。以当时的学术环境，一个新材料的发现就可能使一个年轻人名扬天下，但现在这基本是不可能的。二是时代变化了，现在的学者要保持专心致志在一个方向钻研太难了，他会面临考核、评职称等事情，要面临生活中的种种问题。现在的年轻人不可能像周汝昌先生那样一辈子就搞《红楼梦》研究。比如在我们的大学里就不能只开《红楼梦》的课，你还要开别的课如明清小说文学史、中国小说史等。我觉得我们的中青年学者的知名度不够高，不代表成就不高，他们的知识结构更合理，不仅懂古代文学，也懂西方理论。当然比起周汝昌、冯其庸、李希凡等大学者来说，我们的中青年学者确实要差很多。我认为，我们今天的中青学者相比老先生，差的是治学精神的执着和严谨，差的是功底的深厚。有些老先生唐诗宋词和许多古代经典都能背诵如流，这样的功底能不出成就吗？我们的中青年学者自有自己的优势和特点，但确实需要向老先生们学习，继承和弘扬先哲们留给我们的优秀的文化传统。

（原载东方早报，2013.12.5。2013年11月22日——24日，在河北廊坊举行了“纪念伟大作家曹雪芹逝世250周年大会暨学术研讨会”，在会议期间，东方早报记者许获晔同志采访了一些红学家，也包括我。采访时谈了很多问题，但由于版面所限，只发表了一部分采访内容，这里是经过整理的采访全稿。）

学术规范就是实事求是

——专访中国红楼梦学会会长张庆善

张庆善认为，刘心武在学术上“混淆了文学和素材的关系，混淆了文学和历史的关系”。《刘心武揭秘红楼梦》的第二部日前已正式面世，由他和他的书所引起的关于红学的讨论，以及《红楼梦》研究学术规范的问题讨论却一直没有停止。中国艺术研究院红楼梦研究所的刊物《红楼梦学刊》日前刊登了前任中国红楼梦学会会长冯其庸以及现任会长张庆善的采访，在这些专访中两位红学家都谈到了刘心武的现象。此后，本报对张庆善做了专访。

批刘心武："他混淆了文学与历史的关系"

新京报：我看到你在《红楼梦学刊》上提到刘心武的《红楼梦》研究中所犯的最大错误就是混淆了文学与历史的关系，混淆了生活素材、生活原型与文学创作、文学形象的关系。能不能具体解释一下？

张庆善：实际上，小说和历史的关系；生活素材、生活原型与文学创作、文学形象的关系，既是一个文学常识问题，又是红学研究中经常遇到的问题。刘心武先生是一个有影响的作家，应该知道文学创作的规律，文学是允许虚构的。他从所谓的秦可卿的原型入手，解密《红楼梦》。但他说秦可卿的原型是废太子胤礽的女儿，可这个原型人物根本是子虚乌有的，是刘心武先生猜想出来的。刘心武所谓的“秦学”都是从这个不存在的原型开始的，他的“秦学”还能靠得住吗？他混淆了文学和素材的关系，混淆了文学和历史的关系。

退一万步讲，就算历史上有这个原型，但这个生活原型进入到文学创作领域之后，生活原型与文学形象就不完全是一回事了。从原型到艺术形象不是机械的复制，不是简单的生活实录，而是一个复杂的创作过程，作者必然要有艺术的虚构。作为一位著名作家，刘心武先生不会不懂这样的常识。

刘心武先生说自己是“探佚学中考证派”。但不管是探佚还是考证，不管怎样，做学问都必须是有资料来论证自己的观点。他现在这样的做法确实是没有遵守学术规范的。我认为你们对胡文彬先生做的采访中，他大声疾呼做学问要遵循学术规范是非常必要的。

谈学术规范：“实事求是，有一分材料说一分话”

新京报：那到底是怎样的一种学术规范，如何来遵守？

张庆善：就是实事求是的治学态度。可能不同的学科有各种各样的讲究，但实事求是的治学态度和科学的方法是根本。这个问题不仅是针对《红楼梦》研究，现在学术界确实存在做学术研究不严谨、不规范的问题。

做学术研究论证一个观点，最起码也要做到自圆其说。遗憾的是刘心武先生的观点连自圆其说都做不到。“学”是一个系统的知识和学问，他这样研究秦可卿就说是“秦学”，那么研究王熙凤就可以说是“王学”或叫“凤学”，研究贾宝玉就是“贾学”，那么研究一部《红楼梦》能整出这么多的“学”来，是不是有点开玩笑，“学”就是那么容易建立的？这不就乱套了？

做一个学问要求遵守规范是非常重要的。比如刘心武先生提出秦学，提出秦可卿的原型是废太子的女儿，那么他就要拿出历史文献和可靠的历史记载来论证，他从哪些文献资料记载中查到了胤礽有这样一个女儿？同时他还必须能证明这个人跟《红楼梦》的关系。

如果拿不出资料来证明，这就不是实事求是，就是不严肃不认真的治学态度。这不是很过分的要求。我的老师当年教学要求我们非常严谨，讲求

“有一分材料说一分话”。梁启超在《清代学术概论》一书中讲到学风问题，明确讲“凡立一义，必凭证据。无证据而以臆度者，在所必摈”“孤证不为定说，……遇有力之反证则弃之”。这些学术规范都是应该遵守的。

驳网友支持刘心武："用学术争论反证刘心武正确是不对的"

新京报：有网友在网上支持刘心武，红学家批评刘心武做的研究不讲究学术规范，但红学家现在说的《红楼梦》作者是曹雪芹，前八十回和后四十回不是同一个作者这些观点还是一样找不到切实无疑的证据，那是不是也是没有学术规范呢？你怎么看待这个问题？

张庆善：读者如果这样说，那就是对红学的研究状况不了解。关于《红楼梦》的作者问题，后四十回和前八十回的问题确实有争论，大部分学者的观点还是比较一致的，认为《红楼梦》的作者是曹雪芹，后四十回不是他写的。当然也有不一样的说法，这都是正常的学术讨论。但需要说的是研究者说出任何一个观点的时候，都是拿出了材料才能出来发表自己的观点的。现在我们说《红楼梦》的作者是曹雪芹，是因为我们可以通过脂批、文献记载包括《红楼梦》本身的交代等许多材料来论证的。并不是像刘心武先生那样虚构，完全找不到资料证明。

当然，这些问题现在都还可以深入讨论，你也可以提出不同的观点，但你的观点至少要有材料支持和证明，不能是完全想象和虚构。如果读者就拿现在一些有争论的问题来反证刘心武的做法是正确的，那是不对的。

评刘心武回应："用‘职务’反驳蔡义江存在误解"

新京报：前不久刘心武也发表了一篇自己对目前一些批评的回应，这个回应你看到了吗？

张庆善：刘心武先生说蔡义江先生在接受采访的时候，记者写了蔡先生是两届政协委员等职务，说这就是一种不平等的做法，说《红楼梦》研究跟这些没有关系。其实我认为刘心武先生出现了误解，接受记者采访，这个人是什么身份，肯定要写明的嘛。比如你采访我，也会说我是中国红楼梦学会会长等，这是一种很正常的做法，并没有刘心武说的那种意思。刘心武先生应该回应的是，蔡先生哪一点批评错了，你可以指出来。而在我看来，刘先生首先应该告诉人们废太子的女儿有什么根据，这才是负责任的态度。

刘心武说我们要尊重他的观点，要有宽容心怀，说要尊重他说话的权利。这是当然应该的，谁也没有不让他发言。但不能用“宽容”来代替学术批评。讨论学术问题时，我认为还是要坚持原则，不能说我要尊重你，就不能批评你，就不能指出你的错误观点。梁启超说：“所见不合，则相辩诘，虽弟子驳难本师，亦所不避，受之者从不以为忤。”

思红学“普及”热：“读者偏爱‘揭秘’，红学家要负责任”

新京报：现在有网络做了一个调查，这个调查证明了很多读者都是支持刘心武的，而且刘心武的书也很受关注。

张庆善：我不知道这个网上调查能覆盖多少人，但我接触的人没有支持他的观点的。也有读者写信到我们这里说不支持他这种说法。我们要明白一个问题，不能把很多人支持他作为他是否正确的判断标准。

其实这个现象是值得研究的。为什么《红楼梦》谈思想，谈文化，谈艺术性读者就不感兴趣，而“揭秘”、“探佚”读者就感兴趣？前几年，霍国玲的“解密红楼梦”也影响很大，她说《红楼梦》讲的就是曹雪芹和他的情人联合把雍正给杀了。她到北大去讲座，北大的学生也很欢迎。我的一个朋友是北大的教授，他很悲哀地说他这个老师不称职，为什么学生连这点判断力都没有，要去相信这种没有根据的东西。

其实就是因为《红楼梦》太有魅力了，每个读者在这其中都能看到不一样的东西，都会去做一些解读，但这个解读是很个人的，这并不是做学问。

新京报：你刚才说那个北大老师说自己是个不称职的老师，说自己有责任。那么现在红学家说刘心武的东西不正确，但读者却很喜欢，红学家是不是应该也负责任呢？

张庆善：要这样讲的话，红学家确实有责任。我们应该要注重普及，把红学研究的历史、现状，以及基本的红学常识传递给读者，让大家知道这些基本的知识，并且要用正确的方法来引导读者，但这只是一个方面。人家要去对这些东西感兴趣，你也没有办法。为什么这些探秘的东西有这么大的魅力，我也没搞清楚。

（原载《新京报》2005.11.17，采访记者甘丹）